KB036863

당신의 완벽한 1년

샤를로테 루카스는 비프케 로렌츠의 또 다른 필명이다. 뒤셀도르프에서 태어나 성장했으며 트리어에서 독문학, 영문학, 미디어학을 전공했고 현재 함부르크에 살고 있다. 언니와 함께 안네 헤르츠라는 필명으로 수백만 부가 넘는 판매부수를 올린 베스트셀러 작가이기도 하다. 심리스릴러 《가장 사랑하는 언니》, 《타인은 지옥이다》, 《너도 곧 쉬게 될 거야》는 비평가와 독자에게 많은 사랑을 받았다. 《당신의 완벽한 1년》에서 저자는 인생의 크고 작은 질문들에 대한 해답을 찾아 나선다.

———

서유리는 한국외국어대학교 통번역대학원 한독과를 졸업했다. 독일 하이델베르크 대학교에서 외국인을 위한 독일어교수법 과정을 수료하고, 현재 국제회의통역사와 번역가로 활동 중이다. 옮긴 책으로는 《내 옆에는 왜 이상한 사람이 많을까?》《사라진 소녀들》《살인자의 딸》《상어의 도시》《당신의 기억을 지워드립니다》《타인은 지옥이다》《관찰자》 외 다수가 있다.

CHARLOTTE LUCAS

당신의
완벽한
1년

샤를로테 루카스 장편소설
서유리 옮김

북펌
bookfirm

나의 어머니 다그마 헬가 로렌츠에게
1945.3.8. – † 2015.10.20.

그리고 나의 아버지 폴커 로렌츠에게

우리는 인생의 날들을 늘릴 수는 없지만,
그 날들에 생기를 불어넣을 수는 있다.

— 중국 격언

"진부하기 짝이 없는 격언"

— 요나단 N. 그리프

함부르크 신문
편집팀/ 독자서비스
담당자 귀하

함부르크, 12월 31일

친애하는 편집팀 팀원 여러분,

새해 복 많이 받으시고 새해에도 좋은 일만 가득하기를 바라는 인사를 전하기에 앞서 먼저 오늘 신문기사에서 발견한 오류를 몇 가지 지적하고자 합니다.

18페이지에 헨닝 푸어만 주연의 최신 영화 〈빙하기〉를 다룬 기사에 다음과 같이 실렸습니다. '지난해 시리즈물 주인공으로 이미 이름을 널리 알린 헨닝 푸어만(33)은…….'

위키피디아에 따르면 헨닝 푸어만은 오늘, 즉 12월 31일이 생일입니다. 따라서 더 이상 33세가 아니라 34세라는 사실을 지적하고 싶습니다. 앞서 인용한 문장의 시제도 틀렸습니다. '지난해 시리즈물 주인공으로 이미 이름을 널리 알렸던……'이라고 해야 맞습니다.

그리고 마지막 페이지에 엘브 필하모니를 다룬 기사 제목을 '이제부터 과감이 돌진이다!'라고 달았는데 '과감히'가 맞습니다!

아무쪼록 귀사의 무궁한 발전을 기원합니다.

요나단 N. 그리프

1

요나단

1월 1일 월요일, 7:12

요나단 N. 그리프는 기분이 언짢았다. 영하의 날씨인데도 그는 매일 아침처럼 6시 30분 정각에 조깅용 운동화를 신고 알스터 호수 주위를 달리기 위해 산악용 자전거에 몸을 실었다.

그가 언짢은 이유는 매년 1월 1일이 되면 지난밤 폭죽과 불꽃놀이의 잔재들이 회색 눈덩이와 뒤섞여 인도, 자전거도로, 산책길이 역겹고 미끄러운 오물들로 뒤덮이기 때문만은 아니었다. 지난밤 폭죽 발사대로 사용한 그을리고 깨진 샴페인병과 맥주병이 나뒹굴고, 사용 후 아무도 병들을 재활용 쓰레기통에 넣지 않았다는 사실 때문만도 아니었다. 무책임한 함부르크 시민들의 무분별한 폭죽놀이로 인해 대기 중 미세먼지 농도가 더욱 악화되어 함부르크의 대기를 오염시켜 숨쉬기 힘들게 만들었기 때문만도 아니었다(어제 송년회를 요란스레 즐긴 사람들은 다들 아직까지 술에 취해 송장처럼 침대에 널브러져 있을 것이며, 금

주나 금연 같은 새해 다짐들을 자정이 지나고 새해가 된 지 1분 만에 소리가 아주 요란한 폭죽과 함께 공중으로 날려버리고, 폭죽을 쏘아올린 돈이면 국가재정을 단번에 개선시킬 수 있다는 것은 안중에도 없이 새벽까지 떠들고 요란법석을 떨었다).

그렇다. 요나단이 기분 나쁜 이유는 단지 이런 것들 때문만은 아니었다.

가장 큰 이유는 전부인 티나가 매년 그렇듯 올해도 어김없이 지난밤 대문 앞에 굴뚝청소부(독일에서 굴뚝청소부는 행운을 상징—옮긴이) 모양의 초콜릿을 놓고 갔기 때문이다. 늘 그렇듯 "성공하고 행복한 새해가 되기를 바라!"라고 쓴 카드도 잊지 않고.

성공하고 행복한 새해라고? 크루크코펠 다리 위를 달려 '레드 도그'를 지나 알스터 공원으로 이어지는 길을 달리며 그는 시속 14킬로미터로 속도를 높였다. 발을 뗄 때마다 모랫길이 요란한 소리를 냈다.

성공하고 행복한 새해라니! 시속 16킬로미터로 달리는 요나단의 심장박동 수는 1분에 156개를 가리켰다. 오늘 7.4킬로미터를 달리는 데 신기록을 세울 수 있을 듯했다. 지금까지의 최고기록은 33분 29초였는데 지금처럼 계속 달리면 이 기록을 가뿐히 뛰어넘을 수 있을 것이다.

하지만 '영독 친목클럽' 관저쯤 다다른 요나단은 발걸음을 늦췄다. 쓸데없는 짓이다. 티나의 생각 없는 '관심'에 이토록 흥분하여 건강을 해치고 근육파열까지 감수할 이유는 전혀 없었다. 티나와 이혼한 지 벌써 5년이나 지났는데 그깟 멍청한 굴뚝청소부 초콜릿 때문에 이렇게까지 평정심을 잃을 이유는 전혀 없었다.

그렇다. 그는 티나를 사랑했다. 그것도 아주 많이. 하지만 티나는 그와 가장 친한 친구 (예전에) 토마스 부르크와 눈이 맞아 행복한 7년간의 결혼생활에 종지부를 찍고 이혼을 요구했다. 적어도 요나단은 늘 행복한 결혼생활이라고 생각했지만 티나는 생각이 좀 달랐던 모양이다. 그렇지 않았다면 토마스와 눈이 맞는 일은 애초에 없었을 테니까.

당시 티나는 요나단 때문이 아니라고 단언했지만 정신이 제대로 박힌 사람이라면 누구나 요나단 때문이라는 것을 짐작할 수 있었다.

요나단은 오늘날까지도 그 이유가 과연 무엇인지 곱씹어보곤 했다. 그는 말 그대로 티나를 공주처럼 떠받들며 지상에서 천국을 맛보게 해주려 노력했다. 티나를 위해 이노센티아 공원에 바로 인접한 부촌 하르베스테후데에 아름다운 집을 마련했고, 티나가 원하는 대로 리모델링했다.(욕실과 탈의실까지 딸린 개인 전용공간까지!) 티나는 요나단 덕분에 그토록 싫어하던 광고에이전시에서 그래픽디자이너로 일하던 직장을 때려치우고 원하는 만큼 자유롭게 살 수 있었다.

요나단은 티나가 말을 꺼내기도 전에 그녀의 눈만 보

고도 모든 소원을 들어주었다. 예쁜 옷이든 명품 가방이든 보석이든 새 자동차든, 티나가 마음에 든다는 말만 슬쩍 내비쳐도 그녀를 위해 기꺼이 지갑을 열었다.

어떤 의무도 걱정도 없는 존재. 아버지 볼프강 그리프에게 물려받은 그리프손&북스 출판사는 유능한 사장이 맡아서 아주 훌륭하게 운영하고 있다. '명목상의 대표'인 요나단은 출판사를 대표해야 하는 자리에만 이따금 참석했다. 요나단과 티나는 여러 나라로 호화여행을 다녔으며 함부르크 유력인사들의 모임에서 늘 환영받는 손님이면서도 황색신문에 사생활이 노출되지 않았다.

티나는 요나단과 살면서 인생을 제대로 만끽했고 점점 더 특이한 나라로의 여행을 제안했으며 점점 더 유명한 디자이너의 명품의류를 입었고 정기적으로 대저택의 모든 방을 새롭게 인테리어했다.

물론 요나단은 티나가 조금 지루해하지 않나 생각한 적은 있었다. 특히 그녀가 같은 말을 반복해서 꺼냈을 때 그랬다.

티나는 '뭔가'를 더 추구했지만 그게 무엇인지 구체적으로 설명하지는 못했다. 적어도 요나단에게는 설명하지 못했다는 말이다. 티나는 외국어 학원에 다니고 단체조깅을 시작하고(요나단의 권유로), 기타를 배우고 기공수련을 하고 테니스를 배우는 등 여러 활동들을 시도했지만 오래 지속하지 못했다. 그래서 티나가 딩크의 삶에 완벽히 만족한다고 단언했지만 요나단은 아이를 갖자는 말을 좀더 강하게 주장하려던 참이었다(말뿐 아니라 행동으로도 옮길 생각이었다).

그러다가 티나는 상담치료를 받게 되었다.

매주 진행되는 상담에서 정확히 무슨 얘기가 오고 갔는지는 요나단은 오늘날까지도 모른다. 티나는 요나단에게 상담 내용을 말해주려 하지 않았다. 어쨌든 상담내용이 무엇이었든 간에 티나는 자신이 설명할 수 없었던 그 '뭔가'를 결국, 하필이면 토마스에게서 발견했다. 요나단과 학교를 같이 다녔던 친구이자 그리프손&북스에서 마케팅 총책임자를 맡고 있는.

그랬다는 말이다. 이혼 후 토마스는 회사에 사표를 내고 티나를 다시 일터로 돌려보냈으며 그녀와 함께 소박한 방 3칸짜리 집에서 살기로 결정했다.

요나단은 두 사람을 떠올리다가 기가 막힌 듯 고개를 저었다. 그의 시선은 아까부터 형광노란색 나이키 운동화에 고정되어 있었다. 사랑이라는 미명 하에 얼마나 엉망이 되어버린 인생인가? 그래 놓고는 그에게 '성공하고 행복한 새해'가 되기를 바란다고? 이게 조롱이 아니면 뭐란 말인가?

요나단은 크게 콧방귀를 뀄다. 따뜻한 콧김이 새어나왔다. 그는 '이미' 성공했고 '이미' 충분히 행복했다!

다시 발걸음을 빨리한 그는 강아지용 잔디밭 옆을 지

나다, 주인들이 목줄도 안 매고 풀어놓은 강아지의 배설물을 밟을 뻔했고 가까스로 피했다.

요나단은 멈춰 서서 가쁜 숨을 몰아쉬며 아이폰과 집 열쇠를 넣어둔 스포츠용 암밴드에서 작은 비닐봉투를 꺼내 손가락을 잘 감싼 후 개똥을 조심스럽게 집어 근처 쓰레기통에 버렸다. 결코 좋아하는 일은 아니지만 누군가는 해야 할 일이다.

이런 상황도 정말 화가 났다. 자칭 동물애호가라는 사람들이 불독이나 사냥개를 어울리지 않게 근사한 고풍스러운 집에서 키우면서, 불쌍한 개들이 하루 고작 5분간 산책하며 배출하는 개똥조차도 치울 줄 모르는 것이 짜증스러웠다.

그는 머릿속으로 벌써 〈함부르크 신문〉 편집팀에 또 다른 이메일을 쓰고 있었다. 새해에는 이 문제를 꼭 짚고 넘어가리라! 다른 사람의 삶을 침해하면 본인의 자유가 끝난다는 것을 마지막 한 사람까지 이해할 수 있도록, 입법기관은 더 단호한 조치를 취하고 더 강한 법적 제재를 가해야 한다. 신발에 개똥이 묻는 것은 명백한 침해라는 것이 요나단의 견해다. 정말 지독한 냄새가 나는 침해.

요나단은 다시 천천히 달리기 시작하면서 스마트폰 달리기-앱을 흘깃 보다가 조금 전 잠시 멈춰서는 바람에 지금까지의 모든 기록이 엉망이 된 것을 발견하고 또 짜증이 밀려왔다. 개똥 더미를 만들어놓은 개와 개 주인을 당장 붙잡아 본때를 보여주고 싶었다.

하지만 곧 그의 생각은 다시 티나와 토마스에게로 향했다. 아마 둘은 서로 '티니와 토미'라는 애칭으로 부르겠지 아니면 '깜찍이'와 '곰돌이'? 누가 알겠나?

요나단은 티나와 토마스가 저렴한 이케아 DIY 가구로 꾸민 거실에 앉아 할인마트에서 구입한 레드와인을 마시는 모습을 상상했다. 그리고 옆에는 두 사람의 딸 타베아—그렇다. 티나가 주장하던 딩크족의 삶이 완벽의 절정은 아니었던 모양이다. 티나는 토마스와 결합하기로 했다고 알린 지 30초 만에 아기를 낳았다—가 미끄럼틀이 달린 친환경 낙엽송 침대 안에서 평온하게 자는 모습을 머릿속에 그렸다. 티니, 토미 그리고 타비. 이건 마치 휴이, 듀이, 루이 같지 않은가(도널드 덕의 세쌍둥이 조카들 이름—옮긴이).

허름한 집에 사는 휴이, 듀이, 루이. 휴이와 듀이는 요나단을 걱정하고 어떻게 지내는지 궁금해 한다. 문득 할인마트에서 본 귀여운 굴뚝청소부 모양 초콜릿을 떠올린 휴이는 하나 구입해서 전남편 집 앞에 카드와 함께 두고 오면 좋겠다고 생각한다. 전남편에게 못할 짓을 하고 그의 마음을 아프게 하고 떠났으니까.

"좋은 생각이야, 휴이!" 듀이가 옆에서 맞장구친다. "그러면 초콜릿 사올 때 마침 세일 중인 와인 한 병 사오는 것도 잊지 마. 오늘 저녁에 파티하자!"

어느덧 요나단이 찬 맥박측정기가 분당 심박 수 172개를 가리켰다. 건강을 해치지 않으려면 다시 발걸음을 늦춰야 했다. 요나단은 자신이 왜 새해 벽두부터 이러는지 알 수 없었지만 티나와 그녀의 새로운 삶을 생각하면 평정심을 유지하기 어렵다는 것을 이를 갈며 인정할 수밖에 없었다.

그의 라이프코치는 처음 두세 번만 상담을 받으면 그 문제를 뿌리째 뽑아버릴 수 있다고 호언장담했지만 20시간이나 상담을 받아도 아무 소용이 없었다. 그 무능한 코치 역시 요나단의 화를 돋웠다. 당시 코치에게 상담방법이 잘못된 건 아니냐고 지적하자 그는 오히려 요나단이 비협조적이라서 그렇다며 뻔뻔하게 굴었다.

'보도의 선착장'을 지나면서 요나단은 헤어질 때 티나가 의아하게도 그에게 아무 요구도 하지 않았다는 사실을 떠올렸다. 그녀는 돈도, 생계비도 집에 대한 지분도 전혀 요구하지 않았다.

요나단의 변호사들은 티나가 얼마든지 더 많은 것을 요구할 수도 있었다고 했다. 하지만 티나는 8년 전 그에게 온 그 모습 그대로 그를 떠났다. 가난하고 박봉인 그래픽디자이너의 모습으로. 심지어 그의 만류에도 불구하고 그가 선물했던 BMW미니와 모든 보석들도 그대로 두고 떠났다.

라이프코치는 이혼을 원한 것은 티나였기 때문에 그렇

게 함으로써 품위와 예의를 지키려 했다고 말했다. 하지만 전처의 행동에 대한 얼토당토 않는 의견을 듣고 싶어서가 아니라 이 문제를 가능한 빨리 극복하려고 코치를 예약했던 요나단의 생각은 조금 달랐다. 티나가 법적 권한을 갖고 있던 모든 것을 깨끗이 포기한 이유는 품위 있는 작별이 아니라 요나단이 더는 필요 없다는 것을 보여주기 위한 음험한 조롱일 뿐이었다. 그의 돈까지도. 그것조차도 필요하지 않다는 제스처였다.

20분 후 요나단은 평소와 달리 가쁜 숨을 몰아쉬면서 슈바넨빅에 운동기구들이 있는 체력단련장에 도착했다. 그는 매일 아침 여기서 30분 정도 마무리 스트레칭을 하며 아침 운동을 마쳤다. 이 시간에 요나단 외에 이곳을 이용하는 사람은 아무도 없었다. 더군다나 새해 첫날 아침이니 요나단이 이 세상에 존재하는 유일한 사람인 것 같았다.

우선 팔굽혀펴기 오십 회, 윗몸일으키기 오십 회 그리고 턱걸이 오십 회. 그는 이 과정을 세 번 반복했다. 운동을 다 마치고 나면 하루를 상쾌하게 시작할 수 있을 것 같고, 스트레칭 중에 자기 몸을 살펴보면서 매일 운동한 보람을 느끼기도 했다.

마흔두 살치고는 아주 생생했다. 체력은 20대 중반과 견주어도 절대 지지 않을 자신이 있었고, 190센티미터에 몸무게 80킬로그램으로 또래들에 비해 날렵한 몸매를 자랑했다. 토마스에 비하면 그랬다. 그는 이미 학생 시절부터 배에 군살이 많은 '배둘레햄'이었다.

그리고 티나의 '위대한 사랑'에 비하면 요나단은 숱 많은 검은 머리를 자랑했고 관자놀이 부근만 살짝 희끗희끗할 뿐이었다. 티나는 그런 요나단을 보며 검은 머리칼이 파란 눈동자와 흥미로운 대조를 보인다고 말했다.

하지만 티나는 어느새 그 대조에 흥미를 잃은 듯했다. 불쌍한 토마스는 이미 20대 후반부터 이마가 점점 넓어지며 번쩍이기 시작했고 그 M자형 이마는 아무리 사랑스럽게 생각하려 해도 연륜의 상징으로 보일 뿐이다. 그것뿐인가. 그의 눈동자는 흙탕물 같은 갈색과 투명한 초록색 그 사이 어디쯤이었다.

'베프' 토마스가 여자들에게 번번이 퇴짜를 맞을 때마다 옆에서 용기를 북돋아주던 기억을 떠올린 요나단은 헛웃음이 새어나왔다.

그래서 지금 이 상황이 기가 막힌 거다. 당시 토마스의 말을 떠올리면 피가 거꾸로 솟구치는 기분이었다. "요나단, 너무 낙심하지는 마. 더 잘난 사람이 이기는 걸 어쩌겠냐?" 더 잘난 사람? 나 원 참, 어이없어서! 토마스는 사표를 제출한 이후 '프리랜서 마케팅 컨설턴트'로 나섰지만 이는 '실업자'의 완곡한 표현에 불과했다. 성공은 그와는 먼 얘기였다.

하지만 이제는 진짜 그만하자. 객관적으로 봐도 모든

면에서 '더 못난' 놈 때문에 티나가 그를 버리고 떠난 이유를 계속 생각하지 말자. 요나단은 어깨를 쫙 펴고 체력단련장 출입구 쪽에 자물쇠를 채워 놓은 산악자전거를 향해 걸어갔다.

자전거 손잡이에 매달린 검은색 가방을 본 요나단은 멈칫했다. 저 가방은 뭐지? 누가 잃어버린 건가? 그런데 왜 하필 내 자전거에 있지? 이상했다. 혹시 티나의 또 다른 '관심' 의 표현인가? 설마 어디 몰래 숨어서 지켜보고 있었던 건 아니겠지?

그는 자전거에 매달린 가방을 빼서 살펴보았다. 마트 계산대에서 구입 가능한, 작게 접을 수 있는 가벼운 나일론 소재의 장바구니였다. 요나단은 잠시 망설였지만 결심한 듯 힘껏 지퍼를 열고 가방 안을 살펴보았다.

남색의 두꺼운 책이 눈에 들어왔다. 호기심이 발동한 요나단은 책을 꺼내 찬찬히 살펴보았다. 새 책이었고 고급스러운 가죽표지는 흰색 바느질 땀으로 장식되어 있었으며 똑딱단추가 달려 있었다.

스마트폰이 대세인 요즘, 50대 이하라면 거의 사용하지 않는 다이어리였다.

요나단은 어리둥절했다. 누가 왜 구식 다이어리가 들어 있는 가방을 그의 자전거에 매달아놓은 걸까?

2
—

한나

2달 전,
10월 29일 일요일, 8:21

한나 마르크스는 잠에서 깨자마자 자신이 사랑에 빠졌다는 것을 깨달았다.

하지만 그 상대가 누군지는 알 수 없었다.

한 가지 사실만은 분명했다. 당황스럽게도 지금 남자친구인 지몬 클람은 아니다. 내심 그의 프로포즈를 기대했지만 한 번도 내색한 적은 없었다. 이제 사귄 지 4년이 넘어가니 슬슬 얘기를 꺼낼 때가 됐다고 생각하긴 했지만.

어리둥절해진 그녀는 이불을 걷어차고 침대에 앉아 눈을 비볐다. 지난밤의 이 이상한 꿈은 대체 뭐지? 온몸으로 설레던 느낌이 여전히 남아 있었다. 침대 옆 거울을 살짝 보니 양볼이 흥분으로 발갛게 달아올랐다. 붉은 고수머리는 밤새 베개에 비빈 듯 부스스하게 솟아올랐고, 오랜 시간 사랑을 나눈 것처럼 입술까지 빨갛게 반짝거렸다.

의심의 여지가 없었다. 한나는 잠자던 중 사랑에 빠졌

다. 하지만 낯선 남자와의 에로틱한 꿈은 아니었다. 예전 동료나 이웃 또는 친구들처럼 아는 사람이 등장하는 꿈도 아니었다.

엄밀히 말하자면 꿈속에 남자가 나왔는지조차 기억나지 않는다. 그냥 느낌만 남아 있을 뿐이다. 사랑에 빠진 것이 확실한 그 느낌. 따뜻함과 포근함, 설렘과 웃음과 낄낄거림, 주체할 수 없는 기쁨과 대범함, 광기 그리고 물론 행복.

한나는 한숨을 쉬며 침대에 걸터앉았다. 생각을 정리하고 몽롱한 꿈을 쫓아버리려는 듯 머리를 흔들었다. 기분 좋은 꿈이기는 했지만 오늘은 아주 중요한 날이라 맑은 머리가 필요했다.

한나는 반년도 넘게 가장 친한 친구이자 동료인 리자와 함께 에펜도르프 거리에 있는 낡고 허름한 가게를 수리하고 꾸미고 사업계획서를 작성하고 사업자등록을 하고 인터넷 홈페이지를 만들고 크라우드펀딩(후원, 기부, 대출, 투자 등을 목적으로 웹이나 모바일 네트워크 등을 통해 다수의 개인으로부터 자금을 모으는 행위를 말한다-옮긴이)을 통해 상당한 금액의 초기사업 자금도 마련했다(부모님들도 조금씩 보태주셨다). 그밖에도 마케팅과 홍보 전략을 세우고 광고전단을 인쇄하고 리자의 낡은 미니버스에 직접 고안한 로고를 부착하는 등 준비에 준비를 거듭했다.

그렇게 해서 마침내 오늘 2시에 시작한다. 그들의 가

게인 '꾸러기교실 이벤트—아이들을 위한 여가활동 에 이전시'의 문을 여는 오픈행사를 겸해서 아이들을 위한 성대한 파티가 예정되어 있었다!

이미 오래전부터, 막연하게나마 구상했던 일이다. 정확히 말하면 거의 10년 넘게 꿈꿔온 일이다. 보육사자격증을 취득한 후 한나가 리자와 같은 어린이집에서 근무하기 시작한 바로 그날부터.

박봉과 열악한 처우 때문에 한나와 리자는 늘 불만스러웠다. 하지만 그게 전부는 아니었다. 한나는 어린이집 상황이 늘 안타까웠다. 제대로 된 장난감이나 만들기 재료를 구입하고, 현장학습이나 체육, 미술 수업을 진행하기 위한 재정이 늘 부족했다. 마당의 모래놀이터는 비어 있기 일쑤였고 다 썩어가는 그넷줄은 아이들에게 매우 위험했다.

아이들의 부모는 이런 재정적인 어려움을 기꺼이 도와줄 의사를 보였지만, 어째서인지 어린이집 운영진은 재정적 후원을 완강히 거부했다. 한나와 리자는 지금까지도 그 이유를 모른다.

두 사람은 세 번이나 다른 어린이집으로 옮겼지만 다들 비슷한 상황이라 항상 불만스러웠다. 그래서 한나의 마음속에서는 직접 뭔가를 해봐야겠다는 생각이 싹텄다. 운영진이나 경영진의 눈치를 보지 않고 아이들에게 정말 즐거움을 줄 수 있는 어린이집을 원했다. 자녀들이 정말 즐거워하고 부모들도 안심하고 맡길 수 있어 기꺼이 지갑을 열고 싶어 하는 곳을 만들고 싶었다.

그래서 한나는 6개월 전 고심에 고심을 거듭해서 만든 사업구상을 리자에게 보여주고 같이 한번 해보자고 설득했다. 다니던 직장에 사표를 내고 '꾸러기교실' 프로젝트를 실행에 옮겨보자고 말이다. 해보지 않으면 이 사업이 성공을 거둘지 말지 알 수 없고, 죽음을 앞둔 사람들은 자신이 한 일을 후회하기보다는 하지 '않은' 일을 후회하기 마련이니까.

한나의 사업구상을 들은 지몬은 단번에 '말도 안 된다'는 반응을 보였다. '세상은 그런 것을 필요로 하지 않고' 안정적인 직장을 그만두는 것은 미친 짓이며 헛바람이 나서 벌이는 자살행위나 마찬가지라는 입장이었다. 게다가 이런 일에 친구까지 끌어들이는 것은 정말 무책임한 행동이라고 말했다.

한나는 이따금 지몬 말이 맞다는 생각이 들었다. 정말 힘든 하루 일과를 마치고 저녁에 사업계획서를 앞에 두고 씨름할 때면 더욱 그랬다. 사업이 실패한다면 자신뿐 아니라 리자의 미래까지 위험해진다는 두려움이 퍼뜩 엄습할 때도 그랬다.

하지만 시간이 지날수록 한나는 자신뿐 아니라 회의적인 생각으로 가득한 남자친구도 설득해나갔다. 지금 온 나라가 비록 미디어 위기를 맞아 〈함부르크 신문〉 편집자였던 지몬도 결국 해고를 당했지만 (사장은 '놓아주었다'고 완곡하게 표현했다) 그래도 키즈 이벤트 에이전시는 정말 탁월한 아이디어라는 믿음은 변함없었다.

한나와 리자는 퇴사 전 200명이 넘는 부모들을 대상으로 설문조사를 실시, 자녀 보육과 관련하여 구체적으로 무엇을 원하는지 파악하려 노력했다. 아이 걱정 없이 직장에서 일하거나 골프 실력을 향상시키기 위해서 이런 시설을 얼마나 이용할 용의가 있는지도 꼼꼼히 조사했다.

이렇게 해서 취합한 결과와 성공적인 크라우드펀딩 덕분에 마침내 지몬조차 깊은 인상을 받고 수긍하게 되었다. 당초 계획의 절반 정도만 성공을 거둬도 보육교사로 받는 얼마 안 되는 월급 정도는 가뿐이 벌 수 있다는 결론에 이르렀다.

사실 사업계획 자체는 아주 단순했다. 오후와 이른 저녁시간 그리고 특히 주말에 이런 프로그램들을 제공해서 일반 유치원이나 보육시설이 열지 않는 시간에 자녀를 맡겨야 하는 부모들이 주 타깃이다. 아이를 맡기는 비용이 시간당 6유로로 베이비시터 고용보다 저렴해 가격경쟁력도 있었다. 게다가 아이들에게 멍하니 텔레비전을 보여주거나 그저 죽지 않을 정도로만 돌봐주는 것이 아니라 더 많은 것을 제공할 계획이었다.

꾸러기교실에서는 아주 즐겁고 흥미로운 활동들을 많

이 제공할 생각이다. 한 달에 한번은 토요일에 와서 자고 일요일에 가는 파자마파티도 할 계획이어서 부모들은 오랜만에 아이들을 맡기고 주말을 맘껏 즐기면서 다음날까지 푹 자고 휴식을 취할 수 있다. 수요가 많아지면 이런 활동을 점차 늘려갈 것이다.

한나와 리자는 이렇게 야심찬 계획들을 갖고 있었다. 3~6세 아동을 최대 16명까지 받으면 교사 한 명당 여덟 명의 아이들을 돌볼 수 있었다. 예전에 일하던 어린이집에서는 둘이서 스무 명이 넘는 아이들을 돌봐야 했다. 이 정도의 인원으로 재밌는 활동들을 많이 할 수 있었다. 어드벤처 놀이터로 놀러가고 닌도르프 공원에 가서 사슴도 보고, 소방서나 경찰서로 견학가고, 함부르크 도서관을 구경하고, 아이들에게 무료인 엘베 강변 유람선도 타고, 함부르크 대학병원 인근에 있는 생태놀이터도 가고, 여름이 되면 시내공원 수영장에서 물놀이도 하는 등 할 수 있는 일들은 정말 무궁무진했다.

그리고 함부르크에서는 어쩔 수 없는 궂은 날씨를 감안해서 꾸러기교실 공간에 실내 활동을 할 수 있는 공간도 충분히 마련했다. 입구에 들어서면 접수대, 옷걸이, 작은 주방과 기저귀 교환대가 있는 화장실이 있고 안쪽으로 들어오면 꾸러기교실의 가장 핵심 공간인 약 40평방미터에 달하는 놀이공간이 펼쳐졌다. 리자와 한나는 지난 몇 주 동안 몇 시간씩 머물고 동분서주하면서 이 공간을 그야말로 아이들의 천국으로 변신시켰다.

두꺼운 매트가 깔린 월바(벽에 고정시켜 만든 사다리 모양의 놀이기구−옮긴이), 상점놀이와 부엌놀이기구, 미끄럼틀이 달린 기사의 성(이베이에서 헐값에 구입), 이불과 베개가 있는 쉼터, CD플레이어와 그림책, 공주텐트, 역할놀이 옷상자, 승용 완구, 블록과 만들기 재료, 유아용 화장품 등을 준비해 놓았다.

작은 뒤뜰에는 뚜껑을 열고 덮을 수 있는 모래놀이 상자와 신제품 그네(역시 이베이에서 비교적 저렴하게 구입)를 구비했다. 한나의 부모님은 해먹을, 리자의 부모님은 정원용 가구와 모래놀이용 장난감을 후원해주셨다.

한나가 스스로 가장 뿌듯해하는 점은 아이들과 함께 노래 부르기 위해 두 달 전부터 기타 수업을 받고 있다는 사실이다. 리자는 '미니 디스코'를 담당하기 위해 '텍사스에서 온 카우보이 짐', '베오 베오', '나에 관한 노래' 등 아이들이 좋아하는 노래에 맞는 율동을 익혔다.

이처럼 아이들이 좋아할 만한 것들은 죄다 준비한 두 사람은 꾸러기교실이 성공하리라 믿었다. 아니, 굳게 확신했다.

근무시간이 주로 주말과 저녁이지만 전혀 문제되지 않았다. 리자는 뛰어난 미모에도 불구하고 3년째 싱글이었다. 키 165센티미터로 많이 크진 않지만 여성미 넘치는 매력적인 몸매에 짧게 자른 검은 머리는 한번쯤 쓰다듬고 싶은 충동을 불러일으켰다. 따뜻한 호박색 눈동자에, 성형외과 의사들이 인공적으로 똑같이 만드는 방법을 알 수만 있다면 살인도 기꺼이 저지를 만큼 탐스럽게 도톰한 입술의 소유자였다.

그런 리자에게 적당한 남자가 한참 동안이나 나타나지 않았지만 그녀는 전혀 개의치 않는다고 강조했다. 한나는 그 말을 전적으로 믿지는 않았지만 꾸러기교실을 위해서는 리자가 온전히 일에만 몰두할 수 있어서 좋았다.

한나의 경우, 얼마 전만 해도 지몬도 신문사에서 자주 야근했기 때문에 저녁과 주말에 일해도 아무 문제없었다. 그랬다면 아주 좋았을 테고 둘의 관계에도 플러스였을 테다. 지금은 지몬이 실업자가 된 상태라 얘기가 달라졌지만 곧 상황이 바뀌기를 바랐다. 지몬도 한나가 사업에 온전히 몰두해도 전혀 상관없다고 말해주었다. 한나는 지몬의 이런 태도를 좋아해야 할지 서운해 해야 할지 잠시 고민했지만 좋아하기로 했다. 한나는 모든 상황을 일단 긍정적으로 바라봐야 한다는 입장이다.

"자기도 동참해!" 한나가 지몬에게 제안했다. "지금 시간도 많잖아. 그리고 우리 계획대로 잘 굴러가면 어차피 일할 사람도 더 필요하고."

"내가 거기서 무슨 일을 할 수 있을까?" 지몬이 물었다. "아이들에게 페이스페인팅을 해주는 능력을 완벽의 경지까지 끌어올려볼까? 아니면 내일 당장 어릿광대 의

상을 입고 출동할까?"

"제발 그것만은 참아줘! 애들이 자기를 보고 무서워서 울고불고 소리치며 다 도망칠 거야." 웃으며 거절한 한나는 머릿속으로 스티븐 킹의 스릴러소설《잇》에 등장하는 어릿광대를 떠올리며 몸서리를 쳤다.

"너무하잖아? 난 아이들을 사랑한다고!" 지몬이 짐짓 서운한 기색으로 말했다.

"그러시겠지. 특히나 자고 있으면 말이야. 아니면 저 멀리 지평선 너머 망원경으로 바라보는 아이들?"

"쳇." 지몬은 한나를 끌어안았다. "우리 아이가 나오면 내가 얼마나 훌륭한 아빠인지 알게 될 거야!"

"정말이야?" 지몬이 간지럼을 태우는 바람에 낄낄 웃은 한나가 물었다.

사실 그녀는 심장이 콩닥거렸다. '우리 아이.' 지몬이 진심으로 한 말일까? 지금까지 두 사람은 한 번도 결혼에 관한 얘기를 꺼낸 적이 없다. 심지어 동거 얘기도 없었다. 지몬은 6개월 전 호헨펠데에 있는 자신의 아파트 열쇠를 한나에게 선심 쓰듯 건네주었을 뿐이다.

"물론." 지몬은 짤막하게 대답하고 한나의 코끝에 입을 맞췄다. "분명히 그럴 거야."

"그렇다면 기대해야겠네."

"그리고 꾸러기교실에 관한 일이라면 언제든 도와줄게." 안타깝게도 지몬은 화제를 금방 돌려버렸다. "홍보

관련 일은 내가 기꺼이 맡아서 할게. 그러고는 틈틈이 편집자 일자리를 구하는 데 집중하려고."

"아니면 이제 마음먹고 베스트셀러를 써보는 건 어때?"

"지금은 그런 걸 생각할 여유가 없어."

"왜 없는데?" 한나가 궁금해 하며 물었다. "내 생각에는 지금이 딱 적당한 때 같은데."

"딱 적당하다고?"

"그러니까 자기는 지금 딱히 할 일이 있는 것도 아니고 6개월 정도는 월급 전액을 계속 받을 수 있으니까. 위로금까지 더하면 1년 생활비는 충분하잖아? 난 자기가 정말 행운아라고 생각해!"

"행운아라고?" 지몬은 어이없다는 듯 한나를 쳐다보았다.

"1년 동안 월급은 월급대로 다 받으면서 집에 앉아서 소설을 쓸 수 있잖아? 누구나 한번쯤 꿈꾸는 일이잖아?"

"'일어나는 모든 일에는 이유가 있다'라는 너의 그 무한 긍정주의가 가끔은 짜증나." 지몬이 약간 언짢은 목소리로 말했다. "너는 한순간에 직장을 잃고 길거리에 나앉은 심정이 어떤지 모르잖아."

한나는 입을 다물었다. 지난 몇 년간 보육교사로 일하면서 얼마나 힘들어했는지 지몬이 까맣게 잊은 것 같아 조금은 서운했다. 얼마 전만 해도 한나의 일이 책임은 엄청 요구하면서도 보수는 적게 주는 불공평한 일이라고 말했으면서.

언론미디어 업계 상황이 그렇게 나쁘다면 다른 직업을 찾아야 할 시점은 아닌지 묻고 싶은 것도 꾹 참았다. 그의 말은 사실이기 때문이다. 든든했던 직장을 잃고 게다가 희망까지 잃는다는 것이 어떤 의미인지 한나는 모른다. 그녀는 대학 졸업장도 없는 '그저' 보육교사일 뿐이다. 하지만 그 대신 확고하고 무한한 긍정마인드의 소유자다.

그래서 한나는 어떤 문 하나가 닫히면 곧 더 좋은 문이 열릴 거라는 확신을 갖고 있었다. 하지만 이런 생각 역시 지몬에게 얘기한 적은 없다. 반응이 뻔할 테니까. "달력에나 적힌 유치한 명언들을 내 앞에서는 제발 참아줘"라며 투덜거렸을 것이다.

지몬은 혼자서 수렁에서 빠져나와야 하는 사람이다. 그래서 한나는 가능한 아무 말도 하지 않았다. 일단 스스로 빠져나올 수 있게 가만히 내버려두거나 혹시나 어떻게 될지 모르니 어쩌면 어릿광대 의상을 준비해놓는 것이……

신문사나 잡지사 또는 온라인 편집국에서 새로운 일자리를 찾기란 녹록치 않았다. 제아무리 작은 언론사에 이력서를 보내도 몇 주째 거절통보만 날아왔다. 지몬은 상당히 의기소침해졌고 둘의 관계에도 긴장감이 흘렀다.

한나가 의욕과 열정에 사로잡혀 창업을 준비하는 동안 일자리를 못 구해 집에 박혀 있는 날이 길어질수록 지몬의 기분은 더욱 가라앉았다. 한나는 지몬을 처음 만났던 때가 그리웠다. 지몬은 특유의 유머와 매력과 사랑스러운 태도로 한나의 마음을 녹이곤 했다.

한나와 지몬은 그녀가 일하던 어린이집에서 처음 만났다. 지몬이 그의 대자(代子)를 데리러 왔을 때였다. 둘 사이에 미묘한 기류가 흘렀고 그는 갑자기 눈에 띄게 자주 아이를 데리러 오기 시작했다.

우연이었을까 일부러 그랬을까? 아마 후자였을 것이다. 두 달 정도 지나자 지몬은 한나에게 일터가 아닌 다른 곳에서 만나고 싶다고 조심스레 제안했다.

"한나 씨를 더 자주 보고 싶은데, 그러려면 제가 직접 아이를 낳아서 데리고 와야 하는데 그러기에는 시간이 오래 걸릴 것 같아서요." 지몬은 천연덕스럽게 말했다. "그리고 그렇게 되면 우리 두 사람을 위한 완벽한 타이밍은 이미 끝난 후겠지요." 그의 독창적인 데이트 신청을 떠올린 한나는 배시시 미소를 지었다.

엘베 강변에서 피크닉으로 보낸 첫 데이트의 기억이 불현듯 떠올랐다. 정말 환상적이었다! 지몬은 아름다운 5월의 햇살처럼 환히 빛났고 두 사람은 오전부터 밤늦게까지 강변 모래사장에 캠핑담요를 깔고 앉아 배들을 구경하면서 지몬이 커다란 가방 두 개에 가득 담아온 음식들을 먹었다. 차가운 화이트와인과 샴페인, 주스와 생수, 과일과 치즈, 치아바타, 샐러드, 직접 만든(직-접-만-든!) 프리카델레(독일식 고기완자-옮긴이), 파타 네그라(발톱이 검은 돼지 햄-옮긴이), 감바스, 여러 가지 에피타이저 등─ 지몬은 한나에게 잘 보이기 위해 파티 음식을 몽땅 가져왔다. 그뿐 아니라 제대로 된 유리잔, 접시, 커트러리, 천 냅킨까지 모두 준비해왔고 날이 어두워지자 가져온 캠핑용 횃불에 불을 붙였다. 한나는 마치 연회장에 온 듯한 기분이었다. 모래사장 위에서 펼쳐지는 연회.

그리고 첫 키스…… 수줍고 사랑스러웠으며, 흥분되고 떨렸다. 미친 듯 뛰는 지몬의 심장을 한나가 느낄 수 있을 정도로.

둘은 많은 대화를 나눴다. 지몬은 신문사에서 일어나는 흥미진진한 일들을 쉼 없이 얘기했다. 언젠가는 하고 싶은 세계 여행에 대해서, 그리고 시간이 나면 꼭 소설을 쓰고 싶다고 말했다. 그는 웃음과 호들갑, 재미있는 이야기로 그녀의 정신을 쏙 빼놓았다. 열광과 열정, 열의가 넘쳤다!

그런데 얼마 지나지 않아 지몬의 어머니가 암으로 사망했다. 아버지도 몇 년 전 암으로 세상을 떠난 터였다. 그가 어머니를 잃은 충격에서 조금 회복되려 할 때 미디어 업계에 위기가 불어 닥쳤다.

편집국 동료들이 하나 둘씩 회사를 떠날 때마다 지몬

─
32

은 점점 더 불안하고 소심하고 비관적으로 변해갔다. 그토록 염려하던 해고 한파는 결국 그에게도 들이닥쳤다. 한나는 지몬이 그토록 비탄에 빠져 있었던 것을 생각하면 그 스스로 자초한 일이 아닌가라는 생각이 들었다.

그 이후로 지몬은 인생과 운명 그리고 자신에 대해 불평을 늘어놓기 시작했다. 한나는 그런 지몬이 한편으로는 이해되면서도 다른 한편으로는 짜증이 났다. 인정하기 싫지만 사실이다. 한나는 그의 태도가 잘못됐다고 확신했다. 지몬은 말도 안 되는 소리로 치부했지만 그녀는 모든 사람의 에너지는 그 사람의 생각을 따라간다고 믿었다. 낙관론자는 좋은 것을, 비관론자는 나쁜 것을 경험하게 된다. 그래서 부정적인 생각만 하는 사람에게는 우주가 그에 걸맞은 결과를 선사하는 것이다.

한나는 지몬이 그렇게까지 비관할 이유가 없다고 생각했다. 그는 젊고 건강하고, 몸을 누일 집도 있고, 먹을 것도 충분하고 사랑하는 여자 친구도 있다. 세상에는 그보다 나쁜 상황에 처한 사람이 얼마나 많은가! 지몬이 빨리 새 직장을 구해서 예전의 모습을 되찾길 간절히 바랐다.

전화벨 소리가 울리자 한나는 지몬에 대한 생각을 머릿속에서 쫓아낸 후 벌떡 일어나 전화기가 있는 복도로 뛰어갔다.

"안녕?" 전화를 받자마자 리자의 밝은 목소리가 귓가에 울렸다.

"안녕." 한나는 하품을 겨우 참으며 인사했다.

"어머, 미안해. 혹시 나 때문에 지금 깼어?"

"무슨 소리! 나야 벌써 몇 시간 전에 일어났지." 한나가 허풍을 떨었다.

"그렇다면 다행이네. 나는 혹시 나 때문에……."

"아니야, 괜찮아." 한나가 친구의 말을 끊었다.

"언제? 준비됐어?"

"물론이지! 정말 기대돼 미치겠어!"

"그럼 10시에 꾸러기교실에서 만날까?"

"9시 반에 보자. 나는 거의 다 준비했거든."

"좋아. 그럼 나도 서둘러서 준비할게. 가는 길에 뭐 더 사갈 것 있어?"

"혹시 나보다 먼저 도착하면 빵집에 주문해둔 빵을 찾아오면 좋겠어." 꾸러기교실로부터 대각선에 위치한 빵집이었다.

"알았어." 리자가 흔쾌히 말했다. "또 다른 할 일은 없어?"

한나는 잠시 생각했다. "없어. 나머지는 다 준비됐어. 음료수상자와 풍선에 넣을 헬륨가스와 일회용품들은 지몬의 차에 실려 있어."

"지몬은 언제 오기로 했는데?"

"11시쯤 온대."

"알았어." 리자가 말했다. "그럼 이따 보자."

"그래, 이따 봐!"

한나는 수화기를 내려놓자마자 조금 전 꿈에서 느꼈던 엄청난 설렘을 다시 느꼈다. 그녀는 미소를 지으며 안도의 한숨을 내쉬었다. 마침내 그것이 무엇인지 깨달았기 때문이다. 그녀는 분명 지난 밤 사랑에 빠졌다.

이제부터는 더 이상 형편없는 월급으로 혹사당하는 직원이 아니라 '꾸러기교실'의 당당한 공동사장인 한나 마르크스라는 사실과 사랑에 빠졌다!

3

요나단

1월 1일 월요일, 8시 18분

요나단은 조심스럽게 주위를 두리번거렸다. 이상한 소리 같지만 누군가 그를 지켜보는 것 같았기 때문이다. 하지만 아무도 없었다. 알스터 호수 주변에는 아직 사람의 그림자조차 없었고 차 한두 대만 도로를 천천히 다니고 있었다.

요나단이 다시 다이어리를 들여다보려는 찰나 어떤 움직임이 느껴졌다. 누군가 있다! 아래쪽 강변 '알스터페를레' 뒤에 반쯤 몸을 가린 그림자 형상이 보였다. 요나단은 다이어리와 가방을 꽉 움켜쥐고 무작정 달려갔다.

역시 잘못 본 것이 아니었다. 물가에 서서 거울같이 반드러운 강물을 바라보며 서 있는 사람이 보였다.

"안녕하세요!" 요나단이 숨을 헐떡이며 말을 걸었다.

그러나 그는 미동도 없이 계속 알스터 호수만 뚫어지게 보고 있었다.

"이봐요!" 조금 더 큰 소리로 불렀지만 여전히 반응이 없었다. 요나단은 발걸음을 늦추고 천천히 다가가 크고 늘씬한 남자 앞에 섰다.

청바지에 운동화, 흰색과 빨간색 줄무늬 티셔츠만 입은 남자의 모습은 영하의 날씨에 호숫가를 산책하기에 결코 적합한 차림이 아니었다.

"안녕하세요?" 요나단은 다시 인사를 건네며 남자의 어깨를 조심스레 건드렸다.

그제야 움찔하며 뒤돌아본 젊은 남자는 짐작컨대 30대 초중반 정도로 보였다. 그는 눈을 동그랗게 뜨고 놀란 눈으로 쳐다보았다. 금테 안경 덕분에 초록색 눈이 더욱 커 보였다. "저요?"

"네." 요나단은 여전히 숨을 헐떡였다.

"왜 그러십니까?"

"혹시 이거 그쪽 겁니까?" 요나단은 낯선 남자에게 다이어리와 가방을 들이밀었다. 그러는 자신이 조금 바보같이 느껴졌다. 이 사람이 뭐라고 생각할까? 조깅하던 사람이 숨을 헐떡이며 다가와 다짜고짜 물건을 들이미는 모습은 분명 이상해 보일 것이다.

낯선 남자는 역시나 고개를 저었다. 처음에는 천천히, 갈수록 격렬하게. "아니오. 제 물건이 아닙니다."

"아, 그렇군요." 요나단이 아쉽다는 듯 말했다. 왠지 설명해야 할 필요성을 느꼈다. "이게 제 자전거에 있었어요. 그러니까 이 가방이 제 자전거 손잡이에 걸려 있었는데, 가방 안에 이 다이어리가 있었어요." 요나단은 마치 증거라도 제출하듯 다시 한 번 다이어리를 가리켰다. "주위에 그쪽 말고는 아무도 없어서 혹시 이 가방 주인이신가 해서……." 더 이상 할 말이 생각나지 않았다.

"제가 그쪽 자전거 손잡이에 가방을 매달아 놓았는지 물어보시는 거죠?" 젊은 남자는 미소를 지었다.

"네, 그렇습니다."

남자는 또다시 고개를 저었다. 이번에는 재밌어 하는 눈치였다. "저는 그쪽 자전거에 물건을 매단 적이 없습니다." 그의 엷은 미소는 어느새 환한 미소로 번졌다.

불현듯 해리 포터가 떠올랐다. 금속테 안경과 살짝 헝클어진 갈색머리에 동안인 남자를 보니 저절로 해리 포터가 생각났다.

순간 요나단의 머릿속에 그의 아버지 볼프강에 대한 생각이 스쳤다. 치매 때문에 어쩔 수 없이 자리에서 물러나 요양원으로 들어가기 전까지, 아버지는 입버릇처럼 본인 인생의 가장 큰 굴욕에 대해 언급했다. 90년대 후반, 아버지는 모든 편집자의 찬성에도 불구하고 작은 마법학교 학생에 관한 독일어 판권을 거부했다. 볼프강 그리프는 수백만부가 팔린 해리 포터의 대성공을 '서양문화의 몰락의 징표', '서양 문학의 오점'이라며 폄하했다.

아버지는 지금도 가끔 맑은 정신이 돌아올 때면 그 이야기를 꺼냈다. 요나단은 아버지가 지금처럼 병든 상태에서도 그 천진난만한 아동서에 그처럼 흥분하는 이유를 알 수 없었다. 나중에 자신은 부디 그러지 않기를. 그것이 치매든 놓쳐버린 기회에 대한 후회든.

아버지가 뼈아픈 기억들을 떠올릴 때마다 요나단은 그리프손 출판사의 아동청소년 분야는 해리 포터 없이도 아주 잘나간다는 말로 진정시켰다. 물론 새빨간 거짓말이다. 그는 마르쿠스 보데의 조언을 받아들여 아동청소년 분야를 이미 3년 전에 완전히 정리했다. 보데는 아동청소년 부문이 출판사의 브랜드를 모호하게 만들고 독자성을 훼손한다고 설명했다. 차라리 출판업자들과 재력 있는 타깃그룹이 인정하는 핵심 분야인 고급 문학과 전공서적에 집중하는 것이 낫다고 조언했다.

보데는 '정말 중요한 핵심 분야'에 집중한 것이 얼마나 큰 성과를 거두었는지 늘 강조했고 요나단도 수긍할 수밖에 없었다. 출판사는 잘 돌아갔고 수익도 많았다. 신문 문화면이 가장 선호하는 출판사이기도 했다.

"괜찮으세요?" 젊은 남자의 목소리에 요나단은 다시 현실로 돌아왔다. 바람이 부는 알스터 호숫가에 서 있는 상당히 차가운 현실로.

"네?네." 요나단이 급히 대답했다. "그저 누가 이 가방을 내 자전거에 걸어놨나 이상해서……."

남자는 미소를 짓는 동시에 어깨를 으쓱했다. "혹시 새해선물 아닐까요?"

"아, 네." 요나단은 별 감흥 없이 대답했다. "그럴지도 모르겠네요. 그럼 저는 이만……." 그는 젊은 남자를 향해 정중하게 고개를 끄덕였다. "아무튼 실례했습니다. 새해 복 많이 받으세요."

"네, 새해 복 많이 받으세요!" 남자는 인사말을 마치기도 전에 알스터 호수를 향해 다시 몸을 돌려 하던 일을 계속했다. 말없이 수면을 물끄러미 바라보는 일.

요나단은 자전거 쪽으로 가려고 몸을 돌렸다.

"아쉽네요."

소리가 너무 작아서 긴가민가한 요나단은 그는 뒤돌아보았다. 호숫가의 남자도 뒤돌아보았다.

"뭐라고 하셨어요?" 요나단이 물었다.

"아쉽지 않아요?" 해리 포터를 닮은 남자가 물었다.

"뭐가요?" 요나단은 낯선 남자를 향해 다시 몇 발짝 다가갔다.

남자는 고갯짓으로 호수를 가리켰다. "백조들이 다 사라진 것 말입니다."

"백조들?"

"백조들은 뮐렌타이히에 있는 겨울나기 쉼터에서 머물다가 봄이 되면 다시 이곳으로 돌아오죠." 그는 한숨을 쉬었다. "정말 애석한 일이죠."

"음." 요나단은 딱히 할 말이 없었지만 기대에 가득 찬 남자의 눈빛 때문에 마지못해 덧붙였다. "정말 아쉽네요."

"저는 백조를 바라보는 것을 정말 좋아하거든요."

"그러시군요." 요나단은 이해할 수는 없지만 고개를 끄덕였다. "정말 아름다운 동물이죠."

"영적인 동물이에요." 겨우 알아들을 만큼 나지막하고 조용한 목소리였다. "백조는 빛, 순결 그리고 완성을 나타내요. 초탈의 상징이죠."

"아," 요나단이 아리송한 감탄사를 내뱉었다. "굉장하네요." 어떻게 그런 걸 아는지 물으려는 찰나 왜 젊은 남자가 이렇게 가벼운 옷차림으로 새해 첫날 아침부터 추위에 떨며 호숫가에 서 있는지 깨달았다.

마약이다!

이 사람은 아마 송년 파티를 거하게 하고 여전히 자기만의 세계에 머무른 상태일 것이다. 요나단은 그가 동상에 걸리거나 어리석은 짓을 못하도록 경찰에 신고하는 것이 시민의 의무인가 잠시 생각했다. 하지만 이내 그 생각을 집어치웠다. 남자는 멀쩡해보였다. 이상한 소리를 하고 조금 창백해 보이기는 했지만 맛이 간 사람 같진 않았다.

"그럼 뮐렌타이히로 가보세요. 백조가 그렇게 보고 싶다면 말이죠. 여기서 멀지 않아요." 요나단이 제안했다.

남자는 여전히 미소 지으며 고개를 끄덕였다. "네, 정말 좋은 생각이네요." 그러더니 더는 아무 말 없이 터덜터덜 걸어갔다. 뮐렌타이히에 가는지는 알려주지 않은 채.

요나단은 잠시 멈추고 괴짜의 뒷모습을 바라보았다. 해리 포터를 닮은 남자가 무슨 약을 먹었는지는 모르지만 놀라운 효과가 있는 것만은 분명했다.

요나단은 생각에 잠긴 채 걸음을 옮겼다. 백조, 영적인 동물, 초탈……. 미쳤군!

산악자전거를 세워둔 곳으로 와서야 그의 손에 여전히 가방과 다이어리가 들려있는 것을 깨달았다. 이걸 어떻게 하지?

요나단은 다시금 주위를 두리번거렸지만 멀리 걸어가는 젊은 남자 외에는 아무도 보이지 않았다.

벤치에 앉은 요나단은 다이어리의 부드러운 가죽 표지를 매만졌다. 잠시 망설인 그는 결국 똑딱단추를 열고 다이어리를 펼쳐보았다.

— 당신의 완벽한 1년

첫 페이지에 만년필로 쓴 글씨가 적혀 있었다. 다른 건 전혀 없었다. 보통 다이어리에 적어놓기 마련인 이름도 주소도 없었다.

몇 장을 넘기다가 이제 막 시작된 새해 1월 1일이 적힌 곳을 펼쳤다. 다이어리는 날짜당 한 페이지 분량이었고 모든 페이지에 글이 빼곡히 적혀 있었다. 첫 페이지에 적힌 것과 똑같은 예쁜 글씨체였다.

— 1월 1일

우리는 인생의 날들을 늘릴 수는 없지만,

그 날들에 생기를 불어넣을 수는 있다.

—중국 격언

요나단은 속으로 몸서리를 쳤다. 정말 진부하기 짝이 없는 달력용 격언이군! 이보다 심한 것은 '카르페 디엠!' 정도뿐일까. 아니면 너무 자주 인용되어 흔해 빠진 찰리 채플린의 명언 '웃음 없는 하루는 낭비한 하루다.' 선물받은 머그컵에 적힌 끔찍한 금언들! 그런데도 호기심이 생긴 요나단은 오늘 하루를 위해 적힌 글을 끝까지 읽어 갔다.

— 12시까지 푹 자기. 침대 위에서 H와 함께 아침식사 하기. 알스터 호숫가를 산책하고 알스터페를레에서 글뤼바인(계피와 레몬 등을 넣고 끓인 뜨거운 포도주—옮긴이) 마시기.

- 오후에 할 일: DVD 연이어 보기. 볼만한 영화:
  — P.S. 아이 러브 유
  — 버킷리스트
  — 노트북
  — 양들의 침묵
- 대안 : 남과 북 모든 시리즈
- 저녁에 할 일: 방울토마토와 파마잔 치즈를 곁들인

파스타 & 와인 먹기

• 밤에 할 일: 꼭 껴안기, 별 보기, 소망 속삭이기

요나단은 참지 못하고 웃음을 터뜨렸다. 영화 선정이 뭐
이래? 〈양들의 침묵〉을 본 후에 '소망 속삭이기'를 어떻
게 하려고? 〈남과 북〉 모든 시리즈를 다 보려면 뭘 먹거
나 껴안을 시간이 없을 텐데. 엄청난 시간이 걸릴 게 분
명하니까.

몇 년 전 티나가 매주 '남과 북'에 등장하는 어리와 매
들린의 유치한 사랑이야기를 보자고 조른 적이 있었다.
이 외화 시리즈는 전기톱 살인마 영화 열 편 만큼 보기
힘들었다.

호기심이 발동한 그는 계속 페이지를 넘겼다. 남의 일
기장을 엿보는 것처럼 옳지 않은 행동인 것을 알지만 참
기 힘들었다. 한 장 한 장 넘길수록 감탄이 샘솟는 걸 부
정할 수 없었다. 누군지는 모르지만 일 년의 마지막 날까
지 세세하게 기록하는 수고를 아끼지 않았다. 12월 31일
까지 모든 장이 빼곡하게 채워져 있었다. 비록 거의 모든
기록이 상투적인 명언들로 시작되기는 했지만 (무엇이든
마음의 눈으로 볼 때 가장 잘 볼 수 있다. 가장 중요한 것은 눈
에 보이지 않는다—생텍쥐페리) 존경심이 들 정도였다.

8월 25일처럼 거창한 스케줄도 가끔 적혀 있었다.

— 캠핑카를 빌려 장크트 페터 오르딩으로 떠나기. 조개 줍기, 바비큐, 야외 취침. 음악 잊으면 안 돼!

3월 16일처럼 소박한 스케줄도 있었다.

— 내 생일!
오후에 하인 거리 '뤼트 카페'에 가서 속이 메슥거릴 때까지 케이크 먹기

6월 21일에는 이렇게 적혀 있었다.

— 여름 시작! 새벽 5시 엘베 강변에서 일출 구경하기!

한 장 한 장 넘겨가며 읽을수록 요나단은 왠지 슬퍼졌다. 이 다이어리가 그를 위한 것이 아니라는 사실이 분명하니까. H로 시작하는 이름을 가진 지인조차 없다. 옆집 헤르타 파렌크로크 부인을 제외하면. 백 번 양보해서 그 부인의 생일이 3월 16일이라고 해도 분명 90세가 넘었을 그녀는 강아지 다프네와 살고 있다. 그 노부인이 몇 주 동안 매일 책상 앞에 앉아서 요나단을 위해 다이어리의 모든 페이지를 채웠다는 것은 말도 안 된다.

요나단이 이상한 기분에 사로잡힌 이유는 바로 글씨체였다.

다이어리의 글씨체가 어머니 소피아와 비슷하다는 사실을 한참 만에 깨달은 것이다. 요나단이 10살 때 아버지와 이혼하고 떠난 어머니였다.

요나단은 한동안 어머니를 잊고 살았다. 하지만 다이어리를 보고 있으니 옛날 어머니가 집안 곳곳에 남겼던 수많은 편지와 쪽지들이 기억나 가슴이 아팠다.

"잘 잤어, 우리 아들? 오늘 행복한 하루 보내!" 아침이면 스크램블에그와 햄이 담긴 접시 옆에 이렇게 적힌 쪽지가 있었다. 학교 쉬는 시간에 어머니가 간식으로 싸준 빵을 꺼낼 때마다 포장지에 "맛있게 먹어!♥"라고 적혀 있었다. "너무 실망하지 마. 다음 시험은 잘 볼 거야!" 망친 수학시험 공책에는 이런 쪽지가. "좋은 꿈꾸렴." 어머니는 매일 밤마다 이 쪽지를 베개 밑에 넣어주었다.

하지만 남편뿐 아니라 하나뿐인 아들까지 버리고 떠난 그녀에게 이 쪽지들은 아무 소용없었다. 어머니는 요나단의 아버지를 처음 만났던 고향 피렌체 근교로 돌아갔다. 그런 지 30년이 넘었다.

그동안 요나단은 차가운 북쪽나라의 차가운 아버지 곁에 남았다. 요나단 N. 그리프의 N이 '니콜로'의 약자라는 것은 비밀이다. 어머니의 속삭임이 들리는 듯 했다. "니콜리노. 사랑하는 내 아들. 띠 아모 몰토. 몰토, 몰토, 몰토(Ti amo molto. Molto, molto, molto, 아주 많이 사랑해)!"

그러나 어머니는 떠났다. 처음 3년 동안은 편지도 주고받고 전화도 하고 가끔 방문해서 얼굴을 보기도 했지만 요나단이 사춘기 절정을 달리고 있을 때 앞으로는 보고 싶지 않다는 엽서를 보냈다

놀랍게도 어머니는 그의 뜻을 따라주었다. 요나단은 그 이후로 오늘날까지 어머니의 소식을 전혀 듣지 못했다.

요나단은 왠지 섬뜩하게 어머니를 연상시키는 글씨체를 뚫어지게 쳐다보았다.

갑자기 빗방울이 종이 위에 떨어져 잉크가 살짝 번지자 요나단은 당황하며 손으로 빗물을 쓱 닦았다. 하지만 비가 오지 않는다는 사실을 알고선 더욱 당황했다. 이게 무슨 상황이람!

그는 황급히 다이어리를 덮어 가방에 넣고 지퍼를 잠갔다. 벤치에 올려두면 주인이 나중에 찾기가 더 쉽겠지? 아마 가방이 길거리에 떨어져 있었는데 지나가던 행인이 찾기 쉬우라고 그의 자전거 손잡이에 걸어놓은 것이 분명했다.

자전거 자물쇠를 풀려고 숫자를 돌리던 요나단의 손이 덜덜 떨렸다. 에너지를 다 소진한 상태에서 아무것도 먹지 않았으니 당연한 일일 것이다. 빨리 집에 가서 제대로 된 아침을 먹어야 한다. 그는 자전거 페달을 힘껏 밟았다. 몇 미터 달리자마자 맥박측정기는 175를 가리켰다.

그러나 3분 후, 힘껏 급브레이크를 밟는 바람에 하마

터면 자전거에서 떨어질 뻔했다. 그냥 갈 수는 없다. 아무나 저 가방을 들고 가게 놔두면 안 된다!

요나단은 되돌아갔다. 다이어리가 든 가방을 집으로 가져가 차분히 방법을 모색해서 주인을 찾아주기로 결심했다. 그게 맞는 것 같았다.

4
—

한나

2달 전
10월 29일 일요일, 12시 47분

"지금 당장 전화 받지 않으면 경찰에 신고할 거야! 아니면 내가 심장마비로 쓰러질지도 몰라! 아니면 두 가지 다 할지도 몰라!" 한나가 수화기에 대고 어찌나 크게 소리질렀던지, 전화연결이 안 되는 상태에서도 호헨펠데에 있는 지몬의 집까지 들리지 않을까 하는 생각이 들 정도였다.

"우리가 러시아 마피아를 보낸다고 전해!" 리자가 뒤에서 소리쳤다. "알바니아 마피아도 같이!"

"들려?" 한나가 또 고래고래 소리를 질렀다. "리자 정말 화 많이 났어!" 한나는 잠시 말없이 기다렸지만 자동응답기가 돌아가는 소리 말고는 아무 소리도 들리지 않았다. 아무도 전화를 받지 않았다. 지몬 집 전화도, 그의 휴대폰도 침묵했다. 한나의 남자친구는 완전히 연락두절 상태였다.

한 시간 후면 개업식 첫 손님들이 들이닥칠 것이다. 모

—
49

든 준비는 완벽하게 끝났다. 인형극을 할 사람도 제시간에 도착해 어슬렁거리고, 페이스페인팅을 위해 고용한 여학생들은 구석에 자리 잡고 앉아 도구들을 정리하고 있었다. 입구 바로 옆 주차장에는 에어바운스가 설치되었고 스피커에서는 신나는 음악이 흘러나왔다. 맛있는 빵, 친구들과 한나와 리자의 부모님들이 가져온 다양한 종류의 케이크와 과자가 가득했다. 로고가 인쇄된 500개의 풍선만이 여전히 봉지 안에 불지 않은 채 들어있었고, 음료수를 놓을 탁자 위에는 수돗물과 리자가 반쯤 마시다 남긴 미지근한 콜라 한 병만 덩그러니 있었다. 1회용 접시와 플라스틱 컵도 없다.

"걱정하지 마. 늦어도 10시 반까지는 도착해서 온 힘을 다해 풍선을 몽땅 불어 놓을 테니까!" 전날 저녁까지만 해도 지몬은 이렇게 약속했다. '중요한 날'을 앞두고 함께 한나의 집에서 보내지 않고 굳이 자기 집으로 돌아가서 자고 내일 아침에 오겠다고 하던 그의 약속이었다.

"가벼운 감기기운이 있는 것 같아. 내일 열심히 일하려면 오늘 보온주머니를 품고 일찍 잠자리에 드는 것이 좋겠어."

열심히 일해? 물론 그럴 줄 알았다. 마치 땅이 그를 삼켜버린 듯 연락두절이 되어버릴 줄이야. 혼자만 사라졌으면 그러려니 하겠지만 풍선에 주입할 헬륨가스와 식기 그리고 개업식에 사용할 음료수를 전부 지몬이 가지고 있다는 사실은 재앙과 같았다!

정말 이해할 수 없었다! 지몬은 믿음직스러운 사람이었다. 그래서 지몬이 기자증을 소유하고 있으니 메트로에서 도매가로 필요한 물건들을 사다주겠다고 제안했을 때 한나는 정말 기뻐했다. "거기서 사는 게 훨씬 싸. 너희가 들고 오려면 너무 무겁기도 하고. 내가 할게. 장보는 비용도 개업식 선물로 쏠게."

"이제 어떻게 하지?" 리자가 걱정스럽게 물었다. 한나는 어깨를 으쓱했다. "모르겠어."

"내가 아까 마피아 이야기해서 화났을까? 그냥 한 말인데."

한나는 눈동자를 굴렸다. "설마 지몬이 네 헛소리 때문에 화가 났는지 여부를 진지하게 걱정하는 건 아니지?"

"당연히 아니지." 리자가 얼른 얼버무렸다. 한나는 그래도 리자가 내심 걱정한다는 것을 눈치 챘다. 리자는 그런 사람이다.

"좋아." 한나는 모른 척 넘어갔다. "지몬이 지금 어딨는지는 잠깐 접어두고 음료수부터 해결하자."

"내가 얼른 빵집에 가서 주스하고 물 사 올게." 리자가 말했다. "어쩌면 플라스틱 컵하고 일회용 접시도 팔지 몰라."

"거기 얼만지 알아? 카프리썬이 2유로나 한다고!"

"그럼 어떡해?"

잠시 생각에 잠긴 한나는 재빨리 옷걸이에 걸린 코트를 낚아챘다. "내가 지몬 집에 가서 지금 뭐하고 있는지 보고 올게."

"그럼 나 혼자 여기서 어떡하라고?"

"풍선 좀 불고 있어. 서두르면 오십 개 정도는 불 수 있을 거야!"

15분 후 한나의 낡은 트윙고 자동차가 요란한 소리를 내며 지몬의 집 앞에 멈춰 섰다. 황급히 뛰쳐나가려다가 긴 머플러가 핸들에 걸려 하마터면 목이 졸릴 뻔했다.

"진정하자, 한나." 머플러를 풀며 한나는 중얼거렸다. 10초 후 마침내 머플러를 풀고선 차분히 차문을 닫고 지몬의 빨간 벽돌집으로 달려갔다.

한나는 초인종을 눌렀다. 또 한 번, 두 번, 길고 세게 눌렀지만 아무 반응이 없었다. 몇 번이고 초인종을 내리눌러도 기척이 없었다. 집에 없는 걸까? 그렇다면 어디에 있는 거지? 몸이 안 좋아서 보온주머니를 껴안고 일찍 잠자리에 들겠다고 했는데?

아니면—불현듯 이상한 생각에 소름이 끼쳤다—감기에 걸린 것이 아니라 다른 속셈이 있었던 걸까? 혹시 뜨거운 물을 채운 보온주머니가 아닌 다른 따뜻한 무엇을 껴안고 침대에 누워 있는 걸까?

아니야. 한나는 고개를 저었다. 그럴 리 없다. 지몬은 그런 남자가 아니다. 그렇게 즉흥적인 사람이 아니다. 두 사람이 처음 만났을 때 지몬이 한나에게 데이트 신청을 하기까지 몇 주나 걸렸다. 행동이 민첩한 사람이 절대 아니었다.

'그런데 즉흥적인 만남이 아니라 이미 오래 전부터 알던 사람이라면?' 이라고 속삭이는 작고 악랄한 목소리가 한나의 머릿속을 맴돌았다. 하지만 말도 안 된다. 지몬의 실직 말고 두 사람에게는 아무 문제가 없었고 한나가 새롭게 사업을 시작하는 이때 그런 짓을 할 사람은 절대 아니다. 지몬은 고상하고 품위 있는 사람이다.

한나는 일곱 번째 초인종을 눌렀다. 이제 예의는 지킬 만큼 지켰으니 남자친구가 어쩌고 있는지 직접 확인하기 위해 열쇠를 사용하기로 결심했다. 한나의 마음은 걱정과 분노가 뒤섞였다. 지몬이 집전화도 안 받고 휴대폰도 안 받고 초인종을 눌러도 아무런 반응이 없다면 정말 집에 없든지 밤새 귀머거리가 되었든지 아니면 죽은 것이다.

5

요나단

1월 1일 월요일 9시 20분

요나단은 아침을 먹은 후 편안한 가죽 안락의자에 앉았
다. 서재의 커다란 돌출창문으로 이노센티아 공원을 조
망할 수 있는 자리에 놓인 의자에 앉아 창밖 겨울 풍경을
만끽했다.

하지만 오늘은 지난밤 송년회를 즐긴 사람들이 남긴
쓰레기가 풍경의 아름다움을 가로막았다. 그의 집 앞과
이웃집 앞에도 폐지 수거함과 재활용 수거함에서 쓰레
기가 흘러넘쳐 보기 거북했다. 이 구역의 폐지와 재활용
쓰레기는 격주 월요일에만 수거한다. 마지막으로 크리
스마스 전 월요일에 쓰레기를 수거했고 그 이후로는 환
경미화원들이 모두 크리스마스트리 아래 앉아 캐럴이라
도 부르는 모양이다. 물론 누구나 크리스마스를 즐길 권
리가 있고 휴식을 취할 자유가 있다. 하지만 이건 아니
잖아!

요나단은 고개를 저으며 일어나 책상 앞으로 가서 노

트북을 열었다. 함부르크 시 청소담당과 홈페이지에 접속한 그는 민원 버튼을 누른 후 글을 작성했다.

친애하는 담당자님

새해가 시작되자마자 우리 아름다운 도시의 폐지와 재활용쓰레기 수거 상태에 미흡한 점이 있어 이렇게 글을 올립니다. 현재 집집마다 쓰레기 수거함이 흘러넘쳐서 아름다운 함부르크시의 미관을 심각하게 해치고 있습니다!

물론 이어지는 연휴 기간 때문에 쓰레기가 많이 쌓여 수거가 어려운 점은 이해합니다. 하지만 쓰레기 문제를 해결할 수 있는 긴급대책을 마련하여 세금을 내는 시민이나 시청 직원 그리고 환경미화원 모두가 수긍할 만한 방법을 모색하면 좋겠습니다.

무궁한 발전을 기원합니다.

요나단 N. 그리프

(문 앞에 쓰레기통이 흘러넘치는 이노센티아 거리에 거주 중)

그는 쓴 글을 다시 한 번 읽어본 후 전송 버튼을 누르고 고개를 끄덕였다. 좋아, 잘했어. 문제 해결은 문제 인식에서부터 시작하지. 일을 엄중하고 적극적으로 처리하는 것은 기분 좋은 일이었고 정의를 구현한다는 생각에 소름이 돋을 만큼 뿌듯했다.

그는 다시 안락의자에 앉아 다이어리를 펼쳐보았다.

이번에는 서체나 내용보다는 다이어리의 주인을 알아낼 수 있는 단서를 찾는 데 집중했다.

허사였다. 3월 16일이 생일이라는 것 말고는 단서가 없었다. 이따금 장소들이 나오긴 했다. 예를 들어 1월 2일에 (저녁 7시, 도로테엔 거리 20번지, 아래서 두 번째 초인종) 약속 장소가 적혀 있었지만 구체적으로 무언가를 해볼 수 있는 정보는 아니었다. 내일 저녁 7시에 도로테엔 거리에 누군가 다이어리를 찾아 거리를 배회하진 않을까 하는 희망을 가지고 직접 찾아가지 않는 한 별 도움이 안 되는 정보다. 그런데 왜 이름 대신 '아래서 두 번째 초인종'이라고 적었을까? 이름이 없으니 구글 검색도 불가능했다. 웬 신비주의? 이래서는 다이어리 주인을 찾는 데 아무 도움이 되지 않았다. 적혀 있는 주소로 찾아갈까도 생각했지만 이내 포기했다. 연휴에 연락도 없이 다짜고짜 찾아가는 것은 큰 실례가 아닌가.

문득 맨 뒷장을 봐야겠다고 생각했다. 대개 주소와 이름, 전화번호 등을 적는 페이지니까. 그럼 다이어리 주인과 연락할 수 있겠지. 하지만 이 역시 빗나갔다. 12월 31일 뒤에 있는 '메모' 란은 비어 있었고 곧바로 뒤표지였다. 하지만 요나단은 뭔가 바스락거리는 소리를 놓치지 않았다. 뒤표지에 주머니가 달려 있는데 그 안에 작은 종이가 들어 있었다. 종이를 잡아당기자 '나중을 위해 보관하기!' 라고 적힌 봉투가 나왔다. 점점 흥미진진한데?

밀봉되지 않은 봉투를 열어본 요나단은 휘파람을 불었다. 가방을 두고 오지 않길 잘했어! 그는 재빨리 봉투에 들어 있는 돈을 세어보았다. 50유로, 20유로 그리고 10유로짜리 지폐들을 합쳐보니 전부 500유로였다.

요나단은 머릿속으로 지금까지의 상황을 정리했다. 누군가 새해 첫날부터 마지막 날까지의 모든 스케줄을 적어놓은 다이어리를 알스터 호숫가에서 잃어버렸거나 버렸거나 아니면 일부러 요나단의 자전거 손잡이에 매달아놓았다. 거기엔 500유로가 든 돈 봉투가 들어 있었다. 그 외에는 아무것도 없었다. 전화번호나 주소도 없고 주인을 찾을 수 있는 어떤 단서도 없었다.

이제 이 다이어리를 어떻게 해야 할까? 갖고 있어서는 안 된다. 누군가 이것을 애타게 찾고 있을 것이다.

유실물센터! 그래, 가방과 다이어리를 유실물센터에 갖다 주면 되겠다. 바로 이런 경우를 위해 존재하는 곳이니까. 누군가는 물건을 잃어버리고, 누군가는 그 물건을 습득해 유실물센터에 맡기면 물건 주인은 잃어버린 물건을 찾아갈 수 있겠지! 요나단은 유실물센터 주소와 운영 시간을 알아보려다 멈칫했다.

그게 최선일까? 이 다이어리는 개인적으로 엄청난 가치가 있는 중요한 물건 같다. 거기에 상당한 금액의 돈까지 들어 있다! 500유로는 결코 푼돈이라고 할 수 없다. 유실물센터의 직원들을 얼마나 신뢰할 수 있을까? 주인이 나타날 때까지 잘 보관할까? 아니면 돈만 슬쩍 챙기고 다이어리는 아무 데나 처박아놓아 다른 유실물들과 함께 먼지가 수북이 쌓인 채 영원히 잊히는 건 아닐까? 센터 직원들의 월급은 얼마일까? 많지는 않을 테고 이렇게 갑작스러운 돈의 등장은 분명 큰 유혹일 것이다. 그러니 유실물센터에 가져가는 것은 좋은 생각이 아니다. 어쨌든 가방은 그의 소유인 자전거에 걸려 있었고 그렇기 때문에 그는 다이어리를 주인에게 안전하게 돌려줄 책임이 있다.

정말 기발한 생각이 떠올랐다! 요나단은 다시 노트북 컴퓨터 앞에 앉았다.

함부르크 신문
편집팀/ 독자 서비스
담당자 귀하

1월 1일 함부르크

친애하는 편집국 팀원 여러분

이번에는 개인적인 부탁이 있어서 이메일을 보냅니다. 오늘 아침 알스터 호수 주변에서 운동을 하다가 가방에 든 다이어리를 습득했습니다. 악용의 우려가 있어 더 자세한 언급은 생략합니다.

혹시 다이어리 주인이 귀사에 신고를 할 경우 다이어리와 가방에 대한 자세한 설명을 받아놓으셨다가 저에게 전달해주시면 제가 편집국을 통해 다이어리를 전달하겠습니다.

다이어리 주인을 찾는 기사를 다음 신문에 실어주시면 대단히 감사하겠습니다!

아무쪼록 늘 그렇듯 귀사의 무궁한 발전을 기원합니다.

요나단 N. 그리프

추신: 다시 한 번 새해 복 많이 받으세요!

6

한나

2개월 전
10월 29일 일요일, 13시 24분

지몬은 다행히 죽지 않았다. 하지만 멀쩡해 보이지도 않았다. 이불을 겹겹이 뒤집고 쓰고 누워 창백하고 코감기에 걸린 얼굴만 겨우 보였다. 주위에는 코푼 휴지들이 밥맛 떨어지게 수북이 널브러져 있었고 침대 옆 탁자 위에는 기침시럽과 목감기 약, 체온계가 있었다.

"대체 무슨 일이야?" 놀란 한나가 소리쳤다.

게슴츠레 눈을 뜬 지몬은 마치 귀신을 본 것처럼 놀랐다. "한나?" 그는 심하게 색색거리며 힘겹게 몸을 조금 일으켰다. "무슨 일로 왔어?" 그의 목소리는 떨렸다.

조금 전만 해도 연인의 초췌한 몰골에 놀란 한나의 걱정은 순식간에 분노로 변했다. 지몬이 죽지 않았다는 사실에 안도함과 동시에 분노한 그녀는 이불을 홱 걷었다. 스웨트셔츠와 스키 탈 때 입는 내복 차림의 몸이 드러났다.

"왜 이래!" 놀란 지몬이 양팔로 몸을 감싸며 항의했다.

"대체 뭐하자는 거야!" 한나의 목소리 역시 떨렸지만 분노의 떨림이었다. "내가 지금 왜 왔는지 정말 몰라? 조금 있으면 개업식인 거 잊었어?"

안 그래도 창백한 지몬의 얼굴이 더욱 하얗게 질렸다. "개업식? 아, 안 돼!" 그는 베개 위로 털썩 엎드렸다.

"하지만 사실이야!"

"정말 미안해!" 지몬은 신음을 내며 몸을 일으켜 머리를 쥐어뜯었다. "잠깐 눈만 좀 붙이려고 했는데 자버렸어. 내가…… 내가……." 그는 미안한 표정으로 한나를 쳐다보며 애써 미소를 지으려 했지만 잘되지 않았다. "정말…… 정말 미안해."

"지금 그걸 말이라고 해?" 여전히 화가 났지만 흥분은 한결 가라앉았다. 지몬의 꼴이 너무 처참해 보였다. 셔츠와 바지가 몸에 딱 달라붙을 만큼 온몸이 땀에 절어 있었다. 걱정스러운 마음에 그에게 이불을 덮어주며 침대 곁에 앉았다.

"30분 후면 개업식인데 11시부터 자기가 오기만을 목이 빠지게 기다렸어." 비난하려고 한 말인데 오히려 슬프고 실망스럽게 들렸다. 이렇게 아픈 사람한테 뭐라 할 수 있겠는가.

"30분 후?" 지몬은 일어나려 했지만 한나가 그의 어깨를 부드럽게 눌러 다시 침대에 눕혔다.

"그냥 누워 있어. 몰골이 말이 아니야."

"몸이 정말 안 좋기는 해." 그는 한숨을 쉬고 신음을 내며 다시 누웠다. 눈꺼풀이 파르르 떨렸다. "열도 나."

"열이 얼마야?" 한나는 탁자 위 체온계를 흘깃 쳐다보았다.

"오늘 아침에 38.2도였어."

"그 정도면 다행이네." 한나는 웃음이 새어나오려는 것을 참으려 애썼다. "그 정도면 아직 견딜 만하겠네. 당장 응급헬리콥터는 안 불러도 되겠어."

"하지만 계속 땀이 난다고." 희미한 항변처럼 들렸다.

"거위털 이불을 세 겹이나 덮고 있으면 나 같아도 땀이 나겠다."

"목도 완전히 퉁퉁 부었어. 봐." 그는 양손으로 턱 아래를 감쌌다.

한나는 몸을 숙여 지몬의 목을 만져보았다. 정말 많이 부었다. "정말이네." 한나가 걱정하며 얼굴을 찡그렸다. "많이 아파?"

그는 고개를 저었다. "아주 많이 아프지는 않아. 하지만 목캔디 열 개 정도는 먹은 것 같아."

"그렇게 힘들었어?"

"더 심해질까 봐 예방차원에서."

"그렇구나." 증세가 별로 심하지도 않은데 약을 많이 먹는 것은 지몬만 그런 건지 다른 남자들도 그러는지 궁금했다. 하지만 목캔디니 많이 먹어도 특별한 부작용은 없을 것이다. 특별한 약효도 없을 테고.

"기운이 하나도 없고 몸이 축축 처져." 지몬은 계속 엄살을 부렸다. "온몸이 다 아프고 어지러워. 조금 전에 화장실도 겨우 갔다 왔어. 다리가 후들거려서 걷기도 힘들어."

"그럼 그냥 누워서 계속 푹 자는 게 좋겠어." 한나는 자리에서 일어났다. 얘기를 더 들어주기에는 시간이 부족했다. 지몬의 라디오시계는 1시 반을 가리켰다. "자기 자동차 열쇠를 주면 짐을 내 차에 옮겨 실을게."

"아니, 기다려!" 그는 다시 몸을 일으켜 앉았지만 행동은 조금 전보다 느렸다. "10분만 시간을 줘. 같이 갈게."

"지몬." 한나는 걱정과 단호함이 섞인 표정으로 그를 쳐다보았다. "일단 10분이나 기다려줄 만큼 여유가 없어. 그리고 지금 자기 상태로는 별 도움이 될 것 같지 않아. 서 있기도 힘들댔잖아. 그러니까 그냥 쉬는 게 좋겠어."

"그래도 되겠어?" 그의 상체는 다시 슬로모션으로 침대 위로 쓰러졌다.

"당연하지. 이제 그만 갈게."

"그냥 내 차 타고 가. 그러면 짐을 옮겨 싣지 않아도 되잖아!"

"자기 차를 타고 가라고?" 한나는 귀를 의심했다. 지몬의 오래된 포드 머스탱은 그가 평소 신성시하는 물건이다.

"당연하지." 그는 한나에게 그의 신성한 자동차 운전

대를 맡기는 것이 이 세상에서 가장 당연한 일이라는 듯 대답했다. 지금까지 그가 차 운전을 한나에게 맡긴 경우는 딱 한 번이었다. 약 6개월 전, 35세 생일을 맞은 그가 친구들과 함께 밤늦게까지 레퍼반에 있는 '한스 알베르스 엑'의 모든 술을 다 비워버리려고 작정했을 때였다. 물론 실패했지만.

지몬이 한나에게 전화해 머스탱을 절대 유흥가에 세워두고 갈 수 없으니 제발 데리러 와달라고 부탁했을 때, 맥주 반 잔만 더 마시면 술집에 있는 술을 다 비우겠다는 목표의 성공을 목전에 둔 듯한 목소리였다.

새벽 4시 반이었고, 함께 있다가 두 시간 전에 먼저 지하철을 타고 돌아온 상황이었기 때문에 한나는 상당히 짜증났다. 그래도 택시를 타고 레퍼반으로 달려가 만취한 연인과 그의 친구들을 지몬의 머스탱에 태워 안전하게 집까지 데려다주었다.

다음날 셋은 심한 두통을 동반한 숙취에 시달렸고 한나는 쌤통이라 여기면서도 점심 무렵 빵과 오렌지주스 3리터를 사들고 찾아갔다. 그러면서 내년 자신의 30번째 생일에 똑같이 되갚아주겠다고 말했다.

하지만 많이 화나진 않았다. 지몬이 그렇게 마음 놓고 즐기는 모습을 최근 거의 본 적이 없었다. 어머니의 죽음 이후 시작되어 편집국 분위기가 안 좋아지면서 더욱 심해졌다. 지나치게 신중해졌고 예전과 비교하면 무슨 일을 하든지 다섯 번은 넘게 생각하고 행동하는 그를 이해할 수 없었다. 하지만 그로부터 3개월 후 진짜 실직할 줄은…… 아무도 예상하지 못했다.

"몸이 정말 안 좋은 모양이네." 한나가 말했다.

"많이 안 좋아." 그는 애써 미소를 지어보였다. "얼른 내 차 갖고 가. 내가 제정신으로 돌아와서 말리기 전에."

"알았어. 끝나고 전화할게." 한나가 서둘러 말했다.

"그냥 내가 전화할게. 몸이 빨리 회복될 수 있게 아침까지 쭉 잘지도 모르겠어."

잠깐 한나의 마음에 다시 불신이 싹트려 했다. 왜 전화하는 것을 만류하지? 뭔가 감출 것이 있어서 방해 받고 싶지 않은가?

하지만 멍청한 생각이다. 지몬의 창백한 얼굴을 보기만 해도 그가 푹 자는 것 말고는 할 수 있는 일이 없음을 알 수 있었다.

한나는 누운 지몬에게 작별의 입맞춤을 하고는 곧바로 계단을 뛰어 내려갔다. 20분밖에 안 남았다. 이제 지몬이 그토록 아끼는 애마가 능력을 보여줄 때다!

요나단 N. 그리프 귀하

친애하는 그리프 씨

귀하의 새해인사에 감사드리며 새해 복 많이 받으시기를 기원합니다.

저희 신문사는 애정을 가지고 관심 있게, 지켜봐주시는 애독자들에게 늘 감사드립니다. 저희가 바쁘고 정신없이 일하다 보니 미처 발견하지 못한 오타나 실수를 늘 지적해주셔서 감사드립니다. 얼마 전 지적하신 오류도 바로 교열편집국에 전달했습니다.

가방과 다이어리 습득 문제와 관련해서는 안타깝지만 저의 신문에 실어드릴 수 없음을 알려드립니다. 물론 귀하께서 저희 신문사에 습득 광고를 내시는 것은 가능합니다. 광고부서 및 광고비용은 본 메일에 첨부했습니다.

개인적으로는 가방과 다이어리를 관할 유실물센터에 맡기는 것을 추천합니다. 인터넷으로 관할 센터를 쉽게 찾으실 수 있으리라 생각합니다.

감사합니다.

군다 프로브스트

함부르크 뉴스 독자서비스

함부르크 시민이 함부르크 시민을 위해 만든 신문!

7

요나단

1월 2일 화요일 11시 27분

역시 그렇군. 이런 '사소한 것'을 실어줄 공간이 함부르크 신문에는 없단 말이지? 요나단은 네 번째 줄 잘못된 위치에 자리한 쉼표를 노려보았다. 독자서비스 담당자 군다 프로브스트라는 여자한테 이런 기사도 실어주지 않는다면 '함부르크 시민이 함부르크 시민을 위해 만든 신문!'이라는 구호를 어떻게 이해해야 할지 모르겠다는 답장을 보내고 싶어 손가락이 근질거렸다. 하지만 요나단은 메일 창을 닫았다. 유실물센터에 보내라고? 날 얼마나 멍청이로 생각하는 거지? 내가 그 생각을 못했을까 봐? 노트북을 닫은 그는 책상 옆에 놓여있는 다이어리를 가만히 바라보았다. 그리고 다시 펼쳐보았다.

익숙한 글씨체. 니콜리노.

문득 터무니없는 생각이 떠올랐다. 아주 괴이한.

그는 얼른 다이어리를 덮었다. 말도 안돼. 어머니가 뭣하러 다이어리가 든 가방을 그의 자전거에 매달아 놓았겠는가? 수년간 일체 연락도 없다가 갑자기? 만약 그렇다면 어머니가 함부르크에 있을 뿐만 아니라 아들을 지켜보고 그의 일거수일투족을 관찰했다는 말이다.

아니다! 정말 말도 안되는 생각이야!

요나단 N. 그리프는 책상의자를 박차고 일어났다. 더 중요한 일이 그를 기다리고 있었다. 마르쿠스 보데와 12시에 미팅이 있다.

아침부터 보데의 비서가 전화를 해서 '긴급회의'를 요청했다. 무슨 일이 그렇게 긴박한 걸까. 4주 전 출판사의 크리스마스 파티에도 얼굴을 내비쳤는데 그 사이에 그리고 연휴 동안 무슨 큰일이 일어났을까?

요나단은 늘 그렇듯 정각에 맞춰 엘베 강가에 자리 잡은 하얀색 그륀더차이트 양식의 대저택에 들어섰다. 이 저택은 몇 세대에 걸쳐 그리프 가문의 소유였고 현재는 약 70명의 직원들이 근무하는 그리프손&북스의 사옥으로 사용되고 있다.

이곳에서 그의 고조부 에르네스트 그리프가 약 150년 전에 출판사를 세웠다. 요나단은 파란 카펫이 깔린 계단을 따라 2층으로 올라갈 때면 늘 경외심, 자부심 그리고 불편함이 뒤섞인 미묘한 감정에 휩싸였다.

맨 위 층계참에는 전임자들의 유화 초상화가 쭉 걸려 있다. 에르네스트 그리프, 증조부 하인리히, 조모 에밀리에 (분만실에서 남자아이인 '에밀'을 기대했는데 마지막에 성별이 바뀌었다) 그리고 아버지 볼프강의 초상화가 걸린 벽을 바라볼 때 이 복잡 미묘한 감정은 최고조에 달해서 자기 사무실로 가는 왼쪽 유리문 안으로 황급히 들어가버렸다.

"새해 복 많이 받으세요, 그리프 대표님!" 사무실 안으로 들어서자 고무나무의 먼지를 닦고 있던 비서 레나테 크루크가 인사를 건넸다. 그녀는 행주를 내려놓고 그에게 다가와 오른손을 내밀면서 왼손으로는 안경을 치켜 올리고 진갈색 원피스의 옷매무새를 가다듬고 머리를 매만졌다.

새하얀 머리를 언제나 단정하게 올려 묶은 레나테 크루크는 예순이 넘어도 미인이라는 사실에는 변함이 없었다. "크루크 여사님도 새해 복 많이 받으세요!" 요나단은 친절하게 미소 지으며 고개를 끄덕이며 "보데 사장 들어오라고 하세요"라는 말을 남기고 사무실로 들어갔다.

"알겠습니다." 비서는 곧바로 책상 위에 있는 전화기를 집어 들었다.

레나테 크루크는 아버지 때부터 비서로 일했다. 이후 요나단 아래서도 계속 비서로 일하지만 너무 할 일이 없어 미안할 지경이었다. 금요일 점심 무렵에 퇴근하고 월요일은 휴무, 주당 28시간 근무시간 중에서 실제로 근무하는 시간은 기껏해야 15시간 정도였다.

은퇴를 앞둔 그녀가 마지막까지 직장인으로, 그러니까… 그러니까… 고무나무에 앉은 먼지를 닦으며 일하고 있다는 것은 행복한 일이었다. 나머지 시간에는 엘베 강변의 환상적인 경치를 즐길 수 있었다.

요나단도 보데를 기다리며 커다란 창밖의 아름다운 경치를 감상했다. 때마침 커다란 컨테이너선이 지나갔다. 갈매기 몇 마리가 배를 따라 강의 어귀로 날아갔다. 어디로 가는 배일까? 아래 강변 쪽에 백조 한 쌍이 있는 것 같았다. 자세히 보니 백조가 아니라 흰색 비닐봉지였다. 요나단은 어깨를 으쓱하고 몸을 돌려 책상 옆 회의용 탁자에 먼저 자리를 잡고 앉았다.

"노크, 노크!" 팔에 서류가방을 낀 마르쿠스 보데가 문틀에 대고 노크를 했다.

요나단은 자리에서 일어나 몇 발짝 다가갔다.

"새해 복 많이 받으세요!" 악수하며 보데가 새해 인사를 건넸다.

"네, 새해 복 많이 받으세요." 보데는 상당히 피곤해 보였다. 30대 후반인 그는 항상 말쑥했고 어떨 때는 지나치게 말끔할 정도였다. 항상 잘 맞는 양복을 입고 금발머리는 정성껏 가르마가 타 있었다. 하지만 오늘은 사흘 정도 깎지 않은 수염과 눈 밑의 다크서클, 살짝 구겨진 셔츠 차림이었다. 컨디션이 전혀 좋아보이지 않았고 긴히 할 말이 있어 보였다.

"문제가 좀 있습니다!" 보데는 곧바로 본론으로 들어갔다.

"무엇입니까?"

보데는 가방을 열어 서류뭉치를 꺼내 탁자 위에 올려놓았다. "연휴 동안 이번 분기 잠정 매출을 계산해 다음 분기를 위한 구체적인 계획들을 세워봤습니다."

"왜 그랬습니까?"

보데는 어리둥절해서 요나단을 쳐다보았다. "네?"

"연휴에 회사 일을 생각하다뇨. 연휴는 쉬라고 있는 것이고 가족과 함께 좋은 시간을 보내야죠." 보데에게는 아름다운 아내와 어린 두 자녀가 있었다.

"아, 네." 마르쿠스 보데는 더 당혹스러워 했다. "그래도 저는 명색이 그리프손&북스의 사장입니다. 당연히 일반 직원처럼 일해서는 안 됩니다."

"물론 그렇지요. 하지만 건강도 생각해야 합니다. 사장이라도 쉴 때는 쉬어야죠."

"지난 분기 매출액이 예상보다 30%나 감소했다는 사실을 안 이상 마냥 쉴 수는 없는 노릇이죠." 그는 헛기침을 하고 눈을 내리깔고 낮은 목소리로 덧붙였다. "그리고 아내와 아이들이 떠나버린 마당에 반드시 휴일이 필요하진 않습니다."

"아, 그러셨군요." 이번에는 요나단이 당황했다.

"네, 그렇게 됐습니다."

"안됐네요." 요나단이 느끼기에도 끔찍하게 어색하지만 달리 할 말이 없었다. 보데와는 관계가 좋은 편이었지만 업무적 관계라 사적인 이야기는 좀 부담스러웠다.

"그렇게 됐습니다." 보데는 몸을 조금 더 움츠렸다.

"우리……" 요나단은 말을 하다말고 뭐라 해야 할지 생각했다. 보통 이런 상황에서 무슨 말을 해야 할까? 티나와 헤어지기로 했다고 알렸을 때 친구들은 뭐라고 했던가?

아무 얘기도 없었다. 그는 아무에게도 이혼 사실을 말하지 않았고 혼자 새로운 상황에 적응해나갔으니까. 지극히 사적인 얘기를 나누고 싶을 만큼 가깝게 지내는 사람도 어차피 없었다. 토마스를 제외하고는. 하지만 이혼 문제에 있어서 토마스는 위로자의 자격 박탈이다.

이혼한 후에야 지인 몇 명이 그의 안부를 물었다. 그들의 주관심사는 둘의 재산 분할 문제였고 그건 아무 문제 없이 순조롭게 해결되었다.

마르쿠스 보데는 그를 계속 물끄러미 쳐다보았다. 요나단이 하려던 말을 마저 끝내기를 기다리는 듯했다.

"우리……." 요나단은 우물쭈물하다가 입을 열었다. "같이 맥주나 한 잔 하러 갈까요?"

"맥주요?"

"그래요. 맥주 한 잔 하러 가요!" 가끔 레드와인 한 잔 정도 외에는 술을 입에도 대지 않는 요나단이지만 이 제안이 적절한 것 같았다. 여자에게 차인 남자들은 보통 맥주를 마시러 가지 않나?

"지금 낮 12시인데요!"

"아, 그렇죠?" 요나단이 멋쩍게 말했다. 생각만큼 좋은 제안이 아니었던 모양이다.

"매출실적에 대해 얘기를 나눠보는 것이 더 좋겠습니다." 보데는 마음을 가다듬었는지 갑자기 더는 초췌해보이지 않았다.

"좋습니다." 요나단은 몰래 안도의 한숨을 내쉬었다. 남자들 간의 대화보다는 차라리 이게 더 낫다.

"아까 말씀드렸다시피 예상 매출목표에서 30% 미달입니다." 보데는 탁자 위의 서류를 톡톡 쳤다. "상당히 심각합니다."

"혹시 부진한 이유도 분석했습니까?"

"일부는요." 마르쿠스 보데가 대답했다. "아시다시피 출판업계가 전반적으로 매출하락을 겪고 있는 상황입니다. 게다가 우리 회사에서 가장 높은 매출을 기록하는 작가 후베르투스 크룰의 작품 판매량이 서서히 감소하고 있는데 현재 투병 중이라 당분간 신작을 내놓기도 어려운 실정입니다. 더 이상 구간들에만 의존할 수 없는 상황이고 크룰의 신간이 나오지 않는 한 기존 작품들에 대한 관심을 다시 끌어 모으기는 힘들어 보입니다." 요나단은 고개를 끄덕였다. 크룰은 그의 할머니가 출판사 대표 시절 발굴한 작가였다. 할머니는 크룰이 독일 전후문학을 이끌 기대주라고 여겼고 결국 세계적인 베스트셀러 작가의 반열에 오르게 만들었다.

"그리고 몇몇 작품은 매출목표에서 크게 벗어났습니다."

"그렇군요. 어떤 작품들입니까?" 점점 심각해졌다.

"예를 들면." 보데는 서류뭉치를 들어 쭉 넘겨보다가 한 장을 끄집어냈다. "이 작품입니다." 그는 요나단에게 종이를 내밀었다.

요나단은 종이를 들여다보고 의아해했다. 《은하수의 고독》? 이건 작년 독일 도서상 후보에 올랐던 작품이잖아요!"

"그렇죠." 보데가 무미건조하게 대답했다. "하지만 저희가 너무 비싸게 계약한 데다가 후보에 오른 이후 증쇄한 3만부 중 2만 7천부가 재고로 쌓여 있어요. 그리고 이젠 서점에서 반품까지 들어오는 실정입니다."

"흐음. 이유가 뭡니까?"

"아마도 사람들이 읽고 싶어 하지 않아서겠죠."

"하지만 정말 훌륭한 소설이잖습니까!" 요나단은 판권계약 전 원고를 읽었고 성공을 거두리라 확신했다. 《은하수의 고독》은 예술의 모든 요소를 두루 담은 훌륭한 문학 작품이었다.

"대표님도 저도 그렇게 생각합니다. 하지만 독자들은 더 에로틱한 것들을 원하고 존 그리샴의 소설들을 좋아하죠." 그는 한숨을 쉬었다. "나라를 생각하면 밤잠을 이룰 수가 없어요."

"그렇군요. 좋은 방안이 있을까요?"

"제가 대표님께 여쭤보고 싶습니다."

"저에게요?"

"출판사 대표시잖아요."

"그렇지만 보데 사장이 전문가이지 않습니까?" 요나단이 반사적으로 받아쳤다.

보데는 당황과 뿌듯함이 섞인 헛기침을 했다. "그렇습니다만 제가 단독으로 그리프손&북스가 나아가야 할 노선을 정할 수는 없지 않습니까."

"워워." 요나단이 진정시키듯 말했다. "제비가 온다고 아직 여름이 아닌 것처럼 한번 실패했다고 해서 곧바로 몰락하진 않아요. 벌써 '새로운 노선'을 얘기하는 것은 성급합니다."

"유감스럽지만 '한 번의 실패'가 아닙니다." 그는 요나단 앞으로 또 다른 서류들을 내밀었다. "우리 프로그램 전반에 걸쳐 해당되는 일입니다. 한참 전부터 그랬는데 이제까지는 업계 특성상 있는 등락 때문이라고 생각했고 지금까지는 크룰 덕분에 괜찮았습니다. 하지만 이제는 새로운 전략 마련이 시급합니다."

"흐음." 요나단은 의자에 등을 기댔다. "보데 사장이 그렇다고 하면 그런 거겠죠. 하지만 나도 생각할 시간이 필요합니다."

"하루아침에 포트폴리오를 전부 뒤엎자는 말은 아닙니다. 하지만 최근 상황을 제대로 대표님께 알려야 한다고 생각했습니다. 그래야 저희도 적절하게 대응할 수 있으니까요."

"알겠습니다." 요나단은 고개를 끄덕였다. "잘하셨습니다. 이제라도 알게 됐으니까요."

두 사람은 한참 동안 말없이 각자 생각에 빠졌다. 요나단은 알스터 호수에서 만난, 해리 포터를 닮은 젊은 남자를 떠올렸다. 그는 어떤 책을 즐겨 읽을까? 그 남자한테 물어볼 걸 그랬군!

"그럼 저는 이만……." 보데가 침묵을 깼다. "서류는 대표님이 검토하시도록 두고 가겠습니다."

"알겠습니다." 요나단 역시 자리에서 일어났다. "알려주셔서 고맙습니다!"

두 사람은 악수를 나눴다. 평소보다 조금 길게. 요나단은 또 무슨 말을 할지 고민했다. "개인적인 어려움을 잘 이겨내길 바랍니다." 그는 보데의 어깨를 두드렸다.

"감사합니다." 보데가 말했다. "아내가 다시 돌아오지 않기를 바랄 뿐입니다."

"뭐라고요?"

"농담입니다."

요나단은 고개를 저으며 사무실에서 나가는 보데의 뒷모습을 바라보았다.

이상한 농담이로군!

8

한나

2달 전,
10월 30일 월요일, 10시 47분

"먼저 좋은 소식. 자기 차는 스크래치 하나 없이 온전한 상태로 무사히 자기 집 앞에 서 있어."

"세상에!" 지몬은 소리치며 한나를 와락 끌어안았다. "정말 미안해!" 지몬은 이렇게 속삭이며 한나가 숨 쉬기 힘들 만큼 꽉 껴안았다. "정말 얼마나 미안한지 말로 다 할 수가 없어!"

한나는 겨우 지몬을 떼어냈다. "왜? 폐차시키게 만들 걸 그랬나?" 웃음이 나오려는 것을 겨우 참았다.

"그 얘기가 아니잖아!" 지몬이 얼른 받아쳤다. "이게 좋은 소식이라면 나쁜 소식은 개업식이 완전히 망했다는 소리잖아. 나 때문이야. 난 정말 멍청이야!" 그는 자기 이마를 때렸다.

"아니, 대성공이었어!" 한나는 배시시 미소를 지었다.

"하지만 좀 전에 좋은 소식 먼저라며?"

"맞아. 그 다음은 더 좋은 소식이었지!" 한나는 즐거운 미소를 지었다.

"아하!" 지몬은 고개를 저었다. "부엌으로 가자. 찻물 올려놨어." 목욕가운과 슬리퍼를 신고 앞서 걷는 그는 여전히 환자 같은 모습이었지만 전날보다는 한결 나아보였다. 어쨌든 혼자 일어나서 걸을 수 있으니까. 다행이다.

"어땠는지 자세히 말해줘." 지몬이 한나에게 차를 따라주며 말했다.

"오늘 하루 동안 100명이 넘는 아이들이 부모와 함께 찾아왔어!" 한나는 흥분에 찬 목소리로 말했다. "크리스마스까지 예약이 거의 다 찼고 오후부터 이벤트를 제공하려던 계획을 바꿔서 오전부터 프로그램을 시작해야 할 것 같아. 수요가 정말 어마어마해! 우리가 들고 있던 등록서류를 사람들이 서로 가져가려고 쟁탈전을 벌일 정도였어!"

"정말 대단해!" 지몬은 한나에게 존경의 눈빛을 보냈다. "그 정도일 거라고는 예상하지 못했어."

"나도 자기가 예상 못했을 거라고 예상했어."

"왜?"

"왜겠어?"

"앙큼한 것!" 지몬이 히죽거렸다.

"그리고 아이들은 특히 풍선을 좋아했어." 지몬은 안도의 한숨을 내쉬었다. "그렇다면 시간에 맞춰 풍선을 다 분 거지?"

"아니." 한나가 말했다. "그러기에는 내가 너무 늦게 도착했어. 손님들이 들이닥치기 전에 간신히 일회용 접시와 음료수만 세팅할 수 있었어."

"그럼?"

"정말 기발했어!" 한나가 말을 이었다. "우리는 아이들과 함께 풍선을 불었어. 이게 정말 하이라이트였어. 아이들은 다들 헬륨가스 병을 손에 들고 싶어했어! 그리고 헬륨가스를 마시면 재밌는 목소리가 나오는 걸 알게 되자 말릴 수 없을 정도로 난리가 났어." 한나는 목젖을 잡아당겨 목소리를 변조했다. "안냐세여. 저는 어린 한나입니다!"

"그렇다면 내가 못 간 것이 큰 문제가 아니었네?"

"맞아. 이보다 더 좋을 수는 없었어!"

그제야 지몬의 얼굴에도 미소가 번졌다. "일어나는 모든 일에는 이유가 있다는 너의 주장이 또 한 번 증명됐구나."

"바로 그거야." 한나는 빨개진 지몬의 코에 진한 입맞춤을 했다.

"그리고 자기가 와서 걸리적거리거나 뒤죽박죽 만들어 놓지 않았잖아. 그래서 결국 모두에게 좋은 원원 상황이었다고 할 수 있지."

"쳇, 무슨 소리야?" 지몬은 일부러 토라진 척했다.

"아무것도 아니야." 한나는 이번에는 그의 뾰루퉁한 입에 입맞춤을 했다. "모든 것이 원활하게 잘 진행되어 정말 기뻐. 리자하고 나는 당장 도와줄 사람 한두 명을 더 구해야 해. 우리 둘이서는 넘치는 문의를 다 감당할 수 없어."

"김칫국부터 마시지 마." 지몬이 걱정했다. "문의가 꼭 예약으로 이어지라는 법은 없어."

"아아악!" 한나는 지몬의 어깨를 주먹으로 쳤다. "또 시작이야! 제발 그런 부정적은 기운은 퍼트리지 말아줘!"

"그저 너희가 처음부터 너무 들떠서 경솔해질까 걱정 돼서 하는 말이야."

"걱정 마. 내 곁에는 언제든 나를 말려줄 당신이 있으니까."

"하하, 고마워."

"진심인데," 한나는 지몬의 손을 꼭 잡았다. "너무 걱정 마. 자기도 알다시피 걱정하는 것은 마치 흔들의자와 같아. 뭔가 하고 있는 것 같은데 앞으로 나아가지는 못하잖아."

"그런 말은 또 어디서 주워들었어?"

"그래. 어디서 주워들었는지 모르겠지만, 기억나지 않으니 이제 내가 하는 말이야."

"걱정하진 않아." 지몬은 한나의 손가락을 쓰다듬었다. "하지만 네가 실망하기를 원하지 않아. 항상 좋은 것만 생각하면 실망할 일이 생기니까 말야."

"역시 자기다워. 난 개업식이 얼마나 성공적이었는지 실컷 얘기했는데 자기는 내가 실망할까봐 걱정이라고 하다니."

"그러네." 그는 미안한 듯 손을 들었다. "내가 요즘 계속 기분이 가라앉아 있어서 그런가봐."

"나도 그렇게 생각해." 한나가 맞장구쳤다. "그래서 그 기분을 획기적으로 바꿔야 한다고 생각해." 한나는 자리에서 일어났다. "자, 가자!"

"응? 어딜?"

"일단 샤워 먼저 해. 그리고 나랑 꾸러기교실로 가자!"

"지금?" 지몬은 한나를 멍하니 쳐다보았다.

"응!" 한나가 간단명료하고 힘차게 대답했다. "이제 휴식은 그만! 그리고 우린 지금 도움이 정말 절실히 필요해."

"한나, 나 아직 감기 다 안 나았어!"

"상관없어." 한나는 미소를 지었다. "99%의 아이들이 1년에 10번 넘게 감기에 걸려. 자기가 감기 걸린 것 정도는 눈에 띄지 않아. 그리고 휴지도 잔뜩 있어."

"설마, 농담이지?"

"아니! 자긴 지금 기분전환이 필요해." 한나는 지몬을 보고 웃었다. "자기도 재미를 좀 느껴봐. 그러니까 자꾸 빼지 말고 같이 꾸러기교실로 가자. 분명히 자기한테도 좋을 거야. 두고 봐!"

"음, 내가 거기서 뭘 할 수 있지?"

"우선 리자하고 나하고 같이 정리 좀 하고, 2시부터는 어릿광대가 필요해."

9

요나단

1월 2일 화요일 15:10

사실 요나단은 새해를 맞아 요양원에 계신 아버지를 목요일에나 찾아가려 했다. 하지만 마르쿠스 보데와의 대화 이후 오늘 당장 존넨호프 요양원에 가기로 마음을 바꿨다.

최근의 출판사 상황에 대해 아버지와 제대로 된 대화를 하기란 불가능에 가깝다는 것은 알고 있다. 볼프강 그리프는 그런 대화를 나눌 수 있는 정신 상태가 아니었고 또 만약 그런 대화를 나눌 수 있는 상태라 해도 지나치게 흥분할 것이다. 조금 전 혹시나 영감이 떠오르진 않을까 하는 기대에 아버지의 초상화 앞에 30분가량 서서 말없이 대화를 나눈 후 갑자기 아버지에 대한 일종의 그리움을 느꼈다.

진회색 사브를 탄 요나단은 요양원으로 들어가는 흰색 자갈이 깔린 넓은 입구로 들어섰다. 현대식으로 잘 지어진 건물은 이름에 걸맞게 제대로 빛을 발했다(존넨호프는 햇살 가득한 마당이라는 뜻—옮긴이). 함부르크 1월 날씨라고는 믿기 힘든 아름다운 햇살을 받으며 엘베 강 언덕에 자리 잡은 유리궁전이 우뚝 솟아 있다. 햇살이 커다란 파노라마 창에 반사되어 여기저기 반짝거렸다. 이런 날씨에는 강 건너편까지 멀리 내다볼 수 있다. 왼쪽에는 에어버스 부지, 오른쪽에는 넓은 과일농장들이 있는 알테스란트가 훤히 보였다.

아버지가 아름다운 주변 환경을 인지하고 있는지조차 궁금했다. 아버지는 주로 방 안 안락의자에 앉아 눈을 감고 헤드폰을 끼고 베토벤, 바그너, 바흐의 음악을 감상하며 지내기 때문이다.

아버지는 지난날의 유물에 둘러싸여 있다. 출판사 건물의 인테리어를 고스란히 요양원으로 옮겨왔다. 인부들은 고풍스러운 그의 가구들을 방에 배치하고 볼프강 그리프가 이젠 앉지 않는 앤티크 책상을 창가에 놓았다. 높은 책장도 옮겨와 그가 더는 읽지 않거나 읽을 수 없는 수백 권에 달하는 책들을 정해진 분류법에 따라 진열하고 그가 더는 쳐다보지 않는 사진액자들을 모형 벽난로 가장자리에 세워 놓았다.

볼프강 그리프가 유일하게 사용하는 가구는 침대와 안락의자였다. 요나단이 노크를 하고 안으로 들어갔지만 아버지는 눈치 채지 못했다. 음악에 푹 빠진 아버지의 모습을 볼 때마다 요나단은 아버지를 방해해도 좋은지 망설였다. 이 세상에서 찾아보기 어려운 평화롭고 편안한 모습이기 때문이다. 출판사 직원들이 뒤에서 입을 가리고 '폭군'이라든가 '미친 독재자'라고 수군대던 남자의 모습은 전혀 찾아볼 수 없었다.

눈을 감고 안락의자에 웅크려 앉아 있는 저 남자는 (있지도 않은) 손자에게 사탕 껍질을 덜덜 떨리는 손으로 까주는 평범한 할아버지의 모습이었다. 새하얀 머리는 빨간 의자와 대비되었다. 볼프강 그리프는 목까지 올라오는 스웨터와 체크무늬 니트 가디건, 베이지색 코듀로이 바지를 입고 진회색 슬리퍼를 신었다. 예전에는 1미터 90에 달하는 건장한 체격을 자랑했지만 이제는 키가 많이 줄은 데다 웅크리고 앉아 있으니 평균 이상의 신장임을 짐작할 수 없었다. 젊었을 때와 마찬가지로 늘씬했지만 이제 73세가 되니 쇠약해보였다.

요나단은 갑자기 슬퍼졌다. 일흔이 되면 나는 어떤 모습일까? 나도 정신이 흐려져 요양원 신세를 지고 있을까? 나도 찾아오는 사람이라고는 옛 비서 레나테 크루크를 제외하면 아들이 유일할까? 하지만 그의 현실은 더 우울했다. 지금 요나단에게는 나중에 찾아올 아들이나 딸조차 없으니까. 레나테 크루크도 나이가 많아 그때 찾아오리라 기대하기 힘들다. 아흔 넘은 옆집 할머니 헤르타 파렌크로크가 강아지를 키우는 것이 갑자기 이해됐다.

"아버지, 잘 지내셨어요?" 우울한 생각들을 떨쳐버리려는 듯 요나단은 아버지의 어깨를 살짝 건드렸다.

아버지는 눈을 떴다. 아버지의 눈동자는 맑고 요나단처럼 파란색이었으며 치매에 걸렸다는 것을 전혀 느낄 수 없었다.

요나단은 아주 잠시나마 유년 시절로 돌아간 느낌이었다. 어렸을 때는 아버지의 엄한 눈빛이 두려웠다. 그 엄한 눈으로 요나단의 영혼 밑바닥까지 다 들여다보는 것 같았다.

"누구시오?" 놀란 표정의 아버지는 헤드셋을 벗으며 물었다. 검버섯이 핀 손에 들린 헤드셋에서 나직하게 바흐의 〈에어〉가 새어나왔다. 요나단이 머릿속으로 떠올리던 엄하고 가차 없는 표정의 아버지의 모습은 비눗방울처럼 순식간에 사라졌다.

"저예요. 요나단." 그는 의자를 가지고 와 가까이 앉았다. "아들이요."

"알고 있어!" 아버지는 자신이 질문한 것도 잊고 퉁명스럽게 대꾸했다.

"그럼 됐네요."

"여기는 무슨 일로 왔어?"

"아버지 보러 왔죠."

"벌써 점심 먹을 시간이야?" 아버지는 이마를 찌푸렸다. "어제처럼 그런 맛없는 죽은 아니었으면 좋겠구나.

그런 건 만든 사람이나 먹으라 그래. 나는 절대 다시는 안 먹을 테니까!"

"아니에요, 아버지." 요나단은 고개를 저었다. "저는 식사를 가지고 온 사람이 아니에요. 그리고 점심시간은 벌써 한참 지났어요. 저는 아버지 아들이고 아버지 얼굴 보러 왔어요."

"새로 왔다는 그 의사양반인가?" 아버지는 의심스러운 눈초리로 요나단을 쳐다보았다.

"아니라니까요. 아버지의 아들 요나단이에요."

"내 아들?"

"네."

"나는 아들이 없는데."

"아니에요. 아버지는 아들이 있어요."

아버지는 고개를 돌려 창밖을 바라보았다. 한참이나 그렇게 말없이 생각에 잠겨 아랫입술을 깨물며 앉아 있더니 다시 요나단을 향해 몸을 돌렸다.

"새로 왔다는 그 의사양반인가?"

"아니오." 요나단이 또다시 말했다. "저는 아버지 아들이라고요."

"내 아들이라고?" 볼프강 그리프의 목소리는 혼란스러운 듯 들렸다. 잠시 후 그는 순진무구한 미소를 지었다. "그래, 그래 그렇지, 내 아들!" 그는 요나단의 손을 잡고 토닥였다.

"맞아요." 요나단은 안도의 한숨을 내쉬며 조금 이상하기는 했지만 마찬가지로 아버지의 손을 토닥였다. "아버지가 보고 싶어서 왔어요. 오늘은 1월 2일이에요. 새해가 시작됐어요. 아버지한테 새해인사를 하러 왔어요."

아버지는 놀란 표정을 짓더니 곧이어 경악하는 표정을 지었다. "뭐라고?" 매우 흥분한 그는 소리를 꽥 질러서 요나단을 놀라게 했다. "새해라고?" 아버지는 의자에서 일어나려 했다.

"그냥 앉아 계세요." 요나단은 아버지의 어깨를 슬며시 누르며 말했다.

"가봐야 해!" 아버지는 소리치며 놀라운 힘을 발휘했다.

"어딜 가시려고요?" 요나단은 일어나려는 아버지를 말리느라 애를 먹었다.

"당연히 출판사지 어디겠니! 다들 나를 기다리고 있어!" 아버지는 계속 일어나려고 했다.

"안 돼요, 아버지." 요나단은 여전히 아버지의 어깨를 감쌌다. "출판사는 잘 돌아가고 있어요. 아무 걱정 마세요."

"헛소리하지 마!" 볼프강 그리프가 쏘아붙였다. "내가 자리에 없는데 어떻게 잘 돌아간다는 게냐?"

"제가 조금 전에 출판사에 들렀다 왔어요." 요나단은 가능한 침착하게 설명했다. "레나테 크루크와 마르쿠스 보데가 아주 잘하고 있어요."

"그렇지, 레나테가 있지." 볼프강 그리프는 빠르게 흥분한 만큼이나 빠르게 침착해졌다. 입가에 평온한 미소가 번졌다. "참 좋은 사람이지."

요나단은 고개를 끄덕였다. "네. 그래요."

"레나테에게 선물할 꽃을 사라고 내게 꼭 일러다오." 아버지는 아들에게 눈을 찡긋하며 말했다. "몇 년 전부터 새해가 될 때마다 레나테에게 꽃을 선물하거든. 하얀 카네이션을 특히 좋아하지."

"네. 저도 알아요." 요나단이 말했지만 아버지에게 물려받은 이 전통을 까맣게 잊고 있었다는 사실을 깨닫고 깜짝 놀랐다. 마음속으로 빠른 시일 내에 꽃을 선물해야겠다고 생각했다. "제가 알아서 할게요."

"그래, 그래."

"보다시피 다 잘 돌아가고 있어요. 걱정하실 거 전혀 없어요." 이 말을 하면서 몇 시간 전 보데가 한 얘기를 떠올리자 자신이 위선자처럼 느껴졌다. 그러나 어쩌겠는가? 아버지와 출판사의 위기를 논하기란 불가능했다. 요나단을 의사나 밥을 가져다주는 간호사라고 생각하지 않고 제대로 알아보더라도 아버지는 이제 출판사에 도움을 줄 수 없었다.

두 사람은 한동안 나란히 앉아 있었다. 겉보기에는 새해에 만난 아버지와 아들의 화목한 그림이지만 요나단은 무슨 말을 해야 할지 머릿속으로 쥐가 날 정도로 고민하고 있었다.

온 지 10분도 안 돼서 작별인사를 하는 것은 무례하고 인정머리 없는 행동이다. 아들이 옆에 있다는 것을 아버지가 알든 모르든 그럴 수는 없다. 아무리 아버지가 다시 혼자 음악 속으로 빠져버리는 것을 더 원할지라도.

아버지는 친구와 친지들이 침대 곁에 온 것도 모르는 식물인간 환자와 같았다. 식물인간하고 비교하는 것은 조금 심하지만. 어쨌든 볼프강 그리프는 아직 의식은 있어도 더는 이곳에 존재하지 않았다. 그는 아버지에 대해 말할 때마다 과거형을 사용하는 자신을 알아차리고는 흠칫 놀라기도 했다.

"가능하면 아버지께 말씀을 많이 하세요." 담당의사 마리온 크네제벡 박사가 조언했다. 이따금 말짱한 정신으로 돌아오면 아버지는 담당의사가 여자라는 사실에 분개했다. "일상에서 겪은 흥미진진한 일이나 재밌는 이야기 말입니다. 평소에 하는 일들에 대해 아버지에서 자세히 얘기하면 많은 도움이 될 겁니다."

말은 쉽지만 막상 하려면 결코 쉬운 일이 아니다. 아무리 머리를 쥐어짜도 아버지에게 들려줄 만한 얘기가 떠오르지 않았다. 그러기에는 그의 삶이 너무 무미건조했다. 그렇다고 불만스러운 것은 아니다. 요나단은 지금 자신의 생활에 만족했다. 다만 평범하기 그지없는 그의 일상에 재밌는 에피소드가 좀처럼 없을 뿐이다.

그는 부담 없이 나눌 수 있는 적절한 이야기를 궁리했

다. 보데 이야기는 탈락이다. 티나가 새해카드를 보낸 이
야기도 아니다. 볼프강 그리프는 며느리를 별로 좋아하
지 않았고 티나도 마찬가지였다.

"아, 아버지. 재밌는 얘기가 있어요!" 요나단은 손으로
허벅지를 내려치며 말했다. 할 말이 떠올라 내심 안도했
다. "어제 이상한 일이 있었어요."

"그래?" 아버지는 궁금해 했고 잠시 정신이 돌아온 듯
보였다. 어두운 방에 조명을 켠 것처럼 관심을 띠는 정상
적인 눈빛으로 돌아왔다.

고개를 끄덕인 요나단은 신기한 얘기를 할 수 있게 됐
다는 사실에 흥분했다. 아버지와 단 몇 분이라도 대화할
거리가 생겨서 좋았다.

"평소처럼 아침 운동 후 자전거를 세워둔 곳으로 왔는
데 자전거 손잡이에 낯선 가방이 걸려있었어요." 아버지
가 이런 얘기에 관심을 보일까, 그는 잠시 말을 멈췄다.

"안에 뭐가 있었는데?" 아버지는 궁금해 하며 의자에
서 몸을 들썩거렸다. 인형극장 맨 앞줄에 앉아 인형이 등
장하기만을 기다리는 어린아이같이.

"다이어리요!" 요나단이 깜짝 소식을 터트리듯 말했다.

"다이어리?" 아버지는 실망한 기색이 역력했다, 다른
것을 기대했던 모양이다. 돈뭉치나 금괴 같은 것 혹은 수
상하게 째깍거리는 소포상자?

"네." 요나단은 개의치 않고 계속 말을 이었다. "빼곡

하게 스케줄이 적혀 있는 다이어리요! 올해 스케줄이 하루도 빠짐없이 기록되어 있는!"

"흐음." 볼프강 그리프는 별 감흥을 보이지 않았다. "다 쓴 다이어리란 말이지?"

"아뇨, 아니에요. 다 쓴 작년 다이어리가 아니라 올해 새 다이어리요!"

"그런데?"

"아버지, 바로 그게 이상한 점이에요!" 요나단이 소리 쳤다. "누군가 새해를 위한 다이어리에 스케줄을 다 적어 놓고는 제 자전거에다 걸어 놓았어요."

"누가 가방을 잃어버렸는데 지나가던 사람이 그 가방을 발견하고 네 자전거에 걸어둔 모양이구나." 볼프강 그리프는 덤덤하게 말했다.

"그럴지도 모르죠." 요나단도 인정했다. "그렇다면 누가 그 다이어리가 든 가방을 잃어버렸는지가 흥미진진한 문제죠."

볼프강은 어깨를 으쓱하더니 과장되게 지루하단 표정을 지었다. "너완 상관없는 일이잖니. 가방을 유실물센터에 가져가렴. 그런 쓸데없는 데 신경 쓰지 말고. 너는 다른 할 일이 많은 사람이잖니." 그의 눈은 완전히 정상이었다. 맑고 못마땅한 눈빛.

"그리고 500유로가 든 봉투가 들어 있었어요." 요나단은 아랑곳하지 않고 계속 말했다. "뒤쪽 주머니에."

"네가 그 돈이 절실히 필요할 것 같진 않은데."

"그런 말이 아니잖아요!" 그는 슬슬 올라오는 실망감에 맞섰다. 마냥 무시당하는 작고 어리석은 아이처럼 느꼈다. 내용과 상관없이 지금은 아버지와 무슨 말이라도 주고받는 일이 중요하다.

하지만 대화는 원하는 대로 이루어지지 않았고 실망스러웠다. 그래도 요나단은 아버지에게 이 일이 얼마나 기이한 사건인지 설득하기 위한 노력을 계속했다. "다이어리가 든 가방은 길거리에 아무렇게나 놓여 있지 않고 바로 제 자전거 손잡이에 걸려 있었어요. 마치 누군가 일부러 걸어놓은 것처럼."

"아까 말했듯 지나가던 사람이 그랬을 게다."

"그렇지 않을 수도 있어요." 요나단은 쉽게 물러서고 싶지 않았다. "그리고……" 그는 잠시 망설였다. 이 다이어리가 그의 마음을 그토록 잡아끄는 이유를 아버지에게 설명하는 것이 옳은지 고민했다. 하지만 결국 가장 중요한 것이 바로 이 얘기였다. "내용을 적은 글씨가 어머니 글씨하고 아주 비슷했어요."

아버지는 이제 아무 말이 없었다. 눈썹을 치켜 올리고 아들을 바라보며 충격을 받은 표정을 짓고 있었다. 볼프강은 고개를 옆으로 돌려 다시 말없이 창밖을 바라보며 전처럼 다시 아랫입술을 깨물었다.

"아버지?"

아무 반응이 없었다.

"제 말 들리세요?" 그는 아버지의 어깨를 손으로 어루만졌다.

여전히 아무런 반응이 없었다.

두 사람은 요나단의 어머니에 관한 얘기를 나눈 적이 없었다. 수십 년 전부터 그랬다. 어머니가 떠난 이후 볼프강 그리프는 무서운 침묵으로 일관하며 어머니 얘기는 더 이상 하고 싶지 않다는 의사를 분명히 했다. 그리고 요나단의 엽서사건으로 인해 연락이 완전히 두절된 이후 어머니 얘기는 한 번도 입 밖으로 꺼낸 적이 없었다.

"정말 이상하지 않아요?" 요나단이 말을 이었다. "물론 저도 우연이라는 것은 알아요. 어머니와 글씨체가 비슷한 사람도 얼마든지 있겠죠. 하지만 하필이면 제 자전거에……."

"소피아." 아버지가 금지된 이름을 나직이 부르자 요나단은 움찔했다. 아버지는 여전히 무표정한 얼굴로 창밖을 보고 있었다.

"네." 요나단이 불안하게 대답했다. "그래서 처음에 글씨를 보고선 너무 당황하고 혼란스러웠어요."

"소피아." 또다시 그녀의 이름을 부른 볼프강은 눈을 감은 채 깊은 한숨을 쉬고는 더 빨리 아랫입술을 깨물었다.

"그래서 다이어리의 주인이 누구인지도 궁금하고 주인을 꼭 찾아주고 싶다는 생각이 들어요." 요나단이 두서없이 말을 이었다.

침묵.

"유실물센터에 갖다 주는 거는, 왠지 모르겠지만 아닌 것 같아요. 거기서 그냥 사라져버릴지도 모르잖아요. 주인이 미처 유실물센터를 생각하지 못할 수도 있고." 요나단은 아버지에게 자신의 우려를 설명했다.

무반응.

"만약 제가 그런 물건을 잃어버렸는데 누군가 돌려주려고 그렇게 애쓴다는 사실을 알면 정말 기쁠 것 같아요."

정적.

"그래서 저는 직접 주인을 찾아보려고요." 요나단의 말은 점점 빨라졌다. 아무도 듣지 않는 외로운 독백. "어제 함부르크 신문에 기사로 실어줄 수 있는지 편지도 보냈어요. 그런데 그 잘난 척하는 기자들은 단번에 거절하고선 저보고 돈 주고 광고를 내래요. 말이 되냐고요!" 그는 허탈하게 웃었다. "함부르크 시민이 함부르크 시민을 위해 만든 신문이라면서 시민의 중요한 용건을 단칼에 거절하다니, 편지를 한 번 더 보낼까 봐요. 이번에는 직접 편집국장한테……."

"여기 왔었어." 아버지가 요나단의 말을 끊었다.

"아버지, 제 말 좀 끝까지 들어보세요." 요나단은 갑작스러운 화제전환을 원치 않았다. 아버지는 병든 후부터 부쩍 그랬다. "정말 신문에 광고를 내볼까 하는 생각도 있어요."

"여-기-왔-었-어!" 아버지가 힘차게 또박또박 내뱉
는 바람에 그는 깜짝 놀랐다.

"누…누가요?"

"소피아." 볼프강 그리프는 아들을 향해 미소 지었다.
파란 눈동자가 반짝거렸다. "소피아가 여기 왔었어."

"뭐라고요?" 요나단은 침을 꿀꺽 삼켰다. 온몸에 소름
이 돋았다. 잘못 들었겠지. "어머니가 여기 왔다고요?"

아버지는 고개를 끄덕였다.

"여기요? 존넨호프 요양원에? 최근에?"

"그래." 아버지는 또다시 고개를 끄덕였다. "나를 보러
자주 찾아온단다."

"으음." 요나단은 말을 하려 했지만 목이 메었다.

"네 엄마가 찾아오면 우리는 많은 얘기를 나누지." 볼
프강이 말을 이었다. "옛날 얘기들 말이다."

"죄송해요, 아버지." 요나단이 마음을 가다듬고 끼어
들었다. "하지만 그럴 리 없어요."

"네 엄마는 모든 것을 용서해줬어." 그는 아들의 말을
무시하고 계속 말을 이었다.

"어머니가 무엇을 용서하셨다는 거예요?"

"너무 많은 세월이 흘렀고 우리 둘 다 많이 늙었지. 이
제 그런 건 중요하지 않거든."

"무슨 말씀이세요?" 요나단은 어지러웠다. 분명 지어

낸 이야기인데 무슨 뜻인지 도통 알 수 없었다. 가족을 버리고 떠난 쪽은 어머니다. 누가 누구를 용서해야 한다면 당연히 어머니는 용서를 구해야 하는 쪽이다. 그런데 무엇을 용서했다는 걸까? 요나단은 답을 들을 수 없었고 아버지는 미소만 짓고 있었다. "아버지. 좀더 자세히 이야기해 보세요. 어머니는 오래 전 떠났어요. 소식을 들은 지도 까마득해요. 말도 안되는 말씀을 하시네요."

볼프강 그리프의 미소는 의문을 띠었다. "새로 왔다는 그 의사양반인가?" 그는 다시 창밖을 물끄러미 바라보았다.

10

한나

두 달 전
10월 30일 월요일, 16:53

내 작은 앵무새 – 앵무새!
하루 종일 요란하게 소리를 지르지 – 소리를 지르지!

CD플레이에서 큰소리로 울려 퍼지던 음악이 갑자기 멈췄다. 지몬은 양팔을 하늘로 올려 그대로 멈췄고 낄낄거리며 소리를 지르던 아홉 명의 아이들도 똑같이 따라했다.

한나는 이 광경을 흐뭇하게 지켜보았다. 남자친구가 어릿광대로 분장한 모습은 제법 어울렸다. 알록달록한 의상은 너무 커서 헐렁거렸고, 땀범벅이 된 얼굴 부분 부분은 화장이 지워져 있었다.

그럴 만도 한 것이 지몬은 벌써 20분 째 박수무당처럼 놀이방 안을 휘젓고 다니면서 아이들과 함께 '그대로 멈춰라' 게임을 즐기며 놀았다. 자리를 털고 일어나 나오기만 하면 지몬의 기분이 한결 나아질 거라는 한나의 예상이 맞았다.

게임 자체는 간단했다. 음악에 맞춰 춤을 추다가 음악이 멈추면 그대로 멈추는 게임이다. 움직이거나 넘어지는 아이들은 탈락이다. 탈락자들은 리자와 함께 주방에서 팝콘을 만들고 바늘과 실로 팝콘을 엮어 목걸이를 만들며 놀기 때문에 탈락을 싫어하는 아이들은 없었다.

아동보육 실습에서 배운 중요한 내용이다. 절대 아이들을 패자로 만들면 안 된다. 안 그러면 아이들의 눈물과 분노발작을 피할 수 없다. 그래서 신나게 춤추던 아이들은 비록 놀이에서 탈락해도 즐거운 마음으로 리자와 주방에서 놀았다. 팝콘을 만들고 싶어 일부러 넘어져 탈락하는 애들도 있었다.

놀이방 천장에는 수십 미터에 달하는 흰색 팝콘 장식줄이 여러 개 걸렸다. 팝콘 절반 정도가 아이들의 통통한 뱃속으로 사라지지 않았다면 장식줄은 훨씬 더 길었을 것이다.

한나는 다시 활기차게 '재생' 버튼을 눌렀고 앵무새 노래는 쩌렁쩌렁 울려 퍼졌으며 지몬은 노래에 맞춰 왕년의 에어로빅 스타 같은 기이한 동작들을 선보였다.

"끼어들어서 미안한데." 바로 뒷벽에 팝콘 장식줄을 매달던 리자가 한나에게 속삭였다. "지몬 이제 좀 쉬어야 하지 않을까?"

"지금 한창 물이 올랐어. 아이들도 다 재밌어서 죽으려

하잖아."

"죽으려 하는 게 애들은 아닌 거 같은데." 리자는 걱정스러운 눈으로 지몬을 쳐다봤다. "지몬 곧이라도 쓰러질 사람처럼 보여. 땀으로 흠뻑 젖었잖아. 광대화장으로 가려져서 그렇지 지우면 얼굴이 시뻘게져 있을 거야. 잘 놀고 있는데 이런 말해서 미안하지만 아무튼 내 생각은 그래."

"땀을 많이 흘리면 감기가 싹 달아날거야." 한나가 받아쳤다.

"어제의 복수야?" 리자가 궁금해 하며 물었다.

"복수라니 무슨 말이야?" 한나는 천진난만한 미소를 지었다. "어제 지몬이 우리를 못 도와줘서 지금 두 배로 열심히 하고 있는 것뿐이야. 공평한 일이잖아. 아이들과 이 놀이를 하겠다는 것도 지몬의 생각이었어."

"어제 일로 너에게 죄책감을 느껴서 그랬겠지."

"그런 죄책감은 춤과 함께 날려버리면 되지." 한나가 웃으며 말했다. "다 발산해버리는 거야. 그동안 쌓인 모든 부정적인 감정들 말이야."

리자는 모호한 표정을 지으며 어깨를 으쓱하더니 다시 주방으로 갔다. 그러면서 뭐라고 중얼거렸는데 대충 '잔인한 여자친구'로 들렸다.

한나는 다시 힘차게 CD플레이어 정지 버튼을 눌렀다. 지몬과 아이들은 숨을 헐떡거리며 춤을 멈췄다. 핀이라는 이름의 남자아이만 웃음을 터트리며 바닥에 주저앉더니 곧 주방으로 재빠르게 기어갔다. 지몬을 자세히 보니 리자의 말이 옳다는 것을 인정해야 했다. 안색이 매우 나빴다. 한 번만 더 하고 끝내야겠다고 생각했다.

한나는 마지막으로 음악을 틀었다. 몇 분 후에는 지몬에게 자유 시간을 줄 생각이었다. 어차피 5시가 다 된 터라 30분 정도 팝콘 장식줄을 만들어 장식한 후 정리를 하고 청소를 시작하면 아이들을 데리러 부모들이 올 것이다.

오늘 오후 활동도 매우 성공적이라 한나는 뿌듯했다. 아이들은 정말 즐겁게 지냈고 모든 놀이에 열정적으로 참여했다. 싸우거나 우는 애도 없었고 엄마한테 가겠다고 투정 부리는 아이도 없었다. 가장 중요한 것은 작은 사고조차 없었다는 사실이다.

지몬 덕분에 오늘은 16명이 아닌 24명을 받아 돌볼 수 있었다. 접수를 받을 때 아무도 돌려보내지 않아서 다행이었다. 특히 개업 초기에 찾아온 고객들을 실망시켜서 돌려보내지 않는 것이 중요하다고 생각했다. 수입은 별개의 문제였다. 아이 한 명당 4시간인데 1시간당 6유로를 받으니… 24곱하기 24인데… 그걸 두 명 아니, 세 명으로 나누면… 세금도 떼면…….

"아아악!" 오늘 수입을 계산하던 한나는 고개를 들었다. 모두 한 방향을 쳐다보는 아이들의 놀란 얼굴이 보였다. 자연히 그쪽을 쳐다본 그녀의 눈에 지몬이 오른손으로 가슴을 움켜쥐고 바닥으로 쓰러지는 장면이 들어왔다.

방 한가운데 얼굴을 바닥에 파묻고 움직임 없이 누운 어릿광대를 멍하니 쳐다보았다. 찢어지는 괴성이 퍼졌다. 그녀 안에서 솟구쳐 나오는 소리였다.

"지이이이몬!"

11

요나단

1월 2일 화요일, 16:04

요나단은 30분 동안 아버지와 다시 얘기를 나눠보려고 애썼지만 허사였다. 혼란과 좌절이 동시에 밀려왔다. 자동차 시동조차 제대로 켤 수 없을 만큼 멍했다. 그는 어쩔 줄을 몰랐다. 아버지가 치매 때문에 오래 전부터 자기만의 세상에 머무는 건 알았지만 어머니가 정기적으로 방문한다는 말은 큰 충격이었다. 어쨌거나 어머니와 관련된 말이니까!

요양원에서 나오기 전 요나단은 혹시나 하여 담당의사와 간호사에게 문의했지만 역시나 소피아 그리프라는 사람은 한 번도 온 적이 없다는 확인을 받았다. 처녀 시절 이름인 소피아 몬티첼로 역시 방문한 적이 없었다.

정기적으로 찾아온다면 직원들이 모를 수 없다. 존넨호프 요양원은 아무나 마음대로 드나들 수 있는 '기차역'도 아니고 '최고의 요양원'이라는 자부심을 갖고 있었다. 담당의사 크네제벡 박사는 최고의 요양원이라고 두 번이나 강조했다. 요나단에게 이 말은 매달 날아오는 어마어마한 금액의 청구서에 대한 해명처럼 들렸다.

그런데도 일말의 의심, 실오라기 같은 불안이 남아 있었다.

제아무리 최신식 시설을 갖춘 최고급 요양원이어도 철옹성은 아니다. 요나단도 몇 번이나 특별한 절차 없이 그냥 들어왔다. 특히 점심시간에는 인적 없는 사무실 건물이나 마찬가지였다. 그리고 조금 전 너무나 당연하고 분명했던 아버지의 말이 치매로 인한 헛소리라고는 믿기 힘들었다.

게다가 그 다이어리까지 그의 수중에 있다. 요나단의 책상 위에 있고 아버지와 대화를 나눈 후 더 미스터리하게 느껴지는 그 다이어리.

과연 그럴까? 정말 가능한 일일까?

그럴 리 없다. 설령 어머니가 30년간의 연락두절 상태를 끝내고 아들 앞에 나타나기로 결심했다면 얼마든지 덜 복잡한 방법을 취할 수 있다. 그냥 전화를 하면 된다. 아니면 편지를 보내거나 집으로 찾아올 수도 있다.

아버지의 말이 사실이라면 어머니는 그중에서 아버지를 직접 찾아가는 방법을 택한 것이라고 요나단 내면의 목소리가 속삭였다. 아무리 얼토당토 않더라도 이 일을 정확하게 파헤치지 않으면 절대 평온을 찾을 수 없을 것이다. 요나단은 자동차 컴퓨터화면에 있는 녹색 전화버튼을 눌러 음성인식으로 레나테 크루크에게 전화를 걸었다. 어머니가 정기적으로 요양원을 찾는지 여부를 가장 잘 알 사람은 아버지의 곁을 가장 오래 지켰던 비서일 테니.

"안녕하세요, 대표님." 레나테 크루크가 친절하고 업무적인 목소리로 전화를 받았다.

"네, 크루크 여사님!" "무엇을 도와드릴까요?"

"저기 말입니다…" 그는 가볍게 헛기침을 했다. "방금 아버지를 뵙고 왔는데요……."

"괜찮으신가요?" 비서가 깜짝 놀랐다.

"네? 아, 네네. 잘 계세요. 그런데 물어볼 게 있어요."

"물어볼 게 있다고요?" 비서가 되물었다. "말씀하세요!"

"이상하게 들리겠지만 혹시 최근에 어머니가 아버지를 만났는지 아세요?"

레나테 크루크는 아무 말이 없었다.

"여보세요?"

"네." 비서가 대답했다. "그런데 제가 질문을 잘 이해 못한 것 같아요. 대표님 어머니 말씀이신가요?"

"네. 저희 어머니 소피아 그리프 말입니다. 또는 몬티첼로."

"왜 그런 생각을 하시죠?"

"아버지가 오늘 그렇게 말씀하셨거든요."

다시 침묵이 흘렀다. "아, 요나단" 레나테가 그의 이름을 부른 적은 한 번도 없었다. 적어도 그가 열여덟 살이 된 이후에는. 그런데 지금은 어린아이를 대하는 듯했다. "지금 아버님이 어떤 상태인지 잘 알잖아요."

"물론 알고 있어요." 재빨리 대답한 그는 레나테에게 질문한 자신이 바보 같았다. "그저 확실하게 하고 싶었어요. 왜냐하면 아버지… 그러니까 그 말씀을 하실 때 아버지의 정신이 아주 또렷해 보였거든요."

"네. 바로 그 점이 치매라는 병의 가장 비극적인 부분이죠." 레나테 크루크가 침을 삼키는 소리가 들렸다. "당사자는 모든 것을 사실로 받아들이고 현실로 간주합니다."

"그렇다면 제 어머니가 함부르크에 오셨는지 여부는 모르시겠군요?"

"어머니가 오지 않으신 건 확실해요."

"혹시……" 이미 바보 같은 질문을 시작했으니 더 이상해 보일 것도 없다. "혹시 지난 몇 년간 제 어머니를 보거나 소식을 들은 적이 있나요?"

"아뇨." 레나테 크루크가 단호하게 대답했다. "저는 소식을 들은 적이 없습니다."

"혹시 어머니가 지금 어디 살고 있는지 아세요?"

"제가 알기로는 피렌체 근교예요. 이탈리아."

"저도 그건 알아요. 정확한 지금 주소를 아시나 해서요."

"예전 주소 말고는 모릅니다. 예전 주소로 연락은 해보셨나요?"

"아니오." 요나단이 낮은 목소리로 말했다. "지금까지 그럴 이유가 없었어요."

"지금은 이유가 생겼다는 말인가요?"

"사실 그렇지는 않아요. 단지… 아버지의 말이 어머니가 요양원으로 종종 오신다고 해서……."

"혹시 그 말 때문이라면 그런 일은 불가능하다고 100% 확신해드릴 수 있어요." 레나테가 그의 말을 끊었다. "전임 회장님이 거기 계시는 걸 어머니가 어떻게 알겠어요? 어쨌든 어머니가 저한테 연락해서 물어본 적은 없어요. 설마 대표님한테 물어보셨나요?"

"아니에요." 요나단이 대답했다. 이미 수년 동안 연락이 없었다고 마음속으로 덧붙이면서.

"그것 보세요." 레나테 크루크가 말했다. "어머니가 요양원에 찾아갔다는 것은 믿을 수 없는 일일 뿐 아니라 불가능한 일입니다."

"으음, 알겠어요. 고맙습니다!"

"천만에요." 그녀는 주저하며 물었다. "제가 더 도와드릴 일이 있을까요?"

"없어요." 그는 전화를 끊으려다가 불현듯 소리쳤다. "아, 한 가지 있어요!"

"뭔가요?"

"아버지는 어머니가 무슨 일을 용서해주셨다고 하던데요. 혹시 무슨 뜻인지 아세요?"

"전혀 모르겠어요." 그녀가 대답했다.

"혹시 두 분 사이에 다툼이 있었는지 여부는 모르시나요? 당시 아버지와 어머니 사이에 있었던 일이요."

"그런 건 전혀 없었어요. 어머니는 이곳 북쪽나라에서 행복하지 않았고 고향으로 돌아가고 싶어 했어요. 그게 전부예요." 그녀는 잠시 말을 멈췄다. "그리고 전임 회장님처럼 일을 많이 하는 남편과의 삶은 그분이 생각했던 삶과는 많이 달랐을 겁니다. 이탈리아에서 오신 분이라 가치관이 달랐겠죠. 어머니께서 전임 회장님을 용서하셨다는 말은 아마도 이걸 두고 한 말 같아요. 남편이 자신에게 소홀하다고 느꼈겠죠."

"저희 어머니가 예전에 그런 얘기를 했습니까?"

레나테 크루크는 웃었다. "그렇지는 않습니다. 친분이 있었던 것은 아니니까요. 대표님 어머니는 제 상사의 부인이셨죠. 전임 회장님이 그렇게 말했고 제가 그 말에 의문을 가질 여지는 없어보였어요."

'그 말에 의문을 가질 여지는 없어보였어요.' 하지만 세월이 흘러 아버지의 말에 의문을 가질 여지는 아주 많아졌다.

"그렇군요." 요나단이 말했다. "제가 뭔가 잘못 생각했나 봅니다."

"그런 것 같네요."

"그렇지만 너무 혼란스러워요. 아버지는 그동안 한 번

도 어머니 얘기를 꺼낸 적이 없어요. 그 오랜 세월 동안 말입니다. 그런데 오늘 갑자기 어머니를 자주 뵙는다고 하는 말이 이상하지 않아요? 너무 이상해요!"

"그 말을 너무 심각하게 받아들이지 말아요." 레나테 크루크가 말했다. "치매 환자들은 현재보다는 과거에 살고 있어요. 그건 지극히 흔한 경우에요. 지금 당장 일어나는 일보다 몇 년 전에 일어났던 일을 훨씬 더 생생하게 느끼죠."

"저도 알아요." 그는 비서에게도 기이한 다이어리 이야기를 할까 잠시 고민했다가 말았다. 아무리 어렸을 때부터 알던 사이라도 그 정도로 친하진 않았다. "어쨌든 감사합니다."

"천만에요."

"그럼 이만. 아, 크루크 여사님?"

"네?"

"새해 꽃다발은 조만간 드리겠습니다. 챙긴다는 것을 깜빡했어요."

레나테 크루크는 조용히 웃었다. "이런 말씀 드려서 죄송하지만 저는 예전부터 그 카네이션 선물을 별로 좋아하지 않았어요. 올해는 꽃 선물로 제 사무실을 어지럽히지 말아주시면 고맙겠습니다."

"정말입니까? 그런데 왜 아버지한테는 그런 말을 안 하셨어요?"

또다시 웃음소리가 들렸다. "대표님은 여자를 좀 더 알아야겠네요."

"무슨 말입니까?"

"언젠가는 이해하실 거예요."

두 사람은 인사를 하고 전화를 끊었다. 다시 혼자 된 그는 샤브에 앉아 핸들을 초조하게 손가락으로 두드렸다. 어쩐지 기분이 이상했다. 아버지가 착각한 것은 무엇일까? 그가 여자를 더 알아야 한다는 건 또 뭐고?

12

한나

두 달 전
10월 30일 월요일, 19:23

"그래, 그래, 알았어, 알았다고! 네 말이 맞았어. 나는 정말 잔인한 여자친구야. 정확히 말하면 인간쓰레기지. 이제 만족해?" 한나는 교회에 앉은 불쌍한 죄인처럼 에펜도르프 대학병원 응급실 대기 의자에 웅크리고 있었다.

"너무 심각하게 받아들이지 마!" 함께 담당의사를 기다리던 리자가 말했다. "그렇게 말해서 미안해. 그런 뜻은 아니었어. 너는 절대 잔인하지 않아. 그리고 내 만족이 중요한 문제가 아니잖아. 지문이 가장 중요하지."

"그거야 당연하지." 한나는 한숨을 내쉬었다. "제발 심각한 병이 아니어야 할 텐데!"

"아닐 거야." 리자는 친구의 어깨에 팔을 두르고 위로했다. "몸이 안 좋은 상태에서 무리해서 그랬을 거야."

"너무 끔찍한 일이야!" 한나가 탄식했다. "하지만 정말 기절해서 쓰러질 줄 어떻게 알았겠어?"

"알 수는 없었겠지." 리자가 의미심장한 미소를 지으

며 말했다. "하지만 지몬의 안색을 보면 어느 정도 짐작은 할 수 있었어. 난 네가 오늘 점심 때 지몬을 꾸러기교실로 끌고 온 걸 보고 조금 놀랐어. 지몬은 아이들이 시끄럽게 뛰어노는 곳이 아니라 침대에서 조용히 쉬어야 할 사람처럼 보였거든." "그럼 진작 얘기하지 그랬어?" 한나가 뿌루퉁하게 말했다.

"이거 왜 이래? 말했잖아!" 리자는 여전히 히죽거리고 있었다. "내가 지몬을 보자마자 '어머, 지몬, 안색이 너무 안 좋다!' 라고 한 말을 뭐라고 알아들은 거야?"

한나는 어깨를 으쓱했다. "내가 제대로 못 들었나 보네."

"지몬이 화장하면 티가 잘 안 날거라고 대답했잖아?"

"알았다고!" 한나가 맞받아쳤다. "하지만 너도 지몬이 엄살이 심한 건 알잖아?"

"그건 그래." 리자도 동의했다. "잘 알지. 그리고 너는 모든 것을 실제보다 더 장밋빛으로 보는 것도 잘 알고. 세상을 보고 싶은 대로 보잖아." 리자는 팔꿈치로 한나의 옆구리를 살짝 찔렀다. "이렇게 말해서 미안하지만 넌 그래."

"최악의 상황만 그리는 것보다는 낫잖아." 한나가 항의했다.

"어떤 일이냐에 따라 다르지."

"어떤 일이라니?"

"글쎄, 결국 응급실에 실려 가는 것으로 끝난다면 반드시 더 낫다고 할 수도 없지."

"너무 그러지 마!" 한나는 갑자기 상체를 곧추세우고 앉아 가슴 위로 팔짱을 꼈다. "내가 잔인하다고 아까 인정했잖아."

"그 얘기는 또 시작하지 말자. 미안해. 여기서 쓸데없는 얘기로 힘 빼지 말고 일단 기다리자."

"그래."

두 사람은 한동안 말없이 앉아 있었다. 한나는 대기실에 있는 다른 사람들을 쳐다보았다. 대부분은 보호자로 보였고 이따금 붕대를 하거나 목발을 짚은 사람들도 있었다. 뒤쪽 왼편 구석에는 엄마가 어린 딸을 안고 있었는데 딸아이는 엄마의 가슴에 머리를 파묻고 훌쩍이고 있었다.

지금 상황은 좋지 않았지만 그래도 아이가 다쳐서 여기 오지 않아 다행이라는 생각이 들었다. 첫날부터 그들이 보호하던 어린아이가 다쳐 병원으로 실려 왔다면 얼마나 끔찍했을지 상상도 하기 싫다! 만약 그랬다면 앞으로 꾸러기교실을 운영하는 데 치명타를 입었을 것이다.

그것에 비하면 부모들이 아이들을 찾으러 오는 시간에 지몬을 위해 구급차를 불러야 했고 정말 "삐뽀삐뽀" 소리를 내며 구급차가 나타난 것은 조금 웃기기까지 했다. 흥분한 아이들은 눈을 동그랗게 뜨고서는 구급대원이 어릿광대를 살펴보고 들것에 실어 구급차에 태우는 모습을 흥미롭게 지켜보았다. 정말 대단한 볼거리였다!

한나도 구급차에 올라탔고 리자는 고객들을 진정시키고 인사하고 30분 정도 후 뒤따라왔다. 병원에 도착하자 구급대원들은 신음하는 지몬을 어디론가 데리고 갔고 두 사람은 여기 이렇게 웅크리고 앉아 소식만 기다렸다.

리자가 갑자기 웃음을 터트렸다.

"왜 그래?" 한나가 궁금해 하며 친구를 쳐다보았다.

리자는 손사래를 쳤다. "아무것도 아니야."

"어서 말해 봐!"

"그냥 구급차가 나타났을 때의 상황이 생각나서."

"나도 그랬어." 한나도 낄낄거렸다.

"영업을 시작한 첫날에 쇼를 제대로 보여준 셈이야."

"그렇고말고!"

"어쨌든 우리는 이제 이 동네에서 한 방에 유명해졌어. 반쯤 의식을 잃은 어릿광대가 흥분한 사람들에 둘러싸여 들것에 실려 나가는 모습은 쉽게 볼 수 있는 장면이 아니지."

"우리 이미지에 타격이 있을까?"

"어릿광대가 죽을 경우에만 그렇겠지."

"리자!"

"미안해." 리자가 황급히 사과했다. "정말 바보 같은 농담이었어." 그러더니 한나를 달래며 팔에 손을 얹었다. "다 잘될 거야. 아이들을 데리러 온 부모님들한테 지몬이 새로운 다이어트를 시도하고 있는데 아마 그것 때문에 쓰러졌을 거라고 잘 둘러댔어."

"다이어트라고? 안 그래도 삐쩍 마른 지몬이?"

"다른 구실은 생각 안 났어. 아니면 열이 나고 오한에
시달리는데도 여자친구가 억지로 끌고 나와 어릿광대로
부려먹어서 쓰러졌다고 말할 걸 그랬나?"

"하! 하!"

"그러니까. 어쨌든 걱정하지 마. 내일 2시부터 예약이
꽉 찼어."

"그때까지 지몬이 좋아져야 할 텐데."

"설마 다시 일 시키려고 그러는 건 아니지?" 리자는 미
심쩍은 표정으로 한나를 쳐다보았다.

"당연히 시켜야지." 한나는 일부러 진지하게 말했다.
"서 있을 힘만 있어도 일해야지."

"그렇다면 나는 지몬이 가능한 빨리 회복되지 않기를
빌어야겠네. 안 그러면 네가 죽여버릴지도 모르니까!" 크
게 웃는 두 사람을 대기실의 다른 사람들이 의아하게 쳐
다보았다. 한나는 개의치 않았다. 잠시라도 농담을 하고
긴장을 풀고 싶었다.

"마르크스 씨?" 하얀 가운을 입은 30대 초반으로 보이
는 젊은 남자가 다가와 그녀를 내려다보았다.

웃고 있던 한나는 웃음을 멈추려다 쉿소리를 냈다.
"에?" 이상한 목소리로 겨우 대답했다.

"로베르트 푹스 박사라고 합니다. 그리고 보호자분

은…" 그는 팔에 끼고 있던 얇은 파일을 열어 들여다보았다. "클람 씨 부인이십니까?"

한나가 고개를 끄덕이자 리자는 어리둥절한 표정을 지었다. 접수를 할 때 한나는 지몬의 아내라고 기입했다. 혹시 상황이 심각해질 경우 그냥 여자친구라고 하면 면회가 거부될까 걱정되어서였다. '이머전시 룸'이나 '그레이 아나토미' 같은 의학드라마만 봐도 연인이 위험한 뇌수술을 받는 동안 불쌍한 여자친구들은 늘 복도에 웅크리고 앉아 기다려야 한다. 수술에 대한 자세한 설명을 들을 권리도 없이 신경쇠약에 걸릴 정도로 아무것도 모른 채. 자신에게도 그런 일이 일어날지도 모른다는 생각은, 오버인지는 몰라도 만약을 안전하게 대비하는 행동이었다.

"이제 환자를 만나도 됩니다. 저를 따라오시겠습니까?"

한나는 자리에서 벌떡 일어났다. "네. 물론이죠."

리자도 자리에서 일어났고 의사가 뭐라고 말하기도 전에 한나는 의사에게 리자가 지몬의 동생이라고 재빨리 둘러댔다.

"잘했어." 푹스 박사 뒤를 따라가면서 리자가 한나에게 속삭였다.

"네가 지몬의 동생이라고 한 거?" 한나도 속삭이며 물었다.

"아니. 네가 처녀성을 그대로 사용하기로 한 거. 미안하지만 한나 클람은 정말 이상한 이름이잖아!"

한나는 쿡쿡 웃음이 나오려는 것을 겨우 참고 리자의 옆구리를 쳤다. 의사에게 걱정하는 아내의 신경질적인 웃음소리는 절대 선보이고 싶지 않았다.

두 사람은 의사를 따라 환자와 보호자들이 앉아 있는, 끝없이 길게 이어지는 흰 복도를 따라 걸어갔다. 병원은 사람들로 넘쳐났고 복도 곳곳에는 자거나 괴로워하는 환자들이 누워 있는 침대가 나와 있었다.

한나는 갑자기 불안으로 가슴이 옥죄이는 듯했다. 오후가 이렇게 끝날 줄은 상상도 못했다. 병원을 좋아하는 사람은 당연히 없겠지만, 4년 전 지몬과 함께 거의 매일 에펜도르프 대학병원에 왔던 일들이 떠올랐다.

당시 지몬의 어머니 힐데는 수개월 동안 암으로 투병했지만 결국 죽음을 기다리고 있었다. 수술, 화학요법, 방사선 치료 등 모든 방법을 동원했지만 효과는 없었고, 폐에 생긴 악성종양은 결국 그녀를 비참한 죽음으로 몰고 갔다. 몇 주 동안 사투를 벌인 그녀는 몇 번이나 더는 못 견디겠다고, 이 고통에서 빨리 벗어나고 싶다고 울부짖었다.

지몬과 한나가 사귄 지 6개월 정도 된 시기였다. 엘베 강가에서 함께 피크닉을 즐긴 지 얼마 안 돼서 의사들은 그의 어머니에게 더는 치료 방법이 없다는 사실을 통보

했다. 사귄 지 얼마 되지 않았지만 한나는 지몬이 병원을 갈 때마다 가능한 자주 동행했고 이런 힘든 시기에 곁에서 힘이 되어 주려 노력했다. 지몬의 아버지 역시 10년 전에 암 투병을 하다 세상을 떠났는데 어머니마저 암에 걸려 심적으로 매우 힘든 상황이었다.

흔히 아들들은 특히 어머니를 잃을 때 많이 힘들어한다고 한다. 그래서인지 어머니가 돌아가셨을 때 지몬은 서른한 살의 나이에도 불구하고 장례식장에서 어린아이처럼 많이 울었다. 돌아가신 지 몇 개월이 지나도 갑자기 눈물을 흘리고는 해서 한나는 그를 어떻게 위로해야 할지 난감했다.

"시간이 약이다"나 "우리 모두 언젠가는 죽게 되어 있어" 같은 위로는 하고 싶지 않았지만 그렇다고 다른 좋은 말이 떠오르지도 않았다. 그래서 한나는 지몬을 자주 안아주고 머리를 쓰다듬어주고 눈물이 멈출 때까지 기다려주었다. 슬픔을 나눌 수 있는 형제가 있다면 더 좋겠지만 안타깝게도 지몬은 한나처럼 외동이었다.

한나는 리자와 함께 푹스 박사의 빠른 걸음걸이에 맞춰 걸으면서 그때를 회상했다. 앞으로는 남자친구를 그렇게 강하게 몰아치지 말아야겠다고 결심했다. 지몬은 힘든 위기를 여러 번 겪었다. 아무렇지 않게 "다 잘될 거야!"라는 말로 넘기려는 태도는 불공평하다는 생각이 들었다.

한나의 부모님은 건강하게 지내시는 터라 더더욱 그렇게 말할 자격이 없다. 심지어 85세인 외할머니 마리안네와 87세인 외할아버지 롤프도 아직 팔팔하셔서 앞으로 몇 십 년은 아름다운 우리 지구에서 잘 사실 것 같다. 친할머니 엘리자벳도 아흔의 연세에도 불구하고 활기 넘치고 정정했다.

"여깁니다." 의사의 말에 한나는 생각을 멈췄다. 그는 하얀 방문 앞에 서더니 곧 안으로 들어갔고 한나와 리자도 바짝 뒤쫓으며 따라 들어갔다.

13

요나단

1월 2일 화요일, 18:56

정말 아무렇지 않은 일이다. 요나단은 그저 적혀 있는 주소로 찾아가 초인종을 누르고 예의바르게 인사한 후 용건을 말할 것이다. 그러면 몇 분 후 이 일은 이제 마침내 종결된다. 19시에 누가 도로테엔 거리 20번지에서 약속을 잡았든지, 그에게 다이어리를 돌려주면 기뻐할 테고 요나단은 다이어리가 역시나 어머니가 준 것이 아니라는 사실을 확인할 수 있다. 이렇게 간단한 일이다. 별 것 아닌 일.

그런데 요나단은 세기 전환기에 지어진 흰색 다세대주택 건물 앞을 왔다 갔다 하며 일곱 시 정각 밑에서 두 번째 초인종을 누를 생각을 하니 손에 땀이 흥건히 맺혔다. 불편해. 부적절한 일이야. 왜 내가 긴장해야 해? 그럴 이유가 없는데.

어쨌든 요나단은 다이어리가 든 가방을 흔들고 다니면서 이 말을 주문처럼 중얼거렸다. 하지만 땀구멍도, 심장박동도 그의 말을 전혀 들으려 하지 않았다. 이렇게 긴장한 것은 대학에서 철학과 문학을 전공할 때 졸업을 앞두고 구술시험을 볼 때가 마지막이었던 것 같다. 실은 시험 준비를 완벽하게 한 터라 우수한 성적으로 졸업할 수 있어서 이 정도로 긴장하지는 않았다.

손목시계 분침이 일곱 시 일분 전을 가리키자 요나단은 20번지 건물 계단을 세 칸을 올라가 다이어리에 기록된 초인종을 찾아보았다. 아래서 두 번째 초인종에는 '슐츠'라는 이름이 적혀 있었다.

그는 생각이 바뀌기 전에 얼른 초인종을 눌렀고 3초 후 신호음이 울리면서 문이 열렸다. "여보세요?"나 "누구세요?" 같은 질문은 없었다. 정말 누군가 19시에 맞춰 손님을 기다리고 있는 모양이다. 아니면 집주인의 믿음이 정말 좋거나. 그렇지 않다면 요나단이 누구인줄 알고 문을 열어주겠는가? 특히 이맘때는 쓰레기를 수거하는 사람들이 초인종을 누르고 기부금을 요청하는 경우가 많았다. 사실 원칙적으로 이의를 제기할 일은 아니었다. 1년 내내 열심히 일하는데 그럴만하지 않은가?

요나단은 문득 얼마 전 시 청소과에 보낸 이메일을 떠올렸다. 지금까지 답변을 받지 못했고 이메일을 보낸 효과가 있을지 의문이었다. 집 앞 쓰레기 컨테이너는 여전히 가득 찬 상태였지만 너무 조급하게 굴고 싶지 않았다. 특히 지금은 폐지 수거 따위에 신경 쓰고 싶지 않았다.

요나단은 천천히 한 발짝씩 떼며 3층에 있는 슐츠 씨 집을 향했다. 그는 서두르지 않았다. 숨을 헐떡거리거나 땀을 흘리며 슐츠 씨와 대면하고 싶지 않았다.

계단부는 널찍했으며 밝고 쾌적해 보였으며 벽에는 알록달록한 문양이 그려져 있는 전통 유겐트 양식(19세기 말부터 20세기 초에 걸쳐 독일에서 유행한 미술 양식—옮긴이) 타일이 붙어 있었고 위쪽 가장자리는 장식 테두리로 마감되어 있었다. 관리가 아주 잘되고 있는 건물이다. 문득 어머니가 이런 집을 무척 마음에 들어 할 것 같다는 생각이 들었다. 그가 기억하기로는 어머니는 이탈리아인 특유의 높은 안목을 갖고 있었다.

또한 건물이 함부르크 시내 중심가 빈터후데 한가운데 자리 잡고 있어서 문밖을 나서면 바로 다양한 카페와 가게들이 즐비했다. 어머니는 외곽 엘베 강가에 자리 잡은 가문 소유의 집에서 고립감을 느꼈고 지루해했다. 어머니는 피렌체의 활기 넘치는 거리, 더 자세히 말하면 어머니가 나고 자란 피에솔레라는 동네 시장광장의 생기발랄한 분위기를 그리워했다.

어머니가 너무 한적한 곳에 자리 잡은 집에 불만을 토로할 때마다 아버지가 시내의 끔찍한 주차상황을 지적했던 기억들이 어렴풋이 떠올랐다. 요나단도 조금 전까지 마땅한 주차 공간을 찾아 15분 정도 동네를 빙빙 돌아야 했다. 그나마 평행주차의 달인이라서 겨우 주차할 수 있었다. 바로 앞에 주차된 골프 자동차 운전자가 나무에서 50센티미터나 간격을 두고 차를 세워 놓았기 때문이다.

힘겹게 핸들을 여러 번 돌려 마침내 골프 뒤 비좁은 공간에 차를 넣는 데 성공한 요나단은 늘 갖고 다니는 수첩을 꺼내 몰상식한 차 주인에게 메모를 적어 와이퍼 아래 끼어 넣었다.

친애하는 차주님께

귀하는 타인에 대한 배려 없이 주차를 했습니다. 귀하의 차는 주차 공간 두 개를 차지하고 있습니다! 저는 간신히 귀하의 차 뒤에 주차할 수 있었습니다. 만약 귀하가 조금만 더 앞으로 주차를 했다면 더불어 사는 시민의 삶을 훨씬 편안하게 해주셨을 것입니다.

그럼 이만

요나단 N. 그리프

주차에 애먹은 것만으로도 짜증나는데 폭리에 가까운 주차요금을 보고는 경악했다. 한 시간당 4유로! 주차공간을 구입하는 것이 아니라 잠시 빌리는데! 〈함부르크 신문〉에 제보해야 할 사안이다. 조만간 편집국에 함부르크의 현대식 약탈방식을 제보해야겠다는 생각이 들었다. 그는 벌써 내용도 생각했다.

친애하는 편집국 팀원 여러분

아름다운 함부르크 시에서 운전을 하는 시민으로서 오늘 '주차요
금 폭리' 문제를 지적하고 싶습니다. 귀사에서 이런 주제를 한
번 다루어주면……

그는 더 이상 흥분하고 싶지 않았다. 지금은 온전히 다이
어리 문제에 집중하고 싶었고 결국 그러기 위해서 이곳
을 찾아온 것이다. 요나단이 3층까지 다 올라오자 문 앞
에 중년여성이 미소를 지으며 마중 나와 있었다. 문득 가
수 셰어가 떠올랐다. 여자는 셰어만큼 아름다웠지만 다
행스럽게도 셰어만큼 성형수술을 한 것 같진 않았다. 50
대 중반 정도로 보이지만 10년 정도 더 어릴 수도 있겠
다. 아니면 더 많거나. 나이를 가늠하기 어려웠다.

윤기 나는 검은색 긴 머리카락은 어깨까지 닿았고, 뚜
렷한 윤곽은 인디안 같은 분위기를 풍겼다. 그녀가 입고
있는 타이트한 차콜색 바지는 짙은 회색 눈동자와 잘 어
울렸다. 아무튼 전체적으로 엄청난 외모의 소유자였다.
작가라면 아마도 시간을 초월한 우아함이라고 표현했을
것이다.

요나단은 여자에게 몇 걸음 더 다가가 손을 내밀면서
목소리를 가다듬었다. "안녕하세요, 슐츠 씨. 제 이름
은……."

"쉿!" 여자가 그의 말을 끊었다. 그녀는 입술에 집게손

가락을 대며 여전히 미소를 짓고 있었지만 이제는 왠지 신비스럽게 보였다. "이름을 말하지 마세요!" 그녀가 나직한 목소리로 말했다. 여자의 목소리는 낮고 허스키했다. "어서 들어오세요." 여자는 문을 안쪽으로 활짝 열고 살짝 옆으로 비켜섰다.

"아, 네." 요나단은 발매트에 신발을 털고 안으로 들어가면서 더듬거렸다. "슐츠 씨, 저는 그러니까……."

"사라스바티." 여자는 또 그의 말을 끊었다.

"사라스밧?"

"제 이름은 사라스바티입니다."

"네? 사라스바티 슐츠라고요?

여자는 경쾌하게 웃었다. "뭐 그렇다고 할 수 있죠. 사라스바티는 저의 영적인 이름이에요. 영혼의 이름이죠."

"영적이라고요? 아, 예." 요나단은 지금 당장 인사하고 다시 나가버리고 싶은 충동과 싸웠다. 매우 아름답지만 상당히 이상한 여자다.

문득 알스터 호수에서 봤던 해리 포터를 닮은 남자가 떠올랐다. 그 역시 영혼 어쩌고 중얼거렸지. 혹시 함부르크 식수에 무슨 문제가 있나? 아니라면 대체 다들 왜 이러는 걸까?

물론 요나단은 나가버리지 않았다. 그러기에는 그의 호기심이 너무 컸다. 그리고 일종의 흥미진진한 모험을 하는 기분도 들었다.

"사라스바티는 지혜와 학식을 상징하는 인도의 여신이에요." 슐츠 부인은 요나단을 거실로 안내하면서 설명했다. 밝고 모던한 가구와 짙은 색 목재의 앤티크 가구가 조화를 이루는 곳이었다. 무엇보다 금은사세공이 들어간 스탠드형 괘종시계가 눈에 띄었다. 커다란 세 개의 창문에는 새하얀 커튼이 드리워져 있었고 아프리카 문양의 두꺼운 카펫은 모로코풍의 천장전등과 함께 공간에 이국적인 온기와 편안함을 선사했다.

사라스바티라고 하는 슐츠 부인은 티크 목재 식탁 앞에 놓인 의자를 가리켰다. 식탁 위에는 6구 촛대가 당당하게 자리 잡고 있었다. 그 옆에는 물이 담긴 크리스털 유리병과 빈 유리잔 두 개 그리고 카드 한 팩이 한가운데 놓여 있었다. "여기 앉으세요."

"뭔가 착오가 있습니다." 요나단은 선 채로 말했다. "제가 이곳에 오려고 했던 것이 아닙니다."

"오려고 했던 것이 아니라고요?" 사라스바티는 완벽하게 그린 눈썹 한 쪽을 치켜 올렸다.

"아니, 오려고 하기는 했죠. 하지만 저는 단지 뭘 전해주려 왔습니다."

"뭡니까?" 여자는 요나단을 향해 손을 내밀었다. "그렇다면 어서 주세요."

요나단은 자기도 모르게 가방을 양손으로 꽉 움켜잡고 가슴에 밀착시켰다. "하지만 부인 물건은 아닙니다!"

"제 물건이 아니라고요?" 나머지 눈썹 하나마저 치켜 올라갔다. "그렇다면 왜 나를 찾아오셨는지 이해가 안 되네요. 조금 횡설수설 하는 것 같네요, 젊은이."

"제가 자세히 설명할게요." 아랫사람을 대하는 듯한 '젊은이' 라는 표현이 은근 신경 쓰였지만 그냥 넘기고 사라스바티에게 알스터 호수 주변에서 운동하다가 가방을 발견했고 그래서 여기까지 찾아오게 되었다고 설명했다.

"알겠습니다." 그녀는 요나단이 말을 마치자마자 대답하며 재밌다는 듯 그를 쳐다보았다. "그럼 걱정 말고 다이어리를 여기 맡겨놓고 가세요. 그 고객이 나를 찾아오는 즉시 전달하겠습니다."

"고객이라고요?" 요나단은 거실을 훑어보면서 머릿속으로 떠오르는 생각을 겉으로 드러내지 않으려고 애썼다. 하지만 실패였다. 사라스바티는 웃음을 터트렸다. "지금 상상하시는 그런 건 아닙니다!" 그녀는 식탁 위를 가리켰다. "저는 카드를 놓는 사람이에요."

"카드라고요?"

그녀는 고개를 끄덕였다.

"그렇다면 점술가이신가요?"

"'인생상담가' 라는 표현을 선호합니다." "그러시군요." 요나단의 머릿속에는 '야바위' 나 '눈속임' 같은 단어들이 떠올랐다.

"이런 거에 관심 없으시죠?" 분명 이 여인은 마음을 들여다보는 능력이 있는 것 같다.

"그렇다고 할 수 있죠." 요나단이 우물우물 대답했다. "한 번도 해본 적 없어요."

"그럼 한 번 해보세요. 정말 매혹적이에요!"

"흐음, 글쎄요⋯⋯." 그는 여자의 제안을 무시하기로 결정했다. "제가 여기 온 목적은 이 다이어리가 믿을 만한 사람의 손에 가길 바라서입니다."

"내 손은 믿을 만하지 않다는 건가요?"

"왜 그렇게 생각하시죠?"

카드 점을 보는 여자는 어깨를 으쓱했다. "내가 다이어리를 잘 전해주겠다고 했는데도 맡기려 하지 않으니까요."

"언짢게 생각하지 마세요." 요나단이 대답했다. "하지만 제가 부인을 잘 모르잖아요." 그는 다이어리 주머니 속에 들어있는 500유로를 떠올리며 그가 점쟁이라는 직업을 별로 좋지 않게 생각한다는 것을 인정해야 했다. 편견일지라도 그런 생각이 드는 것은 어쩔 수 없었다.

"그쪽도 언짢게 생각 말아요. 하지만 나도 그쪽을 잘 몰라요." 사라스바티가 받아쳤다. "그런데도 그쪽은 지금 내 거실 한가운데 서 있군요."

"들어오라고 하셨잖아요."

"내 고객인줄 알았죠."

"그것 보세요." 요나단은 의기양양해지며 새어나오는

웃음을 참을 수 없었다. "그렇기 때문에 항상 무엇이든지 확실하게 해야 한다니까요!"

그녀는 고개를 저었다. "정말 대단한 분이네요."

"네?"

그녀는 손을 내저었다. "아무것도 아니에요." 그녀는 다시 의자를 가리켰다. "그러면 우리 이렇게 하죠. 비밀스러운 다이어리 주인이 나타날 때까지 여기 앉아서 기다리세요."

"제가 방해되진 않을까요?"

"전혀요. 어차피 세 시간 동안 예약이 잡혀 있기 때문에 고객이 올 때까지 우리 같이 시간을 보내면 돼요."

"세 시간이라고요?" 의자에 앉아 다이어리가 든 가방을 옆에 내려놓은 요나단은 의아해했다. "그렇게 오래 걸리나요?"

"보통 첫 상담 때는 그렇죠." 사라스바티는 맞은편 의자에 앉았다. "다섯 시간 걸리는 경우도 있어요."

"다섯 시간이요?" 요나단은 믿지 않았다. "다섯 시간 동안 무슨 얘기를 하는 겁니까?"

"인생 얘기를 하죠." 그녀가 간결하게 대답했다. "그리고 어떤 고객들은 계속 다시 찾아오죠. 우리 존재는 너무 복잡하기 때문이죠. 한 번의 상담으로는 충분하지 않으니까요."

"그렇게 해서 얼마나 버세요?" 요나단의 입에서 자기

도 모르게 질문이 튀어나왔다. 그의 호기심이 너무 컸다.

"그러는 그쪽은 얼마나 벌어요?" 그녀가 맞받아치며 물었다. "그쪽 직업은 뭐고요?"

"죄송합니다." 요나단의 얼굴이 빨갛게 달아올랐다. "무례한 질문을 했네요." 그런데 또 장난기가 발동했다. "그런데 점술가라면 제 직업이 뭔지 알아맞힐 수 있지 않나요?"

"인생상담가입니다." 그녀는 요나단의 말을 정정해주었다.

"어쨌거나 제가 너무 무례하게 굴 생각은 없었어요. 다만," 그는 '업계'라는 말이 튀어나오려는 것을 간신히 막았다. "……그 분야 수입이 어느 정도 되는지 궁금했을 뿐입니다."

"그때 그때 다르죠." 사라스바티가 친절하게 대답했다.

"무엇에 따라?"

"내게 상담 받고 싶은 사람들에 따라 다릅니다."

"사람을 마음대로 정하십니까?"

"그렇기도 하고" 그녀가 말했다. "고객들의 지불 능력도 고려하죠."

"그렇다면 일종의 보조금 같은 것도 있다는 말씀입니까?"

"그렇다고 할 수 있죠." 그녀가 말했다. "각 문제의 비중에 따라서도 달라요." 그녀는 요나단을 향해 눈을 찡긋했다. "그쪽은 비용이 저렴하진 않을 거예요."

"저에 대해 전혀 모르잖아요!" 요나단이 어이없다는 듯 항의했다.

"이미 충분히 알아요." 그녀가 미소를 지으며 말했다. "그쪽을 쳐다보기만 해도 다 알아요."

"그래요?" 요나단은 가슴 위로 팔짱을 꼈다. 놀랍게도 기분이 나쁘지 않았다. 오히려 …… 매료당했다. 말도 안 되는 일이지만 사라스바티는 사람을 끌어당기는 마력이 있었다. "그렇다면 무엇이 보이는지 알려주시겠어요? 그리고 어떻게 하면 볼 수 있는지?"

"알려드릴 수 있는 게 없어요. 내가 그냥 아는 겁니다. 그냥 갖고 있거나 또는 갖고 있지 않은 재능이에요."

"그렇다면 왜 카드가 필요한 거죠?" 그는 식탁 한가운데 놓인 카드 더미를 가리켰다.

"내가 사용하는 도구입니다. 목수가 망치를 사용하고 화가가 붓을 사용하는 것처럼."

"망치와 붓?"

"카드는 내가 일하는 데 도움을 줍니다. 앞으로 어떤 일이 펼쳐질지 볼 수 있게 도와주죠."

요나단은 식탁 쪽으로 몸을 숙였다. "죄송하지만 믿기 힘든 얘기네요."

"믿고 안 믿고는 그쪽 자유에요."

"그냥 평범한 카드인거죠?" 너무 궁금해서 묻지 않을

수 없었다.

"타로 카드입니다."

"그러면 타로 카드를 섞어서 펼치고 짠! 하면 미래에 무슨 일이 펼쳐질지 알 수 있나요?"

사라스바티는 까르르 웃었다. "뭐 그렇다고 할 수 있죠. 하지만 내가 카드를 섞지 않아요. 고객들이 하죠. 그리고 나는 미래가 아닌 가능성을 봅니다."

"그렇군요." 그럴 줄 알았다! 가능성이라니. 가능성은 무궁무진하기 마련이다. 내일 아침에 문밖을 나서다가 화물트럭에 치일 가능성도 있다. 무엇이든 일어날 수 있다.

"좀더 자세히 설명 드릴게요." 사라스바티는 카드뭉치를 손에 들고 요나단 앞에 펼쳐놓았다. "타로에서는 '상응의 법칙'이 중요해요." 그녀는 카드를 한 장 한 장 내려놓았다. "우리의 모든 감정, 생각, 우리가 바라고 예감하고 두려워하는 모든 것이 그림으로 표현되어 나타납니다."

"알겠어요." 요나단이 대답했다. "거기까지는 이해했어요."

"좋아요."

"제가 궁금한 건 어떻게 카드가 내가 기대하고 느끼고 두려워하는 것을 아느냐는 겁니다."

"그것을 아는 것은 카드가 아닙니다. 바로 당신입니다!

당신의 무의식이 그림이 상징하는 것에 반응해요. 꿈을 해석하는 것과 비슷하죠."

요나단은 미심쩍게 고개를 저었다. "제가 카드를 섞은 후 몇 개를 골라낸다고 쳐요. 그러면 그건 순전히 우연이지 제 의식이나 무의식과는 아무 상관이 없잖습니까?"

"우리 인생에 우연이란 없어요." 사라스바티가 엄숙하게 말했다. "모든 것은 다 서로 연결되어있고 내면은 항상 외면에 상응하게 되어 있어요."

요나단은 의자 뒤로 몸을 기댔다. "저는 모르겠어요."

"한 번 보여드릴까요?"

"어떻게요?"

"그쪽을 위해서 카드 점을 봐주면서 말이죠."

"뭐라고요?" 요나단은 손사래를 쳤다. "아뇨, 됐습니다! 저는 단지 이 다이어리를 전해주기 위해서 찾아온 것뿐입니다."

"마음대로 하세요."

"네." 그는 7시 15분을 가리키는 시계를 쳐다보았다. "조금 있으면 그 사람이 나타나겠죠."

"물 좀 드릴까요?" 그녀는 물병을 향해 손을 뻗었다. "영험한 돌로 생명을 불어넣은 물이죠."

요나단은 그제야 크리스털 병 바닥에 보라색 돌멩이 몇 개가 들어 있는 것을 발견했다.

"아니, 괜찮습니다." 물속에 뭐가 들어 있는지 누가 알겠나? 박테리아나 우글거리지 않으면 다행이다.

"알겠습니다." 그녀는 자기 유리잔에 물을 따라 꿀꺽 꿀꺽 마신 후 숨을 내쉬었다. "아, 정말 좋아요!"

"흐음." 요나단은 무슨 말을 해야 할지 몰랐다. 조금 전까지만 해도 좋았던 분위기가 갑자기 경직되었다. 어서 빨리 그 고객이 나타나길 바랐다. 이렇게 늦다니 너무하지 않은가? 약속을 잡아놓고 통상 15분 정도 늦는 것도 부적절하다는 생각이 들었다.

하지만 점술가는 전혀 개의치 않은 눈치였다. 편안하게 앉아 영험한 물을 마시며 요나단을 따뜻한 표정으로 바라보았다. 아무도 말이 없었고 째깍거리는 벽시계 소리만 조용한 공간을 채웠다.

일곱 시 반쯤 되자 요나단은 물을 마셔보기로 마음을 바꿨다. "물 한 잔 주시겠어요?" 그녀는 미소를 지으며 물을 따라주었고 그는 물이 상쾌하고 맛있어 놀랐다. 물에 정말 '생명을 불어넣었는지'는 모르지만 평소 즐겨 마시는 에비앙 생수보다 못하지 않다.

여덟 시 십오 분 전. 요나단은 빈 유리잔을 만지작거렸다. "안 올 모양입니다."

"괜찮아요." 사라스바티가 대답했다.

"하지만 그 사람을 위해서 일부러 세 시간이나 비워놓으셨잖아요!" 어떻게 이렇게 평온할 수 있지? 그는 다른 사람 때문에 시간을 낭비하게 되면 화가 머리끝까지 나는 타입이다.

"이미 계산하셨거든요."

"선불로 받으세요?"

"페이팔이요." 그녀가 설명했다.

"그게 뭡니까?"

"인터넷 지불 시스템이죠."

"오."

"아주 편리하죠. 고객들은 이메일로 내게 돈을 보낼 수 있어요."

"이메일을 통해서 송금한다고요? 어떻게 그게 가능하죠? 지폐를 첨부합니까?"

"아뇨." 그녀는 웃었다. "메일 주소로 계좌가 운영되는 거예요."

"그렇다면 고객 이름도 아시겠네요." 요나단이 말했다.

"이번 경우에는 그렇지 않아요." 그녀의 대답에 요나단은 크게 실망했다. "지불한 이메일 주소에는 이름에 대한 언급이 전혀 없었어요. 게다가 오늘 상담은 누군가 고객에게 선물로 예약한 것이라 홈페이지를 통해 예약이 됐어요. 홈페이지에 예약 가능한 시간이 나와서 원하는 시간을 선택해서 예약할 수 있거든요."

"홈페이지도 있으세요?"

"물론이죠. 나도 시대 흐름에 맞춰서 살아야죠."

"네. 그렇죠." 그는 미소를 지었다. "상당히 현대적인 점술가시네요." 그의 말투에는 대단하다는 뜻이 담겨 있었다.

"인생상담가."

"네, 그거요."

두 사람은 다시 침묵으로 들어갔다. 시계바늘은 고통스러울 정도로 느리게 앞으로 기어갔다.

"자," 낮은 종소리가 여덟 번 울리자 사라스바티가 입을 열었다. "고객이 나타나지 않을 것이라는 그쪽 예상이 맞았어요. 내가 더 도와드릴 수 있는 일이 없겠네요. 그리고 내게 다이어리를 맡길 생각도 없는 것 같으니……."

"누가 예약했는지 알아볼 수 있는 방법이 전혀 없습니까?" 요나단이 말을 끊고 끼어들었다. 그가 듣기에도 절망이 가득 담겨 있었고, 침착함을 잃은 자신이 민망했다. 게다가 왜 이렇게 격렬하게 반응하는지 스스로 설명할 수 없었다.

사라스바티는 눈을 질끈 감았다 뜨고 그를 빤히 쳐다보았다. "이 일이 그쪽한테 왜 그렇게 중요하나요? 다이어리 주인과 아무 상관없는 사람이잖아요."

"그렇죠. 하지만……." 그렇다. 하지만 뭐? 다이어리가 어머니 것일 수 있다고? 왠지 아주 중요한 일인 것 같다고? 내 인생에는 별다른 일들이 일어나지 않는데 이 일은 오랜만에…….

"저도 제가 왜 이러는지 잘 모르겠네요." 요나단은 결국 순순히 시인했다. "이 다이어리를 그냥 유실물센터에 맡기고 더 생각하지 않는 것이 제일 낫겠어요."

"정말 그렇게 생각하세요?" 그녀는 아몬드 모양의 눈으로 너무 뚫어지게 쳐다보아서 요나단은 얼굴이 화끈거렸다.

"주인이 나타나지 않았고 부인도 예약자를 모른다고 하니……." 그는 갑자기 어떤 생각이 떠올랐다. "돈을 지불한 이메일 주소로 이메일을 보낼 수 있잖아요? 다이어리를 습득한 사람이 있는데 제가 보관하고 있다고 알려주시면 되잖아요. 제 전화번호를 남기고 갈게요!"

"그럴 수는 있겠죠." 사라스바티가 말했다. "그런데 내가 왜 그래야 하죠?"

"으음." 그는 잠시 말문이 막혔다. "친절한 분이니까?"

"맞아요. 그렇죠." 그녀는 환한 미소를 지었다. "그리고 나는 친절하니까 다시 한 번 카드 점을 봐주겠다고 제안할게요. 어차피 돈은 다 받았으니까."

"아뇨, 아니에요." 그는 계속 손사래를 치며 거절했다. "저는 정말 관심 없어요."

그녀는 순순히 물러서지 않았다. "잠시만이라도 우리 인생에서 우연히 일어나는 일은 결코 없고 그쪽이 왜 하필 지금 내 앞에 앉아 있는지 생각해본다면 어떤 결과가 나올지 궁금하지 않아요?"

"음……." 그는 잠시 망설였다. "아니오?" 확고한 대답을 하려던 것이 마치 질문처럼 나왔다.

"아닌 거 같은데요."

"부인이 왜 그렇게 제 미래를 들여다보고 싶어하는지 모르겠군요!"

"가능성을 들여다보는 겁니다." 사라스바티가 요나단 의 말을 고쳐주었다.

"뭐든 전 관심이 없습니다." 그는 자신이 한 말에 힘을 싣기 위해 손바닥으로 식탁을 치고 의자에서 일어나려는 동작을 취했다.

사라스바티는 등을 의자에 기대고 고개를 저으며 요나 단을 물끄러미 쳐다보았다. "무엇을 그렇게 두려워하는 거죠?"

"두려워한다고요?" 요나단은 어이없다는 듯 웃음을 터 트리며 다시 앉았다. "저는 두렵지 않아요!"

14

한나
두 달 전
10월 30일 월요일, 19:53

"어서 와!" 지몬은 환자용 침대에 똑바로 앉아 엷은 미소를 지었다. 안색은 여전히 창백했고 왼쪽 팔에는 링거 바늘이 꽂혀 있다. 아픈 남자친구를 보자마자 한나는 다리에 힘이 풀려 주저앉다시피 했다. 가슴이 미어지고 속이 울렁거렸다.

"자기야!" 그녀는 지몬의 손을 잡았다. "대체 왜 그랬어?"

지몬은 장난스러운 미소를 지었다. "네가 대체 왜 그랬는지 물어야 하는 거 아냐? 내게 왜 그랬어?"

"정말 미안해." 한나는 리자에게 했던 말을 반복했다. "그럴 줄 알았으면 내가……."

"괜찮아." 지몬이 한나의 말을 끊었다. "나는 잘 살아남았잖아." 그는 의사를 쳐다보았다. "푹스 박사님은 내가 잠깐 졸도한 거라고 하셨어. 그러니까 많이 심각한 건 아니야."

"그렇습니다." 의사가 거들었다. "하지만 가볍게 생각하시면 안 됩니다." 의사는 엄격한 눈빛으로 좌중을 쳐다보았다. "환자분은 과로하셨고 감염에서 완치되지 않은 상태에서 무리할 경우 정말 위험해질 수 있습니다."

그는 자신이 한 말의 중요성을 부각시키기 위해 잠시 말을 멈췄다. 한나는 의사의 말에 몸 둘 바를 몰랐다. 아무 잘못 없는 리자까지 죄책감을 느끼는 표정이었다.

침대에 누운 지몬 혼자 즐거워보였다. '거봐 내가 뭐랬어!' 라고 얼굴에 쓰여 있는 것처럼.

"특히 젊고 건강하신 분들이 감기의 위험성을 간과하는 경우가 많아요." 푹스 박사는 계속 설교를 이어갔다. "최악의 경우 감기 바이러스가 다른 기관을 공격해서, 예를 들면 심근염 같은 질환을 발생시킬 수도 있어요. 경우에 따라서는 치명적일 수도 있고요." 듣고 있던 세 사람은 흠칫 놀랐다.

"너무 최악의 상황만 말씀하지 마세요." 진정한 한나가 투덜거렸다.

"그럴 생각은 없습니다." 의사가 조금 도도하게 말했다. "저는 최악의 경우를 얘기하는 것이 아닙니다. 단지 제가 의사로서 날이면 날마다 이곳에서 경험하는 것을 얘기할 뿐입니다."

지몬의 목에서 그르렁거리는 소리가 났다. "날이면 날마다요?"

"뭐 그 정도까지는 아닙니다만." 푹스 박사는 한 발 물러서서 목소리를 가다듬었다. "그래도 종종 일어나는 일이기 때문에 환자분은 며칠 동안 절대 안정을 취하면서 쉬어야 합니다." 의사는 차트를 들고 폭락한 주가지수를 검토하듯 잔뜩 찌푸리며 들여다보았다. "클람 씨의 혈액순환은 어느 정도 정상으로 돌아왔습니다. 링거액이 다 들어가면 간호사가 빼줄 테고 그럼 잠을 푹 자면서 쉴 수 있을 겁니다. 내일 아침에 퇴원해도 되겠습니다." 의사는 계속 차트를 뒤적였다. "혈압이 아주 낮아요. 그 외 별다른 이상은 없는 것 같지만 혈액검사 결과 몇 가지 이상 수치가 나왔습니다. 주치의를 만나서 재검을 하는 게 좋겠습니다."

"이상 수치라고요?" 지몬이 되물었다.

의사는 차트를 덮고 지몬을 쳐다보았다. "염증수치가 상당히 높아 생리식염수 외에 항생제를 같이 처방했습니다." 그는 링거액 봉지 두 개 중 하나를 가리켰다. "알약 형태의 항생제를 6일 정도 더 드셔야 합니다. 퇴원 수속 시 드리겠습니다."

지몬은 고분고분하게 고개를 끄덕였다.

"그밖에 가벼운 빈혈증세가 있어요. 감염성 빈혈 같습니다."

"감염성 빈혈이요?" 리자가 궁금해 하며 물었다.

"일종의 감기 후유증인데 유행성 독감으로 인한 감염으로 분류할 수 있습니다. 다행히 폐렴증세는 없습니다."

"그렇군요." 한나는 점점 더 심한 죄책감을 느꼈다. 독감으로까지 발전했는데 억지로 어릿광대 의상을 입혔다니! 폐렴까지 발전하지는 않아 그나마 다행이었다.

"아마 쉬면 저절로 좋아질 겁니다. 환자분 나이에 그 정도는 문제되지 않을 겁니다." 푹스 박사가 설명했다. "그래도 다 낫고 나면 꼭 주치의를 찾아가 다시 혈액검사를 받으세요."

의사는 계속 해야 할 일과 하지 말아야 할 일들에 대한 주의사항을 늘어놓았다. 한나는 그의 과장되고 잘난 체하는 말투가 짜증스러웠다. 쯧쯧, 젊은 의사 양반이 이렇게 고리타분하다니!

"……아무튼 가장 중요한 것은 당분간 절대 안정을 취해야 한다는 것입니다." 흰 가운의 고매한 의사는 자신의 독백을 마쳤다.

"그렇다면 계속 병원에 입원해 있고 싶네요."

"뭐라고요?" 의사가 어리둥절했다.

"절대 안정이 필요하다면 집으로 돌아가고 싶지 않아서요." 지몬은 잡고 있던 한나의 손을 몰래 꼬집으며 말했다. "집에서는 절대 안정을 취할 수가 없어요. 주인님이 저를 노예처럼 부리거든요. 선생님이 계시는 병원에서 제가 훨씬 더 안정을 취할 수 있을 것 같아요. 일종의 방어적 구금이라고 할 수 있겠죠."

"방어적 구금이요?" 푹스 박사는 무슨 소리인지 몰라 당혹스러운 표정을 지었고 리자는 배를 잡고 웃었으며 지몬도 웃음을 참으려 애썼다.

"이제 그만 좀 해!" 한나가 볼멘소리를 냈다. "알아들었다고. 나를 계속 난도질하지 않아도 다 알아들었어."

"알았어, 자기야." 지몬은 한나를 달래며 손을 잡았다. "재밌자고 하는 소리야. 너도 항상 재미를 추구하잖아."

"그 재미를 위해서 누가 희생당하느냐에 따라 다르지." 한나는 여전히 뽀로통해 있었다.

"뭐 어쨌든 간에." 의사가 다시 입을 열었다. "그럼 저는 그만 가보겠습니다. 내일 아침에는 동료의사인 하우스만 박사가 회진할 예정입니다. 내일 아무 문제가 없으면 퇴원하실 수 있습니다." 그는 잠시 멈칫하며 "환자분이 원하면 말입니다"라는 말을 덧붙이려는 듯 보였지만 간단하게 목례한 후 나갔다.

"휴!" 병실 문이 닫히자마자 리자는 안도의 한숨을 내쉬었다. "엄청나구먼!"

"내 말이!" 한나도 동조했다. "최후의 심판을 앞두고 내 모든 죄를 고백해야 할 것만 같은 분위기였어."

"만약 그랬다면 쉽게 통과하지 못했겠지." 지몬은 이제야 마음껏 웃음을 터트렸다. 한나는 지몬을 노려보았고 그는 방어하듯 손을 내저었다. "나는 사실 저 의사가 마음에 들어. 드디어 진지하게 내 말에 귀를 기울여주는 사람을 만났잖아!"

"난 안 그렇단 말이야?" 한나가 격분하며 받아쳤다.

"그러지 말고 이리 와, 뽀뽀!" 지몬은 한나를 끌어당겨 얼굴에 뽀뽀 세례를 퍼부었다. 한나는 웃으며 가만히 있었다.

"그럼 난 먼저 가볼게." 옆에 있던 리자가 말했다. "누군가는 꾸러기교실을 정리하고 청소를 해야지."

"잠깐 기다려!" 지몬의 뽀뽀 세례를 받다 말고 한나가 소리쳤다. "같이 가자!"

"됐어." 리자가 만류했다. "정리할 게 그리 많진 않아. 너는 그냥 우리 환자 곁에서 병간호나 해."

"혼자서 괜찮겠어?"

"당연하지!" 리자는 미소 지으며 문으로 향했다.

"그럼 우리 내일 보는 거지?" 한나가 물었다.

"지몬이 너를 놓아준다면."

"다시 한 번 강조할게." 지몬이 끼어들었다. "나는 절대안정이 필요한 사람이야!"

"쳇!" 한나가 내뱉었다.

리자는 갔고 두 사람만 병실에 남았다.

"자기야." 한나는 지몬의 가슴 위에 머리를 올렸다. "정말 대단한 소동이었어."

"내 생각에는 별 일 아니었어." 지몬은 한나의 어깨에 팔을 두르고 머리를 쓰다듬었다 "너한테 병간호를 받는 기분도 괜찮은데?"

"있잖아." 한나는 눈을 감고 입을 열었다. "아까 자기가 기절해서 쓰러졌을 때 너무 놀랐어."

"그랬어?"

"그럼." 한나는 고개를 들어 지몬을 쳐다보았다. "자기가 어떻게 되는 줄 알고 진짜 무서웠어."

"말도 안 되는 소리." 그는 멋쩍게 말했다. "설마 죽기야 하겠어."

"그건 그래." 한나의 목소리는 가늘게 떨렸다. "내가 자기를 얼마나 사랑하는지 알잖아. 자기를 잃을지도 모른다고 생각하면……."

"쉿!" 그는 한나의 입술에 검지를 갖다 댔다. 그러더니 미소를 지으며 한나를 향해 몸을 숙이고 아주 조심스럽고 부드럽게 키스했다. "나도 사랑해." 그는 다시 한 번키스했다. "너무 걱정하지 마. 네가 나한테서 그렇게 빨리 벗어나지는 못할 거야."

"그러기를 바라!"

"그럴 거야!"

"그렇지?"

"그래, 그럴 거야." 그는 목소리를 가다듬었다. "그런데 그동안 너한테 계속 묻고 싶었던 것이 생각났어." "뭔데?" 한나의 심장이 한 박자 쉬었다가 마구 뛰기 시작했다. 내심 기대했던 바로 그 질문일까? 여기, 병원에서? 하지만 어디든 상관없다. 청혼을 하기만 한다면 문제될 것은 아무것도 없다! 오늘 오후의 사건으로 인해 청혼할 때가 왔다는 것을 깨달은 걸까? 인생은 짧고 유한하며 더 늦기 전에 중요한 일들을 뒤로 미루면 안 된다는 사실을?

"그러니까 뭐냐면……." 그는 말을 하다 말고 뜸을 들였다. "그러니까 그게, 어떻게 말해야 할지 모르겠네."

"그냥 말해." 한나가 용기를 북돋아주었다.

그는 숨을 깊이 들이쉬고 다시 입을 열었다. "너한테 그동안 계속 묻고 싶었던 것이 뭐냐면……."

"클람 씨!" 병실 문이 벌컥 열리고 쾅 소리를 내며 벽에 부딪쳤고 통통한 간호사가 병실로 들어왔다. 포니테일로 묶은 머리카락이 힘찬 발걸음과 함께 춤을 췄다. "링거액이 다 들어갔으니 빼드릴게요." 아주 능숙하게 지몬의 팔에 꽂힌 주사 바늘을 빼고 그 자리에 반창고를 붙인 간호사는 그들에게 짧게 목례하고 나갔다. 짧지만 강렬한 등장이군. 한나는 포니테일 간호사를 죽여버리고 싶었다! 왜 하필 지금 이 순간이야? 왜 하필 지금?

"하던 얘기 계속해봐." 간호사가 나가자마자 한나가 재촉했다.

"아냐, 나중에 할게." 지몬의 대답에 한나는 매우 실망했다. 지몬은 크게 하품했다. "나 정말 피곤해. 좀 자야겠어."

"정말?" 한나는 너무 실망한 티를 내지 않으려 애썼지만 이미 눈에는 눈물이 그렁그렁했다. "자기가 잘 동안 여기서 기다릴게."

"고마워." 그는 베개에 얼굴을 푹 파묻으며 미소 지었다. "그런데 나는 내일 아침에야 깰 것 같은데."

"상관없어. 그냥 여기 있을래."

"쓸데없는 고집부리지 마. 너도 자면서 조금 쉬어야지."

"여기서 잘 거야."

"어디서?" 그는 눈을 깜빡거렸다. "저 불편한 의자에서 자겠다고?"

"힘들면 바닥에서 잘 거야." 스스로도 이 말이 얼마나 무모하게 들리는지 느꼈다. 죽어가는 사람을 옆에서 지켜야 하는 상황은 아니니까.

"그러지 마." 지몬은 크게 하품을 하며 예상대로 반응했다. "혼자 있어도 괜찮아."

"아까 하려던 얘기 말야……" 한나는 정말 궁금해서 참을 수가 없었다. 지몬은 무슨 질문을 하려고 했던 걸까? 뭐야? 반드시 알아내야 해! 바로 직전까지 갔는데! "그 질문을 마저 할 생각은 없어?"

"다음에 할게, 알았지?" 그의 눈꺼풀은 파르르 떨렸고 한나는 포기할 수밖에 없었다.

"그래." 한나는 지몬의 입술에 가볍게 입을 맞췄다. "내일 아침 일찍 와서 퇴원할 때 도와줄게, 알았지?"

대답 대신 나지막하게 코고는 소리만 울려 퍼졌다.

15

요나단

1월 2일 화요일, 20:17

"일단 전체적으로 아주 좋아 보이네요. 길고 행복한 여생이 펼쳐져 있어요!"

요나단 N. 그리프는 자신이 조금 전에 왼손으로 뽑은 13장의 카드를 사라스바티가 비밀스러운 시스템에 따라 식탁 위에 펼쳐놓은 모습을 미심쩍은 표정으로 바라보았다. '켈트 십자가'라고 사라스바티는 표현했지만 무슨 말인지 알 수 없었다.

그는 왼손 집게손가락으로 맨 위에 있는 카드를 톡톡 쳤다. 기사 갑옷을 입은 해골이 백마 위에 올라타고 있는 그림이었다. "말씀에 반박하고 싶진 않지만 제 눈에는 일단 죽음이 보이네요…… 심지어 아래쪽에 그렇게 쓰여 있기까지 하네요!" 그는 카드를 건드리자 온몸에 소름이 돋았다.

"맞습니다." 그녀가 이렇게 대답하자 소름은 더욱 심해졌다. "하지만 죽음을 단어 그대로 받아들이는 것이 아닙니다. 죽음은 해탈, 아주 근본적인 변화를 의미하죠. 변환이요."

"그렇다면 안심이네요." 요나단은 침을 꿀꺽 삼켰다. "그런데요, 죽으면 그것이야말로 변화잖아요. 아직은 그런 변화를 겪고 싶지는 않지만요."

"이미 말씀드렸다시피, 그쪽이 뽑은 카드는 길고 충만한 인생을 보여줍니다."

"그거 좋네요!"

"하지만……"

"아하, 이제 안 좋은 얘기가 나올 차례군요!"

사라스바티가 엄격한 눈초리로 쳐다보자 그는 입을 닫았다. "하지만." 그녀는 또다시 입을 열고 펼쳐놓은 카드들 위로 몸을 숙였다. "그쪽이 그런 변화들을 받아들일 자세가 되어 있어야 해요."

"어떤 변화들 말입니까?"

"쉿!" 그녀는 마치 파리를 내쫓듯이 손을 휘젓더니 손가락을 천천히 알록달록한 그림들 위로 움직였다. "걱정을 하고 있는 것이 보이네요."

"이 시대의 현대인 중 걱정 없는 사람도 있습니까?"

그녀는 고개를 들고서 혀를 찼다. "말끝마다 내 말을 끊어버리면 오늘 남은 시간 안에 다 못 끝내요."

"가만히 있을게요."

그녀는 다시 펼쳐놓은 타로 카드에 집중했다. "그러네

요. 여기 아주 확실하게 보여요. 당신 안에는 당신을 마비시키는 강한 두려움이 맹위를 떨치고 있어요."

요나단은 두려움 같은 것은 없다고 말하려다 포기했다. 앞으로 한 시간 반 동안 어떻게 변할지는 모르지만 적어도 지금 이 순간에 두려움 같은 것은 없다.

"경직된 상태에서 벗어나 문제에 다가가야 합니다." 그녀는 어떤 젊은이가 낭떠러지에서 균형을 잡고 서있는 그림이 그려진 '바보' 카드를 톡톡 쳤다. "카드들은 당신에게 좀더 편안해지라고 조언합니다. 근심을 벗어던지고 고통을 붙잡고 있지 말고 모든 짐을 훌훌 털어버려요."

"저는 정말 근심거리가 없다니까요!" 결국 생각한 것보다 더 격한 어조가 튀어나오고 말았다. "그리고 이 카드에 있는 젊은 남자는 언제든 밑으로 떨어질 것 같은데요!"

사라스바티는 언짢은 소리를 내더니 의자에 기대 앉았다. "미안하지만 이런 식으로는 아무것도 안 돼요. 그만두는 게 낫겠네요. 그쪽을 위해 카드 점을 봐주는 것은 무의미해요." 그녀는 펼쳐놓은 카드들을 모으려고 양손을 펼쳤다.

"아뇨, 아니에요!" 요나단이 놀라 소리치며 그녀의 손 위에 손을 올렸다. 사라스바티의 따가운 눈총을 깨달은 그는 당황하며 목소리를 가다듬고 손을 놓았다. "죄송합니다." 그가 우물거렸다. "이제 정말 입 닫고 있을게요. 약속해요!"

"좋습니다." 그녀는 고개를 갸웃거리더니 다시 펼쳐놓은 카드 위로 손가락을 움직였다. "여기 '지팡이 기사'가 있어요." 기사가 갑옷을 입고 말을 타고 있는 그림이었다. 손에는 지팡이를 들고 있었다. 아니, 자세히 보니 초록색 싹이 나 있어서 나뭇가지에 더 가까워보였다. "이 카드는 당신에게 행동을 취하라고 요구합니다. 무슨 일이든 일어나야 한다고요. 지팡이는 불을 상징하고 활력과 움직임을 상징하죠." 그녀는 고개를 끄덕였다. "이제 완전히 새로운 방향으로 나아갈 때가 됐어요."

무슨 방향인지 궁금했지만 입을 열 용기가 없었다.

"그 길을 혼자 갈 필요는 없어요. 주위의 지지를 받게 될 겁니다." 그녀는 왕관을 쓰고 노란 옷을 입고 역시 손에 긴 가지를 든 채 왕좌에 앉아 있는 여자의 그림을 건드렸다. "누군가 당신이 그럴 수 있도록 자극을 줄 것이고 당신에게 올바른 길을 가르쳐줄 겁니다."

"여자인가요?" 참지 못한 요나단은 또 끼어들었다. 어쩔 수 없이 또 어머니가 떠올랐다.

"그럴 가능성도 있어요. 어쨌든 당신 곁에는 강한 동반자가 있어요." 그녀는 또 다른 카드를 가리켰다. "여기 성배를 든 여왕 카드도 있어요. 이 성배는 당신의 감정과 영혼과 관련된 비밀을 간직하고 있어요."

"비밀? 무슨 비밀인가요?"

"그것을 알아내야 해요. 이건 아주 감정적인 카드입니

다. 이성보다는 감정에 더 귀를 기울이라고 호소하고 있어요."

'피식.' 사라스바티의 모호한 해석들이 슬슬 짜증났다. 무엇이든 가능하면서 불가능한 얘기들이었다.

"당신의 직관에 귀를 기울여요." 그녀가 충고했다. "자세히 살펴보면 당신도 어떤 신호를 알아차리고 해석할 수 있습니다."

"그렇군요."

요나단이 미심쩍어한다는 것을 눈치 챘는지 사라스바티는 설명을 덧붙였다. "아주 간단해요. 대부분의 사람들은 눈가리개를 차고 인생을 살아가죠. 그래서 운명이 앞으로 일어날 일에 대한 힌트를 알려주어도 전혀 알아차리지 못해요. 시야와 마음을 열고, 새롭고 낯선 길을 갈 자세가 되어 있으면 지금 당신을 괴롭히는 모든 질문에 대한 해답을 찾게 될 겁니다."

"네에." 요나단은 뜨뜻미지근한 반응을 보였다. 여전히 알쏭달쏭했다. "조금만 더 구체적으로 설명해주시면 안 될까요? 지금까지는 무슨 말인지 잘 모르겠어요."

그는 또 핀잔을 들을까봐 걱정했지만 사라스바티는 미소를 지으며 고개를 끄덕였다. "이걸 보세요." 그녀는 나란히 놓인 카드 세 장을 가리켰다. "당신은 올해 안에 누군가와 아주 친밀하고 결실을 맺는 관계를 갖게 될 겁니다."

이제 흥미진진해졌다! "아주 친밀한 관계요?" 요나단

이 물었다. "어떤 관계인가요? 업무적 관계?" 마르쿠스 보데를 월급사장에서 매출 지분을 나눠 갖는 사장으로 승진시킬까 하는 문제를 오랫동안 고민해왔다. 보데는 능력 있는 사람이고 최근 나눈 대화만 보더라도 그가 얼마나 애사심이 큰지 알 수 있다. 그의 노력에 제대로 보상해야 하지 않을까?

"글쎄요." 사라스바티는 싱긋 미소 지었다. "백 퍼센트 확실하게 말할 수는 없지만 카드들을 조합해보면 곧 결혼할 수도 있겠어요."

요나단은 웃음을 터트렸다. "결혼이라고요? 그럴 줄 알았어요!"

"우리의 무의식은 우리가 미처 알지 못하는 것들을 알고 있어요."

그는 크게, 신경질적으로 웃었다. "당신 말이 맞았어요! 조금 전까지만 해도 저는 두려움이 없었어요. 하지만 말씀대로 제가 올해 안에…… 만약 그렇다면 저는 이제 두렵네요. 몹시 두렵네요."

"걱정할 이유는 전혀 없어요."

"걱정 안 해요. 당신의 해석이 완전히 말도 안 되는 소리니까요. 저는 지금 여자친구조차 없다고요." 요나단은 의기양양하게 그녀를 쳐다보았다. 그가 지금 싱글이며 여자를 만난 지 수백만 년은 됐으리라고는 짐작하지 못했을 것이다.

그러나 사라스바티는 침착하고 태연했다. "새해가 된 지 며칠 안 됐어요."

"저는 말이죠." 그는 여전히 히죽거렸다. "지금 당장 문밖으로 나가자마자 이 세상에서 가장 멋진 여자와 마주친다고 해도 번갯불에 콩 볶아 먹듯 결혼할 일은 절대 없을 겁니다."

"그래요? 그럴 수도 있지 않을까요?"

"그건 완전히 비이성적인 행동이니까요."

"때로는 비이성적인 것이 가장 이성적이랍니다."

"말은 그럴듯하지만 실제적인 삶에서는 전혀 소용없는 소립니다."

"그 분야의 전문가 같네요?"

"어떤 분야요?"

"실제적인 삶이요." 사라스바티는 그의 말을 그대로 따라했다. "당신은 마흔 살이 넘은 것 같은데 아직까지 여자친구나 동반자를 찾지 못했다면 앞으로도 그러기는 글렀군요."

"이보세요! 저는 결혼도 했던 사람이라고요!"

"'했던'이라고 하는 걸 보니 여자가 당신 곁을 떠난 이유가 있었겠죠."

"지금 저를 모욕하시는 겁니까?"

"네."

"아주 고맙네요!"

두 사람은 한동안 서로를 뚫어지게 쳐다보았다. 요나단은 이 매력적인 여인과 그의 사이에서 일종의 전기가 튀는 것 같았다. 이런 감정을 언제 마지막으로 느꼈는지 기억조차 나지 않았다. 티나와의 사이에서 그랬는지 모르겠지만 이미 수천 년 전 같았다.

하지만 전혀 불쾌하지 않았다. 오히려 그 반대였다. 이상한 분위기에 자극 받은 요나단은 대담하게 말했다. "당신도 아직 누군가를 찾지 못한 것 같으니 우리는 한 배를 탄 셈이군요."

"뭐라고요? 왜 그렇게 생각하죠? 이제는 당신이 점술가라도 된 모양이죠?"

"인생상담가죠." 요나단이 그녀의 말을 고쳐주었다.

"내가 졌군요!" 두 사람은 같이 웃음을 터뜨렸다.

"만나는 사람 있어요?" 웃음이 잦아들자 요나단이 물었다. 자기가 왜 이렇게 무례한 청소년처럼 구는지 몰랐지만 정말 재미있었다.

"네." 그녀는 짧게 대답했다. "하지만 지금 내 얘기를 하려는 게 아니에요. 내 생각에 당신 인생에는 돌보고 손봐야 하는 데가 상당히 많아요."

요나단은 의자에 기대어 팔짱을 꼈다. "지금까지 하신 말씀을 요약해보죠. 일단 몇 가지 중요한 변화들이 예상되고 저는 누군가와 친밀한 관계를 맺게 됩니다. 어쩌면 결혼까지 하게 될지 모르고요. 그리고 어떤 신호들을 주의 깊게 살피고 그 신호에 잘 응해야 합니다."

"네. 그렇다고 할 수 있어요."

"그렇다면 여기서 문제는 제가 그런 신호들을 어떻게 알아볼 수 있느냐는 거죠."

"그건 비교적 쉬워요."

"어떻게?"

"그냥 '네' 라고 하는 법을 배우세요."

"그냥 '네' 라고요? 이해가 안 되네요."

사라스바티는 눈동자를 굴렸다. "아담과 이브부터 전부 다 설명해야 이해할 분이군요."

"이게 성경과 무슨 상관이 있죠?"

사라스바티는 일부러 짜증 섞인 신음을 냈다. "정말 탁월하시네요."

"뭐가 말입니까?"

"멍청한 척하는 거."

"미안하지만 일부러 그러는 건 아닙니다."

"알았어요. 설명해드리죠. 당분간 맞닥뜨릴 모든 문제에 '아니오' 대신 '네' 라고 대답하세요. 예를 들어 평소 같으면 절대 응하지 않을 초대 같은 경우에."

"그렇게 해서 저에게 무슨 이득이 있습니까?"

"새로운 경험들을 하게 되고, 지평을 넓히며, 운명이라고 부르든 우연이라고 부르든 기회를 주죠. 그러려면 반드시 모든 일에 '네' 라고 대답해야만 합니다."

"예를 들면 제가 이 다이어리로 인해 예기치 않게 당신을 찾아왔고 그로 인해 우리가 지금 제 카드 점을 보고 있는 뭐 이런 거 말씀입니까?"

"유레카! 드디어 알았네요."

"그렇게까지 바보는 아닌데요." 요나단이 투덜거렸다.

"카드를 한 장 더 뽑으세요. 뽑을 때 당신이 알고 싶은 것에 집중하고."

"알았어요." 그는 부채꼴로 쫙 펼쳐진 카드들 위로 왼손을 들어 왔다갔다 움직였다. 그러면서 다이어리가 어디서 왔고 이 다이어리를 어떻게 해야 할지 자문해보았다. 놀랍게도 갑자기 손가락이 간질거렸고 그 손가락 바로 아래에 있는 카드를 골랐다. "이거요."

"좋습니다. 카드를 뒤집으세요."

그는 카드를 뒤집고는 사라스바티와 함께 '운명의 수레바퀴'를 바라보았다.

"완벽해요!" 사라스바티는 환호성을 지르며 박수를 쳤다. "이보다 더 확실할 순 없어요!"

"네?"

"운명의 수레바퀴는 삶의 의미를 상징해요. 삶은 끝없이 돌고 돌죠." 그녀는 매우 들떠보였다. "생년월일은?"

그는 생년월일을 알려주었다.

"그럴 줄 알았어요!" 생년월일을 적고 요나단이 이해할 수 없는 시스템에 따라 계산한 그녀가 소리쳤다. "당신의 해를 숫자로 환산하면 역시 10이네요."

"역시라고요?"

사라스바티는 요나단이 조금 전에 뽑은 카드에 적혀 있는 'X' 자를 가리켰다. "메이저 알카나에서(타로카드의 중심을 이루는 22장의 카드-옮긴이) 운명의 수레바퀴는 숫자 10을 의미해요. 그러니까 올해는 커다란 변화의 영향을 받게 될 뿐만 아니라 행운도 함께할 겁니다. 올해 하는 모든 일이 다 잘될 거예요."

"그런 걸 알 수 있어요?" 요나단이 놀라며 물었다. "정말 굉장해요!"

"네, 정말 굉장하죠. 내가 보기에는 당신 앞에 완벽한 1년이 펼쳐져 있어요! 단지 운명에 순응할 용기만 내면 됩니다."

"완벽한 1년이라고요?" 그는 미심쩍은 표정을 지었다. '당신의 완벽한 1년.' 그는 다이어리 첫 장에 뭐라고 적혀 있는지 그녀에게 말한 적 없다. 이것이 정말 우연일까? 누군가의 의도적인 짓이 분명했다! "혹시 이 다이어리 주인이 누구인지 정말 모르세요?"

사라스바티는 어리둥절한 표정을 지었다. "정말 몰라요. 왜 내가 알 거라고 생각하죠?"

"그냥이요." 요나단은 사라스바티의 표정에서 수상한 낌새를 찾으려 했지만 허사였다. 부당한 의심일까? 어제 아침부터 이상한 일들이 연이어 일어났고 이것 역시 그런 일들 중 하나일까? "아무튼 올해 좋은 일들이 많이 생기려는 모양이네요"

"또 다른 질문 있어요? 아직 시간이 좀 남았어요."

"하고 싶은 질문은 아주 많아요. 하지만 오늘 저녁으로는 부족하네요."

"다음 예약을 잡으실래요?"

그는 손사래를 쳤다. "고맙지만 됐어요! 초감성적 세계로의 아주 흥미로운 여행이지만 이 정도로 충분합니다."

사라스바티는 한숨을 쉬었다. "여전히 이해하지 못했군요. 이것은 초감성적 세계와는 아무 상관이 없어요. 일종의 대화, 당신의 무의식을 들여다보는 것 그리고 당신을 진짜 움직이는 것이 무엇인지 알아보는 거죠."

"어쨌든 간에." 그는 손목시계를 보았다. "이제 가봐야겠어요. 주차유효시간이 벌써 두 시간 전에 지나버렸고 해야 할 일도 좀 있어서요." 해야 할 일이 있다는 것은 거짓말이었지만 그녀에게 굳이 매일 10시에 책을 펴고 잠자리에 든다는 얘기를 하고 싶진 않았다. 사라스바티가 이런 얘기를 들으면 어떤 말을 할지 안 들어도 뻔했다.

"다이어리는 어떻게 할 생각인가요?"

"그냥 유실물센터에 맡길까 해요. 그게 가장 이성적인 방법 같아요."

"가장 이성적이기는 하겠죠."

"무슨 뜻이죠?"

"잘 생각해보세요."

주차한 곳에 도착한 요나단은 다음 사실들을 알게 되었다.

a) 골프 자동차가 사라졌다

b) 주차유효시간이 지나 벌금딱지가 붙었다

c) 그리고 와이퍼 밑에 또 다른 쪽지가 끼어 있다.

그는 쪽지를 꺼내 펼쳤다.

친애하는 요나단 N. 그리프 씨,

아름다운 하루를 보내길 바라고 귀하가 조금 비좁은 주차 공간과 같은 사소한 문제 정도는 그냥 신경 쓰지 않고 넘어갈 수 있고 눈에 들어오지도 않을 정도로 행복과 사랑이 넘치는 인생을 사시기를 바랍니다. 주차딱지를 받게 되신 것은 정말 유감입니다!

무례한 차주로부터

요나단은 한숨을 쉬며 와이퍼 아래 벌금딱지를 집어 들고는 구겨버렸다. 놀랍게도 웃음이 터져 나왔다.

16

한나

14일 전,
12월 19일 화요일, 16:47

"으, 진짜 추워! 걸어 다니는 고드름이 된 것 같아. 우
리 다 같이 따뜻한 코코아를 마셔야겠어. 지금 당장!" 추
위에 덜덜 떠는 일곱 명의 아이들을 데리고 황급히 들어
오는 리자의 볼은 빨갛게 터 있었다. 눈싸움을 하고 싶다
고 조르는 아이들과 한 시간가량 에펜도르프 공원에 나
갔다 온 것이다. 아이들은 모자와 머플러, 발열 방수 점
퍼로 중무장을 하고 나갔는데도 꽁꽁 얼어서 들어왔지만
다들 행복한 미소를 짓고 있었다.

한나는 그런 아이들을 보며 흐뭇한 미소를 지었다. 예
나 지금이나 아이들은 눈에서 뒹굴며 노는 것을 무척 좋
아한다. 크고 단단하게 뭉친 눈덩이를 들고 낄낄거리며
상대편의 엉덩이를 정통으로 맞췄을 때의 희열이 너무나
커서 영하의 날씨나 감각이 없는 발은 신경 쓰지 않는다.
어렸을 때 한나도 겨울에 눈이 내리면 열광했다. 그럴 때
마다 부모님은 창고에서 오래된 나무썰매를 꺼내 한나를

태워서 가까운 공원으로 끌고 간 후 눈싸움을 했다.

"여보세요? 한나, 들리십니까 오바? 우리는 코코아를 달라고 요청했습니다, 오바!" 리자는 멍하니 생각에 잠긴 한나를 재밌다는 듯 쳐다보았다.

"미안. 생각 좀 하느라."

"그런 것 같았어." 리자가 윙크하며 말했다. "멍한 눈빛으로. 지몬 생각했지?"

"틀렸어." 한나가 말했다. "옛 추억."

"그렇겠지. 소중한 추억들."

"바로 그거야." 한나는 주방 쪽을 가리켰다. "코코아는 이미 준비해 놨습니다요."

"최고! 동상에 걸리지 않겠다!" 리자는 옷과 부츠를 벗는 아이들을 도와주었다.

한나는 여덟 명의 아이들과 반짝이는 금색 종이로 크리스마스 별과 천사를 만들고 있던 실내온도 22도씨의 놀이방으로 다시 들어갔다. 한나의 어머니 지빌레가 맡은 또 다른 그룹은 점심때 경찰서 견학을 하려고 나가 조금 후 돌아올 예정이다.

리자의 낙관적인 예측은 맞았다. 개업식 이후 사람들의 엄청난 관심은 식기는커녕 더욱 증가했다. 입소문이 좋게 났고 지몬이 신문에 홍보기사를 네 개나 올려줘서 블랑케네제와 자젤처럼 조금 떨어진 지역에서도 아이를 맡기려 일부러 찾아올 정도였다. 한나와 리자는 부모들을 달래고 대기자 명단에 올려야만 했다. 홍보기사를 본 한나의 옛 어린이집 원장은 전화를 걸어 불평했다.("미리 귀띔 좀 하지 그랬어요!" "말씀드렸는데 원장님이 귀담아 듣지 않으셨어요.")

넘치는 수요로 인해 한나와 리자의 어머니 지빌레와 바바라도 팔을 걷어붙이고 도왔고, 교육학을 전공하는 학생과 실습생 등 더 많은 인력이 투입되었다. 꾸러기교실은 대성공이었고 엄청난 위력을 발휘했다. 모든 직원에게 크리스마스 보너스로 50유로 정도 더 챙겨줄 수 있는 여유까지 생겼다.

한나는 가끔 왜 이걸 진즉에 실행에 옮길 용기를 내지 못했을까 안타까웠지만 이제라도 하게 되어 다행이었다. 벌써 확장 계획도 세워 놓았지만 당분간은 혼자만의 비밀로 할 생각이다. 과대망상에 걸렸다는 말을 듣고 싶지 않았고 자신의 사업모델이 장기적으로 발전해 나가는지 더 지켜보고 싶었다.

이 성공은 매우 기쁘지만 지지부진한 지몬의 상황 때문에 마음껏 좋아할 수도 없었다. 몇 주 전 기절했던 지몬은 병원에서 하려다 만 그 질문을 아직도 하지 않았다. 새 직장도 구하지 못해 여전히 기분이 다운된 상태다. 건강도 별 차도가 없었다. 그는 대부분의 시간을 소파에 앉아 텔레비전을 보거나 이따금 성의 없는 지원서를 보내거나 다시는 예전처럼 건강해지지 못할 거라고 탄식하며 지냈다. 정말 울고 싶었다!

지몬은 다른 남자들과 마찬가지로 자신의 처지를 비관하는 데 탁월한 능력을 보였다. 거기서 무엇인가를 도출해내거나 푹스 박사가 조언했듯이 의학적인 도움을 청할 생각은 없는 듯했다.

한나는 그의 진짜 문제가 무엇인지 알 것 같았다. 지몬은 좀처럼 헤어 나오기 힘든 일종의 우울증 상태라고 확신했다. 그의 신체적 증상들은 단지 정신적인 상태의 증상들이다. 그런 동시에 자신을 방치할 수 있는 완벽한 구실이 되어주고 있다.

결국 한나는 어제 아침 폭발하고 말았다. 지몬이 또 자기 집에서 쉬고 싶다고 해 한나 혼자 밤을 지새운 후였다. 한나는 지몬을 주치의에게 데리고 가 크리스마스 전에 철저하게 건강검진을 받게 했다. 오늘 오전 중 결과가 나올 예정이었다. 한나는 의사가 비타민을 처방했고 운동 좀 하라고 했다는 내용의 전화를 몇 시간째 기다렸다.

하지만 지몬의 전화는 없었고 그래서 상당히 초조했다. 먼저 전화하고 싶진 않았다. 지몬을 자꾸 재촉하고 '초조한 늙은이'처럼 굴고 싶지 않았다.

"시간 좀 돼?" 6시 15분쯤 마지막 아이들이 가고 한나의 어머니도 나간 후 놀이공간을 대충 정리한 리자가 물었다. "다음 주 계획을 다시 상의해보자. 물론 네가 그러고 싶다면 말야." 두 사람은 연말에도 꾸러기교실을 운영하기로 결정했다. 고객들이 특히 연말 시즌에 크리스마스와 새해 준비로 정신없이 바빠 육아를 힘들어하는 것을 알기 때문이다. 꾸러기교실이 연말에도 운영된다는 소식을 들은 부모들은 자녀를 텔레비전 앞에 방치하지 않아도 되어 거의 울 듯이 고마워했다. 그것은 곧 한나와 리자가 휴가를 떠나는 다른 직원들의 도움 없이 연말에 고군분투해야 한다는 의미다. 어쩌면 지몬도 함께.

"물론이지. 나는 아무 계획이 없어." 한나는 자기도 모르게 크고 긴 한숨을 내뱉었다.

"그래? 그거 별로 안 좋은 소리 같은데? 무슨 일이야?"

"아무것도 아니야." 한나는 대수롭지 않게 넘기려다가 이내 마음을 바꿨다. "지몬이 걱정돼서 그래."

"상태가 나빠졌어?"

"그렇지는 않아. 하지만 좋아진 것도 아니야."

"병원에는 다시 가봤어?"

"어제 아침에." 한나가 대답했다. "내가 직접 실어다 날랐어. 그리고 오늘 혈액검사 결과가 나왔을 텐데 아직까지 아무 연락이 없어."

"그럼 별 일 없는 모양이네. 너도 항상 무소식이 희소식이라고 말하잖아."

"그건 그래. 그래도 지몬이 별 것 아닌 그 소식이라도 나에게 알려주면 정말 좋겠어. 난 지금 몇 시간째 그의 전화를 기다리고 있다고."

"하여튼 남자들이란! 여자들하고는 다른 시공간에 사나봐. 분명히 컴퓨터나 텔레비전에 푹 빠져서 여자친구가 손톱을 피가 날 정도로 물어뜯으며 초조해하고 있다는 생각조차 못하고 있겠지!"

"그러게. 네 짐작이 맞겠지?" 한나의 표정이 어두워보였는지 리자의 얼굴에는 미안한 기색이 역력했다.

"미안해. 내가 너무 심한 농담을 했나 보다. 지몬에 대한 걱정이 정말 큰 모양이구나?"

"그건 아니야!" 한나는 불편한 생각들을 내쫓듯 손을 휘저었다.

"그런데 최근 지몬이 계속 기운을 못 차리는 것이 조금 이상하기는 해."

"너 아깐 별 일 아닐 거라고 했잖아."

"그래, 그거야 그렇지만……"

"내 생각에는 말이야." 한나는 리자의 말을 끊었다. "실직에 따른 상심이 커서 그런 것 같아. 그게 다야."

"실직하고 연이어 감염 증세가 나타나는 것이 무슨 상관인지 잘 모르겠는데?" 리자가 의문스러워했다.

"모든 것은 다 연관되어 있어."

"그렇겠지." 리자는 히죽거렸다. "아멘!"

한나의 휴대폰이 울렸다. "이것 봐!" 휴대폰 액정에 뜬 이름을 보고 한나가 소리쳤다. "역시 호랑이도 제 말하면 온다더니!" 한나는 숨을 헐떡거리면서 전화를 받았다.

"안녕, 호랑이?"

"안녕." 지몬의 목소리는 어쩐지 둔탁하게 들렸다. 짧은 인사말조차 아주 차분했다. 한나는 갑자기 병원에서처럼 다리에 힘이 풀려 벽을 손으로 짚어야했다. "나야." 지몬은 한나의 엉뚱한 인사를 전혀 언급하지 않았다. 역시 이상했다.

"괜찮대?"

"그래."

이 말을 듣자마자 한나의 몸에는 안도의 파도가 덮쳤고 몸이 뜨거워졌다가 차가워졌다가 다시 뜨거워졌다. "하느님, 감사합니다"라고 속삭인 후 잠시 눈을 감았다. 리자의 짐작이 맞다는 것을 알 수 있었다. 심각하게 걱정하고 있었지만 인정하고 싶지 않았던 거다. "의사가 뭐래?" 한나는 눈을 지그시 뜨며 물었다. 리자는 옆에서 고개를 끄덕이며 환하게 미소 지었고 양손 엄지를 들어 올렸다.

"그건 별로 중요하지 않아." 지몬이 대답했다. "지금 중요한 것은 지금 당장 집에 가서 가장 예쁜 원피스를 입고 한 시간 후 내가 데리러 갈 때까지 준비하고 기다리는 거야."

"뭐라고? 무슨 말이야?"

"빨리 집에 가서" 천천히 반복하는 지몬이 웃고 있다는 것을 알 수 있었다. "예쁜 원피스를 입고 일곱 시 반까지 준비하라고."

"왜?"

"비밀."

"맞춰볼까?" 한나는 흥분해서 들뜬 목소리였다. "새 일
자리를 구했구나!"

"그건 아니라서 미안해. 난 여전히 실업자야."

"그런 비밀스러운 짓거리는 집어치우고 무슨 일인지
제대로 말해주면 안 돼?"

"이따가 알게 될 거야."

"지몬!" 한나가 화를 냈다. "무슨 꿍꿍인지 지금 당장
얘기해!"

"싫어." 그는 전화를 끊었다. 한나는 어리둥절한 표정
으로 휴대폰을 쳐다보았다.

"무슨 일이야?" 리자가 물었다.

"몰라. 나보고 원피스를 입고 자기가 데리러 올 때까지
준비하고 기다리래."

"새로운 직장을 구한 거야?"

한나는 고개를 저었다. "그런 것 같지는 않아."

"흐음." 리자도 한동안 영문을 모르는 표정이었다가
갑자기 얼굴이 밝아지더니 마구 손뼉을 쳤다. "우하핫!
더 잘됐네!"

"뭐가 더 잘됐다는 거야?"

"한나!" 리자는 친구를 진지한 눈으로 쳐다보았다. "아

주 뻔하잖아! 평소에는 이렇게 둔하지 않으면서 왜 이래?"

"뭔데?"

"오늘 아주 뜻 깊은 저녁시간을 보낼 것 같아. 지몬이 너한테 청혼할 거야!"

"정말 그럴까?"

"당연하잖아! 새 직장을 구한 것이 아니라면 대체 무슨 일이겠어? 설마 자기 콜레스테롤 수치나 알려주려고 너한테 차려입으라겠니?"

"그렇겠지?" 한나도 수긍했다.

"와, 멋지다! 이제야 뭔가 진행이 되는구나!" 리자는 미소를 지었다. "비록 내 삶에서 일어나는 일은 아니지만 말야."

"미안해." 한나가 위로했다. "너도 조만간 잘 맞는 남자를 만날 거야." 한나는 양팔을 벌려 놀이방을 가리켰다. "봐봐! 지난 몇 주 동안 이미 흥미진진한 일들이 많이 일어났잖아?"

"네 말이 맞아. 하지만 나는 정말 중요한 것 말이야. 정말 의미 있는 것. 뭔가……" 리자는 적당한 말을 찾는 듯했다. "뭔가 인생에서 결정적인 것 말이야."

17

요나단

1월 3일 수요일, 9:11

평소처럼 조깅과 샤워를 마치고 아침을 먹은 요나단은 책상에 앉아 전날 마르쿠스 보데가 준 서류뭉치를 물끄러미 바라보았다. 출판사 대표로서 이 서류들을 검토해야 할 책임이 있다는 것을 알지만 그러고 싶은 마음은 눈곱만큼도 없었다.

마음 같아서는 그냥 보데가 알아서 하면 좋겠다고 여겼다. 그는 보데를 전적으로 신뢰했다. 다만 그걸 그에게 직접적으로 말하는 것은 출판사가 파산선고를 하는 것과 마찬가지여서 조금이라도 자료를 들여다볼 수밖에 없었다.

요나단은 길게 이어지는 숫자의 행렬을 쭉 훑어보았다. 보데는 여기저기 형광펜으로 표시를 해놨지만 무엇을 얘기하고 싶은지 쉽게 파악할 수 없었다. 민망했지만 그는 지금 아무것도 모르는 자들의 어두운 골짜기에 서있는 심정이었다. 그가 대학에서 철학과 비교 문학을 전공하기로 결정했을 때 아버지는 미소 지으며 경제와 관련된 지식들은 나중에 출판사 일을 하면서 어차피 기초부터 배우면 된다고 말했다.

하지만 볼프강 그리프가 아들이 출판사와 관련된 대외 업무만 맡는 것이 더 적합하다는 결론을 내린 후 요나단은 경제와 관련된 지식들을 배우지 못했다. 오늘날까지도 아버지가 왜 그랬는지는 모르지만 별다른 이의는 없었고 그 역할분담이 마음에 들었다. 요나단은 대외적으로 출판사 대표 자격으로 작가들을 만나고 챙기는 일을 맡았다. 좋은 곳에서 식사하고 문학에 조예가 깊은 사람들과 아름다운 문학을 논하는 일을 싫어할 사람이 누구랴. 그리고 정말 중요한 결정들은 공식적으로 은퇴한 후에도 아버지가 내렸다. 막후 지도자인 셈이었다. 어쨌든 볼프강이 병들기 전까지는 요나단은 아버지의 뜻에 전적으로 따랐다. 마르쿠스 보데가 워낙 유능한 터라 볼프강이 치매에 걸린 후에도 출판사는 별 문제 없이 잘 돌아갔다. 그래서 요나단은 해오던 대로 회사를 운영할 수 있었다. 지금까지는. 그런데 이제는 진퇴양난에 빠졌다는 것을 깨달았다. 이제 와서 보데한테 자신이 경영학 특히 회계는 문외한이라 전혀 모른다고 고백해야 할까?

요나단은 서류를 몇 분 더 보다가 한숨을 쉬며 옆으로 밀어놓았고 〈함부르크 신문〉 최신판을 집어 들었다. 출판사 일은 나중에 처리하기로 하고 일단 편안한 독서로 하루를 시작하고 싶었다.

신문 1면 일부가 찢어져 나간 것을 본 그는 곧바로 짜증이 났다. 배달부에게 신문을 투입구에 넣을 때 조심하라고 한 마디 해야겠다. 그러라고 일부러 전용 투입구까지 마련한 것이 아닌가. 신문을 깔끔하게 말아서 현관문에 커다랗게 만들어 놓은 투입구에 찢기지 않도록 제대로 밀어 넣는 게 그렇게 어렵나? 그럴 리 없지.

그는 기사들을 읽어가면서 뾰족한 연필로 철자나 문법 오류들을 표시했지만 스포츠 기사는 그냥 넘겼다. 스포츠는 직접 할 때나 의미 있지, 다른 사람들이 스포츠에서 거둔 업적을 읽는 것은 그에게 무의미하니까. 그리고 마지막으로 문예란을 펼쳤다.

약 한 시간 후 신문을 접어서 책상 위에 올려놓으려는데 1면 기사가 눈에 들어왔다.

자사관련 뉴스: 〈함부르크 신문〉 직원 새해 벽두에 실종! 함부르크. 함부르크-호헨펠데에 거주하는 지몬 클람(35세)이 월요일부터 실종된 상태입니다. 클람은 〈함부르크 신문〉에서 수년간 함께 일한 직원이기에 본지를 통해 긴급하게 실종 사실을 알립니다. 현재 경찰 수사에 따르면 지몬 클람 씨가 자해할 수 있는 가능성도 배제할 수 없습니다. 생명의 위협이

부주의한 신문배달부 때문에 기사는 여기서 끝나 있었

다. 실종자에 대한 자세한 정보와 실종자 사진이 실렸을 부분이 찢겨 나가 없었다. 정말 짜증난다!

'지몬 클람'이라는 이름이 왠지 익숙했다. 왜? 아는 사람인가? 그럴 리 없다. 아직 탁월한 기억력을 자랑하기 때문에 아는 사람이었다면 틀림없이 기억할 것이다. 요나단이 수년째 구독 중인 〈함부르크 신문〉 기자란 걸 보니 그의 기사를 여러 개 읽어서 이름이 익숙하게 느껴지는 거겠지.

그 사람에 대해 더 생각하려던 그는 초인종 소리에 소스라치게 놀라 손목시계를 들여다보았다. 벌써 10시였다. 가정부 헨리에테가 수요일 이 시간마다 '홀아비'의 집을 청소하러 온다는 사실을 깜빡 잊었다.

그는 벌떡 일어나 계단을 내려가 식탁 위에 아침식사를 했던 접시, 찻잔, 수저를 달그락거리며 재빨리 부엌 싱크대로 옮겼다. 두 번째 초인종이 울리자 현관문 쪽으로 달려가 "새해 복 많이 받으세요!"라는 인사와 함께 문을 열었다.

"그리프 씨도 새해 복 많이 받으세요!" 1미터 60정도 되는 땅딸막한 부인이 당당한 걸음걸이로 들어와 싱싱한 아마릴리스 한 다발을 작은 탁자 위에 내려놓았다. 두건을 벗자 빠글빠글한 회색 머리가 드러났다. "또 허겁지겁 정리하셨군요? 부엌문이 아직 흔들거리는 걸 보니." 그녀는 유쾌하게 윙크했다. 연한 갈색 눈동자 주위에 수만 개의 자잘한 주름이 잡혔다.

"아뇨." 요나단이 태연하게 부인했다. "아주머니께서 치워주실 텐데요, 왜."

"그렇죠?" 그녀는 재밌다는 듯 고개를 저으며 부츠를 벗고 신발장에 놓인 건강슬리퍼를 꺼내 신었다. "오늘 제가 특별히 해야 할 일이 있나요?"

"아니오, 평소대로 하시면 됩니다."

"그럼 곧 시작할게요."

"저는 금방 나갑니다."

헨리에테 얀센은 부엌으로 들어가고 요나단은 책을 가지러 위층 서재로 향했다.

가정부가 다섯 시간가량 집을 청소할 동안 그는 카페에 앉아 책을 볼 생각이었다. 수년 전부터 이래왔다. 헨리에테는 일할 때 누가 옆에서 지켜보는 것을 좋아하지 않았다.

가정부는 집 열쇠를 자기한테 맡기면 요나단이 그녀를 기다렸다가 문을 열어주지 않아도 된다고 누누이 말했지만 그럴 생각은 없었다. 그렇다고 가정부를 의심하거나 그런 것은 아니다. 얀센 부인은 요나단이 티나와 함께 대저택에 살았을 때부터 함께했던 사람이라 믿을 수 있었다. 그렇지만 다른 사람한테 열쇠를 맡기는 것은 왠지 찜찜했다.

서재의 커다란 책장 앞에 선 요나단은 책들을 쭉 훑어

보았다. 오늘은 어떤 책을 읽을까? 시? 아니다. 전문서? 네버! 소설? 오늘은 왠지 집중이 잘 안 될 거 같다. 제목을 하나하나 훑어봤지만 꽂히는 책은 없었다.

편집팀에서 검토하라고 출력해준 원고를 살펴볼까 하다가 '출판사와 회계자료'라는 숨 막히는 주제가 떠올라 그럴 생각이 싹 가셨다. 오늘은 책을 읽는 대신 산책이나 해야겠다.

보데가 준 서류가 책상 위에 펼쳐져 있다는 생각에 갑자기 화끈거렸다. 얀센 부인을 전적으로 신뢰하지만 그리프손&북스의 경제 상황까지 공개할 필요는 없다.

그는 책상 앞으로 가서 숫자들이 나열된 서류를 〈함부르크 신문〉 사이에 끼워 넣었다. 잠시 망설이다가 책상 옆 바닥에 놓인 폐지 수거함 가장 아래에 신문을 넣었다. 무엇이든 확실히 하는 것이 좋다.

그는 안도하며 1층으로 내려가 겉옷을 걸치고 헨리에테에게 인사하기 위해 부엌으로 갔다.

"이만 나가볼게요." 그가 말했다.

"네." 가정부는 싱크대를 닦느라 그를 보지 않고 대답했다.

"아, 그리고 당부할 게 하나 있어요. 폐지하고 쓰레기는 오늘 비우지 마세요. 안 그래도 밖에 쓰레기 컨테이너가 넘쳐흘러서 자리도 없고요."

"저도 들어오면서 봤어요. 알겠어요."

"그럼 다음 주 수요일에 봅시다!"

현관문 손잡이에 손을 대자 조금 전까지도 그의 재킷에 가려져 안 보이던 가방이 문득 눈에 들어왔다.

다이어리가 들어 있는 가방.

이제 가정부가 일을 마칠 때까지 무슨 일을 하면서 시간을 보낼지 좋은 생각이 떠올랐다. 유실물센터가 있는 알토나로 가서 다이어리를 그곳에 맡기고 오자.

그는 주인을 찾아주기 위해 나름 최선의 노력을 다했다. 나머지는 이제부터 운명이 결정할 테지. 그래, 운명. 사라스바티 슐츠도 그렇게 말했으니까.

18

한나

When the moon hits your eye like a big pizza pie,
that's amore……

(당신의 눈에 달이 큰 피자처럼 보일 때 그것이 사랑이죠)

두 사람이 만슈타인 거리에 있는 이탈리아 레스토랑 '다
리카르도'에 들어섰을 때 딘 마틴의 사랑의 찬가가 흘러
나왔다. 한나는 뱃속에 수천 마리의 나비들이 춤추는 것
처럼 너무 설레어 어느 때보다 긴장했다.

약속대로 지몬은 여덟시 정각에 한나를 데리러 왔고
우아하게 차까지 에스코트한 후 차문을 열어주고 그녀가
앉을 때까지 기다렸다가 차문을 닫아주었다.

작은 레스토랑의 어둑한 불빛 아래서 지몬은 한나가
코트를 벗는 것을 도와주며 감탄의 눈빛을 보냈다. "오늘
정말 아름다워!"

"고마워." 한나는 오늘 뜻밖의 데이트를 위해 특별히

노력을 아끼지 않았다. 평소 터진 소파쿠션처럼 곱슬거리는 빨간 머리카락을 30분 동안 스타일링해서 지금은 부드럽게 물결치며 어깨 위에 찰랑거린다(운이 좋다면 최소한 10분 정도는 이 상태가 유지될 것이다).

그리고 지몬이 언젠가 크리스마스 선물로 준 금으로 된 링 귀걸이를 하고 사춘기 이후 처음으로 제대로 화장하며 '스모키 아이'를 시도했다. 그녀처럼 초록색 눈을 가진 사람이 스모키 화장을 하면 신비롭고 관능적으로 보인다고 어디선가 읽은 적이 있었다.

하지만 거울에 비친 자신이 금고털이범에 더 가까워 보인다는 사실을 깨달은 한나는 다 지우고 다시 엷고 자연스럽게 화장한 후 립글로스만 발랐다. 훨씬 편하고 진정성 있게 느껴졌다. 게다가 결혼을 떠올리고 있을 지몬에게 감옥을 연상시키고 싶지 않았다.

지몬의 부탁대로 한나는 가장 예쁜 원피스를 차려입었다. 옷을 고르는 데 어려움은 없었다. 갖고 있는 원피스가 딱 하나라서. 평소에는 바지만 입고 다녀서 옷장 맨 뒤에 걸린 검은색 원피스를 찾아내고, 아래쪽 양말 서랍에서 원피스와 어울리는 스타킹을 찾아냈다. 검은 구두는 예전에 지몬의 어머니 장례식을 위해 장만했다. 지몬이 그녀의 발을 보자마자 자동적으로 '장례식 구두'를 떠올리지 않기를. 하지만 지몬은 오늘 저녁 한나의 구두에 신경쓸 여유도 없이 더 중대한 일을 앞두고 있을 테지.

"자기도 오늘 정말 근사해!" 한나는 그녀의 코트를 옷걸이에 걸고 온 지몬에게 말했다. 이토록 근사한 지몬의 모습은 정말 오랜만이었다. 그는 직장을 잃은 후 외모에 조금 소홀해졌다.

진회색 줄무늬양복은 키가 크고 늘씬한 그의 몸매를 완벽하게 부각시켰다. 흰색 와이셔츠 깃은 단정하게 다림질되어 있었고 와인색 넥타이에 양복 소매 아래에는 은색 커프스가 반짝거렸다. 미용실에 다녀왔는지 진갈색 머리가 오랜만에 제대로 '컷'이 되어 있었다. 갸름한 얼굴은 말끔하게 면도한 덕분에 실로 오랜만에 그의 매력적인 보조개를 볼 수 있었다. 게다가 지몬은 안경을 벗고 콘택트렌즈를 꼈다. 한나는 지몬이 렌즈를 낄 때는 A급 유명인사와의 인터뷰처럼 정말 '중요한' 경우라는 사실을 잘 알았다. 혹은 청혼할 때?

"부오나 세라!(Buona sera, 안녕하세요)" 미소를 지으며 웨이터가 다가왔다. "저는 리카르도입니다." 오호, 이 레스토랑 주인인 모양이다.

"안녕하세요!" 두 사람도 한 목소리로 인사했다.

"오늘 예약하셨습니까?" 그가 물었다.

"네." 지몬은 고개를 끄덕였다. "클람입니다."

"저를 따라오십시오." 리카르도는 지몬의 이름을 듣고 당혹스러워하거나 미소를 짓는 등 어떤 특이 반응을 보이지 않았다. 흔치 않은 일이었다. 대부분의 사람들은 지몬의 이름을 들으면 꼭 토를 달았다. 어쨌든 웨이터가 지몬의 이름에 토를 달지 않은 것은 오늘 저녁을 위한 좋은 징조로 받아들였다. "클람(독일어로 무일푼을 뜻함-옮긴이)이라고요? 그렇다면 반드시 선불로 받아야겠네요, 하하!" 등의 농담은 지몬도 한나도 이제 하품이 나올 만큼 지긋지긋했다. 악센트로 미루어보아 웨이터가 외국인이라서 이름의 뜻을 몰라서 그랬을 수도 있지만 뭐가 됐든 좋은 징조다!

웨이터는 테이블 여섯 개를 지나쳐 더 뒤쪽으로 들어가더니 커튼을 젖히며 별실로 안내했다.

"와!" 한나는 감탄사가 절로 나왔다. 이미 세팅된 테이블 위 은촛대에 꽂힌 세 개의 촛불 불빛에 와인 잔과 샴페인 잔이 반짝거렸다. 포크와 나이프 역시 은식기였고 테이블보는 흰색 다마스크 소재에 천으로 된 냅킨은 도자기로 된 빵 접시 위에 놓인 장미꽃과 똑같이 진한 빨간색이었다. "새로운 직장을 구하지 않은 거 확실해?" 한나는 지몬을 기쁨 반 당황 반으로 쳐다보았다. "〈슈피겔〉 편집국장이 됐다고 순순히 시인해."

"미안하지만 그건 아니야." 지몬이 어색하게 웃었다. "다른 일 때문에 오늘 자리를 마련한 거야."

"무슨 일인지 궁금해. 정말 많이!" 만약 한나가 지금까지 리자의 예상에 일말의 의심을 품었더라도 로맨틱하게 차려진 식탁을 보는 순간 깨끗이 사라졌을 것이다. 청혼

말고 다른 일은 생각할 수 없었다. 만약 다른 일로 오늘 자리를 준비했다면 지몬은 정말 엉뚱한 사람이다!

"시뇨라(Signora, 영어의 Mrs)?" 리카르도는 한나가 앉을 수 있도록 장미 한 송이가 놓인 의자를 살짝 뒤로 당겼다.

"시뇨리나(Signorina, 영어의 Miss)." 한나는 호칭을 정정해주고 요염한 미소를 지으며 자리에 앉았다. 조금 유치할지 몰라도 이런 작은 재미를 억누를 수 없어서 지몬을 향해 윙크했다. 하지만 지몬은 한나의 암시를 이해하거나 재밌어하는 것 같지 않았다.

자리에 앉은 지몬은 놀랄 만큼 심각해 보였다. 표정은 상당히 굳고 경직되어 있었다. 극도로 긴장한 그를 본 한나는 오늘 저녁에는 더 이상 장난스러운 짓은 하지 않기로 결심했다. 청혼은 날이면 날마다 하는 것이 아니니 지몬의 긴장도 이해되었다.

"샴페인?" 리카르도는 테이블 옆에 놓인 얼음 통에서 병을 꺼냈다.

"네, 고맙습니다." 한나는 웨이터를 향해 잔을 내밀었다가 웨이터의 의아한 표정을 보자마자 잔을 곧바로 내려놓았다. 잔을 내미는 것은 싸구려 술집에서나 하는 행동으로 우아한 레스토랑에서는 그러지 않는 모양이었다.

리카르도는 능숙한 손놀림으로 "펑" 소리와 함께 샴페인을 따서 한나와 지몬에게 차례로 따라주고 병을 다시 제자리에 놓은 후 목례를 하고 말없이 커튼 뒤로 사라졌다.

지몬이 잔을 들었다. "자, 그럼?" 드디어 그의 얼굴에 미소가 번졌다.

"우리를 위하여!" 건배를 한 한나는 샴페인 잔을 입술에 대고 톡 쏘는 느낌을 즐겼다.

Bells will ring, ting–a–ling–a–ling(종이 울릴 거예요, 딩동댕) 하는 딘 마틴의 노랫소리가 다시 들렸다. Ting–a–ling–a–ling(딩동댕) 하며 한나 뱃속의 나비들도 따라 불렀다.

두 사람은 한동안 말없이 서로를 바라보았다. 한나는 자신이 1000와트 전구처럼 빛을 발산해서 촛대 같은 건 애당초 필요 없었겠다고 생각했다. 너무 눈부셔서 각자 낄 선글라스가 필요하면 몰라도……

Hearts will play, tippy–tippy–tay(심장이 두근두근 뛸 거예요)

"오늘 이렇게 근사한 자리를 마련한 이유가 뭐야?" 지몬이 전혀 침묵을 깰 생각이 없어보여 한나가 입을 열었다. 말하면서도 먼저 입을 연 것을 후회했다. 지몬이 오늘 저녁시간을 이끌어가도록 해주고 절대 재촉하지 않기로 굳게 다짐해 놓고는! 지몬이 마련한 자리이니 지몬의 속도에 맞춰야지!

하지만 한나의 입이 저절로 움직이며 교묘하게 뇌 회로 옆으로 슬쩍 빠져나가 (멍청한 뇌 회로가 분명 합선을 일으켰을 것이다!) 혼자서 지껄인 게다. 한나는 부끄러워 눈을 내리깔았다. 얌전하고 참을성 있고 예의바른 참한 여성이 되기는 이번 생에서는 글렀다.

"뭐가 그렇게 급해?" 지몬은 갑자기 한나의 손을 꼭 잡았다. 차가움에 놀란 한나는 움찔하며 지몬을 쳐다보았다. "일단은 너와 맛있는 음식을 먹으면서 저녁을 즐기고 싶어. 시간은 충분하잖아."

"그래, 알았어." 마음 같아서는 크게 소리치고 발을 구르고 싶었다. 이것은 그야말로 고문이야! 기대감에 너무 설레어 가벼운 전기충격을 받은 듯 움찔거리고 목구멍까지 조여오는데 어떻게 저녁시간과 식사를 즐기란 말야? 접시 위에 놓인 올리브도 넘기지 못할 거 같아! 단 하나도! 완두콩이라고 해도, 아니 침을 삼키는 것조차 힘들어! 한나는 샴페인 잔을 들어 단숨에 비웠다. 다행히 삼킬 수는 있군.

"오늘 저녁을 위하여." 자기 목소리가 너무 괴롭게 들리지 않기를 바랐다. 그리고 리카르도가 얼른 다시 나타나 샴페인을 더 따라주기를 바랐다. 직접 병을 들고 따라 마시는 건 예의에 어긋나는 것이 분명했다.

"아, 사랑스러운 한나!" 지몬은 한나를 바라보며 웃었다. "내가 지금 너한테 과한 것을 요구하고 있다는 거 알아."

"맞아." 한나가 순순히 시인했다.

"하지만 오늘 저녁시간을 제대로 만끽하는 것이 좋다는 내 말을 믿어줘." 그는 테이블 쪽으로 몸을 더 숙이고 목소리를 낮추며 눈을 질끈 감았다가 떴다. "진지한 얘기를 꺼내기 전에 말이야."

"그래, 알았어." 한나는 또 다시 침을 삼켰다. 이번에는 샴페인 없이. 이렇게 상황을 과하게 연출하다니, 지몬에게 이런 재능이 있는 줄 미처 몰랐다.

"그럼 우리 식사부터 하자." 말이 끝나기 무섭게 커튼이 열리면서 리카르도가 '오늘의 추천요리'가 적힌 검은 메뉴판을 함께 들고 온 간이의자 위에 올렸다. 두 사람은 메뉴를 살펴본 후 지몬은 모둠 전채요리와 도미구이를, 한나는 비텔로 토나토(크림같은 마요네즈 소스를 송아지고기와 참치와 함께 차게 먹는 요리-옮긴이)와 해산물피자를 주문하고 가비 와인 한 병을 추가했다.

"탁월한 선택입니다!" 리카르도는 주문 내용을 꼼꼼하게 기록하고 메뉴판을 들고 다시 나가려 했다.

"Scusi(죄송합니다만)?" 한나는 나가려던 웨이터를 불러 세워 빈 샴페인 잔을 가리켰다. 이것이 예의바른 행동인지 아닌지는 이제 상관없다. 다른 방법으로는 초조함을 달랠 길이 없으니까. 그리고 샴페인은 돈을 내고 마시는 거니까 새 가비 와인이 나오기 전에 다 마셔야 하지 않을까?

"Certo(물론이죠)!" 웨이터는 병을 들고 한나의 잔에 가득 따라주었다. 지몬의 잔에도 따라주려고 하자 지몬은 눈짓으로 아직 가득 담긴 잔을 가리켰다. 그래, 지몬은 맑은 정신을 유지해야지. 중대한 일을 앞두고 있으니까. 반면 한나는 지몬의 질문에 제때 "그래, 좋아"라고만 속삭이면 되니까. 조금 취한 상태라도 그 정도는 말할 수 있지.

When the world seems to shine like you've had too much wine, that's amore……

(와인을 많이 마셨을 때처럼 세상이 밝아 보일 때 그것이 사랑이죠)

"그나저나 주치의는 뭐래?" 웨이터가 나간 후 한나는 화제를 돌렸다.

"아무 말도." 지몬이 대답했다.

"아무 말도 안 했다고?"

"그건 별로 중요하지 않아." 지몬은 못마땅해 했다. "로맨틱한 식사 자리에 안 어울리는 거 같아."

"그럼 어떤 얘기를 하고 싶은지 자기가 얘기 좀 해."

"그렇다고 토라질 필요는 없잖아."

"토라지지 않았어!" 한나가 뿌루퉁하게 말했다. "단지 지금 자기가 나한테 하는 행동이 조금 불공평하다고 생각하는 것뿐이야."

"너한테 하는 행동?"

"그래." 한나는 고개를 끄덕였다. "자기도 알다시피 나는 참을성이 별로 없는 사람이잖아."

"참을성이 심하게 없기는 하지."

"그것 봐! 자기는 참을성이 없는 것이 나의 절대적인 약점이라는 것을 잘 알잖아. 그런데도 지금 나를 이렇게 고문하고 있어!" 한 번도 입 밖으로 꺼내지는 않았지만 이것이 둘 사이에 가장 큰 문제라는 생각이 들었다. 지몬의 속도, 즉 그의 느린 속도가 한나를 미쳐버리게 만들 때가 많았다. 지금은 더욱 그랬다.

지몬은 웃었다. "제발 한나, 우리의 저녁을 망치지 말아줘."

"뭐라고? 내가 우리 저녁시간을 망치고 있다고 생각해?" 한나는 자신이 정말 그러고 있다고 느끼며 가능한 빨리 마음을 바꿔야 한다고 생각했다. 하지만 신경이 너무 곤두서 있어 견디기 힘들었다. 실제로 목이 조여오고 조금 있으면 눈물이 터질 것 같았다.

지몬도 눈치 챈 듯했다. 그녀를 애정 가득한 눈길로 쳐다보며 손을 잡고 부드럽게 쓰다듬었다. "한나, 널 약 올리거나 괴롭히려는 게 아니야. 울릴 생각은 더더욱 고." 그는 한숨을 쉬었다. "나는 단지 근심 없는 편안한 저녁시간이 되기를 바랐을 뿐이야. 하지만 그렇게 참기 힘들다면 지금 얘기할게."

"아니야, 그러지 마!" 한나는 뭐라고 대꾸해야 할지 몰랐다. 지몬이 마침내 그토록 고대하던 말을 해주기를 간절히 바라면서도 조금도 참고 기다리지 못하는 자신이 미웠다. 지몬이 원할 때 말을 꺼낼 수 없게 만들어버렸다!

"괜찮아." 지몬이 안심시켰다. "어쩌면 이게 더 좋을지도 모르겠어. 안 그러면 결국 용기가 달아날지도 모르니까."

"내가 귀를 쫑긋하고 잘 들을게."

"그러니까, 한나." 그는 여전히 한나의 손을 꼭 잡고 있었다. 그녀가 벌떡 일어나 도망칠까 두려워하듯 더 세게 잡았다. 한나가 그럴 이유는 없었다. 대체 왜? 한나가 원하는 것은 평생 지몬의 곁에 있는 것이지 도망가는 것이 아니다.

"뭔데?" 어-서- 말-해! 한나 안에 있는 작은 불평꾼이 소리쳤다.

지몬은 목소리를 가다듬었다. "우선 네가 오늘 저녁 얼마나 아름다운지 다시 한 번 말해주고 싶어."

"고마워." 자-지금-빨리-해!

"요나스를 데리러 갔다가 너를 처음 봤을 때 정말 첫눈에 홀딱 반했지."

한나는 웃으며 수줍게 중얼거렸다. "뭐야, 새삼스럽게."

"사실이야. 너를 보자마자 날 위한 여자라는 것을 알았어. 그 생각은 오늘까지도 변하지 않았어."

"흐응." 한나의 볼이 빨갛게 달아올랐다. 지몬의 속도가 갑자기 아주 마음에 든다는 점을 시인할 수밖에 없었다. 이런 달콤한 말이라면 달팽이가 기어가는 속도로 청혼한다 해도 상관없다.

"너는 언제나 에너지와 활기가 넘쳐. 너의 열정적인 모습에 처음부터 마음을 빼앗겼어. 비록 가끔은 네가 조금은 차분하면 좋겠다는 생각을 했지만."

"글쎄 나는……."

"쉿!" 지몬이 말을 끊었다. "내 말 끊지 말아줘."

"알았어."

"가끔은 나중에 우리가 낳을 아이들이 나보다는 너를 더 많이 닮았으면 좋겠다고 생각했어." 그는 웃었다. "그러면 너의 뚜렷한 주관과 긍정적인 기질뿐만 아니라 너의 빨간 곱슬머리도 닮겠지."

한나는 머리를 매만지며 헤어스타일이 아직 유지되고 있는지 아니면 벌써 제멋대로 뻗쳤는지 궁금했다.

"정말이야, 한나! 너는 내가 살면서 원한 모든 것을 갖춘 사람이야. 내 이상형이자 가장 친한 친구이며 조언자 그리고 지지자야. 너는 모든 남자들이 갈망하는 여자야!" 지몬의 목소리가 어느새 높아져서 한나는 조금 민망했다. 다른 손님들이 과장된 사랑의 찬가를 엿듣지 않기를 바랐지만 지몬의 말에 날아오를 듯 기분 좋았다.

"고마워 지몬." 한나가 말했다. "이제 그런 말은 그만해."

"아니." 지몬이 거부했다. "나는 그만할 생각 없어. 너는 내 인생의 위대한 사랑이니까."

"자기도 마찬가지야."

그는 침을 꿀꺽 삼켰다. "그래서 지금 하려는 얘기를 꺼내기가 쉽지 않아."

이제는 한나가 용기를 북돋아주며 그의 손을 꼭 잡았다. "괜찮아, 어서 말해."

"한나." 잠깐 눈을 감은 지몬이 눈을 뜨고 똑바로 쳐다보자 한나는 울렁거렸다. 그의 눈빛에는 너무나 많은 감정과 사랑이 담겨 있어서 그가 한 말들이 아무리 과장됐다 하더라도 다 믿어주고 싶었다.

"그렇기 때문에……" 그는 잠시 말을 멈췄다. "……그렇기 때문에 한나 너를 놓아주고 싶어."

"그래, 좋아!" 한나가 환호성을 질렀다. "그래, 우리 결혼해!"

벌떡 일어나 테이블을 가로질러 지몬을 끌어안으려던 한나는 도중에 지몬이 한 말을 깨달았다. 한나는 어리둥절해하며 다시 앉았다.

"미안한데…… 지금 뭐라고 했어?"

"너를 놓아주겠다고 했어." 그가 다시 말했다. "나는 네가 다른 남자를 만나 행복해질 수 있도록 너를 놓아주기로 했어. 마음이 많이 아프고 정말 힘들지만 나는 너에게 적당한 남자가 아니야."

"뭐라고?" 한나는 환청을 쫓기 위해 머리를 흔들었다. 샴페인 두 잔 마셨다고 이렇게 정신이 나가다니! 한나는 지몬이 잡고 있던 손을 확 뺐다. "내가 지금 제대로 들은 거 맞아? 우리 관계를 끝내겠다고?" 지몬은 분명 이상한 유머 감각의 소유자다.

"아니." 지몬의 목소리는 침착했다. "나는 절대로 너와 헤어질 생각이 없어. 절대로!"

"하지만 금방 그렇게 말했잖아."

"물론." 그는 다시 한나의 손을 잡으려고 했지만 한나는 거부했다. "많이 당황스럽다는 거 알아."

"하, 그러셔?" 한나의 눈썹이 치켜 올라갔다. "왜? 남자가 여자한테 장황하게 이상형이라고 추켜세우다가 결국 이별선언을 하는 것은 아주 지극히 정상적인 일이잖아."

"내 말 좀 들어. 나도 내가 원해서 이러는 게 아니야."

"그러면 누가 그러라고 강요라도 한다는 거야?"

그는 어깨를 으쓱했다. "뭐 비슷해."

한나는 이 상황을 전혀 이해할 수 없었다. "누가 그러라고 강요하는데? 혹시 내가 모르는 이중첩자 생활이라도 해? 당분간 잠적해야 해? 아니면 핵심증인 신변보호를 받아야 하는 거야?"

"아니야, 한나." 그는 무척 슬퍼보였다. "나는 네가 정말 행복하기를 바라. 그런데 나와 함께 있으면 그럴 수 없어."

"지금 무슨 소리야?" 한나가 쏘아붙였다. 정말 울고 싶은 심정이었다. 이것은 현실이 아니라 꿈이다. 악몽이다!

When you walk in a dream but you know you're not
dreaming……
(당신은 꿈속을 걷고 있지만 꿈을 꾸고 있는 것이 아니에요)

"더 자세히 설명할게, 한나." 그는 다시 목소리를 가다듬
고 냅킨을 손에 쥐더니 초조하게 주물럭거렸다. "내가 내
년 말까지 살아 있을 가망이 거의 없대."

한나는 지몬을 뚫어지게 쳐다보았다. 어안이 벙벙했
다. 갑자기 더웠다가 추웠다가 어지러웠다. 금방이라도
속이 뒤집힐 거 같았다.

"뭐?" 한나는 가늘게 떨리는 목소리로 조용히 물었다.
"무슨 말인지 못 알아듣겠어."

"미안해. 1년 후면 나는 아마도 이 세상 사람이 아닐
것 같아."

"Alora(자)!" 커튼이 열리더니 리카르도가 힘차게 다가
와 지몬의 코 밑에 병을 드밀었다.

"주문하신 가비 와인입니다!"

19

요나단

1월 3일 수요일, 10:47

아니, 그러지 않는 것이 좋겠다. 사라스바티가 뭐라고 조언했더라? 앞으로 모든 일에 "네"라 하고 1년을 잘 헤쳐나갈 용기를 가지라고 했다. 그런데 지금 하려고 하는 것은 그 정반대에 가깝다. 이것은 분명한 "아니오"다. 유실물센터 출입구 앞에 차를 세우고 다이어리를 그냥 아무 직원에게 쥐어주고 신경을 완전히 꺼버리기 직전이었다.

이것이 가장 이성적인 방법이다. 하지만 과연 옳은 일일까?

만약 요나단이 철저하게 조사해봐야 하는 어떤 비밀이 다이어리에 숨어 있다면? 카드 점술가는 그의 감정과 영혼과 관련된 비밀에 관한 말도 했지……

요나단은 차문을 힘차게 열고 인도 위에 발을 디뎠다. 밑도 끝도 없는 점쟁이 말을 믿을 수는 없지!

유실물센터로 들어가 다이어리를 "탁!" 하고 탁자 위 ─ 아님 습득물을 놓는 곳 ─에 내려놓고 올 준비가 되었다.

내 것도 아닌데 더는 신경 써야 할 하등의 이유가 없다.

하지만 그는 멈칫했다. 이게 정말 옳은 일인가 그른 일인가? 그른 일인가 옳은 일인가? 요나단은 한숨을 쉬며 다시 운전석에 앉아 차문을 닫았다. 지금 이걸 유실물센터에 맡기면 다이어리와 관련된 불가사의한 일을 영원히 알지 못할 것이다. 누구의 것인지, 누가 기록했는지, 누구를 위해서 만든 것인지. 대체 어쩌다가 그의 자전거 손잡이에 걸리게 되었는지. 이런 궁금증이 그를 계속 따라다니지 않을까? 그래서 안절부절못하고 평온하게 지낼 수 없다면? 다시는!

이 질문에 굳이 대답할 필요도 없다. 이미 다이어리 때문에 평온을 잃었고 안절부절못하고 있으니까.

그럴 가능성은 거의 없지만 어머니가 다이어리와 관련 있을지도 모른다는 가능성을 완벽히 배제할 수도 없다. 그렇지 않더라도 뭔가 흥미로운 것을 놓칠 수 있다는 가능성 역시 배제할 수 없다.

그는 다이어리를 펼쳐 1월 3일, 오늘 날짜에 적힌 내용을 읽었다.

— 아무것도 할 수 없는 날은 1년에 딱 이틀뿐이다. 어제와 내일. 오늘은 사랑하고 신뢰하고 무엇보다 살아갈 수 있는 제일 좋은 날이다.
　　—달라이 라마

사람들은 별 생각이 떠오르지 않으면 항상 달라이 라마를 인용하지. 달라이 라마는 늘 통하기 마련이니까. 하지만 요나단도 이 말의 논리를 인정했다. 어제나 내일 할 수 있는 일은 없다. 그런 지혜를 세상에 알리기 위해 굳이 천재나 달라이 라마일 필요는 없다. 엄밀히 말하면 이런 것은 개똥철학이라는 카테고리에 속하고 이런 개똥철학은 잘 팔린다.

파울로 코엘료, 세르지오 밤바렌, 프랑수아 를로르 같은 작가들이 감성팔이 작품으로 많은 독자들을 열광시키고 오랫동안 베스트셀러 목록에 자리 잡는 현상을 떠올렸다. 아버지는 이런 책들을 '민중의 아편'이라는 칼 마르크스의 인용구로 평가했고, 그리프손&북스는 이런 '값싼 성공'이 필요없으며 진정한 문학으로도 돈을 잘 벌고 있다고 강조했다. 그럴 때마다 아버지는 책장 가장 눈에 잘 띄는 곳에 진열된 후베르투스 크룰 작품들의 가죽 양장 시리즈를 흐뭇하게 바라보며 고개를 끄덕였다.

그러나 얼마 전 마르쿠스 보데의 말을 제대로 해석하자면 이제 그의 출판사는 그런 성공을 거두는 작품이 꼭 필요하다. 더 값싼 성공 아니 더 빠른 성공이 필요한가?

엄한 데로 빠지기 전에 요나단은 다이어리에 집중했다. 1월 3일자에 더 많은 내용이 적혀 있었지만 글씨가 너무 작아서 조수석 서랍을 열고 안경을 꺼내야 했다. 그는 안경을 끼고 읽었다.

— 앞으로 매일 해야 할 숙제:

뒤쪽에 있는 '메모' 란에 아침마다 감사한 것 세 가지 적기. 진심에서 우러나오는 것. 햇빛이 비추는 것, 친구들이 있는 것, 사랑하고 있는 것, 걸을 수 있는 것, 아무튼 생각나는 것 뭐든지.

저녁에는 하루 있었던 좋은 일 세 가지를 적기. 맛있는 식사, 다정한 대화, 라디오에서 가장 좋아하는 노래가 흘러나온 것.

당장 시작해!

정말 사춘기 철부지 냄새가 물씬 풍겼다. 이 무슨 쓰잘데기 없는 짓인가. 이럴 시간이 있는 사람이 대체 어디 있을까? 그리고 무엇보다 이게 다 무슨 소용이 있나?

그의 삶에 감사한 것이 무엇인지 알고 있다. 굳이 거창하게 적을 필요가 없단 말이다. 아버지처럼 치매에 걸리지 않아 망각의 위협이 없다.

예를 들어 감사한 것… 음… 감사한 것은……

내가 감사한 것이 도대체 뭐지?

20

한나

15일전
12월 19일 화요일, 21:23

두 사람은 가비 와인을 마시지 않았다. 도미구이도 먹지 않았고 비텔로 토나토도 해물피자도 먹지 않았다. 아무것도 먹지 않았다. 대신 이야기를 나눴다 아니, 지몬이 이야기를 했다.

주치의의 권고로 큰 병원에 가서 반나절을 보냈다는 얘기였다. 계속 이어진 의사의 촉진, 혈액검사와 초음파 검사는 그의 정신을 쏙 빼놓았다. 그러다가 세 명의 의사들 앞에 앉게 되었고 셋 모두 걱정스러운 표정을 지으며 임파선암으로 보인다는 소견을 내놓았다. 그래서 종양의 종류와 심각 정도를 진단하기 위해 가능한 빨리 조직검사를 하자고 권유했다.

멍하니 병원을 나온 그는 패닉과 절망, 공포에 사로잡혔다. 집으로 돌아와 컴퓨터로 검색한 결과 앞으로 12개월 안에 죽게 될 것이라는 청천벽력 같은 결론을 내렸다.

한나는 씩씩하게 눈물을 삼키며 끼어들었다. "어떻게

그렇게 확신해? 아직 확실하지도 않고……."

"한나!" 지몬이 말을 잘랐다. "너는 그 자리에 같이 있지 않았잖아? 하지만 난 의사들을 봤어. 그들이 나를 쳐다보던 눈빛, 내 머리끝에서 발끝까지 촉진하면서 계속 고개를 저었어. 눈썹을 치켜 올리며 내 검사결과 수치와 초음파 사진들을 들여다보곤 침울한 눈빛을 주고받았지. 암은 이미 온몸에 퍼졌고 더 자세한 조직검사를 하잔 말은 그저 환자를 진정시키려는 방법일 뿐이야. 내가 지금 당장 다리에서 뛰어내리지 않도록 말이야." 그는 쓴웃음을 지었다. "유감이지만 암에 관해서 난 너무 잘 알아. 의사들은 우리 부모님에게도 계속 희망을 주었지만 결국 수년에 걸친 희망고문에 불과했어."

"자기는 다를 수도 있잖아!" 한나가 갈라진 목소리로 소리쳤다.

"그렇지 않아." 지몬이 받아쳤다. "일단 나는 유전적 요인 때문에 암 발병 위험이 높은 사람이야." 그는 손가락을 꼽으며 얘기했다. "그리고 동반증상들이 나타나고 있어."

"동반증상?"

"우리가 심하지만 별 것 아닌 감기라고 생각했던 것이 내 생각에는 림프종으로 인한 동반증상이었던 거야."

"그건 자기 생각이지."

"내 생각만이 아니야. 인터넷에는 나 같은 사례가 수두

룩하게 많아. 그중 대부분의 사람들은 6개월 이내에 사망했어. 특히 나같이 젊은 사람들의 경우에 암이 더 빨리 진행된대. 구글 검색창에 '임파선암' 이라고 쳐보면 내 말을 알게 될 거야."

"이런, 빌어먹을, 지몬!" 한나는 손바닥으로 식탁을 내려치고 어이없다는 듯 지몬을 쳐다보았다. "이렇게 중대한 일에 설마 구글 박사님을 신뢰하는 건 아니겠지?"

"물론 그렇지는 않아. 하지만 내가 기자라는 사실을 잊지 마. 나는 어떤 출처가 신빙성 있고 믿을 만한지 아닌지 잘 알아. 그리고 나는 무조건 다 잘될 거라 생각하고 그렇게 큰일이 아닐 거라고 자위하는 몽상가가 아니야."

"지금 나를 두고 하는 얘기야?" 한나는 울음이 터져 나오려는 것을 간신히 참았다.

"그렇지 않아." 지몬이 얼른 부인했다. 자신의 말을 정정하며 제대로 표현할 말을 찾는 듯했다. "한나, 나는 너처럼 긍정적인 본성을 타고나지 못했어. 나는 네가 몽상가라고 생각하지 않아. 네가 꾸러기교실을 얼마나 성공적으로 운영하고 있는지 봐. 하지만 우리는 달라. 나는 내가 1년 이상 살지 못할 거라는 사실을 직시해야 해. 굳이 나 자신을 속이고 싶지 않아."

"그런 말도 안 되는 소리는 듣기 싫어!" 한나는 주체할 수 없는 분노에 휩싸였다. 그렇게 심각하지 않을 수도 있다는 모든 가능성을 무조건 배제하는 지몬의 아집에 화

가 났다. "우리 돌아가서 앞으로 어떻게 하는 것이 좋을
지 차분히 살펴보자. 필요하다면 내가 자기를 데리고 모
든 전문의들을 다 찾아다닐 거야. 절대로 현실을 회피해
서는 안 돼!"

"아니." 그의 목소리는 단호했다. "더 이상 '우리'는
없어."

"말도 안 돼! 나는 자기를 놓아줄 수 없어. 우리 함께
헤쳐 나가자!"

지몬은 대답이 없었다. 슬픈 눈빛으로 한나를 바라볼
뿐이었다.

"어서!" 한나가 자리를 박차고 일어났다. "계산은 입구
에서 하자."

지몬이 꼼짝하지 않고 그대로 앉아 있어서 한나도 다
시 앉아야 했다. 지몬 역시 눈물과 싸우고 있는 것이 보
였다. 바로 그 순간 지금까지 인정하지 않으려 했던 공포
가 엄습했다. 그녀의 숨통을 조이는 두려움. 차가운 손으
로 무자비하게 목을 조르는 듯한 두려움.

"지몬." 한나가 속삭였다. "제발!"

그는 다시 한나의 손을 잡았다. "네가 얼마나 힘들지
잘 알지만 내 결정은 변함없어. 어머니는 10년 동안이나
아버지의 병수발을 들었어. 하루하루 천당과 지옥을 오
가면서. 수술과 화학요법치료, 통증과 구토 때문에 밤을
지새운 날들, 반복되는 입원과 퇴원. 차도를 보이는 듯하

다가 금방 더 악화되며 반복됐던 일들. 어머니 당신의 인생은 완전히 뒷전이었고 아버지를 위해서 모든 것을 미루셨어. 그런데 어떻게 됐지? 결국 아버지는 돌아가셨고 이제야 여생을 즐기실 수 있었는데 당신마저 암에 걸려 끔찍하게 생을 마감했잖아. 나는 절대 너를 그렇게 만들 수 없어!"

한나는 힘들게 침을 삼켰다. 지몬의 말이 끔찍한 건 사실이었다.

"자기가 말한 것들 나는 다 알고 있어. 그래도 나는 자기를 떠날 수 없어."

"네가 그럴 필요는 없어." 그는 양복주머니에서 지갑을 꺼내 50유로짜리 지폐 두 장을 꺼내 식탁에 올려놓았다. "내가 너를 떠날 거야. 미안해." 그는 이 말을 하면서 일어났다.

"어떻게 내게 이럴 수 있어?" 한나는 너무 격하게 일어나느라 식탁을 엎을 뻔했다. 그녀는 지몬의 목을 와락 끌어안았다. "난 당신을 사랑해!" 더는 주체할 수 없는 눈물이 하염없이 흘러내렸다.

"나도 널 사랑해." 지몬은 한나를 꼭 안아주었다. 부드럽게 머리를 쓰다듬고 머리를 숙여 조심스럽게 귀에 입을 맞췄다. 그는 한나와 마찬가지로 울고 있었고 한나를 다시는 놓아주지 않을 것 같이 꼭 껴안았다.

하지만 그는 한나를 조심스럽게 떼어냈다. 여전히 슬

퍼보였지만 손등으로 눈물을 닦고 한나의 눈물도 닦아주
었다.

"그만 집에 가고 싶어." 지몬이 말했다.

"나도 같이 가도 돼? 제발!"

"아니 한나, 나 혼자 있고 싶어."

"그러지 마. 자기는……."

"부탁이야." 지몬이 재차 강조했다. "오늘 하루는 이미
충분히 끔찍했어."

"내가 더 끔찍하게 만든다는 거야?" 한나는 상처받은
기색이 역력했다.

"그래." 이렇게 말하던 지몬은 재빨리 말을 취소했다.
"아니, 당연히 아니지. 하지만……" 그는 한숨을 쉬었다.
"내 마음을 너무 무겁게 하지 마."

"하지만 나는 자기 마음을 무겁게 만들고 싶어." 한나
는 억지로 살짝 미소 지었다. "설마 내가 자기 제안을 받
아들여서 자기를 놓아주리라고 기대하는 것은 아니지?"

"며칠만이라도 내게 시간을 줘, 알았지? 너무 혼란스
러워서 조금 거리를 두고 쉬고 싶어."

"그러면 나랑 헤어지겠다는 말은 취소하는 거야?"

"아, 한나!" 그는 다시 한나를 안아주며 머리에 입을 맞
췄다. "한나, 제정신이 아닌 귀엽고 예쁜 나의 한나."

한나는 고개를 들고 까치발로 서서 그에게 길고 부드
러운 키스를 했다. "우리는 해낼 수 있어." 한나가 조용

히 속삭였다.

지몬은 아무 말이 없었다.

"나는 절망할 이유가 없다고 확신해. 충격이 좀 가라앉으면 자기에게 도움이 될 만한 방법과 길을 찾을 수 있을 거야." 한나는 자신이 초조한 수다모드로 떠들고 있다는 것을 알지만 달리 어쩔 도리가 없었다. "그리고 당연히 내년에도 잘 살아 있을 거야! 아직 50년은 더 살 수 있다고 장담할게! 정말 멋지고 완벽한 1년 1년을!"

지몬은 여전히 아무 말도 없었다.

"예를 들면 내가……."

"우리 그만 나가자." 지몬이 결국 말을 끊었다. "너를 바래다주고 나는 집에 가서 좀 누울게."

"나도 자기랑 같이 가고 싶어!"

그는 처음으로 미소 지었다. "알아. 그래도 널 집에 데려다줄게, 고집쟁이. 그리고 다른 얘기는 나중에 하자."

21

요나단

1월 3일 수요일, 16:44

요나단이 집으로 향하는 진입로에 들어섰을 때 날은 이미 어두워졌다. 그는 시동을 끄고 잠시 차 안에 그대로 앉아 있었다. 창피했다.

목적 없이 시내를 한동안 거닐다가 쇼핑을 조금 한 후 (단백질빵과 칠면조 햄이 떨어졌다) 공원 벤치에 앉아 볼펜을 꺼내고 다이어리를 펼쳤다. 개인적으로 감사한 것들을 종이에 적어보려 했다. 그냥 재미삼아. 모든 일에 "아니오" 말고 "네"로 반응하라고 했으니까. 어차피 가정부가 집안 청소를 할 동안 시간도 때워야 하니까 감사 목록을 작성하는 것도 괜찮잖아? 적은 페이지를 나중에 뜯어내면 다이어리가 주인에게 돌아가더라도 눈에 띄지 않을 테다.

하지만 아무 생각이 나지 않았다.

머릿속은 완전히 백지 상태였고 감사한 것이 단 하나도 떠오르지 않았다.

물론 '휠체어 신세가 아니어서'나 '통장에 돈이 두둑해서', '먹을 것이 충분히 있어서' 또는 '사회적으로 인정받는 남자라서'처럼 상투적으로 감사할 것은 있다.

하지만 진정으로 감사한 것은 떠오르지 않았다. 아주 마음속 깊은 곳에서 우러나오는 그런 감사. 정말 '감사'라는 표현에 걸맞고 행복과 기쁨과 만족을 주고 아침에 일어날 때 가장 먼저 생각나고 밤에 잠자리에 들어 눈을 감을 때 마지막으로 떠오르는 그런 것이 없다.

당연히 그럴 수밖에 없지 않은가? 아내는 그의 가장 친한 친구와 눈이 맞아 떠나버렸고 이제 혼자가 되었다. 아버지는 병들어 쇠약해졌고 어머니는 그가 어렸을 때 이미 그를 버리고 떠났다. 최근 알게 된 사실이지만 출판사도 위기에 처해 있다. 어쩌면 길바닥에 나앉을지도 모른다. 요즘 돌아가는 세상 꼬락서니나 몰지각한 사람들을 보면 감사보단 분노와 절망이 앞섰다. 알스터 호숫가에 쌓인 개똥만 봐도 그렇다.

그렇다고 그가 전혀 감사하지 않거나 불행한 것은 아니었다. 그의 인생은…… 꽤 괜찮다. 하지만 그 이상은 아니다. 그의 인생은 별다른 굴곡 없이 그냥 흘러갔다. 그냥…… 잘 돌아가고 있다. 그의 인생은 그저 잘 돌아가고 있다. 하지만 솔직히 말하면 잘 돌아가고 말고 할 것도 없다. 그는 어떤 책임으로부터도 자유로울 수 있도록 자기 인생을 스스로 이렇게 만들었다. 책임으로부터의 자유, 그것은 곧 모든 충만한 삶으로부터의 자유를 의미했다.

우울이 몰려왔다. 이런 생각들을 하자 우울해졌다.

기분이 가라앉은 요나단은 다이어리를 덮고 유실물센터에 맡기기로 마음을 바꿨다. 그의 평정심을 깨는 물건으로 뭘 하겠는가.

하지만 이번에는 센터 운영시간이 그를 방해했다. 잠긴 유실물센터 앞에 선 그는 화요일에는 13시까지만 운영한다는 어이없는 사실을 확인했다. 수요일과 금요일에는 아예 문을 닫고 목요일에만 18시까지 근무한다고 적혀 있었다.

요나단은 화가 치밀어 올랐다. 이건 대체 뭐하는 구멍가게냐! 공무원들이 반나절만 근무하거나 아예 근무하지 않으니 이 나라가 이 모양이지! 놀랍지도 않군

그는 화를 식히기 위해 가끔 가는 피트니스 클럽에 가서 세 시간 동안 운동을 했다. 청바지 차림의 자신을 흘긋거리는 눈길들을 애써 무시하며 근력운동에 집중한 그는, 감사 목록 작성이니 뭐니 여학생이나 하는 짓이지 중년 남성이 할 짓은 아니라고 되뇌었다.

감사하는 게 뭔데? 대체 누구한테? 운명에? 하느님에게? 그게 무슨 소용인데? 감사하는 것과 하지 않는 것이 무슨 차이가 있다고? 이런 식이라면 반대로 나쁜 일과 실패한 것에 대해 '감사하지 않은 것'들 목록도 작성해

야 하나? 그럼 누구에게 감사하지 않은 거지?

요나단 N. 그리프는 자기 집 출입구 앞에 차를 세운 채 의미 없는 생각들에 잠겨 있었다. 조수석에는 여전히 그 빌어먹을 다이어리가 놓여 있다. 그에게 붙어서 떠나지 않는 유령처럼 딱 달라붙어 있었다. 그는 이 유령을 불러 들인 적이 없다! 그는 그러지 않았다.

아닌가?

"제기랄!" 그는 큰소리로 욕을 내뱉고 다이어리를 들고 차에서 내렸다.

복도에 들어서자마자 상쾌한 레몬향이 그를 반겼다. 그는 가정부가 청소 마지막으로 바닥을 이 향기가 나는 세제로 닦아서 며칠 동안 향이 나는 것이 좋았다.

바보같이 바로 그 순간 그 이유를 깨달았다. 이 향기를 맡으면 유년 시절을 떠오르기 때문이다. 어머니도 늘 이런 청소세제를 사용했다. 아버지는 '그리프 사모님'이 집안일을 직접 하는 것은 어울리지 않는다며 못마땅해 했지만 어머니는 천생 이탈리아 여자답게 자기 집을 낯선 사람의 손에 맡길 수 없다며 직접 팔을 걷어붙였다.

기분이 한결 좋아진 요나단은 겉옷을 벗어 옷걸이에 걸고 서재로 들어가 다이어리를 책상 위에 던져놓았다.

이까짓 다이어리 때문에 위축되거나 기분을 망치고 싶은 생각은 추호도 없다! 이렇게 책상 위에 그냥 두었다가 나중에 운영시간에 맞춰서 유실물센터를 찾아갈 일이 생기면 갖다주면 된다. 그때까지는 이제 신경 쓰지 않을 테다. 이보다 중요한 일이 많다. 예를 들면……

요나단은 눈길은 폐지 상자에 머물렀다.

비어 있는 상자.

비어 있다.

대체 왜?

가정부에게 치우지 말라고 분명히 얘기했는데?

갑자기 현기증이 났다. 가정부가 그의 지시를 어겨서인지 아니면 그리프손&북스의 심각한 최신 회계자료가 아무나 볼 수 있게 밖에 폐지 수거 컨테이너 안에 처박혀서인지 즉답하기는 힘들었다.

그래도 매출 자료로 인한 충격이 더 컸다. 요나단은 1층으로 뛰어 내려갔다. 현관문을 벌컥 열고 계단을 뛰어내려 여전히 흘러넘치는 쓰레기 컨테이너로 돌진했다. 뚜껑을 열자마자 마르쿠스 보데가 준 자료들은 없다는 것을 알 수 있었다. 티나가 준 굴뚝청소부 초콜릿이 담겨 있던 작은 쇼핑백이 여전히 맨 위에 있었으니까(초콜릿은 요나단이……먹어치웠다. 기분 나쁘다고 먹을 것을 그냥 버릴 수는 없으니까).

그럼 매출 자료는 어디 있지? 상자에 들어 있던 서류 더미를 어디로 치워버렸을까?

요나단은 다시 집안으로 뛰어 들어가 복도에 있는 전화 수화기를 들고 가정부의 전화번호를 눌렀다.

"얀센입니다." 가정부가 전화를 받았다.

"안녕하세요. 요나단 그리프입니다."

"그리프 씨, 안녕하세요! 제가 뭘 두고 갔나요?"

"아니오, 폐지를 어디다가 치우셨는지 여쭤보려고요. 제 책상 옆에 있던 상자 말입니다."

"폐지요?" 가정부는 의아해했다. "그거 제가 버렸어요."

"제가 버리지 말라고 말씀드렸잖아요!" "왜 제 지시를 무시하는 거죠?"라고 덧붙이고 싶었지만 간신히 참았다. 지금 상황에서는 적합하지 않은 말 같았다.

가정부가 웃었다. "네, 그러셨죠. 그래도 시간이 좀 남아서 제가 버려드렸어요."

"어디에 버리셨는지 알 수 있을까요?" 그의 이마에 땀방울이 송골송골 맺혔다.

"글쎄요, 폐지수거 컨테이너에 넣었지 어디겠어요?"

"집 앞 컨테이너에는 없어요!" 그가 고함을 쳤다.

"왜 그렇게 흥분하세요?"

"흥분하지 않았어요!" 그는 침착하려고 애썼다. "제가 급하게 필요한 서류를 실수로 버렸어요."

"어머, 그거 안 됐네요!" 가정부는 당황했다. "저는 좋아하실 줄 알고 그만……."

"제 서류가 어디에 있을까요?" 그가 말을 끊었다.

"공원 쪽 공공 쓰레기 컨테이너에 버렸어요. 거긴 아직 자리가 있더라고요." 가정부가 미안해하며 말했다. "그쪽 컨테이너는 연말 시즌에도 수거해갔는지 비어 있어서 거기다가……."

"네, 고마워요!" 그는 전화를 끊고 이노센티아 공원에 있는 커다란 유리 컨테이너와 폐지 컨테이너를 향해 전속력으로 뛰었다. 그곳에서 서류를 찾을 수 있기를 간절히 기도했다. 그 자료가 나쁜 의도를 가진 사람의 손에 들어간다면 무슨 일이 일어날지 생각하기도 싫다!

〈함부르크 신문〉 지역뉴스 부문에 실릴 머리기사가 벌써 눈에 선했다. '파산 직전에 놓인 함부르크의 전통 출판사!'

그는 침착하자고 다짐했다. 최악의 상황을 상상한다고 해서 도움이 되진 않고 그런 일이 일어난다는 법도 없다. 그런 일이 일어나려면 쓰레기 컨테이너에 있는 서류가 누군가의 눈에 띄어야 한다. 그 서류를 발견한 사람은 어떤 서류인지 파악하고 언론이 관심을 가질 만한 서류라는 결론을 내려야 한다. 그리고 언론도 요나단의 출판사 사정이 뉴스거리가 되는지 판단해야 한다. 이 모든 것은 실현 가능성이 거의 없는 일이다. 그리프손&북스가 현재 조금 어려움이 있을지는 몰라도 파산과는 거리가 멀었다. 매출 자료를 보고도 어떤 상황인지 정확히 알 수 없었지만 적어도 요나단은 그러기를 바랐다.

그런데도 컨테이너 앞에 도착하자 맥박이 가파르게 뛰기 시작했다. 불행 중 다행이었다. 폐지 컨테이너에는 좁은 투입구뿐만 아니라 큰 상자를 넣을 수 있는 커다란 개폐식 뚜껑이 있었다.

뚜껑은 힘들이지 않고 열렸다. 요나단은 컨테이너 안을 들여다보았다. 칠흑같이 깜깜해서 아무것도 보이지 않았다. 몸을 앞으로 숙여 뭔가 닿을까 하는 희망에 손을 휘저었지만 허공뿐이었다. 집 앞에 있는 컨테이너와는 달리 여기는 연말에도 수거한 것이 분명했다.

그는 낑낑거리며 까치발로 서서 한손으로는 컨테이너 가장자리를 잡고 최대한 깊숙이 안을 들여다보다 거의 거꾸로 컨테이너에 처박힐 뻔했다. 그제야 드디어 손끝에 종이 같은 것이 닿아 집어 들었다. 그런데 집었던 종이가 손에서 미끄러졌고 요나단은 더 가까이 다가갔다.

무게중심이 너무 앞으로 쏠렸다는 것을 깨달은 순간에는 이미 늦었다. 중심을 잃고 컨테이너 안으로 떨어진 요나단의 얼굴은 박스 위에 거칠게 안착했다. 박스에서는 피자 냄새가 진동했다.

요나단이 작게 신음한 동시에 "악!" 하는 비명이 들렸다.

그는 어리둥절했다. 그가 낸 소리가 아니었기 때문이다. 다른 사람의 목소리였다.

22

한나

15일 전
12월 19일 화요일, 23:17

"미안하지만, 진정하지 않으면 나는 네 말을 전혀 알아들을 수 없어. 지금 세 살짜리 아기가 입에 노리개젖꼭지를 물고 있는 것처럼 들린다고!"

"나으헉헝헝…… 내가 으헉헐……." 소용없었다. 한나는 제대로 된 단어조차 입 밖으로 꺼내지 못했다. 문장은 말할 것도 없었다. 울면서 꺽꺽거리는 것 말고는 아무것도 할 수 없었다. 리자가 황당해하는 것은 당연하다.

3분 전 한나는 자고 있던 리자를 전화로 깨웠다. "진정해, 한나. 일단 숨을 크게 쉬어봐. 천천히 숨을 들이마셨다가 내뱉었다가! 들이마시고 내쉬고." 리자는 요가강사처럼 수화기에 대고 직접 시범을 보였다.

"으흑, 아… 알았어." 한나는 친구의 조언을 따랐다. 숨을 들이마셨다가 내쉬는 것이 이렇게 힘든 일인지 미처 몰랐다. 숨쉬기가 너무 힘들었고 가슴이 금방이라도 터질 것 같았다.

30분 전만 해도 괜찮았다. 적어도 닥친 상황에 비해서는 그랬다. 지몬은 그녀를 내려주고 포옹과 입맞춤으로 작별인사를 했다. 내일 아침에 연락하겠다고 약속하고 다리에서 뛰어내릴 생각은 절대 없다고 한나를 안심시켰다. 혹시라도 난데없이 난간 같은 곳에 찾아가면 거기서 꼭 전화하겠다고 약속했다. 거기까지는 괜찮았다.

한나는 놀라울 정도로 평정심을 유지했다. 옷을 벗고 화장을 지우고 이를 닦았다. 잠옷을 입고는 너무 힘들고 지친 하루를 보낸 터라 곧장 침대에 누웠다.

하지만 불을 끄고 눈을 감자마자 정신이 번쩍 들었다. 오싹한 생각들과 장면들이 그녀를 덮쳤다. 지몬의 추측이 맞아 몇 달 내에 그가 죽을지도 모른다는 끔찍한 두려움. 암이 이미 그의 온몸에 퍼져 그 누구도, 그 무엇도 지몬을 구할 수 없을지도 모른다는 두려움. 이제 그녀는 혼자가 될 것이라는 두려움.

한나는 머릿속에서 공포를 몰아내고 아름답고 좋은 기억들로 채우려고 노력했다. 밀려드는 나쁜 생각들을 멈추기 위해 조용히 노래까지 불렀다. 하지만 소용없었다.

죽음. 사라짐. 더는 존재하지 않는 것. 영원한 이별. 흙에서 흙으로, 먼지에서 먼지로.

정말 무서운 생각이었다. 이것은…… 상상조차 할 수 없었다!

한나는 지금까지 한 번도 주변 사람의 죽음을 경험한

적이 없었다. 오래 투병하다가 돌아가신 지몬 어머니 말고는 없었다. 그녀의 투병 중에 지몬과 사귀게 된 터라 고통을 몇 달만 지켜보았다. 당시 한나는 물론 슬펐지만 사실은 지몬이 가여워서 슬펐다. 너무나 소중한 사람을 일찍 잃은 그 때문에 슬펐다. 그의 어머니 힐데 클람에게 죽음은 구원이었다고 굳게 믿었다. 그녀의 죽음은 이런 상투적인 위로에 잘 어울렸다.

하지만 지금은 완전히 다르다. 처음으로 직접적 당사자가 되었고 처음으로 그녀가 사랑하는 사람이 당한 일이다. 인정하기는 부끄럽지만 처음으로 그녀도 언젠가는 죽을 수 있다는 사실을 직시했다. 정말 고통스럽고 뼈저리게.

지몬을 잃을지도 모른다는 두려움과는 별개로 지금까지는 상당히 낯설었던 생각이 떠올랐다. '언젠가는 나도 죽고, 언젠가는 나도 이 세상을 떠난다.'

물론 그런 날이 언젠가 온다는 것은 안다. 누구나 아는 사실이다.

하지만 상당히 모호하고 추상적인 확신이다. 한나하고는—조금 터무니없이 들리지만—전혀 상관없는 일, 아직까지는 전혀 상관없는 일로 여겼다. 아직 서른도 되지 않았고 지몬은 겨우 다섯 살 더 많다! 죽음, 언젠가는 닥칠 일, 아주 먼 미래의 일, 죽음. 지금까지는 그저 다른 사람들의 얘기였다.

"장기적으로 보면 우린 모두 죽은 사람들이야." 한나는 할머니가 죽음과 관련해서 자주 하던 유머를 떠올렸다. 지금까지는 이런 얘기를 들으면 웃었고 할머니의 재치를 좋아했고 수긍했다. 장기적으로 보면 그렇지, 장기적으로, 아주 아주 장기적으로.

지몬의 고백은 이제 죽음을 갑자기 닿을 수 있을 만큼 가까운 거리, 그리고 그녀의 현실 속으로 불러들였고 한나를 두려움 한가운데로 몰아세웠다. 공포는 마치 나쁜 독처럼 그녀의 피 속에 주입되었고 파괴적인 기생충처럼 그녀 안에 자리 잡았다.

그리고 지몬이 정말 많이 아프고 어쩌면 죽을병에 걸렸는데 정작 자신은 나도 언젠가는 죽을 수 있다는 사실을 걱정하는 것에 수치심과 자기혐오를 느꼈다. 지금 중요한 건 나의 죽음이 아니다. 암의 공격을 받고 있는 사람은 지몬이고 그녀는 그런 생각을 할 때가 아니란 말이다. 오히려 지몬을 위해 더욱 강해져야 할 의무가 있다.

그래서 어쩔 줄 모르던 한나는 결국 밤늦은 시간인데도 막무가내로 리자에게 전화를 걸었다. 지금 당장 미쳐버리거나 바보처럼 굴지 않으려면 리자와 대화해야만 했다. 도와달라고 소리를 지르며 거리를 질주하거나 지몬에게 달려가 지금 당장 병원에 가서 다른 검사들을 다 받아보자고 울며불며 매달리지 않으려면.

그랬다간 오히려 역효과만 나고 지몬은 완전히 동굴로

들어가버릴 거라는 사실을 알고 있었다. 그는 의사들의 진단을 받아들이고 소화시키기 위해 지금 시간과 일정한 거리와 휴식이 필요하다고 분명하게 밝혔다. 아무것도 해줄 수 있는 것이 없어서 미치기 일보 직전이었지만 그래도 지몬에게 그럴 수 있는 충분한 시간을 주고 싶었다.

그래서 한나는 리자의 전화번호를 눌렀다. 통화가 되고 그녀의 지시대로 아무것도 하지 않고 조용히 숨을 들이쉬고 내쉬었지만 두려움은 가시지 않았다. 오히려 더 심한 공포가 몰려와 한나는 정신이 혼미하고 어지러웠다.

"좀 나아졌어?" 리자가 궁금해 했다.

"으으으…… 아니……."

"진정해 한나. 지금 당장 너에게 갈게, 알았지? 시간이 좀 걸리겠지만 가능한 빨리 갈게!"

"아니……."

"이따 봐!" 리자는 전화를 끊었다.

한나는 복도에서 기다시피 침대로 돌아가 머리끝까지 이불을 덮었다. 그리고 기다렸다. 이 끔찍한 공포가 사라지기를. 그리고 리자가 나타나기를.

23

요나단
1월 3일 수요일, 17:04

"누구 있어요?" 요나단은 팔을 휘저어 자세를 잡으면서 깜짝 놀라 물었다.

"그래, 이 거지야!" 어둠 속에서 남자 목소리가 들렸다. "여기 있다! 방금 당신이 내 머리 위로 뛰어내렸잖아!"

"미안합니다!" 요나단이 사과했다. "그런데 누구십니까?" 눈을 깜빡거렸지만 어두워서 아무것도 보이지 않았다.

"그보다는 당신이 내 컨테이너에 들어온 이유가 더 궁금하오만?"

"그쪽 컨테이너라고요?"

"됐고!" 바스락거리는 소리가 들리더니 바로 옆에서 움직임이 느껴졌다. 갑자기 피하다가 컨테이너 외벽에 "쿵" 부딪혔다. "이런 빌어먹을!" 남자는 짜증을 냈다.

"미안합니다." 부딪힌 쪽은 요나단이었지만 그래도 사과했다. "이 안에 누가 있을 줄은 몰랐어요." 그는 초조

215

하게 헛기침을 했다. "흔한 일은 아니잖아요. 안 그렇습니까? 게다가 저는 그냥 실수로 떨어졌는데……."

"거 참 시끄럽네." 퉁명스러운 목소리가 말을 끊었다. 이제야 그의 옆에서 몸을 일으키는 형체가 어렴풋이 보였다.

"저기, 좀 심한 거……."

"아니, 전혀!" 머리가 요나단의 옆을 쓱 스치더니 컨테이너 입구를 향했다. 신음과 아스팔트 위에 신발이 닿는 둔탁한 소리가 이어졌다. 이 폐지 컨테이너함 속에 누구와 함께 있었든지 간에 그는 이제 밖으로 나간 상태다.

요나단 역시 흔들거리는 바닥에도 불구하고 두 발로 서는 데 성공했다. 그는 양손으로 뚜껑 가장자리를 잡고 상체를 밖으로 내밀었다. 컨테이너 앞에 선 남자가 보였다. 남색 군복코트를 걸친 그는 요나단을 적대적인 눈빛으로 쳐다봤다.

"안녕하시오!" 요나단은 여전히 컨테이너 가장자리에 매달린 채 가능한 밝은 목소리로 인사하며 남자에게 손을 내밀었다. 그러나 컨테이너 동지는 손을 외면한 채 더 언짢은 눈빛으로 쳐다보았다. "할 수 없죠." 요나단은 민망함을 감추고 컨테이너에서 빠져나오려 애썼다. 하지만 생각보다 만만하지 않았다, 들어올 때보다 입구가 어쩐지 더 좁아진 느낌이었다.

남자는 한동안 요나단의 처절한 몸짓을 지켜보다가 한

숨을 쉬며 한 발짝 다가가 손을 내밀었다.

"고맙습니다." 요나단은 손을 잡았고 남자는 그를 밖으로 끌어내주었다. "매우 친절하시네요." 요나단은 다시 두발로 땅을 딛고 서서 민망해하며 옷에 묻은 먼지를 털어냈다. 온몸에서 피자 냄새가 진동하는 듯했다. 오염된 종이는 일반쓰레기통에 버려야 한다는 사실을 사람들은 정말 모르나?

"뭘 그런 걸 가지고." 남자가 멋쩍게 대꾸했다. 이제 제법 온화한 미소를 지은 그는 훨씬 호의적으로 보였다. 희끗희끗한 까칠한 수염에 길고 흰 머리를 묶은 모습이었다. 안색은 창백하고 생기 없어 보였으며 입고 있는 긴 코트는 헌옷수거함에서 찾았는지 낡고 닳아 있었다. 남자는 적어도 오십대 후반으로 보였다. 얼굴에 깊게 패인 주름으로 미루어 보아 결코 젊다고 볼 순 없었다. "그렇지만 당신 때문에 아깐 정말 놀랐소."

"저도 마찬가지입니다!" 그는 재차 오른손을 내밀었다. "요나단 그리프라고 합니다."

남자는 잠깐 머뭇거리더니 손을 내밀어 악수했다. 손아귀 힘이 좋았다. "레오폴트라고 하오."

"레오폴트라고요? 흔치 않은 이름이네요! 특히 이곳 북부지방에서는 말입니다. 남부 독일이라면 몰라도!"

"친구들은 레오라고 부르지." 그는 히죽거렸다. "그러니 당신은 나를 레오폴트라고 부르쇼."

"네!" 요나단은 선뜻 대답했다. 조금 지난 후에야 남자의 말을 제대로 이해했다.

"그런데 내 컨테이너에는 무슨 일로 들어왔소?"

"뭘 좀 찾느라고요."

"뭘?"

"서류를 찾고 있었어요. 별로 중요한 건 아니지만." 요나단은 별 것 아니라는 손짓을 했다. 이상한 남자한테 굳이 더 자세한 얘기를 하고 싶진 않았다.

"그래도 안개가 자욱한 밤에 누군가의 머리 위로 떨어질 정도로는 중요한 모양이군."

"밤이 아니라 아직 저녁이고요." 요나단이 지적했다. "그리고 그쪽이 컨테이너 안에 있을 줄은 전혀 몰랐어요." 그는 노골적으로 호기심을 드러내며 남자를 빤히 쳐다보았다. "왜 거기 있던 겁니까?"

"왜겠수? 몸을 덥히고 있었지."

"폐지 컨테이너 안에서요?"

남자는 고개를 끄덕였다. "종이가 몸을 따뜻하게 데워주거든."

"집에 가면 되잖습니까?"

레오폴트는 요나단이 놀랄 만큼 큰 소리로 껄껄 웃었다. "정말 재밌는 양반이구만! 어느 병원에서 탈출했소?"

"무슨 말입니까?"

"아니오!" 남자는 눈물을 닦았다. "그게 말이지." 그는 웃느라 숨을 헐떡거렸다. "내가 소유하고 있는 대저택이 지금 리모델링 공사 중이라 들어갈 수가 없어서."

"네?" 요나단은 남자를 미심쩍게 쳐다보았다. 왠지 그를 놀리고 있다는 느낌을 지울 수 없었다.

"이보쇼!" 레오폴트는 곧 그의 의심을 풀어주었다. "대체 어느 별에서 왔소? 내 형색을 좀 보라고! 노숙자잖아!"

"아." 요나단 N. 그리프는 할 말이 없었다. 그저 자신이 한없이 멍청하게 느껴졌지만 남자에게 그 생각을 들키고 싶지는 않았다.

"그렇소!" 레오폴트는 고개를 끄덕였다. "그리고 오늘처럼 특히 추운 날에는 컨테이너 안에서 잠깐씩 잠을 청한다오."

"위험하지 않습니까? 그쪽이 자고 있는 동안 컨테이너를 수거하러 올 수도 있잖아요."

"그렇지." 레오폴트가 검지로 자기 관자놀이를 톡톡 쳤다. "하지만 모든 수거시간이 이 안에 들어 있거든."

"아, 다행이네요."

"하지만 내 머리 위로 누군가 뛰어들지는 미처 예상 못 했소."

"아까 말씀드렸듯이 미안합니다."

"됐소. 다치지 않았으니까."

"다행입니다."

"당신이 찾는다는 물건은 이제 어쩌려고?"

요나단은 어깨를 으쓱했다. "모르겠어요. 맨 위에 있을 줄 알았는데 말입니다."

"흐음. 내가 조금 전에 집처럼 편하게 쉬려고 자리를 잡으면서 종이들을 많이 휘저어놓은 모양일세."

'집처럼 편하게'라는 말에 요나단은 웃음이 나올 뻔했다. 그러면 폐지 컨테이너와 이 표현을 절대 연관시키지 못했을 것이다.

"혹시 손전등 있소?" 레오폴트가 물었다.

"네. 집에 있어요." 요나단은 길 건너편에 있는 자기 저택을 가리켰다.

레오폴트는 알 수 없는 소리를 냈다. "와우! 저기 살고 있소? 나쁘지 않군!"

"아, 네." 이 사람에게 아무렇지 않게 집을 알려준 것이 실수였을까 하는 생각이 퍼뜩 들었다. 혹시……

"제안 하나 하지." 레오폴트가 생각에 잠긴 요나단을 깨웠다. "가서 손전등을 가져오시오. 내가 다시 컨테이너 안으로 들어가서 서류를 찾아볼 테니 당신은 불을 비춰주고."

"글쎄. 잘 모르겠네요." 요나단은 망설였다.

"그럼 별로 중요한 서류가 아니라는 말이 맞는 모양이군."

요나단의 머릿속에는 또다시 〈함부르크 신문〉에 실릴 머리기사가 떠올랐다. "중요해요." 요나단이 마지못해 말했다. "그쪽을 성가시게 하거나 시간을 빼앗지 않으려고 그래요."

"성가시지 않소. 그리고 내가 유일하게 많이 갖고 있는 것이 시간이오."

조금 더 생각을 해보던 요나단은 결국 레오폴트의 제안을 감사하게 받아들이고 지하실에 있는 손전등을 가지러 집으로 갔다.

다시 돌아왔을 때 레오폴트는 이미 컨테이너 안에 들어가 손을 흔들었다.

"좋소." 레오폴트가 말했다. "이제 어떤 걸 찾으면 되겠소?"

"숫자가 잔뜩 적혀 있는 서류 더미를 찾으면 됩니다."

"좀더 구체적인 단서는?"

"군데군데 빨간 펜으로 표시되어 있습니다."

"알았소. 그럼 한번 잠수해서 찾아보리다." 그는 말하자마자 컨테이너 깊숙한 곳으로 사라졌다. 요나단은 손전등을 들고 가능한 안쪽으로 몸을 숙여 빛을 비춰주었다.

"그래, 바로 거기." 레오폴트의 둔탁한 목소리가 들렸다. 곧이어 "윽, 더러워!"라는 말이 들리더니 바나나껍질이 휙 날아와 요나단의 왼쪽 귀를 살짝 스치고 지나갔다. "음식물 쓰레기를 여기 버리는 사람들은 정말 파렴치한이라니까!" 레오폴트가 역정을 냈다. 요나단도 동의했다. 피자가 묻은 상자까지는 이해할 수 있었지만 이곳에 음식물 쓰레기라니, 정말 몰지각한 행동이다. 요나단은 이 남자에게 더 호감을 느꼈다. 해도 되는 일과 해서는 안 되는 일에 대해 그와 견해를 같이하는 듯했다.

"이거요?" 레오폴트가 투입구 사이로 구깃구깃한 종이를 내밀었다. 요나단은 받아들고 들여다보였다.

"네!" 요나단은 환호했다. "맞아요! 하지만 일부입니다."

"잠깐. 더 있소." 바스락거리는 소리가 나더니 레오폴트는 다른 종이들을 요나단의 코밑에 들이밀었다.

"다 맞아요. 제대로 잘 찾고 계십니다!"

"자네." 레오폴트가 숨을 헐떡거리며 입을 열었다. "내가 지금 자네를 위해 쓰레기통까지 뒤지고 있는 마당에 이제부터 말을 놔도 되겠지?"

"그러세요." 레오폴트가 이미 한참 전부터 말을 놓았다는 사실은 굳이 언급하지 않았다.

"얼마나 더 찾아야 하나?"

"모르겠어요. 페이지가 적혀 있으니 제가 한번 살펴볼게요." 그는 손전등을 들고 있던 손을 밖으로 빼서 종이 위를 비췄다.

"어이!" 레오폴트가 항의했다. "불 켜!"

"잠깐만요. 저도 불 없이는 아무것도 안 보여요." 요나단은 손전등을 입에 물고 구겨진 종이에 적힌 페이지를 찾아보았다. 12장 중 3번 페이지라고 오른쪽 아래에 적혀 있었다. 그는 정리하기 시작했다. 1, 2, 3, 4……

8,9,10,12. "아직 네 페이지가 없어요!"

"그럼 어서 다시 불을 비춰 봐!"

요나단은 다시 컨테이너 속으로 불을 비춰주고, 레오폴트는 기어 다니며 폐지들을 뒤졌다. "이 고생을 하는데 이 서류가 자네에게 정말 중요하기나 했으면 좋겠군."

"중요해요." 요나단이 그를 안심시켰다.

"그런데 왜 여기 들어 있는 거지?" 레오폴트가 씩씩거리며 물었다. 페트병 하나가 요나단의 머리 옆을 스치며 날아갔다.

"실수로요." 그는 옆으로 피하며 말했다. "그리고 밖으로 뭘 던지기 전에 미리 알려주면 안 돼요?"

"미안." 레오폴트가 히죽거린다는 것을 알았다. "조심하지." 말이 끝나자마자 곧장 베개가 날아오고 "아이쿠!" 소리가 뒤따랐다.

"이건 갖고 계시는 편이 좋겠네요." 요나단은 농담을 하며 베개를 다시 컨테이너 안으로 던져버렸다. "밤에 훨씬 더 편안하게 잘 수 있겠어요."

"필요 없어." 레오폴트는 투입구로 머리를 내밀며 의기양양한 표정으로 구겨진 나머지 네 장을 들어 올렸다. "내가 오늘밤은 아주 따뜻한 곳에서 잘 자격이 있다고 생각하는데?"

"네?" 요나단은 고마워하며 종이들을 받았다. "어디서 주무시려고요?"

레오폴트는 활짝 미소를 지었다. "알아맞혀 봐!" 그는 턱으로 건너편 요나단의 저택을 가리켰다.

"아니오!" 요나단 N. 그리프는 곧바로 소리치려 했다. "절대 안 돼요!"

하지만 문득 사라스바티의 말이 떠올랐다.

그래서 이렇게 대답했다. "네. 물론이죠!"

24

한나
15일 전,
12월 19일 화요일, 23:52

20분 후 도착한 리자가 초인종을 누르자 한나는 간신히 문을 열었다. 리자를 보자마자 한나는 울면서 쓰러지듯 안겼다.

"한나!" 리자는 깜짝 놀라 쓰러지려는 한나를 받았다. "대체 왜 그래?"

대답도 못한 채 한나는 계속 울면서 좋아하는 사람의 품에 안긴 포근함에 위안을 받았다. 엄마의 팔에 안겨 보호를 받는 어린아이처럼.

"너무 오래 걸려서 미안해. 그게……."

"쉿." 한나는 겨우 입을 떼며 리자의 말을 끊었다. 그게 문제가 아니다. 리자가 지금 이 순간 곁에 있다는 사실이 중요했다.

"무슨 일이 있었는지 얘기할 수 있겠어?" 리자는 조심스럽게 물으며 한나의 머리를 쓰다듬었다.

"그럴게." 한나는 끄덕이며 울먹거렸다.

리자는 그녀를 부축해서 소파에 앉혔고 바짝 붙어 앉아 함께 이불을 덮었다. 한나는 레스토랑에서 있었던 일을 이야기했고 리자는 가만히 듣고 있었다. 말이 입 밖으로 술술 나왔고 점점 빨라져 마치 봇물 터지듯 흘러나왔다. 의사들이 지몬에게 암 진단을 내렸고, 일 년을 넘기기 힘들 것 같고, 더는 검사 받는 것도 무의미하니 거부하겠다는 지몬의 결심에 대해서. 이런 상황에서 한나를 곁에 둘 수 없어 이별을 선언한 것도. 어머니가 겪은 고통을 한나에게도 지우고 싶지 않아한다는 얘기도.

한나는 친구에게 자신이 지금 느끼는 두려움도 솔직하게 고백했다. 그녀도 언젠가는 죽을지 모른다는 공포심에 사로잡혔고, 그런 생각이 든 것만으로도 부끄럽다며, 정말 너무 부끄럽다고 털어놓았다.

"그건 지극히 정상이야." 리자가 차분히 달랬다. "그런 생각을 했다고 해서 네가 몹쓸 사람이 아니라고." "그렇게 생각해?" 한나가 기어들어가는 목소리로 물었다.

"당연하지!" 리자가 용기를 주었다. "누구나 마찬가지야. 고속도로에서 끔찍한 교통사고를 목격하거나 신문에서 자연재앙이나 테러 사고를 읽으면 누구나 '내게도 이런 일이 일어나면 어쩌지?'라는 생각을 하게 마련이잖아. 아니면 더 심한 경우에는 '내가 당한 일이 아니라서 천만다행이야!'라고 생각하지."

한나는 안도의 한숨을 내쉬었다. "나를 괴물로 여기지

않고 그렇게 말해줘서 고마워! 기분이 조금 나아졌어."

"그래야지." 리자는 한나를 가까이 끌어당겼다. "지금 자기비판 같은 것을 할 때가 아니야. 안 그래도 힘든 상황인데."

"그래도 그런 생각을 했다는 것 자체가 너무 창피해."

"아까 말했듯이 네가 창피해할 이유는 전혀 없어."

"아주 사소한 일에도 늘 사과하고 항상 죄책감을 느끼는 네가 그런 말을 하다니."

"맞아." 리자는 웃었다. "하지만 네 말처럼 대부분 아주 사소한 일이야."

"하지만 이건 사소한 일이 아니잖아."

"그 말도 맞네."

한나는 한숨을 쉬었다. "지몬이 내게 청혼하기 위해 로맨틱한 저녁을 준비한 줄 알았어. 삶이 끝날 때까지 그와 함께하겠냐고 물을 줄 알았다고. 그런데 지몬의 삶이 끝난다는 얘기일 줄을 내가 어떻게 알았겠어? 그 끝이 바로 코앞에 다가와 있다면서!"

"그만!" 리자는 단호한 표정을 지었다. "누구의 인생이 언제 끝날지는 아직 아무도 몰라!"

"지몬한테 그렇게 좀 말해줘! 그는 지금 자기 묫자리하고 묘석까지 고르려는 참이야."

"전화번호 줘. 내가 전화할게."

"절대 안 돼!"

"말하라며?"

"그래…… 하지만 안 돼." 한나는 횡설수설했다. "지금 지몬은 완전히 충격에 빠져 있어. 조금이라도 잘못 건드리면 무슨 짓을 할지 몰라."

"그게 무슨 말이야?"

"나도 잘 모르겠어." 한나는 얼빠진 모습이었다. 지몬이 다리 이야기를 했던 것이 떠올랐다. "어쨌든 지금 지몬한테 그런 얘기를 하는 것은 안 좋을 것 같아. 그리고 내가 너한테 이런 얘기를 했다는 것을 좋아할지 모르겠어."

"좋아할지 모르겠다고?" 리자는 어이없는 표정을 지었다. 믿을 수 없다는 격앙된 표정이었다.

"굉장히 사적인 일이잖아." 한나가 애써 설명했다.

"여기서 '사적'이라는 말이 가당키나 해?"

"혹시 부끄러워할 수도 있고……."

"뭐가 부끄럽다는 거야?" 리자가 말을 끊었다. "네 남자친구는 암에 걸렸지 은퇴 노인을 상대로 강도짓을 한 게 아냐!"

"리자, 내 말이 무슨 뜻인지 잘 알잖아."

"그래, 알아." 리자는 결연하게 고개를 끄덕였다. "너 나한테 전화 잘했어! 지몬은 무엇을 기대한대? 그런 청천벽력 같은 얘기를 했는데 네가 그냥 어깨만 으쓱하면서 아무 일 없었다는 듯 평소처럼 지내기를 바랄까? 아니면 본인이 나이든 코끼리처럼 자기 죽을 자리를 찾는 동안 네가 당장 온라인 데이트 사이트에 신상을 올리길 바랄까?"

"그런 말은 안 했어."

"그런데 너는 나한테 얘기한 걸 지몬이 좋아할지 모르겠다고 고민하잖아. 그리고 솔직히 말해서 그런 고민들은 나한테 어울리지 너한테는 어울리지 않아!"

한나는 미소를 지었다. "그러네."

"내 말이 그 말이야!"

"그래도 내가 어떻게 해야 할지 모르겠어. 내가 할 수 있는 것이 뭔지 모르겠어."

"정말 어려운 질문이야." 리자도 수긍했다. "너무 심하게 압박하면 오히려 튕겨나갈 거라는 네 말은 일리가 있어."

한나는 혼란스러워하며 리자를 비통한 표정으로 쳐다보았다. 그러더니 갑자기 화를 냈다. "어떻게 다른 검사들을 다 거부할 정도로 그렇게 고집불통인지 도무지 이해가 안 돼! 스스로 진단 내리고 다 끝났다고 여기다니! 내가 지몬이라면 이미 전 세계에서 열 손가락에 꼽히는 종양내과 전문의는 다 연락해봤을 거야. 그런데 지몬은 아무것도 안 하고 체념하고 운명에 순응하며 손 놓고 있잖아!"

"글쎄, 지몬이 심사숙고하려는 건 이해해."

"심사숙고할 게 뭐 있어? 만약 지몬 생각처럼 심각하

다면 지금 하루하루가 급하잖아!"

"내 생각은 달라." 리자가 말했다. "지몬이 걱정하는 것처럼 그렇게 상태가 안 좋다면 곧바로 전문가를 찾아가지 않는 것도 이해할 수 있어."

"이해할 수 있다고?" 한나는 눈썹을 치켜 올렸다. "설명이 필요해!"

"우선 지몬은 부모님 때문에 암과 관련된 정말 끔찍한 경험들을 했어."

"암과 관련해서 좋은 경험을 한 사람은 없겠지." 한나가 끼어들었다.

"그리고." 리자는 개의치 않고 말을 이었다. "자세히 알고 싶지 않은 것들이 있다는 것도 충분히 이해해."

"지몬처럼 이렇게 심각한 경우에도?"

"어쩌면 불확실성의 여지를 남겨놓은 것을 더 원하지 않을까?"

"불확실성을 남겨놓는다고?"

"그럴 수 있잖아!" 리자가 말했다. "조직검사를 거부하면 말이야, 생각보다 상태가 심하지 않을 때 의학의 도움을 받을 수 있는 기회를 놓치게 돼. 하지만 동시에 '죄송합니다. 저희가 더는 할 수 있는 일이 없습니다. 돌아가세요. 가망이 없습니다' 라는 말을 듣게 될 위험성도 피할 수 있어. 생각해봐. 그렇게 함으로써 지몬은 명백한 사형선고를 받을 위험으로부터 도망가는 거야."

한나는 또 울음을 터트렸다.

"미안해, 정말!" 리자는 손바닥으로 자기 이마를 쳤다. "난 정말 바보멍청이야! 왜 그런 말을 했지?"

"아냐. 네 말이 맞아." 한나는 양손으로 얼굴을 비비며 씩씩하게 미소를 지으려 애썼다. "그냥 지금 현실을 좀 받아들이기가 힘들어서 그래. 나는 어둠 속을 헤매기보다는 어떤 상황인지 정확하게 아는 것을 좋아하니까. 그래야 상황에 맞게 대처하고 행동할 수 있잖아."

"음, 네가 그렇게 결정할 거라고 확신해? 너는 한 번도 그런 상황에 처한 적이 없잖아."

"그래도 확실해." 한나는 조금도 망설이지 않고 대답했다. "나는 알고 싶을 것 같아."

리자는 자기 생각을 느리고 집요하게 얘기했다. "만약 누군가 너의 미래를 백 퍼센트 확실하게 예언할 수 있다고 가정해보자……."

"그건 불가능해."

"가정이야. 그리고 그 사람이 네가 몇 날 며칠에 죽을지 알려준다고 쳐. 정말 그걸 알고 싶어? 아니면 어느 날 갑자기 예고 없이 맑은 하늘에 날벼락처럼 죽음을 맞이하고 싶어?"

"정말 어려운 질문이야!"

"하지만 지몬은 지금 그 질문에 직면해 있어."

"꼭 그렇지는 않아." 한나가 반박했다. "지몬은 자기가 아픈 것을 알고 있으니까 날벼락같이 갑자기 죽는 건 아니잖아."

"그래도 암 진단은 맑은 하늘에 날벼락처럼 느껴질 거야."

"맑은 하늘이 아니라 구름 낀 하늘이겠지. 지몬은 몇 달 전부터 상황이 별로 좋지 않았어. 육체적으로 정신적으로나."

"그게 무슨 말이야? 설마 지몬이 몇 달 전부터 상태가 계속 안 좋아서 이런 충격에 더 잘 준비되어 있다는 뜻이야?"

한나가 경악한 표정으로 쳐다보자 리자는 손사래를 쳤다. "지금 그렇게 생각하는 거잖아, 안 그래? 내 질문을 생각해봐."

"알았어." 한나는 마지못해 대답했다. 이번에도 오래 생각할 필요가 없었다. "나는 무슨 일이 있어도 알고 싶을 것 같아." 한나가 힘주어 말했다. "그러면 남은 시간을 의식하면서 마지막 날까지 하루하루를 소중히 여길 수 있을 것 같아. 주변 정리를 하고 사랑하는 사람들에게 작별인사를 하거나 세계여행을 떠날 수도 있겠지. 마지막으로 성대한 파티도 열고."

"좋아. 그럴 줄 알았어. 너는 원래 그런 아이니까."

"그런 아이라니?"

"실용주의자."

"실용주의자?"

"항상 시선은 앞을 향하고 주눅 들지 않고 최선을 다해 긍정적인 것을 끌어내려는 태도 말이야. 하지만 이 세상에는 다양한 사람들이 있고 지몬은 다른 길을 선택한 것 같네."

"지몬은 길을 선택한 것이 아니라 그냥 멈춰버렸어!"

"아무것도 하지 않는 것도 선택이야."

한나는 놀란 표정으로 리자를 쳐다보았다. "언제부터 그렇게 힌두교 구루처럼 얘기하게 된 거야?"

리자의 얼굴이 빨개졌다. "그게, 음, 최근 어디에선가 읽었어."

"어디서? 〈오늘의 영적 세계〉 뭐 이런 거?"

"빈정거리지 마! 난 단지 너를 도우려는 거야."

"미안. 그런 뜻은 아니었어." 한나는 화해의 몸짓으로 리자의 옆구리를 살짝 쳤다.

"원래 사과하는 것은 내 역할이야." 리자도 한나의 옆구리를 툭 쳤다. "그리고 '위기는 기회다' 같이 그럴듯한 말을 좋아하는 건 너잖아. 난 너를 따라한 거라고."

"하! 하!"

두 사람은 한동안 서로를 쳐다보며 웃기만 했다. 친구가 와줘서 고마웠다. 그렇다고 엿 같은 상황이 나아지진 않았지만 조금은 견딜 만했다.

"너는 어때?" 한나가 궁금해 하며 물었다. "네가 언제 죽는지 알고 싶어?"

"모르겠어. 생각 안 해봤어."

"쳇!." 한나는 과장되게 눈동자를 굴린 후 친구를 향해 집게손가락을 들어올렸다. "그렇게 어물쩍 넘어갈 생각 하지 마. 너도 내 질문에 대답을 해야지."

"꼭 그래야 돼?"

"그럼."

"좋아. 한 번 생각해보자." 리자는 소파에 기대어 눈을 감고 생각에 잠겼다. 오랫동안, 아주 오랫동안.

"자?" 한나가 더 기다리지 못하고 물었다.

"아니." 리자는 눈을 떴지만 계속 침묵하면서 천장을 뚫어지게 응시했다.

"그렇게 어려운 질문이야?" 리자가 2분이 지나도 입을 열지 않자 한나가 툴툴거렸다. "넌 지금 괜히 시간만 흘려보내고 있어."

마침내 리자가 한나를 향해 몸을 돌리며 심각한 표정으로 말했다. "아니." 그리고 천천히 고개를 저었다. "나는 내가 죽을 날짜를 알고 싶지 않아, 절대로. 누가 만약 얘기해주겠다고 한다면 못하게 할 거야. 다른 사람이 언제 죽을지도 알고 싶지 않아. 네가 언제 죽을지 안다면 정말 끔찍할 것 같아. 아니면 우리 부모님이 언제 죽는지."

한나는 방어하듯 양손을 들었다. "그렇게 정색할 필요 는 없잖아! 걱정 마, 난 알려줄 수 없으니까."

"미안."

"뭐가 또?"

"내가 정색했다고 느꼈다면 말이야."

"괜찮아." 한나가 안심시켰다. "나는 네가 갑자기 그렇게 심각해지니까 이상해서 그래."

"심각한 주제야."

"그냥 생각만 해보자는 거지. 어차피 우리한테 죽을 날짜를 예언해줄 수 있는 사람은 없잖아."

"그렇지." 리자가 동의했다. "그럴 수 있는 사람은 없지."

"그러면 그런 표정 짓지 마. 무섭잖아!"

"미안…… 다른 것 좀 생각하느라."

"무슨 생각?"

"말할 수 없어."

"왜 없는데?"

"말하기 껄끄러워서 그래. 민망하기도 하고."

"네가 그러니까 더 궁금하잖아."

"미…… 그럴 의도는 아니었어."

"리자 바그너!" 한나는 엄한 눈초리로 쳐다보았다. "오늘 저녁 나한테 청혼하리라 기대했던 너무나 사랑하는 애인이 곧 죽을 것 같다고 해서 지금 우리가 지금 이렇게 같이 앉아 있잖아! 그런데 네 인생에 뭔가 민망한 것이 있다고 내가 널 놀릴 힘이나 있겠니?"

"미안해." 리자는 미안한 표정을 지었다.

"그만 미안해하고 어서 말해!"

"그래, 좋아." 리자가 결국 손을 들었다. "예전에 카드 점을 보는 점술가가 내가 죽는 날짜를 알려주겠다고 한 기억이 떠올라서. 정말 끔찍한 기억이거든."

"뭐라고?" 한나는 놀란 표정으로 쳐다보았다. "네가 카드 점술가를 한 번 찾아갔다고?"

"한 번은 아니고." 리자는 당혹스러워 보였다. "솔직히 말하면 정기적으로 찾아가."

요나단

1월 3일 수요일, 17:46

"정말 환상적인 집이군!" 레오폴트는 현관에 서서 감탄하는 눈길로 두리번거렸다. "여러 집을 둘러봤지만 이 집은 청소기를 돌리지 않고 곧바로 잡지 촬영을 해도 되겠어."

"고맙습니다." 요나단은 뿌듯함, 당혹감 그리고 근심이 섞인 심정이었다.

뿌듯함을 느끼는 이유는 당연했다.

당혹감을 느끼는 이유는 낡은 군복을 입은 남자 앞에게 자신이 역겹게 잘난 척하는 것 같아서다. 굶주리고 있는 사람들 앞에서 아무렇지 않게 코스 요리를 맛있게 먹는 대식가처럼. 그러면서 먹지 않는 음식은 곧장 쓰레기통에 던져버리는 그런 사람처럼.

가정부는 매주 문 옆에 놓인 커다란 화병에 신선한 아마릴리스 한 다발을 예쁘게 꽂아놓는데(티나가 있을 때부터 전통으로 자리 잡았고 요나단이 계속 이어나갔다), 그 화병 가격이면 레오폴트가 한 달 동안 고급호텔에서 편하게 묵을 수 있다.

테라코타로 만든 바닥타일은 당연히 이탈리아 장인이 만든 제품이었고 2층으로 향하는 계단에 깔린 수공예 카펫은 수대에 걸쳐 전해 내려오는 귀한 물건이라 요나단은 감히 가격을 짐작조차 할 수 없었다.

조금 전 실수로 폐지 컨테이너 안에서 만난 이 남자 옆에 서 있는 이 순간만큼 자신의 부를 의식한 적이 없다. 이렇듯 '불편하게' 의식한 적이 없단 소리다.

바로 이런 상황이 요나단 N. 그리프를 근심하게 만들었다. 집으로 초대해달라는 남자의 제안에 즉흥적으로 대답한 것이 큰 실수는 아닐까?

낯선 사람 게다가 노숙자를 집으로 데려온 건 너무 무모하고 위험한 일 아닌가? 물론 레오폴트는 호감이 가지만, 그렇다 한들 자다가 목에 칼 맞으면 무슨 상관이겠는가? '여러 집을 둘러봤지만?' 무슨 뜻이지? 혹시 상습적으로 순진한 사람들을 꾀어서 집에 얹혀 지내는 약삭빠른 노숙자인가? 그러다가 결국 집에서 쫓아내기 힘든 그런 부류의 사람은 아닐까?

그는 의도하지 않았던 남자의 방문을 가급적 티 나지 않게 되돌리며 내보낼 수 있는 방법이 없을까 열심히 머리를 굴렸다.

그의 눈길은 창밖을 향했다. 출입구 조명에 눈송이가 춤을 추며 악화된 날씨를 알렸다. 안 되겠어, 차마 그럴 수는 없어. 레오폴트가 지금 요나단이 손에 든 서류를 찾는 데 혁혁한 공을 세운 것은 사실 아닌가.

오늘 밤 침실을 잘 잠그고 자면 괜찮겠지. 그럼 레오폴트는 기껏해야 귀중품 정도만 들고 도망칠 게다. 살해당하는 것보다는 그게 낫지.

아니면 레오폴트가 자는 방문을 밖에서 잠글 수도 있다. 그가 잠들자마자 몰래. 예전에 티나가 쓰던 손님방에는 화장실이 딸려 있어 문을 잠그더라도 급한 볼일은 볼 수 있다. 하지만 그건 너무 비우호적인 행동 같았다. 같은 게 아니라 실제로 비우호적인 행동이다. 말이 그렇지 '감금'이라는 표현이 더 적절하다.

"내가 맞춰봐?" 레오폴트의 말소리가 들렸다.

"네?" 자기 생각에 푹 빠져 있던 요나단은 어리둥절한 표정으로 손님을 쳐다보다가, 자신이 아마 한참이나 말 없이 고민하며 현관에 서 있었다는 사실을 깨달았다.

"지금 어떻게 하면 나를 떼어버릴 수 있을지 머리를 굴리고 있지?"

"아닙니다!" 요나단은 격렬하게 부인했지만 얼굴은 이미 벌게졌다.

"맞잖아." 레오폴트가 얼른 받아쳤지만 마음 상해하기보다는 오히려 재밌는 표정이었다. "자네 얼굴에 그렇다고 똑똑히 쓰여 있다고. 그 점 나도 충분히 이해하네." 그는 현관문 손잡이에 손을 올렸다. "그럼 난 이제 그만……."

"아니에요!" 자기 생각이 얼굴에 그대로 읽힌다니 너무 민망했다. "절대 아니라니까요!" 그는 비굴하게 보일 정도로 옷걸이를 가리켰다. "여기다 옷을 벗어두시고 편히 계세요!"

레오폴트의 얼굴에서 즐거운 표정이 사라졌다. 그는 주저하며 현관문 옆에 걸린 재킷과 자기의 코트를 수줍게 바라보았다. "그래도……괜찮을까? 내 옷은 많이 더럽고……."

"상관없어요." 요나단은 설득력 있게 들리도록 노력하며 대답했다. "그냥 빈 옷걸이 아무데나 걸어두세요. 그런 다음에 오늘 묵을 방을 보여드릴게요."

"방을? 소파에서 자도 충분해. 심지어 바닥도 천국인데 뭐!"

"원하시면 손님방 바닥에서 주무셔도 돼요."

"아니야. 사실 침대에서 자는 걸 아주 좋아한다구." 레오폴트는 얼른 코트와 부츠를 벗었다. 엄지발가락 두 개가 모두 나와 있는 양말을 본 요나단은 침을 삼켰다. 노숙자에게 뭘 기대한 거야? 자신처럼 최고급 소재의 후고 보스 신사 양말?

요나단은 신발장 왼쪽 문을 열어 슬리퍼를 꺼냈다. "자요." 그는 손님에게 슬리퍼를 내주었고 얼른 받아 신은 레오폴트는 구멍 난 양말에 대한 언급은 피했다. "그럼 이제 방에 들어갈까요."

레오폴트와 함께 전처의 방에 들어가는 기분은 묘했다. 그는 몇 년 동안이나 이곳에 발을 들이지 않았다. 가정부만 몇 주에 한 번 청소할 뿐이었다. 이혼 후 요나단은 이 방을 '손님방'이라고 정해 깨끗한 시트를 준비하고 딸린 욕실에도 깨끗한 수건을 준비해 누구든 자고 갈 수 있도록 만반의 준비를 했지만 여기서 자고 간 사람은 한 명도 없었다. 요나단은 함부르크에서 나고 자랐을 뿐 아니라 3주 이상 이곳을 떠난 적도 없었기 때문에 그를 찾아올 만한 다른 도시나 나라에 사는 사람이 없었다. 설령 아는 사람이 있다 해도 요나단처럼 타인의 사적인 공간에서 신세지기보다는 호텔을 더 선호할 것이 분명하다.

외가와의 교류는 어머니가 이탈리아로 돌아가면서, 그리고 그가 마지막 엽서를 보낸 이후로 완전히 끊어져서 이탈리아의 친척들이 방문할 리도 없었다. 요나단은 이탈리아에 어머니의 여동생이 산다는 것을 알고, 어렸을 때 몇 번 본 적도 있다. 하지만 지금은 이모의 이름조차 가물가물했다. 지나였나? 니나?

어쨌든 요나단은 티나의 방에 들어갈 이유가 없다. 거기 말고도 요나단이 지낼 공간은 충분했다. 그래서 레오폴트와 함께 전처가 꾸며놓은 알록달록한 퀼트 세상 한가운데 선 기분이 묘했다. 그녀의 영혼이 아직 벽에 깃든 것 같고 티나가 이곳에 있는 느낌이었다.

전체적으로 모던한 저택의 인테리어와는 상반되게 티

나는 자신만의 사적인 공간을 컨트리풍으로 꾸몄다. 폭이 140cm 정도 되는 침대 위에는 알록달록한 퀼트이불보가 깔려 있었고 레이스가 주렁주렁 달려 있었다. 옷장, 책장, 화장대, 의자도 티나가 직접 초크페인트로 작업해서 (DIY에 푹 빠져 있었다) 흰색 칠 아래 나뭇결이 비쳤다. 벽은 파스텔톤 복숭아 색으로 칠하고 눈높이에 꽃무늬 장식몰딩이 둘러 있고 커튼도 같은 무늬였다.

전체적으로 소녀의 분위기가 물씬 풍기는 방은 시골 호텔에서나 볼 법했다. 왼편에 있는 작은 드레스룸도 마찬가지였다. 티나가 방을 다 꾸민 후 그에게 자랑스럽게 보여줬을 때 "당신 지금 두 번째 사춘기야?"라고 말했던 기억이 떠올랐다. 그러자 티나는 울음을 터트리고 말았다. 그녀가 가장 좋아하는 레스토랑을 예약하고 엄청 비싼 목걸이를 선물해도 티나의 상한 마음을 돌릴 수 없었다.

뒤늦게야 방이 아주 예쁘다고 말했지만 티나는 진심이 아니라며 그에게 상처받았다고 쏘아붙였다. 따지고 보면 둘은 잘 맞지 않았다. 이상하게도 레오폴트에게 티나의 옛 피난처를 보여준 순간 손님방이 정말 예쁘고 아늑하다는 것을 인정했다. 그의 취향과는 거리가 매우 멀었지만 그래도 매우 포근해보였다.

"오!" 레오폴트가 감탄했다. "로라 애슐리(로맨틱 스타일을 추구하는 영국 홈인테리어 브랜드-옮긴이)가 살아 있네!"

"누구요?" 요나단이 궁금해 했다.

"로라 애슐리. 몰라?"

"한 번도 못 들어봤어요. 누굽니까?"

"아마 이런 스타일을 만든 사람일 거야. 영국 시골 귀족풍 뭐 그런 거 말이야."

"별 걸 다 아시네요."

"내가 이런 걸 아는 게 이상하지?" 그는 미소 지었다. "놀랄지도 모르지만 내가 폐지 컨테이너에서 태어난 것은 아니라고."

"아, 당연하죠!" 요나단은 얼굴이 빨개졌다. 또다시 정곡을 찔렸다. "그럼 여기서 편히 쉬세요." 민망해서 얼른 화제를 돌렸다.

"그래."

"네. 음……." 요나단은 어찌할 바를 몰라 두리번거리다가 어깨를 폈다. "부엌도 지금 보여드릴게요."

두 사람은 명품 주방가구들로 꾸민 넓은 부엌으로 들어갔다. 요나단은 손님에게 접시, 수저, 컵, 생수 상자의 위치를 알려주었다. 주스와 우유, 버터와 햄, 치즈는 냉장고에 있다고 말했다. "마음껏 이용하세요." 요나단은 빵바구니를 조리대 위에 놓았다.

"자네 정말 친절하구먼."

"뭘 이런 걸 가지고." 요나단의 대답에 둘은 마주보며 웃었다.

두 사람 사이에 어색함이 사라졌다.

하지만 금방 다시 어색해졌다.

"그럼." 요나단은 손뼉을 쳤다. "전 그만 올라가볼게요. 내일 아침에 봅시다."

레오폴트는 어리둥절하게 그를 보았다. "날 여기 혼자 내버려두겠다고?"

"네?" 요나단은 멈췄다. "더 필요한 거 있으세요?"

"아니, 그건 아닌데. 하지만 나는…… 자네하고 저녁시간을 함께 보낼 거라고 생각했지."

"우리가 저녁시간을 함께요?" 요나단이 되물었다.

레오폴트는 헛기침을 했다. "자네가 그렇게 말하니 조금 이상하게 들리기는 하네. 난 그저 우리가 같이 먹을 것도 만들어 먹고 수다도 떨고 그럴 줄 알았지. 남자들만의 대화가 있는 저녁시간 뭐 그런 거…… 자주 있는 기회는 아니니까……." 그는 조금 전 현관에서처럼 민망한 표정을 지었고 가볍게 고개를 흔들더니 시선을 떨어뜨렸다. "아니야. 됐어." 그가 중얼거렸다. "자네가 날 초대하게 만든 것만으로도 충분히 뻔뻔한데." 그는 부엌문을 향해 몸을 돌렸다. "나는 가서 샤워나 하겠네, 괜찮지?"

요나단은 그의 어깨에 손을 올렸다.

"남자들만의 대화가 있는 저녁시간이라니, 솔깃한데요?"

레오폴트는 그를 향해 몸을 돌렸다. "그래?"

"하지만 요리는 형님이 하세요. 난 햄을 넣은 계란프라이밖에 못해요."

"그럼 여기 6구 가스레인지는 왜 있는 거야?" 레오폴트는 부엌 한가운데 자리 잡은 아일랜드 레인지대를 가리켰다. "그리고 스테인리스 스틸 냄비 여덟 개하고 프라이팬 네 개는 어디에 쓰고?" 벽에 걸린 전문가용 요리도구들을 가리켰다.

요나단은 어깨를 으쓱했다. "몰라요. 하지만 근사하잖아요? 그리고 계란프라이를 하더라도 손바닥에 올려서 할 수는 없잖아요!"

"애석하구만!"

"계란프라이를 손바닥에 만들 수 없다는 사실이요?"

"아니." 레오폴트는 웃었다. "이렇게 근사한 주방이 그 가치를 모르는 사람 밑에서 썩고 있는 게."

요나단은 양팔을 활짝 펴 부엌을 가리켰다. "아까도 말했듯이 편하게 마음껏 이용하세요! mi casa es su casa(내 집은 당신 집입니다)."

"오, 이탈리어 할 줄 아나?"

"스페인어입니다." 요나단은 웃었지만 자신이 이탈리아 말도 못한다는 생각에 잠시 슬퍼졌다.

26

한나

14일 전
12월 20일 수요일, 01:01

"엉터리야. 완전 별로였어." 리자가 들려주는 점술의 세계에 한나는 흥미를 느꼈다. 친구가 몇 년 전부터 카드점을 보러 다녔다니 믿을 수 없었다. 리자는 지금껏 한 번도 그런 얘기를 한 적이 없었다.

한나는 살짝 마음이 상했다. 둘 사이에 비밀은 없는 줄 알았는데. 하지만 배신 아닌 배신감은 잠시 제쳐두고 친구 말에 귀를 기울였다. 사람은 누구나 자기만의 비밀을 가질 권리가 있고 리자도 마찬가지니까.

"내가 처음부터 눈치 챘어야 했는데." 리자는 자칭 '인생 상담가'라는 사람이 묻지도 않았는데 언제 죽는지 알려주겠다고 한 얘기를 시작했다. "참나, 자길 '미스터 매직'이라고 하는 사람한테 뭘 기대한 건지……."

"뭐? 미스터 매직?" 한나는 사레들리는 바람에 캑캑거렸다. "농담이지?"

"아니라니까." 리자가 말했다. "아주 진지했다니까."

"어쩌다가 그런 사람한테 간 거야?"

리자는 어깨를 으쓱했다. "인터넷 보고. 이름은 골 때리지만 홈페이지는 그럴듯해서 호기심에 한 번……."

"역시 인터넷이 문제라니까. 만남사이트만 봐도 알잖아. 인터넷에서 잘생기고 성공했다는 남자들 실제로 만나보면 배 나온 마마보이에 30대 후반인데도 부모 집에 얹혀사는……."

리자는 웃었다. "경험담이라면 더 자세히 말해줘!"

한나는 손사래를 쳤다. "그냥 해본 얘기야. 내 얘기 아니라고!"

"맞아. 그런 거 곧이곧대로 믿으면 안 되지!"

"그치." 한나도 수긍했다. "얘기 계속해! 점술가가 네 사망날짜를 알려준다고 했을 때 어떻게 반응했어?"

"바로 일어나서 나왔지, 뭐!"

"나도 그랬을 거야."

"조금 전엔 죽을 날짜를 아는 것이 낫겠다고 했잖아?" 리자가 말했다.

한나는 눈동자를 굴렸다. "그건 그렇지만, 카드 점술가한테 듣고 싶진 않아! 그리고 죽을 날짜를 미리 알 수 있다는 것도 안 믿어."

"나도 완전히 믿진 않아. 하지만 누군가 너한테 죽을 날짜를 알려준다면 그 순간은 불안에 휩싸일 거야."

"점쟁이 이름이 '미스터 매직'이라면 웃음부터 터질

것 같은데?"

"너는 그 자리에 없었잖아." 리자가 입을 삐죽거렸다.

"그래. 난 그런 이름을 가진 사람에겐 아예 처음부터 가지도 않아."

"지나고 나면 다 똑똑해지지. 그리고 미스터 매직 말고 다른 점술가도 많아."

"그러기를 바라."

"정말이라고." 리자가 열변을 토했다. "나는 그런 상담을 통해 많은 도움을 받았어."

"어떤 도움?" 한나는 미심쩍은 표정을 지었다.

"예를 들면 결정을 내릴 때."

"하나만 말해봐!"

리자는 잠시 생각을 해보았다. "예를 들면 우리가 꾸러기교실을 개업하는 문제를 앞두고 있을 때……."

"우리가 고민할 때 점쟁이한테 조언을 구했다고?" 한나가 말을 끊고 끼어들었다.

"인생상담가야." 리자는 입을 삐죽 내밀었다.

"그거나 그거나."

리자는 짜증 섞인 한숨을 내뱉었다. "됐어! 어차피 다 멍청한 짓이니 그만 얘기할래."

"안 돼, 제발 그러지 마! 난 재밌게 듣고 있어."

"싫어." 리자가 말했다. "더는 얘기하고 싶지 않아."

"제발!" 한나가 보챘다.

"싫다니까."

"제발, 제발, 제발! 네 얘기를 들으면 지몬 때문에 지끈지끈해진 머리를 식힐 수 있을 것 같아서 그래."

"이제 교묘한 술수까지 동원하네. 비겁하게! 그렇게 나오면 내가 어떻게 싫다고 할 수 있겠어?" 리자는 팔짱을 끼고 한나를 나무라듯 쳐다보았다.

"어서 계속해봐!" 한나가 재촉했다. "난 이제부터 아무 말도 안 할게."

"어차피 그러지도 못할 거면서."

한나는 입으로 잠그고 열쇠를 멀리 던져버리는 시늉을 했다. "흡!"

"어, 알았어." 리자가 마지못해 얘기를 시작했다. "당연히 카드 점 결과를 전적으로 의지해서 결정 내린 게 아냐. 하지만 우리가 하려는 것이 옳다는 나의 확신에 힘이 실렸어. 모든 징후들이 성공을 암시했거든."

"그 즐든네." 한나는 입을 꼭 다물고 웅얼거리자 리자가 엄한 눈빛을 보냈다.

"사실은 본인이 이미 알고 있는 대답을 스스로 하게 되는 거야. 다만 그것을 인지하지 못할 뿐이고 카드들은 그런 생각들이 드러나게 만드는 거야. 무슨 말인지 알겠어?"

한나는 고개를 끄덕였다.

"한 가지 예를 더 들어볼게." 리자의 수다 본능이 깨어났다. "너희들이 언제 내가 다시 남자친구를 만날지 궁금해 한다는 거 알아. 하지만 솔직히 말하면 그동안 남자친구를 굳이 사귀고 싶은 생각이 없었어. 내 마음 깊은 곳에서 아직 때가 아니라는 것을 알고 있었으니까. 전 남친과 헤어진 후 내겐 다른 일들이 더 중요했었어."

"그렇군." 한나가 다시 입을 열었다. "'중요했었어'라고 과거형으로 말한 걸 보니 생각이 바뀐 거야?"

"넌 여전히 발언금지 상태지만 그 말은 맞아."

"그래? 누군가를 만나게 된 거야?"

"아직 아니. 하지만 곧 생길 거야."

"곧?"

"최근 몇 년간 싱글 생활이 좋았어. 남자가 없는 게 힘들지 않았고 오히려 그 상황을 즐겼어. 원하는 것을 마음대로 할 수 있었거든. 바로 그런 것이 카드 점을 통해서 그대로 드러났고 지금 그대로가 좋다고 나왔어." 리자는 잠시 말을 멈췄다. "몇 주 전 우리가 꾸러기교실을 창업하고 나서야…… 어떻게 설명할까, 나는 너무 행복하고 좋아서 함께 기뻐할 애인이 옆에 있다면 얼마나 좋을까라는 생각을 자주 하게 됐어."

"정말?" 감동한 한나는 리자의 손을 꼭 잡았다. "네 말을 들으니 얼마나 안심이 되는지! 가끔은 너를 설득해서 사표를 내게 만든 것이 과연 잘한 일이었을까 걱정했거든. 사업이 생각보다 잘 안 될 수도 있으니까."

"정말 잘한 일이었어!" 리자는 열심히 고개를 끄덕였다. "이렇게 재밌고 멋진 일인 줄 알았다면 더 일찍 시작할걸 그랬어."

"한결 마음이 편해졌어." 한나는 씩 웃었다. "그리고 너의 점술가가 성공한다고 예언까지 해줬다니 걱정할 필요도 없겠어. 만약 우리 사업이 망한다면 점술가 탓으로 돌리면 되겠네. 구슬을 똑바로 잘 들여다보고 예언했어야지."

"카드야." 리자가 정정했다. "사라스바티는 카드로 점을 봐주는 분이야. 구슬과는 상관없다고."

"사라스바티?"

"앗." 리자가 멈칫했다. "실수로 튀어나왔네."

"내뱉었으니 다시 주워 담을 수 없지." 한나가 유쾌하게 말했다. "그런데 사라스바티라는 이름은 미스터 매직보다 이상해."

"정말 멋진 분이야." 리자가 방어모드를 취했다. "지금까지 사라스바티가 예언한 것은 실제로 이뤄졌고."

"그럼 로또 당첨번호 좀 물어봐!"

"또 시작이니?" 리자는 상처받은 듯 보였다.

"미안해. 너를 놀리려고 한 말은 아니야. 계속해! 그 사라스바티라는 여자가 너에게 곧 천생연분을 만날 거래?"

"천생연분이란 말은 없었어. 하지만 2주 전에 갔을 때 내년에 특별한 만남이 있을 거랬어."

"특별한 만남이라, 상당히 모호한 말인데."

"사라스바티는 파트너 관계와 관련된 거라고 했어."

"혹시 나를 두고 한 얘기 아닐까? 우리도 파트너잖아."

"넌 이미 오래 전부터 아는 사이니까 탈락이야." 리자가 말했다. "그리고 카드에 남자가 있었어."

"그렇군." 한나는 리자에게 윙크했다. "난 남자는 아니니까."

"그렇지. 가끔 남자처럼 행동할 뿐."

"고맙네!"

"칭찬이거든?"

"그래서 고맙다고."

두 사람은 웃다가 한나는 다시 진지해졌다. "꾸러기교실도 잘되고 네가 남자를 만난다는 좋은 점괘도 나와서 다행인데 지몬은 어떻게 하지?"

"나도 잘 모르겠어." 리자가 말했다. "일단 기다려야겠지."

"그게 너무 힘들어. 맘 같아서는 지몬의 머리끄덩이를 잡고 병원으로 끌고 가 더 검사 받게 하고 싶어."

"강요해서 되는 문제가 아니잖아. 본인이 원해야지."

"나도 알아. 하지만 지금 상황에서 삶의 용기를 잃으면 안 된다고 설득하고 싶어. 1년도 채 못 사는 것이 아니라 불필요하게 최악의 시나리오를 생각하는 거라고 말이야."

"네가 어떻게 설득시킬 수 있어? 솔직히 말하면 너도

잘 모르잖아?"

"난 알아!" 한나가 반박했다. "아주 확실히!"

"어떻게 그렇게 장담해?"

"몰라. 그냥 알아. 지몬이 곧 죽는다니 말도 안 되잖아. 절대 받아들일 수 없어!" 한나의 눈에 다시 눈물이 맺혔다. 자기가 아주 유치한 소리를 한다는 것을 알고 있었다. 주술적 사고에 불과했다. 귀를 꽉 틀어막고 듣기 싫은 얘기를 차단하는 절망적인 시도에 지나지 않았다.

리자는 슬픈 얼굴로 쳐다보았다. "때로는 너무 끔찍해서 믿을 수 없는 일이 사실인 경우가 있어."

"맞아." 한나는 조용히 훌쩍거렸다. "안타깝지만 그래."

두 사람은 서로 무슨 말을 해야 할지 몰라 말없이 앉아 있었다. 리자는 다시 한나의 머리를 쓰다듬었다. 한나가 받은 상처는 매우 깊었다. 너무 심해서 어쩌면 다시는 낫지 않을지도 모르는 그런 상처였다.

"좋은 생각이 났어." 리자가 침묵을 깨고 말했다.

"뭔데?"

"지몬을 사라스바티한테 보내서 카드 점을 보게 하면 어떨까?"

자세를 고쳐 앉은 한나는 당혹스럽게 리자를 쳐다보았다. "별로 좋은 생각이 아닌 것 같아. 일단 지몬은 점은 다 엉터리라고 하면서 절대 가지 않을 테고, 또 무슨 결과가 나올지 모르잖아. 만약 지몬한테 더 이상 가망 없다는 결과가 나오면 그 다음에는 어떻게 해?"

리자는 고개를 저었다. "그러지 않을 거야. 사라스바티는 미스터 매직처럼 그러지 않을 거야. 고객이 스스로 기회를 발견하도록 도와주는 분이야."

"그래도. 지몬은 절대 안 갈 거야. 내가 잘 알아." 한나는 다시 웃을 뻗했다. "상상만 해도 너무 웃겨! '자기가 곧 죽을 거라고 생각하는 거 알아. 하지만 내가 정말 유능한 카드 점술가를 알고 있으니까 한 번 찾아가봐.' 이렇게 말하면 나보고 완전 미쳤다고 하겠지."

"그냥 제안해본 거야." 리자가 한숨을 쉬었다. "나도 지몬을 어떻게 도와줘야 할지 정말 모르겠어."

"괜찮아. 네가 내 옆에 있고 내가 오늘 밤 혼자 있지 않아도 되는 것만으로도 큰 도움이 되고 있어."

"당연한 일이지." 리자는 미소를 지으며 한나를 향해 몸을 숙여 볼에 입맞춤을 했다. "그리고 우리가 함께 좋은 해결방법을 찾을 수 있을 거라 확신해." 리자는 크게 하품을 하더니 앉아 있던 소파에서 조금 더 내려갔다. "지금은 안 그럴지 모르지만 내일이면 조금 더 달라 보일 수 있어."

"그러기를 바라야지."

한나는 리자의 어깨에 머리를 기대고 눈을 감았다. 몹시 피곤하지만 머릿속 생각들은 그칠 줄 몰랐다. 지몬을 동굴에서 빼낼 방법이 생각나면 좋으련만! 그에게 삶의 용기를 불어넣어줄 수만 있다면. 결코 내년에 죽지 않는 다고 설득할 방법을 찾을 수만 있다면.

리자의 카드 점술가에게 점을 보러 가는 것은? 아니 야. 쓸데없고 소용없는 짓이야.

리자의 숨소리를 듣고 잠이 든 것을 알았다. 한나도 잠 들어서 단 몇 시간만이라도 걱정에서 벗어나고 싶었다. 하지만 잠이 오지 않았다. 자려고 몇 분을 더 시도하다가 이불을 박차고 리자가 깨지 않도록 조심스레 일어났다.

그녀는 자고 있는 리자를 물끄러미 바라보았다. 리자 가 곁에 있어서 정말 다행이다. 함께 성공적으로 사업을 시작했기 때문만이 아니라 리자가 없었더라면 이 밤을 어떻게 보냈을지 상상하기도 싫었다.

침실로 간 한나는 침대에 걸터앉아 협탁 위 휴대폰을 집어 들었다. 보통 밤에는 유선전화기와 마찬가지로 휴 대폰을 꺼놓지만 오늘은 혹시 지몬이 전화할지도 모른다 는 생각에 켜놓고 손닿는 곳에 두었다. 화면을 보니 지몬 은 전화하지 않았다. 사실 기대도 안 했다.

하지만 그러기를 바랐다. 정말 바랐다. 잠들기 전에 그 녀에게 "사랑해. 널 생각해"라는 짧은 문자라도 보내주기 를 바랐다. 아니면 "걱정 마. 난 괜찮아"든가. 뭐든 간에.

한나는 휴대폰 인터넷에 접속했다. 임파선암에 대한 정보를 찾아보고 싶은 유혹이 컸지만 참았다. 지몬처럼 구글 박사님 때문에 절망감에 빠지고 싶지 않았다. 그녀는 평정심을 유지할 생각이었고 누군지도 모르는 사람의 엉터리 의학지식 때문에 마음의 지옥으로 끌려가고 싶지 않았다.

대신 한나는 삶의 용기, 확신과 기쁨에 대한 조언들을 검색해보았다. 아무리 절망스러운 상황에서도 피할 길이 있다는 것을 증명해주는 그런 이야기들을 찾아보았다.

이런 희망적인 글들을 읽으면서 그녀 머릿속에는 단 한 가지 생각뿐이었다. 암에 걸린 지몬이 어떻게 하면 확신과 희망을 가지고 내년을 잘 살 수 있게 만들까? 내년 열두 달을 어떻게 보내느냐가 그의 손에 달려 있다는 사실을 어떻게 알려줄 수 있을까? 희망을 잃으면 안 된다고. 하루하루 매 시간 심지어 매 분을 온전히 즐기고 누려야 한다고. 얼마나 오래 사느냐 상관없이 결국은 모든 사람에게는 매 순간 현재, 지금이 중요하다고.

한나에게 좋은 생각이 떠올랐을 때 시계는 이미 새벽 6시 23분을 가리켰다. 너무 기쁜 나머지 한나는 환호성을 질렀고 거실에서 우당탕 소리를 듣고서야 리자가 소파에서 떨어졌다는 것을 알아챘다.

잠시 후 놀란 모습의 리자가 침실 앞에 나타났다.

"뭐야? 왜 그래?"

"아무것도 아냐. 방금 기발한 생각이 떠올라서 그래."

"어떤 생각인데?" 리자는 침대 옆에 앉으며 호기심 가득한 눈빛으로 쳐다보았다.

"아주 간단한 거야."

"어서 말해봐!"

"너하고 나는 사실상 이벤트 매니저잖아, 안 그래?"

"글쎄, 너무 거창한 표현 아니니?"

"그냥 거창하게 가자. 어쨌든 우리는 아이들이 매일 신나는 하루를 보낼 수 있도록 계획을 짜잖아."

"무슨 말을 하려는 거야?"

"간단해! 지금 지몬한테 필요한 것은 신나는 시간이야!"

"신나는 시간?"

한나는 고개를 끄덕였다. "바로 그거야!"

"아." 리자의 얼굴에는 수천 개의 물음표가 나타났다.

"나는 확신해." 한나는 들뜬 목소리로 말을 이었다. "지몬은 지금 일종의 우울증 상태에 빠져 있어. 어머니의 죽음과 실직. 총체적 난국에 빠져서 헤어 나오지 못하고 있는 거야."

"넌 지금 지몬이 중병에 걸린 사실을 간과하고 있어."

"아니, 간과한 거 아냐. 그건 나중에 더 자세히 설명할게. 일단 계속 얘기해도 될까?"

"미안해, 계속 얘기해."

"나는 어떻게 하면 다시 지몬이 좀더 즐겁게 살아갈 수 있을지 생각해봤어. 그런데 대답은 너무나 자명해. 지몬의 삶에 활기를 불어넣어야 해. 그게 전부야! 지몬은 더 적극적으로 지내야 한다고."

"어떻게 하려고?" 리자가 궁금해 하며 물었다. "내가
네 말을 제대로 이해했다면 지몬은 지금 자기 장례식을
준비하고 있는 거잖아. 지몬한테 제발 인생을 좀 즐기라
고 요구할 만한 적절한 타이밍이 아닌 것 같은데."

"틀렸어!" 한나가 말했다.

"틀렸다고?" "지금이 가장 적절한 타이밍이야! 자기가
죽을 수 있다는 것을 직면한 순간보다 적절한 타이밍이
어딨겠어? 우리가 모두 언젠가는 사라질 수 있다는 것을
뼈저리게 깨닫는 순간이잖아."

"그렇게 생각해?"

한나는 강하게 끄덕였다. "절대적으로!"

"그럼 너의 구체적인 계획은 뭐야?"

"지몬을 위해 다이어리를 만들어줄 거야."

"다이어리를 만든다고?"

"그래!" 한나는 또 끄덕였다. "당장 오늘부터 지몬을
위해 내년 계획을 짜기 시작하려고. 지몬에게 도움이 되
는 스케줄과 과제들을 생각할 거야."

"지몬이 내년에 어떤 일을 해야 하는지 네가 정해주겠
다고?"

"정해준다는 것이 아니라 자극을 주겠다는 거야. 매일
을 위한 365가지 아이디어!" 한나의 목소리는 한껏 들떠
있었다. "지몬의 미래를 위한 초석을 놓는 거야."

"미래를 위한 초석?"

"그래."

"무슨 말인지 모르겠어."

"아주 단순한 원칙이야. 미래를 위한 초석을 놓으면 네가 원하는 것이 이미 지금 이루어진 것처럼 행동하게 돼."

"여전히 모르겠어." 리자가 말했다.

"실질적인 예를 들어 볼게. 살을 빼고 싶을 때 네 바지 사이즈가 지금 40이라면 38사이즈를 사는 거야. 살을 빼서 앞으로 너에게 맞을 사이즈의 옷을 사는 것도 미래를 위한 초석을 놓는 거야."

"아하."

"아주 간단해! 우리의 에너지는 우리의 관심사를 따라가게 되어 있어! 그래서 원하는 것에 생각을 집중하면 원하지 않는 일에 불만을 품을 때보다 이룰 수 있는 가능성이 훨씬 더 높아지는 거야. 반대로 부정적인 것에 집중하면 우리가 사실은 피하고 싶었던 상황을 불러일으킬 가능성이 높아지고."

"미안한데 네 논리대로라면 자동차를 탈 때 안전벨트를 매는 것은 잘못된 일 아냐?"

"이제는 내가 무슨 말인지 모르겠는데?"

"내가 안전벨트를 매면 나는 사고가 날지도 모른다는 미래를 위한 초석을 다지는 거잖아?"

"그렇지 않아." 한나가 짜증 섞인 투로 말했다. "미래를 위한 초석을 다진다는 것은 이성을 완전히 내려놓고 내가 날 수 있다는 확신과 열정을 가지고 지붕에서 뛰어내리는 것이 아니라고."

"아깝군."

"뭐야?" 한나는 키득거렸다. "점술가 말을 믿고 사업을 시작하기로 한 사람치곤 상당히 비판적이네."

"인생상담가야." 리자가 정정했다. "그리고 나는 단지 지몬의 시각에서 보려고 노력하는 거야. 그래서 지몬이 보일 만한 반응을 너한테 보여주는 거야. 난 개인적으로 그런 다이어리를 만들어준다면 정말 좋겠지만 나한테 줄 건 아니잖아?"

"지몬이 뭐라 하든 상관없이 나는 무조건 실행에 옮길 거야! 그는 자기가 1년도 못 살 거라고 생각해. 그래서 나는 미래의 초석을 다져서 지몬이 내년에 할 일이 무엇인지 분명히 보게 만들 거야. 다이어리를 계획으로 꽉 채워서 죽을 시간 따위 없게 할 거라고!" 한나는 열변을 토했다.

"널 힘 빠지게 하고 싶진 않아." 리자는 다시 악마의 대변인 노릇을 시작했다. "그런데 지몬이 지금 그런 것을 받아들일 수 있는 상태라고 진지하게 생각해?"

"이미 말했듯 지금이 가장 적절한 타이밍이야."

"좋은 생각이고 논리적으로도 그럴 듯해. 하지만 이론과 실제에는 큰 차이가 있어. 그리고 사람들은 다 달라.

어떤 사람은 이제 곧 이 세상에서 꺼져야 한다고······."
그녀는 말을 끊고 소심하게 "미안해"를 덧붙였다.

"괜찮아. 계속 얘기해!"

"그러니까 어떤 사람은 이제 곧 밥숟가락을 놓아야 된
다는 소식을 들으면 너처럼 엄청 요란법석을 피우겠지.
그런데 어떤 사람들은 조용히 은둔을 택해."

한나는 아무 말 없이 리자를 뚫어지게 쳐다보았다.

"내가 뭐 잘못 말했어?"

"아니." 한나는 생각에 잠겨 이맛살을 찌푸리다가 리
자를 보고 환하게 웃었다. "오히려 그 반대야. 너는 아주
좋은 얘기를 했어!"

"내가 그랬어?"

"그래! 버킷리스트. 다이어리를 그렇게 만들 거야!"

"어떤 버킷리스트?"

"〈버킷리스트〉라는 영화 본 적 있어?"

"아니, 못 들어봤어."

"꼭 봐! 암에 걸린 두 남자가 나오는데······."

"멋지군. 특히 지금 같은 상황에서 말이야."

"그게 중요한 게 아냐! 서로 친해진 두 사람은 버킷리
스트를 작성해. 하고 싶은 일들을 적은 목록이지······."

"······죽기 전에." 리자가 한나의 말을 끝맺었다.

"맞아."

"그래서 영화는 어떻게 끝나?"

한나는 몸을 조금 꼬았다. "결국 둘 다 죽어. 하지만 그 전에 버킷리스트를 실행에 옮겼어."

이제는 리자가 한나를 뚫어지게 쳐다보았다. "정말 근 사하네! 그래서 충만해져서 무덤으로 들어가는 거야?"

"네가 영화를 봐야 내 말을 이해할 수 있을 거야"

"무슨 말인지 아주 잘 이해하고 있어." 리자가 받아쳤 다. "지몬이 버킷리스트를 작성하도록 독려하려는 거잖 아. 지몬한테 '밥숟가락을 놓기 전에 뭘 하고 싶은지 얼 른 좀 적어 봐. 너는 몇 주 또는 몇 달밖에 안 남았다고 생각하겠지만 졸타우에 있는 하이데파크에는 얼른 다녀 올 수 있을 거야. 그리고 운이 좋으면 너무 바쁘게 지내 느라 죽는다는 사실을 완전히 잊을지도 몰라.' 지몬이 카 드 점술가를 찾아가는 건 못마땅하게 여길 거라면서 네 버킷리스트를 퍽이나 좋아하겠다!"

한나는 의기소침해졌다. "버킷리스트라는 표현을 사용 하지는 않을 거야. 그리고 지몬이 직접 쓰는 것이 아니라 내가 지몬을 위해서 써 주는 것이 내 계획이야. 내가 지 몬을 위해 버킷리스트를 제시해주는 거지."

"무슨 내용을 담을 생각인데? 하이데파크로 나들이 가 는 것 말고."

"아직은 잘 모르겠어. 방금 떠오른 생각이라 차분히 조 금 더 생각해야 해." 한나는 두 손을 비볐다. "우리가 함 께 할 수 있는 좋은 일들이 떠오르겠지. 예를 들면 바닷가로 놀러가기, 맨발로 꽃밭 거닐기. 새벽 다섯 시까지 밤새 춤추기……."

"지몬의 상태로는 안 그러는 게 좋을 거야." 리자가 끼어들었다. "미안." 한나의 눈빛을 의식한 리자가 재빨리 덧붙였다. "내 생각은 그렇다고."

"다이어리에 온갖 다양한 것들을 담을 거야. 꼭 거창한 이벤트일 필요는 없어." 한나는 계속 얘기했다. "기분 좋게 만드는 아주 사소한 것들, 위로가 되는 생각들. 아직은 잘 모르겠지만." 한나는 잠시 생각에 잠겼다. "예를 들면 자리 잡고 앉아서 예전부터 쓰려고 했던 소설 집필을 시작하라고 적을 생각이야."

"병과 관련된 작품이 나올 수 있겠네. 그것도 미완성으로."

"리자!"

"미안." 리자는 눈을 내리깔고 중얼거렸다. "네가 실망하지 않기를 바라서 그래."

한나는 한숨을 쉬었다. "어차피 지금보다 나빠질 것도 없으니 시도는 해야지. 그리고 지몬이 정말 12개월 안에 죽는다고 생각한다면 그도 잃을 것 없잖아?"

"잃을 것 없지."

"내 말이 그 말이야. 날 위해 시도해달라고 부탁하면 들어줄까? 아직 날 사랑하고 소중하게 생각한다면?"

"그럴지도 모르겠다."

"그러길 바라야지."

"그런데 지몬의 상태는 지금 어떤 거야? 무시할 순 없 잖아. 빨리 의사를 찾아가서 정확한 검사를 받아야지."

"나도 아직은 잘 모르겠어. 지몬이 다시 힘을 내게 만 들어서 병과 싸울 의지를 북돋아줄 수 있길 바랄 뿐이 야." 그녀는 슬픈 미소를 지었다. "그리고 만약 지몬의 비관이 사실이라면, 남은 시간이 얼마 없다면, 적어도 그 의 인생에서 최고의 시간이 되길 원해!" 한나는 다시 훌 쩍였다. "젠장!" 한나는 욕을 하며 이불을 내려쳤다. "정 말 지몬의 마지막 1년이 된다면 정말, 정말, 정말 완벽한 1년이 됐으면 좋겠어!"

"넌 잘해낼 거야." 리자는 조용히 한나의 어깨에 팔을 두르고 용기를 북돋아주었다. "내가 옆에서 도울게."

27

요나단

1월 3일 수요일, 18:32

20분 후 두 남자는 요나단의 다이닝룸에 있는 티크 목재 식탁에 앉았다. 두 사람 앞 접시에는 햄을 넣은 스크램블에그가 놓여 있었다. 요나단이 다른 요리는 할 줄 몰라서가 아니라, 다른 요리 재료가 집에 없었기 때문이다.

요나단은 필요한 재료만 알려주면 사오겠다고 제안했지만 레오폴트는 따뜻한 음식이면 뭐든 괜찮다며 손을 내저었다.

레오폴트는 샤워를 하고 15분 정도 후에 티나의 욕실에 걸려 있던 꽃무늬 목욕가운을 입고 부엌으로 돌아왔다. 그는 즐겁게 휘파람을 불며 냉장고에서 계란을 꺼내 요리를 시작했다.

겉모습은 요나단의 계란프라이와 별로 다르지 않지만 맛은 천지차이였다. 레오폴트는 양념서랍을 열어 비법의 양념을 만들더니 계란에 넣어 요나단이 이제껏 먹어본 스크램블에그 중 최고의 음식을 만들어냈다. "정말 훌륭해요!" 요나단은 감탄했다.

"다행이네."

"어떻게 이런 걸 만들 줄 아세요?"

레오폴트는 웃었다. "스크램블에그를 만드는 게 대단한 일은 아니지."

"하지만 맛은 예술이에요!" 그는 고개를 열심히 끄덕였다. "정말, 정말 맛있어요!"

"상황이 여의치 않으면 최소의 것으로 최대치를 만들어내는 법을 배우게 되지."

"그렇군요." 요나단이 말했다.

"게다가 난 원래 정식 요리사거든."

"그렇다면 이해되네요."

"자!" 레오폴트는 호밀빵 바구니를 그에게 건넸다. "같이 먹어봐. 그럼 훨씬 더 맛있을 거야."

"고맙지만 전 됐어요. 저녁 6시 이후에는 탄수화물을 먹지 않거든요."

레오폴트는 먹다가 사레에 들릴 뻔했다. "뭐? 정말이야?" 그는 입에 냅킨을 대며 그르렁거렸다.

"네! 저녁에 전분이 든 음식을 먹는 건 독을 먹는 거와 다름없어요."

"누가 그래?"

요나단은 어깨를 으쓱했다. "통용되는 상식이죠."

"누가 그런 상식을 정하는데?"

"그건 모르죠." 요나단도 인정했다. "어디선가 읽은 적이 있는데 일리 있다고 생각했어요."

"그럼 할 수 없지." 레오폴트는 빵 한 조각을 들고 맛있게 베어 물었다. "통용되는 상식을 위하여!" 그가 빵을 씹으며 말했다.

"대신 이 시간에 먹을 만한 다른 것이 있지요!" 요나단은 자리에서 일어나 레드와인 한 병과 글라스 두 개를 가져왔다. "아주 특별할 때 마시는 보르도 와인이죠." 그는 앉아서 잔을 내려놓고 코르크를 따며 말했다.

"이거 대단한 영광인데." 레오폴트는 이렇게 말하면서도 당혹스러워보였다. "그런데 내가 초를 쳐서 어떡하나. 난 술을 안 마셔."

요나단은 놀라 코르크 따개를 잡은 채 입을 열었다. "그저 와인이에요."

"미안해. 완전히 술을 끊었거든. 그래서 와인도 안 돼."

"흐음." 요나단은 와인을 계속 딸지 아니면 그만둘지 고민했다. 그러면서 노숙자가 술을 안 마신다는 사실에 의아해하는 자신을 발견했다. 선입견인가, 거리를 배회하는 노숙자들은 다들 알코올도수가 높은 술을 마시며 지낸다고 생각했다. 게다가 레오폴트는 요리사였다는데! 요리사들은 원래 술을 잘 마시지 않나? 와인 반은 소스에, 반은 자기 입에 부어넣으면서? "원래 술을 안 마셨어요?" 요나단이 궁금해 하며 물었다.

레오폴트는 웃었다. "아니. 예전에는 아주 많이 마셨지. 너무 심하게 즐겼어. 그래서 이제는 술을 절대 안 마시려고 결심했지."

"그렇군요. 요나단은 여전히 코르크 따개를 반쯤 코르크에 넣은 채였다. 손을, 와인병을 어찌해야 할지 몰랐다.

"부탁이니 자넨 그냥 와인을 맛있게 즐기게. 난 상관없으니까."

"괜찮으시겠어요?"

"그럼, 괜찮고말고." 그는 미소 지었다. "사람들이 내 앞에서 술 마시는 것을 견딜 수 없었다면 나는 무인도로 가야겠지. 어차피 무인도에 가도 난파선 선원이 작은 술병을 들고 나타날 가능성도 있잖아. 그러니까 개의치 말고 어서 마시게!"

경쾌한 "펑" 소리와 함께 코르크 마개가 병에서 빠졌다. 요나단은 잔에 와인을 따르고 가볍게 흔든 후 입술에 댔다. 그는 감탄을 자제했다. 안 그래도 겨우 술을 끊은 사람 앞에서 와인을 마시다니, 범죄자가 된 심정이었다. 미리 알았다면 좀전처럼 물만 마셨을 텐데.

"얼마 안 됐어." 레오폴트는 등을 의자 뒤로 기댔다.

"네?"

"술 끊은 지 얼마 안됐다고."

"아, 그래요?"

그는 고개를 끄덕였다. "6주 전 병원에 실려 갔었지. 레퍼반 게임장 입구에 누워 있는 나를 경찰이 발견했어. 금주 센터에서 깨어날 때 내 혈중 알코올 농도는 0.32%였어."

"0.32%요?" 그는 곧바로 '대단해요!' 라고 외치려다가 간신히 참았다.

"그래." 레오폴트는 후회막심하면서도 결연한 의지를 보였다. "일주일 후 맨 정신으로 돌아왔는데 그때 다신 이런 곳에 실려 오지 않겠다고 결심했어. 앞으로는 내 손으로 인생을 개척해서 살겠다고."

"하지만 여전히 길거리에서 생활하고 있잖아요?"

"'여전히' 라니? 그렇게 빨리 자리 잡긴 힘들다구. 이제 막 시작했으니까."

"누구나 실업수당 받을 수 있지 않나요?" 요나단은 사회복지에는 문외한이었다. 어떻게 알겠는가? 하지만 국가가 길거리에서 살고 싶지 않은 사람에게 길거리에서 살라고 강요하지 않는다는 것은 알았다.

"그 말을 들으니 와인이 당기네." 이렇게 말하면서도 그는 손사래를 치며 농담임을 표했다. "상당히 복잡한 일이야. 노숙자 생활에서 벗어나기란 쉽지 않고 꽤 시간이 걸리는 악순환이야. 시간과 인내가 필요하지."

"제가 혹시……" '도와드릴까요?' 라는 말로 끝맺지 않기 위해 스스로 제동을 건 요나단은 "더 자세한 얘기를 들을 수 있을까요?"라고 어색하게 덧붙였다. 레오폴트와 함께 앉아 있는 것은 좋았지만 충동적인 감정 때문에 당장 이 남자를 집안으로 들일 생각은 없었다.

"됐네, 뭐 재밌는 얘기라고. 자네 얘기를 좀 해보게. 난 아직 자네에 대해 아는 것이 전혀 없잖나. 멋진 집에 사용하지 않는 근사한 부엌을 갖고 있다는 것 말고는. 그리고 중요한 서류를 함부로 버린다는 것도."

"저도 뭐, 저에 대해 할 얘기가 별로 없어요."

"못 믿겠는데?"

"하지만 사실이에요."

"그럼 증명해보게."

"좋아요." 요나단은 와인 한 모금을 더 마셨다. "저는 함부르크 출판 명문가의 유일한 후계자에요. 그래서 제 재산의 대부분은 스스로 일군 게 아니라 유산으로 물려받은 거죠. 아버지는 권력욕이 강한 분이지만 치매에 걸려서 지금은 많이 유해지셨죠. 어머니를 마지막으로 본 건 30년 전이고요. 전 이혼했고 애는 없고 대부분의 시간을 독서, 산책, 운동으로 보내요. 이게 다예요."

"취미는?"

"매일 달리기로 운동하고 독서를 많이 해요."

"그 밖에는?"

"그 밖에 뭐요?"

"시간이 많은 것 같은데 여가시간에는 주로 뭘 하나?"

"뭘 하겠어요?"

"나야 모르지. 하지만 여유 있으면 할 수 있는 일은 무궁무진하잖나. 여행이라든가 무슨 자선 프로젝트를 맡는다든가. 요트, 폴로, 골프처럼 자네 같은 부류의 사람들이 주로 하는 것들 말야."

"출판사에 젊은 작가들을 후원하는 재단은 있는데 직원들이 맡아서 관리해요. 말은 무섭고, 요트는 지루하고 골프도 마찬가지예요. 아내가 날 떠난 이후에는 여행가고 싶은 마음도 별로 안 들어요. 나는 사실 집에 있는 것을 상당히 좋아해요."

레오폴트는 그를 무표정하게 쳐다보고는 또다시 티가 나게 반어법 투로 "와우!" 감탄사를 내뱉었다.

"얘기할 게 별로 없다고 했잖아요." 요나단은 방어 자세를 취했다.

"그랬지. 하지만 그렇게도 없나?"

"보통 사람들이 인디아나 존스처럼 살진 않잖아요."

"인디아나 존스와 무의미한 존재 사이에 중간은 있을 거 아니야?"

"쓰레기 컨테이너에서 사는 존재는 얼마나 의미 있는데요?" 요나단이 쏘아붙였다.

레오폴트는 눈을 가늘게 떴다. 편안했던 분위기는 적대적으로 변했다. 요나단은 새로 알게 된 지인이 몇 초 후면 옛 지인으로 바뀌리라 예상했다. 자리를 박차고 일어나 집에서 나갈 테지. 재수가 없으면 그전에 요나단을 한 대 치고 가버리겠지.

하지만 그런 일은 일어나지 않았다.

대신 레오폴트는 물 잔을 들고 미소 지으며 "내가 졌네!" 하며 건배를 제의했다.

"건배!" 요나단도 와인 잔을 들어 건배했다.

"우리가 처음 만났을 때 얘기로 돌아가 보자고. 자네가 폐지 컨테이너 안에서 그렇게 다급하게 찾던 것이 무엇이었는지 몹시 궁금하군. 설마 연애편지는 아니겠지?" 그는 살짝 윙크했다.

"그건 말이죠." 요나단은 망설였지만 사실대로 얘기하기로 마음 먹었다. 레오폴트도 알코올 중독이었다는 사실을 고백했으니 요나단도 그래야 공평하니까. 레오폴트하고는 겹치는 지인이 없으니 이런 얘기를 해도 상관없겠지. 설령 있다 해도 그의 직관은 식탁 맞은편에 앉은 남자가 좋은 사람이라고 말하고 있었다. 세상 풍파에 시달렸지만 올바른 사람이었다.

"우리 출판사의 최신 매출 자료인데 아마도, 별로 장밋빛은 아닌가 봐요. 그래서 혹시 누군가 이 자료를 찾아서 악용할까봐 걱정했어요."

"아마도?" 레오폴트가 물었다. "아마도 별로 장밋빛이 아니라니?"

"아직 자세히 들여다보지 못했어요."

"하지만 자네 회사잖아, 안 그래?"

"네. 그렇기는 하죠." 요나단은 불쾌함을 느끼며 얘기를 꺼낸 것을 후회했다. 하지만 이미 늦었다. "실질적인 업무는 사장이 맡고 있어요. 나는 그 분야는……." 그는 멈칫했다.

"아는 것이 없다고?" 레오폴트는 요나단이 하려던 말을 마무리했다.

"아는 것이 별로 많지 않아요." 요나단이 순순히 시인했다.

"자네는 그 분야에 관심이 없나?"

"아니, 관심은 있어요. 나도……." 그는 제대로 표현할 말을 찾았다. "나도 잘 모르겠어요. 책은 열광적으로 좋아해요. 다만……." 요나단은 당혹스러워하며 레오폴트를 쳐다보았다.

"자네 회사를 자네가 직접 맡아서 운영할 자신이 없는 건가?"

"당연히 자신 있죠!" 요나단이 큰소리치며 와인을 마셨다.

레오폴트는 어깨를 으쓱했다. "그렇다면 관심 없는 것 말고는 설명이 안 되는데."

"그렇게 간단한 문제가 아니에요."

"그렇지 않아." 레오폴트가 반박했다. "아주 간단한 문제야. 한 가지 알려주겠네. 내가 인생에서 배운 게 하나 있다면 그것은 자기가 열망하는 일만 하라는 거야. 그밖에 다른 건 쓸데없는 짓이야. 누구도 자기의 마음과 확신에 반하는 행동을 하면 안 된다는 거야." 그는 자신의 말을 강조하기 위해 손바닥으로 식탁을 쳤다.

"저기 죄송하지만." 요나단이 받아쳤다. "형님 감정을 상하게 하고 싶지 않지만 그런 관점이 어떤 결과를 초래했는지 본다면……."

"틀렸어!" 레오폴트가 말을 끊었다. "이제서야 그런 관점을 갖게 되었기 때문에 내가 이런 곤경에 처한 걸세. 예전에는 생각 없이 아무렇게나 살았어. 알코올 중독자가 될 정도로 날 불행하게 만드는 일들을 했다고. 그래서 아내와 가정을 잃고 직장도 잃고 결국 길거리에 나앉게 된 거야. 안타깝게도 나는 너무 늦게 깨달았어. 지난번 병원에 입원했을 때야 비로소 내가 수십 년간 잘못된 길을 걷고 있었다는 사실을 분명하게 깨달았지."

"그러세요?" 요나단이 냉소적으로 말했다. "그래서 6주 전에 깨달음을 얻어서 이제 사도가 되어 돌아다니는 겁니까?"

레오폴트는 고개를 저었다. "아니. 절대 그렇지 않아. 하지만 자네를 보면 내가 무슨 수를 써서라도 자네처럼 열다섯 살만 더 젊어질 수 있다면 다르게 살 수 있을 텐데 하는 아쉬움이 들어."

"저기." 그는 헛기침을 했다. "나는 술독에 빠져 살지도 않고 길거리에 나앉지도 않았어요."

"하지만 자네 결혼생활은 파탄 났고 조금 전엔 회사 전망이 장밋빛이 아니라고 했잖나. 그리고 이런 집도 돈 안 들이고 저절로 굴러가는 건 아니잖아."

"네, 그렇지만······."

"나도 자네 나이 때는 가끔 술을 입에 댔을 뿐이지." 레오폴트가 요나단의 말을 무시하고 계속했다. "그리고 성공의 사다리 맨 위 칸에 섰지."

"요리사로서 말이죠." 요나단이 무미건조하게 말했다.

"아니야! 바보 같은 놈!" 그의 목소리는 커졌다. "내가 계속 요리사로 남았으면 좋겠어! 요리를 좋아하고 열정도 있었어. 하지만 부족함을 느꼈고 더 많은 걸 가지고 싶었지. 그래서 야간학교를 다니면서 대학 입학시험을 봤고 대학에서 경영학을 공부하고 수년간 레스토랑 체인점 매니저를 하다가 결국 식품회사 사장 자리에까지 올랐지."

"대단하네요." 요나단이 말했다.

"그렇지. 아주 근사했어! 두둑한 월급. 기사가 딸린 업무용 고급 승용차, 근사한 집, 멋진 요트 그리고 상류층 친구들. 그런데 내가 좋아하지 않는 일만 하다 보니 내가 누군지도 모르게 되어버렸고 심한 우울증이 찾아왔지. 그리고 사업이 기울기 시작하자 아내와 아이들만 아니라 친구들도 내 곁을 다 떠났어. 나는 술과 엄청난 부채를 떠안고 혼자 덩그러니 남겨졌지."

"아이고." 요나단은 달리 할 말이 없었다.

"그래, 아이고 소리가 절로 나오지! 그러니 자네는 자신이 정말 원하는 것이 무엇인지 잘 귀기울여봐. 출판사가 적성에 안 맞으면 그냥 팔아버려."

"팔아버리라고요?" 요나단은 어이가 없어 웃었다. "그건 불가능해요."

"왜?"

"오랜 전통을 자랑하는 가문의 기업이니까요."

"그건 이유가 안 돼."

"돼요."

"만약 가문의 전통이기 때문에 못 판다는 것이 유일한 이유라면 당연히 팔아야지."

요나단은 반박하려고 입을 열었지만 할 말이 없어 다시 입을 닫았다.

이 남자는 대체 뭐지? 어쩌다가 우리 집 식탁에 같이 앉게 되었지? 머릿속에 문득 어떤 생각이 스치고 지났다. 이건 우연일 리 없다! 이틀째 그에게 이상한 일들이 일어나고 있다. 정말 이상한 일들이!

아니, 말도 안 된다. 당연히 우연이지! 가정부가 서류를 쓰레기통에 버리고, 그래서 레오폴트를 만났고……사실 이상했지. 섬뜩하기까지 했다. 아니면, 동화 같다고나 할까? 맞아, 꼭 동화 같았다! 동화에선 항상 쪼글쪼글한 난쟁이가 나타나 주인공을 바른 길로 인도하지.

아니면 잘못된 길로 인도하든가. 어떤 종류의 동화냐

에 따라서.

"미안." 레오폴트가 생각에 잠긴 요나단을 깨웠다. "너무 흥분해서 그만 주제넘은 소리를 했군."

"괜찮아요." 요나단이 말했다. "어쨌든…… 흥미로웠어요."

"아니야, 내가 너무 나댔어. 자네를 잘 알지도 못하고 자네 인생에 대해서도 전혀 모르는데 말이야. 자네는 잘 살고 있는데 괜히 내 상황에 비춰서 남을 평가하면 안 되지."

"그러면 안 되죠." 그러면서도 요나단은 레오폴트의 말이 옳다고 생각했다. 그의 인생은 잘 돌아가고 있었다. 하지만 그저 잘 돌아갈 뿐이다. "저기, 그저께 저한테 이상한 일이 일어났어요."

"재활용쓰레기 컨테이너 안에서 이상한 사람을 만난 것보다 더 이상한 일인가?"

"이상한 종류가 다르다고 해두죠."

그리고 레오폴트에게 다이어리와 관련된 이야기를 들려주었다.

3시 15분. 새벽 3시 15분! 요나단은 새벽까지 와인을 마시며 누군가와 대화를 나눈 적이 언제였는지 기억도 나지 않았다. 아니, 살면서 그런 적이 있었는지조차 가물가물했다. 그는 저녁형 인간이 아니며 먹고 마시는 것과 마찬가지로 잠을 중요하게 생각하는 사람이었다.

하지만 그는 늦은 밤까지 레오폴트에게 다이어리에 관한 얘기를 털어놓고 보여주기까지 했으며 둘 사이에는 온갖 추측이 오갔다. 다이어리는 어디에서 왔고 누구를 위한 건지(레오폴트는 어머니와 관련됐다는 요나단의 추측은 가능성이 낮다고 보았다) 함께 생각했다. 사라스바티를 찾아갔던 일, 들어 있는 돈의 목적은 무엇인지 그리고 당연히 다이어리를 어떻게 처리하면 좋을지 열띤 토론을 벌였다. 레오폴트는 유실물센터에 갖다 주는 것에 맹렬히 반대했다. 과연 주인 손에 들어갈지 의심스럽고 다른 한편으로는 이 일이 너무 '흥미진진'해서 그렇게 끝내기에는 아쉽다는 의견이었다.

"운명이 이런 기회를 주는데 자네가 그냥 무시하고 넘어가면 안 되지."

"갑자기 왜 모든 사람이 제 앞에서 운명 타령을 할까요?" 요나단이 물었다.

"그에 대해 생각해보는 것도 괜찮아." 레오폴트는 이렇게 말하며 비밀스러운 미소를 지었다. 와인 때문에 그렇게 느낀 건지도 모른다. 평소에는 한 잔 정도 마시는데 오늘 대화가 길어져서인지 혼자서 한 병을 거의 다 비웠다.

그는 새벽 3시 15분이 되어서야 침대에 누웠다. 머리가 지끈지끈 아팠지만 와인 때문이라기보다는 밤새 레오폴트와 나눈 열띤 토론에서 비롯된 생각들 때문이었다. 나쁜 생각들은 아니지만 낯선 생각들이다. 요나단은 눈을 감고 한숨을 쉬었다. 정말 파란만장한 하루를 보냈다.

잠들기 직전 또 무슨 생각이 떠올랐다.

그는 침대에서 벌떡 일어나 램프를 켜고 협탁에 올려둔 다이어리를 펼치고는 끼어둔 볼펜을 들어 이렇게 적었다.

— *나는 레오폴트를 만난 것에 감사하고 우리가 나눈 좋은 대화에 대해 감사한다.*

그는 적은 내용을 만족스럽게 바라보았다. 있긴 있다! 마음속 깊은 곳에서부터 우러나오는 감사한 게 있다. 비록 흐뭇한 미소와 동시에 심한 딸꾹질이 나왔지만 와인 때문은 아니다.

그는 다이어리를 닫으려다 말고 이렇게 덧붙였다.

— *내일 레오폴트에게 잠시 동안 티나의 방에서 지내라고 제안할 생각이다. 레오폴트가 내 제안을 받아들이면 감사할 것이다. 집에서 함께 지낸다고 생각하니 기분이 좋기 때문이다.*

요나단 N. 그리프는 다이어리를 협탁에 올려놓고 한 번 더 딸꾹질을 한 후 불을 끄고 누웠다.

완전히 눈이 감기기 직전까지 그는 레오폴트와 함께 지낼 기대감에 흐뭇했다. 남자들만의 주거공동체. 안 될 게 뭐 있나?

28

한나

4일 전, 12월 31일 일요일
23:59분 59초

함부르크 밤하늘에 첫 불꽃이 수놓아졌을 때 한나는 뭐라고 말해야 할지 몰랐다. "즐거운 새해가 되기를?"

아니야, 이건 탈락.

한나는 지몬의 집에 딸린 작은 발코니에 서서 함께 알스터 호수를 바라보며 함부르크 시민들이 새해 축하 불꽃놀이를 하는 광경을 지켜보았다. 뒤에서 한나를 껴안은 지몬은 한나의 머리에 턱을 올렸다. 한나는 영원토록 이렇게 함께 서 있으면 좋겠다고 생각했다.

하지만 그럴 수 없다는 것을 너무 잘 알고 있었다. 잠시 동안은 다른 사람들과 마찬가지로 즐겁게 새해를 맞이할 수 있겠지만 언젠가는 다시 집안으로 들어가야 한다. 그러면 두 사람은 진실의 순간을 맞이하게 될 것이다. 지몬은 아무것도 모르고 있었고 한나는 두려웠다. 지몬은 그녀의 선물에 과연 어떤 반응을 보일까?

두 사람은 '다 리카르도'에서 보낸 저녁시간 이후 지

몬의 병에 대해 얘기를 나눈 적이 한 번도 없었다. 한나
는 바로 다음날 시도했지만 지몬은 다시 얘기를 꺼낼 마
음의 준비가 될 때까지 가만히 내버려달라고 부탁했다.

한나는 당연히 그 부탁을 받아들였다. 지몬이 갑작스
러운 이별선언을 더는 언급하지 않고 그녀를 완전히 삶
에서 배제시키지 않아서 그나마 다행이었다. 일단 이걸
로 만족하기로 했다. 한나의 일부분은 조금 안심하기까
지 했다. 그 일부분은 눈을 감으면 자신이 안 보인다고
생각하는 어린아이처럼 진실로부터 숨어버렸다.

하지만 이런 억압전술은 부분적인 성공만 거뒀을 뿐이
다. 지몬과 한나는 아무 일도 없었다는 듯 행동했지만 한
나는 지몬을 위해 다이어리를 만드는 작업에 계속 몰두
했다. 리자가 자고 갔던 날부터 다이어리 만들기에 착수
했다. 고급 문구점에서 제일 좋은 다이어리를 구입했다.
남색 가죽 표지에 흰색 바늘땀으로 장식되어 있었고 손
에 닿는 감촉이 좋았다.

한 해 한 해가 지날수록 가죽이 더 부드러워진다고 했
다. 지몬이 언젠가 남모르게 다이어리를 볼에 비비며 그
감촉을 즐기기를 바랐다. 오래, 아주 오래, 오래도록.

첫 페이지에 어떤 내용을 적을지는 오래 고민하지 않
았다. 한나는 함께 구입한 만년필로 '당신의 완벽한 1년'
이라고 적었다. 그런 다음 리자와 함께 머리를 맞대고 어
떤 일이 지몬에게 기쁨을 줄지, 어떻게 하면 무기력한 상

태에서 빠져나오게 할 수 있을지 그리고 열광시킬 수 있을지 고민했다. 자신이 처한 상황을 잊고 어쩌면 병에 맞설 수 있는 용기를 줄 수 있는 것은 무엇일지.

한나는 자신이 살아오면서 믿고 따르는 모든 것을 적었다. 전부, 몽땅, 모두! 인터넷에서 몇 시간이 넘도록 유익하면서 너무 진부하지 않은 격언들을 찾아내어 번번이 절망감이 엄습할 때마다 그 격언들을 꼭 붙들고 이겨냈다. 지몬이 피할 수 없는 운명에도 스스로 포기하지 않도록 설득하겠다는 희망을 갖고 계속했다.

지몬이 암 발병 사실을 알린 이후 한나는 꾸러기교실에 출근하지 못하는 날이 많았다. 리자와 리자의 부모님, 한나의 부모님이 흔쾌히 도와주어 감사한 마음 가득했다. 이들의 도움이 없었다면 다이어리를 올해 마지막 날까지 완성하지 못했을 것이다. 한나와 다른 이들 모두 새해를 맞이하자마자 지몬에게 그 다이어리를 줘야 의미 있다는 사실에 뜻을 같이했다.

이 다이어리는 그야말로 "이제 시작해보자!"라는 신호탄이었으며 각 페이지마다 모든 힘과 사랑을 가득 담았다. 한나는 완성된 다이어리를 다시 훑어보며 흐뭇했고 자기 자신을 넘어섰다는 기분이었다. 감격에 빠진 한나와 리자는 서로 부둥켜안고 울었다. 리자는 한나가 1월 2일에 사라스바티한테 상담 예약을 한 것을 보고 감동했다. 한나는 "지푸라기라도 잡고 싶은 심정이야. 어차피 더 나빠지고 말고 할 것도 없어"라고 설명했다.

마지막으로 한나는 지몬이 완벽한 1년을 보낼 수 있도록 옆에서 지지하고 지금 무엇을 해야 할 차례인지 파악하기 위해 보관용으로 모든 페이지를 복사했다. 지몬이 다이어리를 만든 의도를 제대로 이해하고 따라주기를 간절히 바랐다.

"이제 그만 들어가자. 너 추워서 덜덜 떨고 있잖아." 지몬은 이 말과 함께 한나의 인생에서 가장 어려운 순간을 위한 출발신호를 보냈다. 곧 지몬에게 건네줄 다이어리가 그 목적을 달성할 수 있을지 모르기 때문이다. 지몬도 리자와 똑같이 감동할지 아니면…….

아냐! '아니면'에 여지를 주고 싶지 않아. "네 생각을 조심하렴. 생각은 현실이 되니까." 한나가 어릴 때부터 어머니가 늘 해주신 말씀이 아무리 실현 가능성이 낮더라도 지금 이 순간만은 마음 깊이 새기고 싶었다.

"왜 그렇게 쳐다봐?" 지몬이 소파 앞에 펼쳐둔 이불 위에 앉자마자 의아해하며 물었다. 한나는 새해를 맞이할 때 엘베 강변에서 피크닉을 하며 보냈던 아름다웠던 그날처럼 보내고 싶다고 부탁했다. 그녀가 앞둔 미션을 성공시키기 위한 분위기를 조성하고 싶었다. 한나의 부탁에 순순히 응한 그는 그녀를 '나의 작은 로맨티스트'라고 부르며 준비한 음식들을 식탁에서 이불 위로 옮겼다. "뭐 잘못됐어?"

한나는 힘겹게 침을 삼키고 신경질적인 웃음을 터트리지 않으려 애썼다. 뭐가 잘못됐냐고? 지몬이 곧 죽을 것 같다는 사실을 알게 된 이후 잘못된 것은 아주 아주 많다고 소리 지르고 싶은 것을 억누른 그녀는 발치에 있는 가방에서 포장지에 싼 다이어리를 꺼내 내밀었다.

"자기를 위해 준비했어."

"이게 뭐야?"

"열어봐."

"네가 언제부터 새해선물을 줬어?"

"오늘부터."

"뭘까, 기대되는데!" 그는 천천히, 조심스럽게 테이프를 일일이 뗐다. 지몬은 포장을 늘 이런 식으로 뜯어서 한나는 답답해했다.

이번에도 지몬의 손에서 선물을 빼앗아 직접 확 뜯어버리고 싶은 마음을 간신히 참았다. 그녀의 인내심은 시험대에 올랐고 초조한 마음을 달랠 방법이 없었다. 마침내 심정적으로는 새해가 한 번 더 바뀐 것 같은 그 순간, 다이어리가 지몬의 손에 들려 있었다.

"다이어리네." 그는 의아한 표정을 지었다.

"그래." 한나는 고개를 끄덕였다. "새해를 위한 다이어리야."

"하지만……." 그는 더 이상 말하지 않았다. "하지만"이 다였지만 이 한 단어에 수십만 개가 넘은 문장이 들어 있었고, 지몬의 눈빛에는 수백만 개가 넘는 대답이 담겨 있었다. 한나가 두려워했던 모든 것이 그가 말한 "하지만" 속에 함께 울려 퍼졌다. '하지만 나는 1년 이상 살지 못하는데 왜 내게 다이어리를 주는 거야? 하지만 나는 곧 죽을 텐데 다이어리 같은 건 필요 없어. 하지만 나는 네 선물을 사용할 수 있을지 모르겠어. 하지만 나는 더 이상 가망 없다는 것을 알고 있어. 하지만 나는……'

"내가 일일이 채웠어." 한나는 지몬이 내뱉은 말들이 머릿속에서 쉴 새 없이 울리는 것을 멈추기 위해 입을 열었다. "매일 매일 할 수 있는 이벤트를 생각해봤어. 자기가 내 선물을 받아들이고 최소한 시도라도 해보는 것이 나의 유일한 바람이야. 제발! 날 위해서! 우릴 위해서!"

지몬은 말없이 똑딱단추를 풀고 다이어리를 펼쳤다. 페이지를 넘기며 읽어 내려가며 가끔 미소를 짓기도 하고 얼굴을 찌푸리기도 하면서 읽고 또 읽었지만 여전히 아무 말도 하지 않았다.

마지막 페이지까지 다 읽은 후에야 지몬은 고개를 들었다. 엄청나게 창백한 얼굴로.

"나는." 한나는 입을 열었다가 지몬이 다이어리를 내려놓고 그녀의 손을 잡고 끌어당기자 말을 멈췄다. 지몬은 '다 리카르도'에서처럼 그녀를 꼭 껴안았다. 그의 심장박동을 느낄 수 있었고 그가 얼마나 떨고 있는지도 알 수 있었다.

"고마워." 지몬이 그녀의 귀에 속삭였다. "지금껏 이렇게 아름다운 선물은 처음이야. 정말 고마워,"

"그럼 받아들이는 거야?" 한나는 지몬의 얼굴을 보기 위해 몸을 뗐다.

지몬은 미소 지었다. "내가 어떻게 거부할 수 있겠어?"

한나는 안도의 미소를 지으며 그의 목을 끌어안았다. "다 잘될 거야, 지몬! 우리는 반드시 해낼 거야! 암은 절대로 우리를 굴복시킬 수 없어. 자기는 다시 건강해질 거야. 틀림없어!"

"그래." 그가 천천히 대답했다. "나도 그렇게 생각해."

"자기가 그렇게 말해줘서 얼마나 기쁜지 말로 다 표현 못하겠어. 연휴가 끝나는 대로 좋은 종양내과 전문의를 물색해보자. 내가 지금 뭐래? 최고의 전문의를 찾아야지! 콘스탄츠까지 찾아가야 한다고 해도 말이야! 꼭 필요하다면 걸어서라도 가야지! 우리는 반드시 훌륭한 전문의를 찾을 수 있을 거야! 전문의가 자기 몸을 잘 치료할 것이고 이 다이어리는 자기가 마음을 다잡는 데 도움이 될 거야."

"그래. 꼭 그러자."

한나는 낄낄거렸다. 달리 어찌할 수 없어서.

"뭐가 그렇게 웃겨?" 이제는 지몬이 몸을 떼서 한나의 얼굴을 쳐다보았다.

"아무것도 아니야. 나는 자기를 정말 정말 많이 사랑해. 그게 다야."

"나도 사랑해. 아주 아주 많이."

한나가 지몬의 침대에서 깨어났을 때 밖은 아직 어두웠다.

바로 그 느낌이었다! 꾸러기교실 개업식을 앞두고 느꼈던 흥분과 사랑으로 가득했던 근질근질한 그 느낌. 하지만 지금은 그때보다 훨씬 더 강했다.

한나는 지몬의 품에 안기고 그를 부드럽게 깨우기 위해 몸을 옆으로 돌렸다. 지난밤 기진맥진해질 때까지 열정적으로 사랑을 나눴던 것처럼 다시 그를 느끼고 싶었다.

그는 없었다. 침대 옆자리는 비었고 한나는 혼자였다. 협탁 위에 있는 라디오 시계는 7시 59분을 가리켰다. 지몬은 편집장으로 일할 때도 이 시간에 일어난 적이 없었다. 신문사는 보통 10시에 근무를 시작해 저녁 늦게까지 다음날 신문을 만드는 작업을 하기 때문이었다.

한나는 침대에 앉아 기지개를 켜고 집안에서 들리는 소리에 귀를 기울이며 샤워 물소리, 커피머신이 작동하는 소리, 텔레비전에서 흘러나오는 소리를 기대했다. 그러나 집안은 쥐 죽은 듯 조용했다. 창밖에 있는 나뭇가지만 가끔 침실 창문에 부딪히며 소리를 냈다.

"지몬?" 한나가 불렀다. "어디 있어? 침대로 돌아와!"

대답이 없었다.

"지몬?"

조용했다. 한나는 이불로 몸을 감싸고 침대 발치로 기어가 어둑한 복도를 내다보았다. "지—몬?" 조금 큰소리로 불렀다. "대체 어디 있는 거야?"

여전히 대답이 없자 한나는 침대에서 일어나 이불을 감싼 채 침실 밖으로 나갔다. 거실은 어젯밤 모습 그대로였으나 지몬만 없었다. 화장실과 부엌도 찾아봤지만 지몬은 땅으로 꺼진 듯 사라지고 없었다.

한나는 아마 그가 빵을 사러 갔을 거라고 애써 자신을 진정시키며 샤워부터 해야겠다고 마음먹었다.

욕실로 가는 도중에 현관문에 시선이 꽂혔다. 현관문 바닥에 있는 종이가 보였다. 지몬의 열쇠꾸러미와 함께. 멀리서 봐도 종이에는 '빵 사가지고 금방 올게'보다 훨씬 더 많은 글이 적혀 있었다.

한나는 몸을 숙여 종이를 집어 들었다. 읽어 내려가는 도중에 다리에 힘이 풀려 문에 몸을 기댄 그녀는 곧 차가운 바닥으로 미끄러져 내려갔다.

사랑하는 한나

너한테 이런 짓을 하고 네게 이런 고통을 안겨주게 되
어 정말 미안해. 하지만 네가 이 편지를 읽을 때쯤이면
나는 더 이상 이 세상에 없을 거야.

너는 지금 엄청난 충격에 사로잡혔겠지. 어쩌면 엄청난
분노에 사로잡힐지도 모르는데 그게 차라리 낫겠어. 하
지만 나도 어쩔 수 없어. 나는 암에 맞서 싸울 용기가
없어. 부모님이 고통스러워하는 것을 곁에서 너무나 오
래 지켜봤고 나도 똑같은 길을 걷게 되리라는 두려움이
너무나 커. 그리고 어머니가 겪은 일을 너도 똑같이 겪
게 할지로 모른다는 두려움은 더더욱 커. 절대 네가 그
런 고통을 당하게 할 수 없어!

네가 나를 떠나지 않을 것이라는 사실을 오늘 밤에 분
명히 깨달았어. 너의 무한한 사랑을 받는 것이 좋기도
하지만 너와 헤어지는 것이 너무 힘들어.

네가 준 선물은 정말 아름다워. 너무 멋지고 근사해서
뭐라고 표현해야 할지 모르겠어. 그렇지만 네 선물을
잘 받아들이겠다는 약속은 못 지킬 것 같아. 내게 1년이
라는 시간은 없어.

한나, 내 말이 맞다는 것을 믿어줘. 나는 암이 이미 내
몸에 퍼진 것을 느껴. 내가 암을 이기기에는 이미 너무
늦었어. 굳이 의사의 말이 아니라도 알고 있었어.

솔직하게 말하면—이제 지금 말고 언제 솔직할 수 있을까?—이미 오래 전부터 몸의 이상증세를 느꼈어. 내가 완전히 변했고 생기가 없어졌다던 네 말이 맞았어. 안타깝지만 사실이야. 어머니가 돌아가시면서 그렇게 됐는지 아니면 직장을 잃으면서 그렇게 됐는지는 잘 모르겠어. 어쩌면 둘 다거나 이미 그 전에 시작됐겠지. 사실 나는 그동안 이력서를 쓰지 않았어. 단 한 통도. 새 직장을 구하러 다닌다는 건 거짓말이었어. 계속 불합격 통보만 받았다는 것도 거짓말이었어. 모든 것이 다 거짓말이었어!

나를 죽음에 이르게 하는 것이 실은 암이 아닌 것 같아. 내 속에 무언가가 이미 오래 전에 죽었는데 나는 지금까지 논리적인 추론을 할 용기가 없었어. 어떤 책에서 아주 위로가 되는 생각을 읽은 적이 있어. 죽으면 출생 전 수백만 년 전의 상태로 되돌아간다고 말이야. 육체는 더 이상 존재하지 않아. 그래서 우리 중 누구나 언젠가는 이 세상을 떠나야 하는 것이 그렇게 슬픈 일은 아니야. 우리는 우리 영혼이 어차피 대부분의 시간을 보내고 있었던 우주로 되돌아가는 것뿐이야. 내겐 이제 그 순간이 왔다는 것을 아주 확실히 느낄 수 있어.

한나, 이렇게까지 하는 나를 제발 용서해줘. 그리고 나 없이 행복하게 잘 살아줘. 너의 무한 긍정주의로 잘 이겨내리라 믿어. 아니, 난 네가 아주 멋진 인생을 살 것이라 확신해. 네 인생에는 내가 없는 편이 더 나아.

네가 늘 그랬지? 일어나는 모든 일에는 이유가 있다고. 이렇게 하는 것이 좋다는 걸 믿어줘. 이것이 내가 나를 위해서 내린 결정이기 때문이야. 이것이 내가 원하는 바야. 부탁인데, 집 열쇠를 집주인한테 잘 전해줘. 내 집은 그냥 통째로 정리해버려. 하지만 당장 급한 일은 아니야. 내 통장에 남은 돈으로 몇 달치 월세를 더 낼 수 있을 거야. 네가 마음의 준비가 됐을 때 집을 비워줘.

차 열쇠는 네가 간직해. 머스탱은 이제 네 차야. 직접 몰고 다니든지 팔든지 마음대로 해. 차량등록증은 열쇠와 함께 거실 서랍장 위에 올려뒀어. 큰 편지봉투에는 너에게 전권을 준다는 위임장을 써 놓았어. 공식 문서는 아니지만 내 서명이 있으니 효력은 있을 거야.

주변 정리를 다 마친 후에도 내 통장에 돈이 남았으면 네가 다 써. 마음 같아서는 그 돈을 꾸러기교실에 투자해서 너의 환상적인 아이디어들을 실행에 옮기는 데 사용해주면 좋겠어.

한나, 널 사랑해! 그리고 네가 정말 자랑스러워! 그러나 정말 미안하지만 생을 계속 이어가기에는 우리의 사랑만으로는 충분치 않아.

　

－지몬

한나는 지몬의 편지를 뚫어지게 쳐다보며 읽고 또 읽었다. 편지 속의 글자가 춤을 추고 흐릿해졌다. 힘이 쭉 빠졌다. 입술을 너무 심하게 깨물어 고통에 숨을 헐떡거렸고 입에서는 피맛이 났다.

우리의 사랑만으로는 충분치 않아…….

한나는 이불을 바닥에 떨어트리고 일어나 지몬의 거실로 가서 전화기를 들었다. 그녀는 아주 침착했고 112를 누르는 손가락도 떨리지 않았다. 첫 신호음이 울리자마자 여자가 전화를 받았다.

"지금 당장 와주세요." 한나는 느릿하고 또박또박한 목소리로 말했다. "남자친구가 죽으려고 해요."

29

요나단

1월 4일 목요일, 10:07

다음날 아침 10시가 조금 넘은 시간에 일어난 요나단 N. 그리프가 양심의 가책을 느낀 건 아니다. 새벽 늦게까지 대화를 나눴으니 평소 6시 30분 기상은 당연히 무리다. 그는 약간의 정신적 피로, 일종의 비애, 설명할 수 없는…… 아무튼 정의하기 힘든 무언가를 느꼈다.

하지만 침대에 일어나 앉자마자 이런 작고 모호한 근심은 이내 사라져버렸다. 다이어리가 눈에 들어오자마자 그가 몇 시간 전에 했던 결심이 떠올랐기 때문이다. 그는 레오폴트에게 임시로 그의 집에 들어와서 지내라고 제안할 생각이었다.

요나단은 기분 좋게 욕실로 가서 샤워를 하고 면바지와 터틀넥을 입었다. 매일 하던 조깅은 나중에 보충할 생각이었다. 아니면 오늘은 대담하게 그냥 건너뛰든지. 오늘은 운동하고 싶은 마음이 없었고 레오폴트의 말대로 자기 원하는 일을 하며 사는 삶의 원칙은 18시 이후 탄수화물 섭취를 제한하는 것만큼이나 설득력 있게 들렸다.

그는 계단을 내려가 티나의 방문을 두드렸고 살짝 밀었다. "좋은 아침입니다." 대답이 없자 요나단은 다시 조심스럽게 노크했다. "레오폴트? 일어났어요? 이제 그만 일어나야죠!" 아무 대답이 없었다. 요나단은 다시 한 번 노크하고 안으로 들어갔다.

방은 비어 있었다. 욕실 문도 열려 있었지만 거기에도 없었다. 침대 위 이불은 헤집어져 있었고 꽃무늬 목욕가운과 사용한 수건이 널브러져 있었다. 그 외에 사람의 흔적은 없었다.

요나단은 의아해하며 복도로 나갔다. 레오폴트는 어디에 숨은 것일까? 현관에 있는 옷걸이를 쳐다보았다. 코트도, 부츠도 사라졌다.

갑자기 불안으로 가슴이 조였다. 난 정말 바보 멍청이였나? 마음을 열고 잘해줬는데 결국 교활한 사기꾼에게 속아 넘어간 건가? 요나단의 호의를 이용해서 그는 짊어질 수 있는 모든 것을 챙겨서 줄행랑친 건가? 요나단은 서재나 다이닝룸(고급 은식기!)과 같이 귀중품들이 있는 방을 잠그지도 않은 채 와인에 취해 비틀거리며 침실로 들어와 버렸다.

그는 레오폴트 말대로 정말 바보멍청이란 말인가?

아마도 그런 모양이었다.

아버지의 웃음소리가 들리는 듯했다. '무용지물'인 녀

석이 또다시 무능한 모습을 보인 것은 자업자득이라 여기는 웃음. 직관이라고? 하, 하, 하, 직관은 무슨 얼어죽을!

아니다. 요나단 N. 그리프는 어깨를 쫙 폈다. 누구에게나 일어날 수 있는 일이다. 그처럼 여전히 예의와 도덕이 살아 있다고 믿는 사람에게……

아, 이런 내면의 대화가 다 무슨 소용이람? 레오폴트가 뭘 들고 튀었는지 한시라도 빨리 알아내 경찰에 신고하는 게 낫겠다. 경찰들이 비웃어도 어쩔 수 없지. 그저 도둑을 잡아주기만을 바랄 뿐. 낡은 부츠를 신은 레오폴트가 멀리 가지는 못했을 것이다.

30분 동안 요나단은 집안을 샅샅이 뒤졌다.

하지만 아무것도 없다.

사라진 것이 하나도 없었다. 은식기, 책상 위 상자에 보관하는 현금, 커프스 심지어 현금으로 바꿀 수 있는 테라스에 있는 플라스틱박스에 든 빈병조차 그대로였다. 모든 것이 여전히 제자리에 있었다. 레오폴트만 빼고.

혼란스러워진 요나단은 차를 끓여 마시기 위해 부엌으로 향했다. 그때야 비로소 와인 장식장이 눈에 들어왔다. 없어진 것이 있긴 있군. 와인 병 서너 개 정도가 들어갈 정도의 빈 공간이 있었다. 요나단은 황급히 몸을 돌려 오른쪽 구석에 술 장식장이 있는 다이닝룸으로 달려갔다. 이곳 술병도 몇 개가 없다는 것을 확인했다. 위스키와 진이 없어졌다. 손님용으로 구입하고 열지 않은 비싼 그라

파(포도를 압착 후 나머지를 증류한 것으로 숙성하지 않아서 무색의 이탈리아 브
랜디—옮긴이) 병은 그대로 있었다. 거의 빈 채로. 요나단은
깊은 한숨을 내쉬었다. 그리고 그라파 병 밑에 있는 종이
를 발견했다. 그는 종이를 들고 다이닝룸으로 가서 앉아
읽기 힘든 글씨를 해독하기 시작했다.

사랑하는 친구
내가 외로운 섬에서 납작한 술병을 든 녀석을 만난 것 같아.
미안하네. 오늘밤 유혹이 너무나 컸어. 즐거운 저녁시간이었고
자네의 호의에 정말 고마웠네. 그리고 자네를 실망시켜 정말
미안해.
레오

추신: 내가 만약 자네라면 — 아니라서 얼마나 다행인지!(자네가
나의 농담을 제대로 이해하길 바라네) — 다이어리를 펼쳐서 그
대로 실천해보겠네. 그런 선물은 아무나, 아무 때나 받을 수 있
는 것이 아니니까. 나도 그런 선물을 받아봤으면 정말 좋겠네.

편지를 두 번 읽은 요나단은 연필을 들어 '내가 만약 자
네라면' 뒤에 쉼표를 넣었다. 그러고는 곧바로 연필과 종
이를 쓰레기통에 던져버렸다.

30
—

한나

같은 날, 1월 4일 목요일, 10:53

삼일 반이 지났다. 삼년 반처럼 느껴지는 삼일 반. 십년, 이십년, 오십년 백년처럼 느껴지는 삼일 반이었다. 잠자는 숲속의 공주 같은 상태로 천년이. 수 미터에 달하는 울타리, 오직 가시로만 뒤덮여 있고 단 하나의 장미도 없는 울타리 뒤에서 어두침침하고 음울한 잠속에 빠진 것처럼. 하지만 아무도 한나를 이 악몽에서 깨워주기 위해 나타나지 않았다. 아무도 그녀에게 키스하러 오지 않았다.

첫째 날에는 그녀를 진정시키려던 말들이 오갔다. 유니폼을 입은 친절한 사람들이 연인을 찾을 수 있을 거라며 한나를 달랬다. 그러면서 미리 자살을 암시하는 사람치고 진짜 실행에 옮기는 경우는 거의 없다고 안심시켰다. 지문을 찾기 위해 최선을 다할 것이며 수색 명령을 내릴 것이고 순찰차들이 예의주시할 거라고 했다. 수색견과 잠수사를 알스터 호수와 엘베 강에 투입해달라는 한나의 요청에 대해서는 지역이 너무 광범위해서 별 도움이 안 되고 불가능하다는 대답이 돌아왔다. 둘째 날부터는 라디오에 시민들을 향해 도움을 호소했다. 셋째 날에는 신문에 기사가 실렸다. 그리고 경찰들은 아직 별 진전이 없으니 한나에게 집에 가서 기다려달라고 부탁했다.

하지만 한나는 그럴 수 없었다. 집으로 돌아갈 수 없었다. 지몬의 집에 앉아 지몬이 저 문으로 들어오기를 기다리는 것 말고는 아무 일도 할 수 없었다. 저 문으로 들어오면서 그런 편지를 쓴 것은 실수였다고 설명하기를, 장난이었다고, 아주 나쁜 장난, 뭔가 신선하게 4월 1일 만우절이 아닌 1월 1일에 장난을 쳐본 거라고 말해주기를 바랐다.

역겨운 짓이었다고, 아주 역겨운 짓이었다고. 미안하지만 한나 때문에 너무 부담스럽고 압박감을 느끼고 그녀의 기대에 너무 부담감을 느낀 나머지…… 한나가 그에게 화를 내더라도 이해할 수 있다고 말해주기를. 정말 화났거나 분노에 휩싸였더라도. 다시는 그와 얘기하고 싶지 않다고 하더라도. 더 검사를 받아보고 심지어 유치한 다이어리에 적힌 대로 해보겠다고.

삼일 반. 74시간하고 38분. 이렇게 오랜 시간 한나는 이런 생각들을 하며 지몬의 집에 웅크리고 앉아 그를 기다렸다. '다 리카르도'에서 저녁 데이트 이후 연말에 다시 입었던 검은색 원피스를 입은 채 침실, 거실, 부엌, 화장실을 왔다 갔다 하며 초인종이 울리거나 휴대폰이 울릴 때마다 비명을 지르는 것 말고는 달리 할 수 있는 일이 없었다.

하지만 지몬이 아니었다. 하루에도 여러 번 번갈아가며 찾아와서 들여다보고 먹을 것을 챙겨주는 리자 아니면 엄마였다. 꾸러기교실은 한나 없이도 잘된다고 안심시켜 주었고 (한나는 지금 꾸러기교실을 생각할 여유가 전혀 없었다) 얼마 전부터 어머니가 살기 시작한 한나의 집에도 지몬이 오지 않았다고 알려주었다. 두 사람은 경찰들과 마찬가지로 '침묵시위'를 그만하라고 설득하거나 어제처럼 〈함부르크 신문〉을 가져다주면서 그의 옛 동료들이 약속한 대로 지몬의 실종기사가 1면에 실렸다는 사실을 확인시켜 주었다.

그리고 한나가 지몬의 집에서 겨우 연명하는 동안—정말 그냥 연명하는 것에 불과했다—남자친구에게 소식이 올까 하는 일말의 희망 때문에 10초마다 휴대폰을 확인하고 집에 있는 자동응답기를 무선으로 확인하고 이메일을 확인하는 동안에도 한나는 이미 알고 있었다. 작별편지를 읽은 그 순간부터 알고 있었다. 아무리 소리를 지르고 날뛰고 울부짖으며 난리쳐도 지몬은 더 이상 없다는 것을.

그는 경찰들의 추측처럼 그냥 '번아웃' 된 것이 아니

다. 그저 연락을 일절 끊어버리고 어디 야자수 아래서 칵테일을 마시고 있는 것이 아니다. 아니다. 이런 건 그저 한나를 위로하려는 말일 뿐이다. 한나가 광인처럼 시내로 뛰쳐나가 미친 듯이 날뛰며 닥치는 대로 때려 부수지 않도록.

모순적인 상황이었다. 그녀가 모순적이었다. 지몬이 공허한 약속을 할 사람이 절대로 아니라는 것을 너무나 잘 알면서도 그녀는 그 어떤 믿을 수 없는 가능성에도 절망적으로 매달렸다. 비록 빌어먹을 야자수 아래 빌어먹을 칵테일을 마시고 있는 것이라고 해도.

하지만 그렇다면 지몬은 절대로 머스탱을 놔두고 가지 않았을 것이다. 정말 웃기고 상처 되는 소리지만 명백한 사실이다. 단 1초라도 자살보다는 야자수 아래서 칵테일을 마시는 것을 고려했다면 그는 운전석에 앉아 차를 가져갔을 것이다. 한나를 남겨두고 갈 수는 있는 일이다. 하지만 지몬이 머스탱을 놔두고 간다? 절대 있을 수 없는 일이다. 거실에 작별편지와 위임장 복사본(원본은 경찰이 가져갔다)과 함께 놓여 있는 자동차 열쇠는 한나가 그토록 인정하고 싶지 않은 현실에 대한 압도적 증거였다.

유일하게 다이어리만 어디에서도 보이지 않았다. 집안에도 없었고 밖의 쓰레기통도 뒤져봤지만 없었다.

지몬이 마지막으로 한 일은 그 빌어먹을 다이어리를 끈

적끈적한 계란껍질과 커피찌꺼기 사이에 던져버리는 일이었을 게다. '실현망상'에 빠진 한나가 만든 어설픈 졸작. 남자친구에게 약간의 "라라라"와 "으쌰으쌰" 그리고 "내 몸의 모든 세포가 행복해" 같은 헛소리를 해주면 그가 죽음의 공포에서 벗어날 수 있으리라는 멍청한 믿음.

이 생각만으로도 한나는 지몬과 똑같이 하고 싶었다. 식칼로 동맥을 끊어버리거나 4층 베란다에서 뛰어내리고 싶었다. 이것만이 그녀가 한 짓에 대한 타당한 벌일 것이다.

그녀가 지나친 행동의욕에 사로잡혀 "일어나는 모든 일에는 이유가 있다", "위기는 곧 기회", "가장 어두울 때 빛을 발견하기 쉽다"처럼 진부한 말들로 그를 절망으로 몰고 가 그런 행동을 하게 만든 것이다.

일어나는 모든 일에는 이유가 있다고? 그렇다면 이 일은 대체 뭐 때문에 발생한 거지? 오직 한나를 굴복키기 위해서? 현실은 너의 유쾌한 망상과는 전혀 다르다는 것을 그녀에게 알려주려고?

"띵~" 휴대폰 소리에 한나는 움찔했다. 새로운 이메일이 도착했다. 리자나 부모님이 보낸 새로운 소식이거나 온라인 쇼핑몰의 뉴스레터 또는 사망한 나이지리아의 백만장자가 그녀를 단독상속자로 지명했다는 통보?

아니었다. 사라스바티한테 온 이메일이었다.

한나는 잠깐 사라스바티가 누구인지 생각해야 했다.

리자가 알려준 카드 점술가에게 이메일을 보내 지금 상황을 설명하고 직업적 명예 같은 것은 잠시 접어두고 중병에 걸린 남자친구를 위해 삶의 용기를 줄 수 있는 '아주 특별한' 점(그러면서 절대 하나의 부탁이었다고 누설하지 말아달라고)을 봐달라고 부탁했던 것이 다른 생에서 일어난 일인 듯 아득했다.

마침내 사라스바티를 생각해낸 그녀는 이메일을 열었다.

친애하는 한나 씨,

저는 보통 고객들이 약속시간에 나타나지 않아도 따로 연락을 드리지 않습니다. 재촉하고 싶지 않기 때문입니다. 하지만 이번 경우에는 제 머릿속에서 여러 가지 생각들이 계속 빙빙 맴돌아서 특별히 연락을 하게 되었습니다.

한나 씨의 남자친구는 약속시간에 나타나지 않았습니다. 하지만 대신 알스터 호수에서 다이어리를 주웠다는 남자가 찾아왔습니다. 더 자세한 얘기는 하기 힘들지만 한나 씨가 저에게 특별히 요청하신 사항은 일체 언급하지 않았습니다.

과연 제가 잘한 건지 아닌지 기분이 이상합니다. 그래서 잘 지내고 계시는지 궁금해서 연락드립니다. 남자친구도 잘 지내나요?

빛과 사랑

사라스바티

태어나서 이렇게 빠른 속도로 전화번호를 눌러본 적이

없었다. 사라스바티가 이메일 아래 남겨준 전화번호를 누르는 한나의 손가락이 휴대폰 자판 위를 날아다녔다.

몇 초 후 사라스바티가 전화를 받았다.

"하……한나 마르크스입니다." 한나는 말을 더듬을 정도로 급하게 소리쳤다.

"안녕하세요, 마르크스 씨." 친절하고 따뜻한 목소리가 수화기 건너편에서 들렸다. "바로 전화를 하실 줄은 몰랐어요."

"남자친구가 사라졌어요!" 한나가 다짜고짜 본론부터 얘기했다. "지몬이 작별편지를 남겼는데 자살할 거라고 쓰여 있었어요."

"이런, 세상에!" 잠시 침묵이 흐르더니 사라스바티는 무슨 일이 있었는지 얘기해달라고 했다.

"새해를 맞이해서 제가 지몬한테 다이어리를 선물했다는 것은 이메일에도 적었죠? 지몬은 새해에 다이어리에 적혀 있는 내용에 따르기 위해 노력하겠다고 약속했어요. 시작하기도 전에 싸움을 포기하지 않겠다고요." 한나는 함께 보낸 마지막 밤의 기억들이 떠올라 힘겹게 침을 삼켰다. "그런데 다음날 작별편지를 남기고 사라졌어요. 지금 경찰들이 그를 찾고 있어요. 물론 저도요."

"아, 정말 안타깝네요!" 사라스바티는 가쁜 숨을 쉬었다. "그 남자가 다이어리를 들고 나타났을 때 왜 곧바로 뭔가 잘못됐다는 생각을 못했는지 제가 너무 멍청했어요. 저는 그저 남자친구 분이 다이어리를 마음에 들어 하지 않았다고만 생각했어요. 남자친구가 좋아할지 안 할지 모르다고 하셨잖아요. 제가 바보였네요!"

"어떤 남자였어요? 이름이 뭐에요?"

"안타깝지만 모릅니다." 후회하는 목소리였다. "물어보지 않았어요. 저는 보통 이름을 묻지 않아요. 제가 그렇게 하면 많은 사람들이 제가 귀에 도청장치를 끼고 몰래 그 사람들에 대한 정보를 어디서 얻는다고 생각하거든요."

"그 사람이 어떻게 다이어리를 손에 넣었는지 아세요?"

"그 남자 자전거 손잡이에 걸려 있던 가방 안에 들어 있었다고 했어요."

한나의 희망은 꺼졌다. 지몬이 다이어리를 누군가에게 직접 건네줬기를, 어떤 이유에서든 선물했거나 보관해달라고 요청했기를 간절히 빌었다. 그랬다면 그 사람과 몇 마디 말을 나누거나 정확히 무슨 일이 있었는지, 지몬이 무엇을 하려 했는지 얘기를 나눴을 것이다.

때로는 잘 아는 사람보다는 생판 모르는 사람한테 마음을 털어놓는 것이 더 쉬울 때가 있다. 지몬이 자신의 절망의 깊이를 그녀에게 말하지 않은 것을 이렇게밖에 설명할 수 없었다.

하지만 곧바로 그녀는 마음의 표현을 정정했다. 그렇지 않다. 지몬은 그녀에게 말했었다. 구체적인 단어를 사용하지는 않았지만 표현했었다. 한나가 제대로 듣지 않았을 뿐이다. 그의 말에 전혀 귀 기울이지 않고 자신의 무한 긍정주의로 짓밟아버렸다. "다이어리가 자전거 손잡이에 걸려 있었다는 거죠?" 한나는 일단 자책을 멈췄다.

"그 남자가 그렇다고 말했어요. 1월 1일에 매일 그렇듯 알스터 호숫가에서 조깅하다가 세워둔 자전거로 돌아와 보니 갑자기 가방이 걸려 있었다고요."

"또 무슨 말을 했나요?" 수화기를 너무 꼭 쥐어서 손가락이 아프고 손가락 뼈마디 위 피부가 하얗게 드러났다. "뭔가 눈에 띄는 점은 없었대요? 그가 지문을 봤대요?"

"그런 말은 전혀 없었어요. 본인도 다이어리 주인이 누구인지 궁금하고 다이어리에 날짜와 시간이 적혀 있어서 제게 찾아왔다고 했어요. 저한테 오면 다이어리 주인을 만날 수 있으리라 생각했던 것 같아요."

"그러니까 그는 다이어리만 돌려주려고 했단 말이죠?"

"그렇다고 말했어요." 사라스바티가 말했다. "다이어리 주인이 누구인지 알고 싶어 상당히 집착하는 것 같았어요. 다이어리 주인이 약속시간에 저를 찾아올 때까지 기다리겠다고 했죠. 그래서 시간도 때울 겸 어차피 비용을 받았으니 그 남자의 카드 점을 봐줬어요. 상당히 특이한 남자였어요."

"제가 지문과 관련해서 사라스바티 씨에서 부탁한 내용을 그 사람에게 말씀하셨나요?"

"당연히 안 했습니다!" 부드럽지만 단호한 목소리였다. "그리고 남자친구가 찾아왔더라도 카드 점만 보고 다른 얘기는 일체 안 했을 겁니다." 사라스바티는 곧바로 덧붙였다. "비용은 당연히 환불해드리겠습니다."

"그럴 필요 없어요." 한나가 말했다. "저는 지금 지몬을 찾는 거 말고 다른 것은 안중에도 없어요. 새해 아침 지몬이 알스터 호수 주변 어딘가에 있었다는 사실은······ 아주 미미하지만 그래도 작은 단서가 될 수 있었어요. 전혀 없는 것보다는 낫죠!"

"경찰은 뭐래요?"

"그들은 아직 지몬이 알스터 호숫가에 있었다는 건 몰라요. 하지만 지금 당장 알려야겠어요."

"저는 경찰들이 지금까지 무엇을 했는지 궁금해서 물은 거예요."

한나는 한숨을 쉬었다. "아직까지는 거의 진전이 없어요. 경찰이 찾고 있고 수색명령도 내렸지만 아직도 행방이 묘연해요." 한나는 '아직 살아 있기나 하다면요'라는 말을 덧붙이거나 생각조차 하지 않으려고 했다. "지몬의 휴대폰은 집에 있어서 위치추적은 소용없어요. 하지만 이제 단서를 찾았고 어쩌면 산책하던 다른 사람들이나 알스터 호수 주변 주민들이 지몬을 봤을 수도 있겠네요."

"저를 찾아왔던 남자의 이름을 알고 있다면 정말 좋겠네요."

"어떻게 생긴 남자였어요?"

"마흔 살 전후로 보였고 상당히 잘생긴 외모였어요. 흔치 않은 파란 눈에 검은 머리였어요. 값비싼 옷을 입었고 예의 바른 사람이었어요. 하지만 그게 전부예요. 그리고 상당히 긴장하고 초조해보였어요. 나중에야 조금 이상하다는 생각이 들었어요."

"그 정도로는 뭘 해볼 게 없겠네요."

"그렇죠. 그리고 그는 지폰을 본 것이 아니라 다이어리만 갖고 있었으니까요."

"하지만 그 남자와 다시 한 번 얘기해보면 뭔가 떠오르는 것이 있지 않을까요? 별로 의미 없다고 생각했던 것이 맥락을 이해한 다음에야 생각날 수도 있잖아요. 사실 다이어리 자체는 제게 중요하지 않아요. 하지만 그것 말고는 다른 단서가 없고 누군가 지폰을 마지막으로 본 사람이 있다면 그를 반드시 만나서 얘기하고 싶어요."

"네, 무슨 말인지 이해합니다. 제가 도와드릴 수 있으면 좋겠는데. 하지만 약속된 시간이 지나고 남자는 다이어리를 들고 나갔어요. 제가……."

"그가 다이어리를 어떻게 할 생각인지 얘기하던가요?" 한나가 불쑥 끼어들어 물었다.

"유실물센터에 가져다 줄 생각이라고 했어요."

"지금 당장 전화해야겠어요! 습득자 정보가 있을지 모르니까요." 한나가 말했다. "만약 그렇다면 유실물센터에서 경찰에 정보를 전달해주면 되니까요."

"시도할 만한 가치는 있어요."

"네." 한나가 말했다. "연락 주셔서 감사합니다!"

"한나 씨?" 갑자기 사라스바티가 친근하게 이름을 불러도 한나는 전혀 이상하지 않았다. "제가 더 도와줄 수 있었으면 좋겠는데 아쉽네요." 그녀는 잠시 생각에 빠졌다. "혹시 한 번 찾아오시겠어요? 제가 카드 점을 봐드릴 수 있어요."

"그렇게 하면 지몬을 찾을 수 있나요?"

"아니오." 어차피 기대하지 않았다. "하지만 다른 것을 찾을 수 있어요."

"정말 고맙습니다. 하지만 저는 지몬 말고는 찾고 싶은 것이 없어요."

"이해해요. 그래도 혹시 필요하면 언제든지 연락주세요! 그리고 남자친구를 찾는 데 진전이 있으면 저한테도 알려주세요."

"그럴게요." 한나가 약속했다. 두 사람은 인사를 하고 전화를 끊었다.

한나는 곧바로 그녀에게 명함을 주며 새로운 사실을 알게 되면 언제든 연락을 달라고 했던 여경에게 전화를 걸었다.

"지몬이 알스터 호수에 갔어요!" 경찰이 전화를 받자마자 한나가 소리쳤다. "지금 당장 경찰 몇 명을 출동시켜 주세요. 당장이요!" 그리고 "그리고 이제 제발 잠수사 좀 투입시켜 주세요!" 비관적인 태도이며 그녀가 주장하는 '미래를 위한 긍정적인 초석 다지기'라는 신념에는 위배되는 요청을 해야 했다.

"동료 몇 명을 알스터 호숫가로 출동시키겠습니다." 여경이 차분하게 대답했다. "그런 다음에 어떻게 할지 살펴보겠습니다."

한나는 전화를 끊고 심호흡을 했다. 잘됐다. 경찰은 지몬을 찾는 데 수색을 강화할 것이고 이제는 그가 마지막으로 목격된 곳에 대한 구체적 단서도 있다.

그 다음은 인터넷에서 유실물센터 전화번호를 검색한 후 전화를 받은 남자에게 다이어리 습득물이 들어왔는지 문의했다. 하지만 연말연시에 다이어리와 비슷한 물건은 일체 들어오지 않았다는 응답이 돌아왔다. 한나는 남색 가죽표지로 된 다이어리가 들어오는 즉시 연락을 달라고 부탁했다. 남자는 자기는 안내하는 사람이 아니라며 퉁명스러운 반응을 보였지만 한나는 간단하고 차분하게 지금의 상황을 설명했다. 그러자 남자는 당황하며 유실물센터에 다이어리가 들어오면 즉시 연락 주겠다고 약속했다.

한나는 공손하게 감사 인사를 하고 통화를 마쳤다. 이제 또 뭘 해야 하지? 더 할 수 있는 일이 무엇일까?

한나는 다시 휴대폰을 들고 〈함부르크 신문〉 편집국

에 전화를 걸어 새로 알게 된 소식을 전하며 내일 아침 다시 한 번 실종기사를 실어달라고 부탁했다. 다이어리를 습득한 사람이나 알스터 호수 주변에서 지몬을 본 목격자들은 신고해달라는 내용을 실어줄 것을 부탁했다. 신문사에서는 다시 1면에 실종기사를 실어주겠다고 약속했다.

또 어떤 조치를 취할 수 있을지 한나는 곰곰이 생각했다. 다이어리를 습득했다는 그 남자를 반드시 찾아야 했다! 유실물센터에 맡기겠다고 해놓고는 왜 맡기지 않았을까? 맡기지 않고 다이어리를 어떻게 했을까?

그 남자는 자신이 중요한 단서를 제공할 수 있는 사람이라는 사실을 모를 것이다. 새해 아침 알스터 호수 주변에서 말 그대로 생사가 달린 물건을 손에 넣게 되었다는 사실을 모를 것이다. 그를 얼마나 애타게 찾고 싶어 하는지 전혀 모를 것이다. 소중한 시간이 그냥 지나가버린다는 생각에 한나는 무력감과 주체할 수 없는 분노를 느꼈다. 어떻게 하면 지몬의 다이어리를 습득한 그 남자를 찾을 수 있을까? 어떻게 하면?

한나는 문득 좋은 생각이 떠올랐다. 습득자는 사라스 바티를 찾아갔다. 어쩌면 그 남자는 유실물센터로 가기 전에 다이어리에 적힌 또 다른 스케줄 장소로 가서 한 번 더 시도해보려 한 것은 아닐까? 카드 점술가에 따르면 그 남자는 다이어리의 주인이 누구인지 꼭 알고 싶어 했다고 했다. 호기심이든 강한 책임의식 때문이든 어떤 이유에서든 간에. 그럴 가능성 때문에 한나는 다이어리 복사본을 꺼내 페이지를 마구 넘겼다. 미스터리한 다이어리 습득자가 나타날지도 모를 다음 스케줄의 날짜, 시간과 장소는?

다음 스케줄은 열흘 후인 1월 14일에야 잡혀 있다. 한나는 실망을 금치 못했다. 열흘 후! 지몬이 그때까지 나타나거나 발견되지 않으면, 그러면······

문장을 차마 완성하지 못한 한나는 다시 다이어리 내용에 집중했다. 1월 14일 저녁 7시 캄프나겔에서 제바스티안 피체크의 저자 낭독회 스케줄이 적혀 있었다. 피체크는 지몬이 가장 좋아하는 작가다. 지몬은 그를 존경했고 그의 모든 스릴러 작품을 열광적으로 탐독했다.

한나는 어떻게 자발적으로 머릿속을 살인과 살해 얘기로 가득 채울 수 있는지 (키워드: 너의 생각을 조심하라!) 전혀 이해할 수 없었지만 지몬은 스릴러를 읽는 것이 일종의 '정신위생'이라고 설명했다. "피체크의 작품을 읽고 나면 내가 기자로서 매일 읽거나 써야 하는 끔찍한 기사에 대한 면역력이 생겨. 유감스럽게도 그런 기사는 스릴러에 비하면 진짜 사실이고 현실이야."

그래서 피체크가 함부르크에 온다는 소식을 9월에 들었을 때 정말 기뻤다. 이것을 운명의 암시로 간주하고 (너무 거창한 표현이었지만 정말 그렇게 느꼈다) 지몬이 가장 좋아하는 작가의 낭독회에 가서 서서히 "자기도 이제 슬슬 책을 쓰기 시작해봐!"라는 방향으로 유도하기 위해 온라인티켓 두 장을 예매했다. 원래는 크리스마스 선물로 주려 했는데 완벽한 1년을 위해 사용하기로 마음을 바꿨다.

티켓은 1월 14일에 창구에서 예약번호 137번을 대면 찾아갈 수 있게 준비해두고 다이어리에 적어놓았다. 한나는 지몬이 자기를 데리고 갈지 아니면 독서 취향이 같은 친구 죄렌을 데리고 갈지 선택할 여지를 남겨두었다. 아무래도 상관없었다. 낭독회 날짜를 다이어리에 기입하면서 한나는 거기 다녀오면 생생한 악몽을 꿀지도 모른다고 생각했기 때문이다.

하지만 이제는 지몬이 누군가와 낭독회를 가기라도 한다면 온갖 악몽이라도 다 감수할 수 있었다. 아니면 누가 137번으로 예약한 티켓을 찾아가는지 확인할 수 있도록 자전거에서 다이어리를 발견했다는 그 남자라도 낭독회에 나타나기를 바랐다.

그때까지 아직 열흘이 남았다. 너무나 아득히 먼 시간이다! 아니다. 아마 그 정도는 견딜 수 있을 것이고 그때까지 미쳐버리진 않겠지. 왜 더 많은 스케줄을 잡지 않았을까? 왜 처음에는 천천히 시작하면서 사라스바티한테 카드 점을 보는 스케줄 다음에 지몬이 혼자 집에서 할 수 있는 '과제'들만 선정해서 기록한 걸까?

새해 초반에는 병원에 자주 갈 거라 예상해서 가능한 외부 활동을 배제했기 때문이었다. 그리고 한나 자신도 당분간 꾸러기교실에 집중하기 위해 그렇게 계획을 짰는데 결국 이렇게 되어 일을 등한시하게 될 줄은 몰랐다.

오늘 날짜를 위해서 정확한 시간에 정해진 스케줄을 짰더라면 좋았을 걸.

여러 가지 후회만 계속 밀려왔다. 조깅하던 그 빌어먹을 남자를 찾을 수만 있다면!

조깅하던 빌어먹을 남자?

'1월 1일에 늘 그렇듯 알스터 호숫가에서 조깅했다고 했어요.' 사라스바티의 말이 한나의 귓가에 울렸다. 바로 그거였다!

20분 후 한나는 압정 한 상자와 지몬의 컴퓨터에서 출력한 전단지 50장을 들고 계단을 뛰어 내려갔다. 파펜후더 거리를 따라 달리며 하트비쿠스 거리에서 모퉁이를 너무 급하게 돌아 하마터면 넘어질 뻔했다. 거리 끝에 알스터 호수가 눈에 들어왔고 한나는 바로 그곳에 전단지를 붙일 생각이었다. 모든 벤치, 모든 나무, 모든 수풀 그리고 모든 잔디 하나 하나에 전부 붙일 것이다. 전단지에는 다이어리 생산업체 홈페이지에서 내려 받은 다이어리 사진과 지몬의 사진이 함께 실려 있었고 제목은 "이 남자를 보신 분과 다이어리를 습득하신 분을 찾습니다!!!!"라고 크게 달았다.

사라스바티를 찾아갔던 남자가 정말 매일 아침 이곳을 달린다면, 한나는 그가 전단지를 꼭 보기를 바랐다. 혹시 그 남자가 전단지를 못 보더라도 누군가는 지몬을 본 사람이 있을 것이다! 지몬은 새해 첫날 아침 바로 이곳에 있었으니까!

한나는 숨을 헐떡이며 인기 있는 술집 '알스터페를레' 앞에 멈춰 서서 이곳에서부터 시작했다. 첫 번째 전단지를 나무에 붙이자 기분이 한결 나아졌다. 이제 드디어 그녀가 할 수 있는 일이 있다!

31

요나단

1월 4일 목요일, 11:16

요나단은 운동복을 차려입고 복도 의자에 앉아 늦게나마 알스터 호숫가를 달리기 위해 운동화 끈을 묶다가 멈칫했다.

잘하는 일일까? 어제 저녁 이후 아무 일도 없었다는 듯이 오늘 똑같이 하는 것이? 조금 전까지만 해도 유혹적인 뼈다귀인줄 알고 뒤쫓아 갔다가 막대기임을 알아차린, 비에 흠뻑 젖은 개가 몸을 힘차게 털고 아무렇지 않게 계속 걸어가는 것처럼?

요나단의 심정이 지금 딱 그랬다. 실망과 배신감 그런 동시에 약간의 죄책감과 수치심이 밀려왔다. 레오폴트의 증세가 '재발'한 데에는 요나단의 잘못도 없지 않았다. 그는 값비싼 물건들과 자기 생명만 신경 쓰느라 레오폴트가 술에 마음대로 접근하도록 내버려두었다. 레오폴트가 밤에 와인병과 술병을 들고 달아난 것이 그의 도발 때문은 아니었을까? 그를 집으로 데려오지 말고 그냥 폐지 컨테이너에서 지내게 내버려두는 것이 낫지 않았을까? 하지만 요나단은 이렇게 되리라 예상할 수 없었던 일이라며 자기비난을 내려놓았다.

한숨이 나왔다. 정말 즐겁고 유쾌하고 활기찬 생활일 텐데. 레오폴트와 특이한 남자 공동체. 노숙자와 출판사 대표. 만약 아버지가 안다면 기절초풍하실 테지! 어차피 아버지의 정신이 온전한 순간은 얼마 안 돼서 그의 새 친구에 대해 얘기하더라도 이해나 하실지 모르겠지만.

하! 아주 이상한 커플 조합으로 소설에 등장할 법한 좋은 소재 아닌가! 그리프손&북스에서는 절대로 그런 대중 소설을 출판하지 않겠지만 그래도 어쨌든 소설이었다.

요나단은 다리를 쭉 뻗어 허공을 응시하며 어제 저녁과 밤의 일들을 떠올렸다. 레오폴트가 해준 말들, 마음을 열고 솔직하게 털어놓았던 남자들의 얘기들. 침대에 누워서 와인의 취기를 빌려 적었던 내용들. 요나단은 죄책감이 들어 기분이 좋지 않았다. 어떻게 해야 하지? 밖으로 나가 레오폴트를 찾아봐야 하나? 어딘가에서 찾을 수 있다는 희망을 가지고 찾으면 다시 집으로 데리고 와? 만약 필요하다면 강압적으로?

하지만 요나단은 스트리트워커(매춘부, 마약 중독자, 가출소년 등을 위한 가두 선도원-옮긴이)도 아니고 사회복지사도 아니다. 게다가 함부르크가 얼마나 큰 도시인지 감안하면 그 노숙자를 찾는다는 가능성은 제로에 가깝다. 그러니 이제 새로운 '친구' 따위는 그만 잊고 나이키 운동화 끈을 질끈 묶고 평소처럼 계속 살아가야 하는 것일까?

아니다! 그건 결코 옳은 일 같지 않았다.

요나단 N. 그리프는 결심했다. 운동화를 벗어던진 후 양말만 신은 채 서재로 올라갔다. 알스터 호수는 내일도 그대로 있으니까. 적어도 오늘만은 레오폴트의 충고를 받아들여 다이어리에 적힌 내용을 따라할 작정이었다.

그는 독서용 안락의자에 편안히 앉아 1월 4일 페이지를 펼쳤다. 그는 적혀 있는 내용을 보고 피식 웃었다. 레오폴트는 사라졌지만 그의 견해는 두고 간 모양이다.

— 인생은 재미없는 일들을 하며 살기에는 너무 짧아.

오늘 두 가지 목록을 적어봐. 나를 기쁘게 하는 것들에 관한 목록을 하나 작성하고 또 내가 마지못해 하지만 재미는 없는 일들도 적어봐.

이제부터 두 번째 목록에 적혀 있는 일들은 다 그만두고 첫 번째 목록에 적혀 있는 내용들을 하며 살아! 오직! 그리고 앞으로 너에게 즐거움을 줄 것 같은 일들을 적어보고 그렇게 해봐! 오늘 당장! 황당하게 들릴지라도 그렇게 해. 적어도 첫 번째 목록에 적어놓은 것 중에서 한 가지라도 해봐. 지금 당장!

정말 대단한 요구로군! 세상과 상당히 동떨어지는 주장

이야. 이 세상에 재미만 추구하며 자기 기분에 맞춰 살며 자기가 하고 싶은 것만 하며 살 수 있는 사람이 과연 있을까? 선택받은 극소수를 제외하면 아무도 없다. 아니면 죽음을 앞두고 있어 남은 시간을 어떻게 보내든 상관없는 사람이나 가능한 일이다. 그 외에 다른 모든 사람들은 사회적인 관습에 따라 살며 생계유지를 위해 무슨 일이든 해야 한다. 컨베이어벨트 앞에 서서 볼펜을 조립하는 일이라면 컨베이어벨트 앞에 서서 볼펜을 조립해야 한다. 재미있든 없든 상관없이.

하지만 다르게 보자. 요나단이 굳이 다른 사람들에 대해 생각할 필요가 있을까? 레오폴트가 제대로 지적했듯이 요나단은 자기가 원하는 것을 하고 하기 싫은 것을 안 할 수 있는 선택받은 소수 중 한 명이다. 이를 실천할 수 있는 호사를 누릴 수 있는 사람이란 말이다.

요나단 N. 그리프는 볼펜을 들었다. 자, 내가 원하는 것은 뭘까? 내가 재미를 느끼는 것은 무엇일까?

그는 조깅을 쓰려다 멈칫했다.

매일 조깅을 하지만 막상 쓰려고 하니 자기가 정말 조깅을 좋아하는지 고민에 빠졌다.

그는 한 번도 자신에게 이런 질문을 한 적이 없다. 그럴 생각조차 해보지 못했다. 그럴 이유도 없지 않은가? 운동이 건강에 좋다는 것은 누구나 아는 사실이다. 매일 아침 조깅하는 것은 매일 양치질하는 것만큼이나 그의 삶에서 당연한 일이었다. 아닌가? 그는 생각에 잠겨 볼펜 끝을 질겅질겅 씹으며 달리고 있는 상황을 떠올려보았다. 즐거워?

사실 그렇지 않았다. 의무적으로 하는 행위에 가까웠다. 오히려 조깅을 마친 후가 즐거웠다. 힘겨운 달리기가 끝나고 스트레칭을 하면서 일찍 일어나고 운동하기 싫어하는 내면의 적을 이겨냈다는 사실이 즐거웠다.

그는 펜을 들고 적었다.

'나는 조깅을 하고 운동했다는 사실이 즐겁다.'

그는 자신이 적은 내용을 조금 혼란스러운 마음으로 바라보았다. 무슨 의미지? 그래서 조깅이 '재밌는 일' 목록에 속하며 계속해야 하는 일인가, 아닌가? 조깅을 당장 그만둔다는 것은 사실 상상할 수도 없었다.

그가 알기로는 심리학자나 스포츠 의학자라면 누구나, 심지어 빌트-신문조차도 신체 활동을 거의 만병통치약처럼 권장했다. 육체적 고통이든 심리적 고통이든 간에 '인간이라는 기계'를 매일 한 번씩 제대로 가동시키는 것만큼 도움 되는 것은 없다. 하반신 마비와 같은 신체적 장애가 없다면 말이다. 이때는 뇌 운동을 해야 한다.

운동은 필수다. 다만, 꼭 알스터 호숫가를 달려야 할까? 솔직히 말하면 어둑한 새벽에 좋지도 않은 날씨에 사람이 없는 텅 빈 도시를 매일 달리며 개똥이라든가 과속하는 운전자들에게 짜증내는 것보다 재밌는 일은 많을 것 같다.

사람들이 흔히 말하는 '러너스 하이'라는 도취감에 빠져 자꾸 달리게 된다고 하지만 요나단은 지금껏 그런 것도 경험한 적이 없다. 그저 자기 자신을 극복하며 달렸을 뿐이다.

달리기는…… 그에게 맞지 않은 운동인 걸까?

테니스. 이 생각이 갑자기 떠올랐다. 그는 어렸을 때 테니스 치는 것을 좋아했다. 정식으로 배운 것은 아니고 협회에 가입하지도 않았지만, 엘베 강가에 자리 잡은 저택 정원에 빨랫줄을 걸어놓고 어머니와 함께 가끔 공을 쳤다. 맞다. 그는 공을 치는 것을 좋아했다. 아주 재밌다. 하지만 그는 계속 테니스를 치지 않았다. 그리프 가문에서는 골프를 쳤다. 아버지는 요나단이 어렸을 때부터 골프장에서 최고의 사업을 성사시킬 수 있다고 강조했다. 하지만 요나단은 격자무늬 바지를 입고 스파이크 달린 신발을 신고 큰 거래를 성사시킨 적이 한 번도 없다. 말도 안 되는 소리!

아버지가 병이 들어 출판사 대표 자리에 앉은 그는 안도하며 퍼터를 구석에 처박아놓았다. 골프는 정말 지루하기 짝이 없다. 그리고 큰일들은 어차피 그가 아닌 마르쿠스 보데가 맡아서 하고 있다.

보데. 이제 연락할 때가 되었다는 생각이 들었다. 보데는 아마 목이 빠지게 그의 연락을 기다리고 있을 것이다.

하지만 그전에 즐거운 일 목록을 계속 쓰고 싶었다. 보데와 출판사의 미래에 대해 통화하는 일은 절대 이 목록에 들어갈 리 없다. 테니스라면 몰라도.

그래서 목록에 '테니스 치기'라고 적었다.

그 아래에는 '노래 부르기'라고 적었다. 까맣게 잊고 있었다! 그는 어렸을 때 노래 부르는 것을 좋아했고 어머니가 열창하던 나폴리 민속음악을 따라 부르곤 했다.

아버지는 아들이 작고 노란 펠트 공을 쫓아다니는 것과 마찬가지로 노래 부르는 것도 좋아하지 않았고 요나단은 어머니가 떠남과 동시에 음악적 야망도 내려놓았다. 변성기가 찾아온 이후에는 샤워하며 몰래 노래 부르는 것조차 일절 하지 않았다.

요나단은 숨을 깊이 들이쉬고 노래를 시작했다.

Guarda, guarda, stu giardino
Siente, siesti scuranante······
(향기로운 꽃 만발한 아름다운 동산에서)

그는 멈췄다. 정말 끔찍한 소리로군! 당장 중단하지 않으면 다프네가 분명 짖어댈 게다. 그 다음 가사도 기억나지 않았다. 그러자 마음이 아팠다. 어렸을 때는 분명 'Torn a Surriento(돌아오라 소렌토로)'의 가사를 완벽하게 외우고 있었기 때문이다.

다른 여러 가지와 마찬가지로 파묻혀서 잊힌 것들 중

하나였다.

그는 계속 생각했다. 테니스와 노래 부르기 말고 뭐가 있을까? 그는 볼펜으로 종이를 두드리며 자신을 닦달했다. 보잘것없는 이 둘 말고 더 있어야 하잖아!

아무것도 없었다.

그럼 이제 전혀 즐겁지 않은 일에 관한 목록으로 넘어갈 차례다. 조깅? 맞나? 아닌가? 맞나?

전화벨이 울렸다.

디스플레이에 마르쿠스 보데의 이름이 떴다.

우연일까? 아니면 그가 싫어하는 일들에 대한 암시? 그는 전화를 받았다.

"요나단 그리프입니다."

"안녕하세요, 대표님. 마르쿠스 보데입니다."

"보데! 전화 줘서 반가워요! 막 전화하려던 참이었는데!"

"생각 좀 해보셨습니까?"

"물론이죠." 요나단이 대답했다.

"그럼 지금 출판사에서 만날까요?"

"아니오."

"네?"

"아니에요." 요나단이 히죽거리며 말했다. "내가 생각을 많이 해봤어요. 그래서 하는 말인데 혹시 테니스 칠 줄 알아요?"

"테니스요?"

32

한나
같은 날,
1월 4일 목요일, 16:14

불쾌한 진눈깨비가 모든 것을 축축하고 차가운 얼음 층
으로 덮어버리고 있는데도 한나는 크루크코펠 다리 근처
벤치에 앉아 마지막 전단지를 꼭 껴안고 있었다. 전단지
를 다 붙인 후 마지막 전단지 하나는 지나가는 사람들에
게 직접 코 밑에 들이밀어 보여주려고 남겨놓았다. 하지
만 이런 날씨에 산책하러 나온 사람은 거의 없었고 코트
밑에 반쯤 감춘 전단지는 이미 너덜너덜해졌다. 투명파
일에 넣어 올걸, 너무 급하게 나오느라 미처 생각하지 못
했다.

　내일은 전단지를 새로 만들어 코팅해서 다시 붙여놓을
생각이다. 어차피 달리 할 일도 없다. 그리고 오늘은 계
속 벤치에 앉아 있을 생각이다. 무엇인가를 목격해서 그
녀를 도와줄 수 있는 사람을 찾을 때까지 이곳에 앉아 있
을 거다. 아니면 꽁꽁 얼어버릴 때까지. 현재로서는 꽁꽁
얼어버릴 가능성이 현저히 높았다.

그녀는 알스터 호수 주변을 거의 다 돌면서 전단지를 붙였고 이제 하나만 남았다. 호수를 돌다가 경찰을 두 번 만났는데 지몬을 찾고 있다고 했다. 그나마 경찰이 수색이라도 하고 있어 다행이었다.

경찰들은 한나에게 그만 집으로 돌아가라고 말하며 전단지를 보더니 살짝 언짢은 기색을 내비쳤다. 본인들이 할 일을 잘하고 있으니 걱정하지 말라고 당부했다. 하지만 한나 마르크스는, 한나 마르크스니까, 한나 마르크스가 아니었다면…….

휴대폰이 울리자 한나는 추워서 꽁꽁 언 손으로 코트 주머니에서 휴대폰을 꺼냈다.

"너 설마 아직도 밖에 있어?" 오늘 벌써 세 번이나 통화했던 리자였다. 그녀는 한나가 전단지를 붙이는 것은 좋은 생각이지만 이런 날씨에 밖에 계속 돌아다니면 지몬을 찾는 전에 먼저 얼어 죽는다고 걱정했다.

"어두워질 때까지만 기다리려고."

"하늘을 봐! 이미 어두워."

"여기는 가로등이 많아서 괜찮아."

"한나!"

"제발, 리자, 알았다고. 내가 알아서 할게."

"미안한데, 네가 알아서 잘하고 있는지 모르겠다. 네가 폐렴에 걸린다고 지몬을 찾을 수 있는 건 아니잖아."

"내가 지금 자리를 떴는데 정확히 2분 후에 지몬을 본 사람이 지나가면 어떡해?"

"영하의 날씨에 눈까지 내리는데 알스터 호숫가를 누가 산책하겠어?"

"30분만 더 앉아 있다가 갈게. 약속해!"

"지금 정확히 어디야?"

"크루크코펠 다리 근처."

"그러면 어디라도 들어가 있어. 그 모퉁이에 '레드 도그'라는 가게가 있어. 거기 가서 따뜻한 차라도 마셔."

"문을 열었는지 모르겠어."

"그럼 가서 문을 열었는지 확인해봐!" 리자의 목소리에는 사랑이 가득 담긴 짜증이 묻어 있었다. 어린아이에게 모자와 장갑을 끼고 있으라고 놀라운 인내심으로 설득하는 것 같았다.

"하지만 거기 들어가 있으면……." 한나는 망설였다.

"이 날씨에 산책하는 미친 사람들을 못 본다는 거지? 알았어." 리자는 한숨을 쉬었다. "너는 네가 할 수 있는 모든 걸 다 했어. 이제 나머지는 네가 늘 그렇게 부르짖던 운명에 맡겨야 해. 모든 것이 다 네 손에 달린 건 아니야."

"나도 잘 알고 있어." 한나는 자기도 모르게 울었다. 지난 며칠 동안 얼마나 많은 눈물을 흘렸는지 모르지만 지금까지 살면서 평생 흘린 눈물을 전부 합친 분량보다 많다는 것은 분명했다.

"내가 지금 너한테 가면 좋겠는데 그럴 수가 없어. 아직도 스무 명이 넘는 아이들이 뛰놀고 있어서 우리 엄마하고 너희 엄마한테만 맡기고 갈 수 없어."

"그거야 당연하지." 한나가 말했다. 죄책감이 밀려왔다. 실은 이렇게 진눈깨비를 맞으며 멍청하게 공원에 앉아 있을 때가 아니다. 할 일이 무지 많았다. "리자, 정말 딱 30분만 더 있다가 꾸러기교실로 가서 정리라도 도울게, 알았지?"

"그럼 정말 좋겠다! 그런 다음에 같이 맛있는 거 먹으러 가자."

"음……."

"아니면 지몬의 집으로 가서 거기서 피자 배달시켜 먹을까? 맛있는 와인 한 병하고?"

한나는 미소를 지었다. "네가 정말 좋아!"

"나도 그래."

다섯 시 십오 분 전 한나는 말한 대로 벤치에서 일어났다. 30분 동안 단 한 명도 지나가지 않았다. 추위에 온몸 마디 마디가 쑤시고 발을 한 발짝 뗄 때마다 마라톤을 뛰고 난 후에 찾아오는 근육통을 앓는 느낌이었다.

택시를 불러서 에펜도르프 거리로 갈까 잠시 고민했지만, 전단지를 끼울 투명파일만 깜빡한 것이 아니라 지갑도 깜빡하고 나왔다. 어차피 '레드 도그'에서 커피를 마시지도 못했을 것이다. 택시를 타고 갈 수 없다면 가는 길에 지나가는 사람들에게 전단지라도 보여줄 수 있다.

"일어나는 모든 일에는 이유가 있어." 한나는 큰소리로 힘차게 말하며 하르베스테후데 거리 방향으로 터벅터벅 걸어갔다. 열심히 걸으면 20분 만에 꾸러기교실에 도착할 것이다. 중간 중간에 행인들을 만나 전단지를 보여주면 30분 정도 걸리겠지. 그 정도로는 폐렴에 걸리지 않을 거야. 한나는 콜록거렸다.

9분 만에 한나는 절반 정도 왔다. 걸었다기보다는 뛰었다. 자전거를 탄 몇 사람에게 말을 걸어도 그냥 이상하게 쳐다보고 지나갔다. 그 외에는 한 명도 만나지 못했다.

함부르크 시민들은 대체 왜들 이래? 진눈깨비가 조금 온다고 다들 겁먹고 집안에 틀어박히다니! 진정한 한자동맹(중세 중기 북해 · 발트해 연안의 독일 여러 도시가 뤼베크를 중심으로 상업상의 목적으로 결성한 동맹—옮긴이) 도시의 시민이라면 폭풍우에도 거뜬히 맞설 수 있으며 장롱에 최소한 우비 세 벌과 방수모자 하나쯤은 갖추어 놓고 있는 거 아냐?

한나는 진눈깨비를 피해 주변 저택들의 처마 밑을 따라 걸었다. 어느새 몸이 꽁꽁 얼어서 폐렴에 걸릴 위험이 현저히 높아진 듯했다. 택시를 타고 꾸러기교실에 도착해서 리자한테 돈을 빌리는 것이 현명하겠지만, 그녀의 머리는 이미 이성적인 생각이 불가능했다. 그리고 이제 와서 택시를 부르는 것은 별 소용이 없었다.

30미터 앞에 출입구 전등불빛 아래 작은 형상이 인도

로 내려오는 것이 보였다. 아이일까? 한나는 걸음을 빨리했다. 아이든 아니든 저 사람에게 전단지를 보여주면, 이렇게 추위 속에서 고생한 보람이 있을지도 모른다.

가까이 다가가니 아이가 아니라 푸들 강아지를 줄에 맨 작은 노부인이었다. 그녀는 우비를 입고 모자를 쓰고 있었으며 강아지 역시 우비를 입고 있었다.

"안녕하세요!" 한나가 인사하며 다가가자 노부인은 움찔했다. "뭐 좀 여쭤볼 게 있어요!"

그녀는 대답하지 않고 놀라운 속도로 불쌍한 강아지를 질질 끌며 집안 현관 쪽으로 다가갔다.

"저기요!" 한나는 다시 한 번 부르며 완전히 젖은 전단지를 들이밀며 개주인에게 다가가 그녀의 어깨에 손을 올렸다. "잠깐만요!"

"이 손 당장 안 치워요?" 노부인은 놀랄 만큼 빨랐을 뿐만 아니라 성량도 엄청났다. 한나는 깜짝 놀라 손을 뗐고 노부인은 몸을 돌려 성난 얼굴로 쳐다보았다. 분노와 두려움이 섞인 얼굴이라 한나는 미안해졌다. "나한테 뭘 원하는 거요?" 노부인이 쏘아붙였다. "날 내버려둬요!"

"죄송합니다. 전 다만……." 한나는 노부인을 진정시키기 위해 한 걸음 다가가 오른손을 내밀었다.

"도와주세요!" 노부인이 크게 소리쳤다. 그리고 옆에 있는 강아지에게 "다프네, 물어!"라고 소리쳤다.

푸들은 이빨을 드러내거나 으르렁거리지는 않지만

심하게 짖기 시작해서 한나는 혹여 물릴까 두려워 뒤로 물러섰다.

"뭔가 오해하신 모양이에요." 한나는 손사래를 치며 가능한 차분하게 말하려고 애썼다. "저는…… 저는……."

"무슨 일입니까?"

두 사람은 동시에 남자 목소리가 들린 왼쪽을 향해 고개를 돌렸다. 옆집 출입구 앞에 두 남자가 서서 밖을 내다보았다.

"파렌크로크 여사님, 괜찮으세요?" 남자가 걱정스럽게 물었다.

"아무 일도 아니에요!" 한나는 노부인과 강아지가 또 짖기 전에 얼른 소리쳤다. "오해가 좀 있었어요!"

그러면서 가능한 우아하게, 하지만 빠르게 브람스 거리를 향해 걸어갔다. 뒤에서 여전히 개 짖는 소리가 들렸지만 그나마 노부인은 소리를 지르지 않았고 이웃집 남자도 뒤쫓아오는 것 같지 않았다.

웃음이 나오려 했다. 노부인 습격혐의를 간신히 모면한 거다. 개 주인한테 혹시 지몬을 봤는지 물어보려던 것뿐인데. 그녀는 한나가 왜 접근하려고 한다고 생각한 걸까? 신문구독 강매? 한나는 웃었다. 상황은 전혀 즐겁지 않았지만.

33

요나단

1월 4일 목요일, 16:56

"보데 사장, 정말 대단해요!" 요나단은 거실 가죽 안락의자에 편하게 눕듯이 앉아 감탄했다. 보데와 테니스 경기를 마치고 시원한 아이스티 한 잔 하자며 집으로 초대한 요나단은 미소를 지었다. 기진맥진했지만 거의 열광의 도가니에 빠졌기 때문이다. 보데와의 테니스 시합은 너무나 재미있었다! 비록 공은 매번 그의 옆을 스쳐 날아가고 몸은 화물차에 깔린 듯 통증이 밀려왔지만 재밌었다. "그렇게 테니스를 잘 치는 줄 몰랐네요!"

"왜 그렇게 생각하셨어요?" 마르쿠스 보데는 뿌듯한 미소를 지었다.

"글쎄요." 요나단은 어깨를 으쓱했다. "그냥 미처 생각을 못했어요."

"저는 대표님이 그렇게 테니스를 못 칠 줄은 정말 몰랐어요." 보데는 더 크게 미소 지었다. "먼저 테니스를 치자고 제안하셔서 당연히 테니스를 잘 치시는 줄 알았어요."

요나단은 웃었다. "그때는 보데 사장이 제 2의 존 맥켄로일 줄은 몰랐죠."

"보리스 베커와 비교하지 않아서 감사합니다." 마르쿠스 보데는 웃었다. "그래도 대표님 실력은 갈수록 일취월장했어요."

"출판사 대표라고 아부할 필요는 없어요."

"진심입니다. 예전에 테니스를 쳤다는 걸 알 수 있었어요. 지금 녹이 좀 슬어서 그렇죠. 마지막으로 테니스 매치를 한 적이 언제였나요?"

"'매치'라고 할 수도 없어요." 요나단이 설명했다. "어렸을 때 어머니와 정원에서 공을 쳐본 것뿐이에요."

보데는 의문스러운 듯 눈썹을 치켜 올렸다. "그런데 왜 갑자기 테니스를 치자고 하셨어요?"

"그냥요." 요나단이 대답을 회피했다. 보데한테 신비한 다이어리 때문이라고 사실대로 털어놓을 수는 없었다. "모르겠어요. 새해가 되니까 평소 안 해본 것들을 해볼까 해서요. 삶에 뭔가 활기를 주는 일을 하고 싶어서 시험 삼아 쳐보고 싶었어요."

"이해해요." 보데는 고개를 끄덕이고 생각에 잠겨 아이스티 잔을 물끄러미 바라보았다. "새해가 되면서 대표님이나 저나 조금씩 변화를 맞이하게 되네요, 그렇죠?"

"그런 것 같네요." 요나단도 동의했다. "요즘은 좀 어떻습니까?" 보데의 상황을 물어봐야 할 것만 같았다.

"그럭저럭 지냅니다. 아내하고는 '대화' 중이에요."

"그래요? 그럼 아직 희망이 있는 거 아닌가요?"

"무슨 대화냐에 달렸죠. 저희 경우에는 솔직히 변호사들끼리 대화하고 주 내용은 제가 지불해야 하는 양육비가 얼마이고 아이들을 얼마나 자주 볼 수 있는지입니다."

"저런." 요나단은 그를 민망하게 쳐다보았다. "그렇다면 상황이 여의치 않네요."

"그러네요."

"보데 사장." 요나단은 자신이 어울리지 않게 경쾌한 분위기로 넘어간다는 것은 느끼고 있었지만 그래도 뭔가 말해야 했다. "경험자로서 한 마디만 하면, 이 또한 다 지나갑니다."

"네." 보데는 고개를 끄덕였다. "하지만 대표님은 자녀가 없잖아요."

"그렇기는 하죠." 요나단도 인정했다.

"그리고 제가 알기로 사모님은 이혼 후에 생계비조차 요구하지 않으셨다면서요?"

"어떻게 압니까?" 요나단은 놀라고 민망했다.

"저는 15년째 그리프손&북스에서 일하고 있어요. 아버님께서 물러나신 후에는, 아시는지 모르겠지만 심지어 사장으로 일하고 있고요."

"당연히 알죠. 하지만 그게 무슨 상관이죠?"

"사장으로서 출판사에서 일어나는 모든 관심사를 파악

하고 있어야 합니다."

"파탄난 내 결혼생활이 '출판사의 관심사'에 속하는 줄은 몰랐네요." 요나단은 언짢은 기색을 숨기지 못했다.

"물론 아니죠!" 마르쿠스 보데는 벌게진 얼굴로 재빨리 수습에 나섰다. "죄송합니다. 그럴 생각이……."

"됐어요." 요나단이 말했다. "어차피 상관없는 일이에요."

"아니오, 죄송합니다." 보데가 재차 사과했다. "하지만 저희 출판사 대표님으로서 관심의 중심에 계시기 때문에 사람들이 얘기하는 것은 당연합니다."

"사람들이라고요?" 요나단은 또다시 민망한 감정에 사로잡혔다. "무슨 사람들 말인가요?"

"직원들 말이죠. 저희 출판사 직원들이요. 직원들은 대표님한테 관심이 많아요."

"그렇군요." 그의 사생활이 직원들 대화의 소재가 된다니, 불쾌했다. 한 번도 생각한 적 없었다. 직원들은 그를 그저 희미한 상징적 인물로—아니면 적어도 어떤 형상으로—가끔 출판사에 나타나는 사람으로 인식할 뿐, 보통은 생각하지 않는 줄 알았다. 하지만 지금 보데한테 그렇지 않다는 얘기를 들으니 그것은, 그것은……

"전혀 신경 쓰실 필요 없습니다." 마르쿠스 보데가 그의 생각을 끊었다. "아주 자연스러운 일입니다. 수다와 뒷담화는 사람들의 기본 욕구예요. 텔레비전 드라마나 재밌는 오락소설 같은 거라고 보면 됩니다."

"지금 내 인생을 텔레비전 드라마와 비교합니까?"

"너무 언짢게 생각 마세요! 위대한 오스카 와일드의 유명한 말이 있잖습니까? 어떤 사람을 험담하는 것보다 더 안 좋은 것은 단 하나밖에 없다. 바로 그 사람에 대한 얘기를 전혀 하지 않는 것이다."

"그 사람은 그런 얘기를 할 만하죠." 요나단이 무미건조하게 말했다. "우리 미스터 와일드는 비참하게 감옥에서 말년을 보냈고 석방된 지 얼마 안 돼서 외롭고 가난하게 죽었으니까."

"그래도 훌륭한 명언들을 많이 남겼어요."

"하지만 자신한테는 아무 소용이 없었죠."

"그래도 후세에는 많은 영향을 끼쳤어요."

"오스카 와일드한테는 사후에 큰 위로가 되겠네요."

"그렇죠." 마르쿠스 보데는 양팔을 벌렸다. "우리가 날이면 날마다 하려는 게 그런 거 아닌가요? 후세에 위대한 문학을 남기는 일."

"나는 우리의 문학이 '현세'에서부터 인정받고 마땅한 대가를 받는 것을 선호해요."

마르쿠스 보데는 곧바로 자세를 고쳐 앉았다. "말 나온 김에 이제 일 얘기로 넘어갈까요?"

"으음." 젠장! 젠장! 젠장! 그는 스스로를 살얼음판으로 몰고 왔다. 그 얘기는 가능한 오래 외면하고 싶었는데!

망할! 하지만 피해갈 마땅한 구실이 떠오르지 않아 포기했다. 그러면서 공격 모드를 취하기로 했다. "좋습니다. 방금 출판사에서 일한 지 오래됐다고 강조하셨으니 먼저 보데 사장의 생각과 제안을 듣고 싶습니다."

"아닙니다." 보데가 받아쳤다. "대표님이 자료에 명백히 드러나는 현재 상황을 어떻게 생각하시는지 듣고 싶습니다."

"먼저 말씀하시죠!"

"아뇨, 대표님이 먼저 하셔야죠."

요나단은 헛기침을 했다. 이거 뭐지? 몰래카메라인가? 마르쿠스 보데는 왜 자기 생각을 말하는 것을 피하지? 설마…… 두려운 걸까?

그를, 요나단 N. 그리프를 두려워하는 것일까? 그가 아버지도 아닌데 그럴 리 없다. 그리고 지금 두려워 하는 쪽은 요나단 자신이다.

보데는 왜 이러는 걸까?

"솔직히 말해보세요, 보데 사장." 요나단은 가능한 권위적인 태도를 보이려 애썼다. "당신은 우리 출판사의 실질적인 책임자이고 나보다 모든 숫자나 변화를 훨씬 더 잘 알고 있습니다. 당신이 시장상황을 더 잘 전망하는데 내가 전문가의 의견부터 듣지 않는다면 바보짓이죠."

"그렇게 생각하십니까?"

"물론이죠."

"그러니까 허심탄회한 제 의견이 듣고 싶다는 거죠?"

"바로 그겁니다. 말씀하세요."

마르쿠스 보데는 잠시 망설이더니 탁자 위에 유리잔을 내려놓고 소파 가장자리까지 다가와 앉은 후 다리를 꼿꼿이 세우고 무릎 위에 손을 올렸다.

"솔직하게 말씀드립니다. 저희 출판사가 설립 때부터 고수하던 노선을 계속 유지하기는 힘들어 보입니다. 장기적으로 봤을 때 더는 경쟁력이 없습니다."

"좀 더 자세히 말씀해주세요."

"그리프손&북스는 고급 문학을 추구합니다. 하지만 사람들이 이젠 그런 책을 사지 않습니다. 제 의견을 물으신다면 우리 출판사가 더 대중적으로 바뀌어야 한다고 생각합니다."

"대중적이라." 입안이 썼다.

마르쿠스 보데는 고개를 끄덕였다.

"구체적으로 무슨 뜻입니까?"

"빠른 시일 내에 대중적인 장르의 도서를 출판해야 한다고 생각합니다. 연애소설. 범죄소설이나 스릴러 또는 가벼운 역사물 같은 것 말입니다."

"그건 절대 안 됩니다!"

"그러실 줄 알았습니다. 하지만 다른 방법이 없다고 생각합니다."

"그리프손&북스는 그런 책을 내는 출판사가 아니에요!"

"계속 이렇게 가다가는 곧 아무 책도 낼 수 없게 될지 모릅니다."

"그래도." 요나단은 자신의 생각을 고수하려 했다. "그렇게까지 심각할리가요!"

"매출 자료를 살펴보셨어요?"

"당연히 봤죠!"

"그렇다면 상황의 심각성을 충분히 아실 텐데요."

"하지만……." 요나단은 무슨 말을 할지 고민했지만 그럴듯한 말이 떠오르지 않았다. "아무리 그래도 우리는 단지 이익 추구만을 위해 이 세계를 우민화하는 데 동조할 수는 없습니다!" 결국 이런 고루한 말밖에 할 수 없었다.

"아주 조금이라도 대중적인 냄새가 나는 것에 대한 대표님의 거의 병적인 거부감은 대체 어디서 온 겁니까?" 보데가 궁금해 하며 물었다.

"이건 거부감이 아닙니다!" 요나단이 발끈하며 응수하는 동시에 지금 보데와 싸우는 중인지 헷갈렸다. 거의 그렇게 들리기는 했다.

"아니라고요?"

"나는 지금까지 우리가 같은 노선을 추구하고, 보데 사장이 우리 출간 시스템을 완전히 지지한다고 생각했는데요!"

"그렇습니다! 하지만 저나 대표님의 개인적 취향이 중요한 게 아닙니다. 책이 팔리느냐 아니냐가 문젭니다. 그리프손&북스는 여전히 중요한 경제 부분을 담당하는 기업이고 직원들을 책임져야 하는 회삽니다."

"우선 오랜 가문의 전통을 기반으로 운영되는 기업입니다. 그리고 나는 이 전통을 이어나가야 할 책임을 지고 있어요."

"저도 이해합니다." 마르쿠스 보데가 달래며 말했다. "지금 당장 서부극 소설만 출판하자는 말이 아니에요. 가끔은 잘 팔릴 만한 책을 출판해서 우리의 주력 도서를 위한 자금을 확보하자는 말입니다."

"그건 위선입니다."

"저는 영리한 전략이라고 생각합니다."

"그렇다면 우리는 뜻이 같지 않은 모양이군요."

두 사람은 서로 빤히 쳐다보았다. 말없이. 눈도 깜빡이지 않고. 이노센티아 공원에서 벌어지는 서부극의 한 장면처럼.

요나단이 목소리를 가다듬고는 너무 흥분했다고 분위기를 진정시키려는 찰나, 밖에서 큰소리가 들렸다.

"이 손 당장 안 치워요?"

요나단은 말벌에 쏘인 듯 벌떡 일어났고 보데도 마찬가지였다. 두 남자는 현관문을 향해 뛰어갔다.

"도와주세요! 다프네, 물어!"

"옆집 파렌크로크 부인이에요!" 요나단은 현관문을 열고 밖을 내다보았다. 마르쿠스 보데는 그의 옆에 바짝 붙어 있었다. 집에서 몇 미터 떨어진 인도 위에 노부인이 서 있는 모습이 보였다. 그녀는 어둑한 곳에서 다른 여자와 함께 있었는데 다투는 듯했다.

"파렌크로크 여사님, 괜찮으십니까?" 요나단이 물으며 달려가려 했다.

"아무 일도 아니에요!" 낯선 여자가 소리쳤다. "그냥 오해가 좀 있었어요!" 목소리가 신뢰감 있게 들려서 요나단은 안심했다. 여자가 엄청나게 빨리 걸어가버려서 따라잡으려면 달려야 했을 것이다. 하지만 먼저 이웃집 노부인이 괜찮은지 살펴봐야 할 것 같았다.

"괜찮으세요?" 요나단이 다가와서 물었다.

"괜찮아요." 키가 작은 파렌크로크 부인은 사시나무 떨 듯 떨었다. "고마워요. 이제 괜찮아요." 다프네는 확인해주듯 힘차게 "왈!" 짖었다.

"그 여자가 왜 다가왔나요?"

"나도 몰라요." 노부인의 목소리는 가련했다. "갑자기 나를 습격했어요."

"경찰을 부를까요?"

헤르타 파렌크로크는 떨면서 그에게 미소를 지었다. "그럴 필요는 없을 것 같네요, 그리프 씨. 덕분에 별 일 없었어요."

"진짜 괜찮으시겠어요?"

그녀는 고개를 끄덕였다. "이제 그만 돌아가 따뜻한 차를 마셔야겠어요."

"그러세요." 요나단이 말했다. "혹시라도 무슨 일이 있으면 제가 바로 옆에 있으니 연락하세요."

노부인은 한결 안도한 얼굴로 미소 지었다. "마음이 놓이네요." 그녀는 다프네의 목줄을 당겨 현관문을 향해 천천히 뒤뚱뒤뚱 걸어갔다.

요나단은 몸을 돌려 집안으로 들어가려다가 갑자기 그녀를 불렀다.

"저기, 파렌크루크 여사님?"

노부인은 그를 향해 몸을 돌렸다. "무슨 일이죠?"

"생신이 언제세요?"

"5월이요. 그건 왜요?"

"3월 16일이 아니고요?"

"네?" 노부인은 어리둥절해보였다. "5월 7일이 확실해요. 내 생일을 헷갈릴 정도로 노망나진 않았다우."

"그야 물론이죠." 그가 대답했다. "편안한 저녁 보내세요!"

그는 여전히 마르쿠스 보데가 서서 기다리고 있는 현관문을 향해 다가갔다.

"무슨 일입니까?" 보데가 물었다.

"이웃집 노부인이 생판 모르는 여자의 습격을 받을 뻔했대요."

"이 동네에서요?" 보데는 의아하다는 듯 고개를 저었

다. "정말 의외네요."

"그래요. 나도 좀 놀랐어요."

"정신병원에서 탈출한 걸까요?"

"그럴지도 모르죠. 하지만 말소리는 지극히 정상이었는데."

마르쿠스 보데는 고개를 끄덕였다. "바로 그런 사람들이 가장 위험하죠."

"이제 그만 들어갈까요?"

"그러고 싶은데 저는 이만 가봐야 합니다." 그는 손목시계를 내려다보았다. "오늘 변호사하고 약속이 있어요. 아시다시피…… 그래서 우리의…… 우리의 대화는 다음에 계속해야 할 것 같습니다."

"안타깝네요." 요나단은 이렇게 말했지만 속으로 쾌재를 불렀다.

34

한나

1월 5일 금요일, 6:53

일곱 시. 모퉁이에 있는 빵집은 왜 일곱 시나 돼야 문을
여는 걸까? 이 시간에 출근해야 하는 사람들도 많은데.
벌써 회사에서 반나절을 일한 사람들도 있을 텐데 그런
사람들은 어쩌라고? 그들은 아침에 빵도 못 먹고 커피도
못 마시고 출근해야 하나?

문 닫힌 '한제아텐 빵집' 앞에 서서 발을 동동 구르면
서 한나는 차를 몰고 호르너 로터리에 있는 주유소로 갈
까 잠시 고민했다. 거기는 24시간 문을 여니 분명 오늘자
〈함부르크 신문〉이 가판대에 깔렸을 것이다.

실은 새벽 3시부터 달려 나가 신문을 사오고 싶었지만
함께 와인을 마신 리자가 트윙고 운전대를 잡는 것을 한
사코 말렸다. 리자는 한나의 차 열쇠를 빼앗고 엄격한
표정으로 "지금 당장 최소한 여섯 시간은 자!"라고 명령
했다.

하지만 한나는 여섯시 반까지 잠들지 못한 채 지문의

침대에서 뒤척거렸다. 리자는 거실 소파 위에서 곤히 자고 있었다. 한나는 침대에서 일어나 씻지도 않고 헝클어진 머리로 '한제아텐 빵집'을 향해 질주했다.

그래서 처량한 길고양이처럼 지금 여기 이렇게 서서 내려진 셔터를 흔들어대거나 들어가게 해달라고 고래고래 소리를 지르고 싶은 유혹과 싸우고 있다.

6시 56분. 지금이라도 주유소로 갈까? 하지만 지금 출발해도 4분보다 더 걸린다는 것을 인정할 수밖에 없었다. 제발 빵집에 신문배달이 이미 끝났어야 할 텐데! 아직 배달이 안됐다면 그 자리에 주저앉아 미친 듯 울어버릴 것 같았다.

6시 59분, 그토록 기다리던 열쇠 소리가 안쪽에서 들렸고 몇 초 후 셔터가 올라갔다. 문 뒤에 서 있던 중년 여성은 가게 문을 열자마자 돌진하며 뛰어 들어와 인사도 없이 〈함부르크 신문〉을 요구하며 유리 선반 안에 있는 신문 더미를 움켜쥐는 한나를 어이없다는 듯 지켜보았다.

"잔돈 가져가요!" 5유로 지폐를 받은 빵집 주인이 열심히 소리쳤으나 한나는 이미 밖으로 나간 후였다.

한나는 힘겹게 숨을 몰아쉬며 곧바로 〈함부르크 신문〉을 펼쳐보았다. 그녀는 안도했다. 편집국은 약속을 지켰다. 1면 하단에 지몬을 찾는다는 기사가 크게 실렸고 지몬의 사진과 다이어리 사진도 함께 실렸다. 새해 아침 알스터 호숫가에서 지폰을 봤거나 다이어리를 습득한 사람이 이 기사를 본다면 연락할 것이다. 틀림없다. 다른 경우는 생각조차 할 수 없다!

35

요나단

1월 5일 금요일, 6:15

자명종이 울리자 요나단은 언제나 그랬듯 침대에서 벌떡 일어났다. 3초 후에야 그럴 이유가 없다는 사실을 깨달았다. 오히려 더 푹 잘 시간이다. 해가 뜨기 전에 매일 달리는 것은 이제 과거의 이야기니까.

이제부터는 조깅 대신 테니스를 치기로 결심한 요나단은 자명종을 끄고 다시 베개에 머리를 누이고 코까지 이불을 덮었다. 정말 좋잖아! 누워 있고 싶은 만큼 오래 누워 있을 생각이었다.

정말 오래 누워 있고 싶었다. 출판사의 상황이 별로 좋지 않다는 것을 제외하고는 — 그리고 마르쿠스 보데가 집요하게 구는 것을 제외하고는 — 그 어느 때보다 좋았다. 요나단 자신도 왜 그런지 말할 수 없었다. 사실 아무 일도 일어나지 않았기 때문이다. 하지만 그래도 좋았다.

8시 반쯤 다시 잠에서 깬 요나단 N. 그리프는 시계를 흘깃 보며 미소 지었다. 평일 8시 반은 그가 오늘부터 되기로 마음먹은 세계인, 그리고 인생을 아는 사람에게 꽤 알맞은 시간이었다. 지금 당장 자명종을 없애도 상관없다. 이제는 꼭두새벽부터 이불을 털고 일어날 하등의 이유가 없으니까.

그는 일어나 슬리퍼를 신고 가운을 걸쳤다. 이제 맛있는 커피 한 잔과 갓 구운 크루아상 그리고 신문과 함께 만족스럽게 하루를 시작할 수 있다.

이렇게 좋을 줄이야! 왜 지금까지 꼭두새벽부터 운동복을 입고 피곤하고 언짢게 아침을 맞은 걸까? 왜 수년간 그렇게 살았을까? 대체 왜 남들 자는 시간에 조깅을 했을까? 출퇴근 시간도 따로 없이 자유로운 그가 그런 미친 짓을 할 이유가 전혀 없는데?

아마도 습관의 힘 때문일 게다. 수년 전부터, 대학에서 공부할 때부터 아침마다 운동으로 시작했고 시간이 흐르면서 이 습관이 너무나 익숙해져 한 번도 의문을 품은 적이 없었다. 그는 속으로 다이어리에게 감사했다. 다이어리로 인해 생각을 바꾸지 않았다면 간병인이 휠체어를 밀어줄 때까지 아침마다 계속 괴로워하면서 알스터 호숫가를 죽으라고 달렸을 테니까.

커피머신을 작동시키고 크루아상을 오븐에 넣은 후 현관문 옆 신문함에서 〈함부르크 신문〉을 꺼내 식탁 위에 올려놓았다. 그런 다음 아침식사를 가지러 가기 위해 부엌으로 들어갔다. 커피가 아직 다 추출되지 않아서 다시 서재로 올라가 다이어리를 가지고 내려왔다. 신문보다 먼저 다이어리를 읽을 참이었다.

매일 아침마다 해당 날짜에 적힌 내용 살펴보는 것을 새로운 하루 습관으로 삼을 생각이다. 그리고 유혹이 아무리 크더라도 다른 날짜의 내용을 미리 넘겨보지 않기로 했다. 물론 몇 개는 이미 휙 훑어보긴 했지만 그때는 다이어리 주인을 찾아줘야 한다는 의도로 인한 것이니 '무효'라고 할 수 있다.

이제부터는 아무도 찾지 않는 것 같은 다이어리(또는 운명, 맞다 운명!이 그에게 맡긴 다이어리)를 한꺼번에 모든 문을 열면 안 되는 강림절 달력(창문이 24개 달린 달력으로 12월 1일부터 24일까지 매일 창문을 한 개씩 열면 그 안에서 초콜릿이나 선물이 나옴—옮긴이)처럼 여길 생각이다. 그래서 매일 새로운 깜짝 선물로 하루를 시작할 것이다. 아주 개인적인 럭키박스, 아침 신탁(神託), 그의…… 그러니까 그의 비밀스러운 오락.

요나단은 평온한 마음으로 10분 후 다이닝룸에 있는 커다란 식탁에 앉아 따뜻하고 부드러운 크루아상을 베어 먹으며 1월 5일자를 펴서 읽었다.

━━ 오늘은 미디어 다이어트를 해봐!

미디어 다이어트? 이건 또 무슨 소리지? 그는 호기심을 가지고 계속 읽어내려 갔다.

— 우리의 에너지는 우리의 관심사를 따라가. 그러니까 당
분간 안 좋은 뉴스는 피하도록 노력해봐. 신문 읽기, 텔
레비전 시청, 라디오 청취를 중단해봐 (영원히 그러라는
것은 아니고 잠시 동안만). 너도 알다시피 미디어는 대부
분 안 좋은 뉴스를 보도하기 마련이니까 안 좋은 소식
들이 너한테 닿지 않도록 노력해봐!
대신 할 수 있는 일: 인생을 어떻게 살아가고 싶은지 생
각해봐! 네가 원하는 크고 작은 일들을 다 적어서 목록
으로 만들어. 성공, 돈, 사랑, 새로운 취미, 자녀 열
명…… 이에 맞는 그림을 잡지 같은 데서 찾아보고 오
려서 종이에 붙여. 그 종이를 잘 보이는 곳에 붙여두면
너의 '비전보드'가 되는 거야! 미래를 향한 발판을 마
련하는 거지! 이 그림들은 무의식적으로 너의 모든 꿈
이 이루어지도록 도와줄 거야!
'어느 항구를 향해 갈 것인지 생각하지도 않고 노를 젓
는다면 바람조차 도와주지 않는다' (세네카) 그리고 또
하나: '꿈을 계속 간직하고 있으면 반드시 실현할 때가
온다' (요한 볼프강 괴테)

아하. 만들기 시간이군. 테니스보다 더 오래 전에 했던
일. 유치원에 다닐 때 가위와 색종이로 뭔가 만들었던 기

억이 어렴풋이 났다. 어쨌든 재밌을 것 같았고 괴테의 명언도 마음에 들었다. 비록 다이어리를 기록한 사람이 한심하게 '폰'을 빼먹기는 했지만. 요나단은 펜을 들고 볼프강 뒤에 'v.'라고 적었다. 괴테는 1782년 요셉 2세 황제로부터 귀족 작위를 받았으니 이 정도 대우는 해줘야한다!

비전보드. 의도는 뻔하다. 그는 멍청이가 아니니까. 비전보드를 만드는 것은 중요하다고 생각하는 일들에 대한 자신의 지각을 자극하는 데 분명 도움이 된다. 그림을 자주 봄으로써 반복해서 머릿속에 떠올리고 여기에 초점을 맞추는 것이다.

누구나 한 번쯤 경험했을 것이다. 어떤 주제에 몰두하다 보면 우연히 그것들을 자주 마주치게 된다. 임신부들이 유난히 유모차와 아이들을 자주 보게 되는 것과 같은 이치다. 당연히 요나단은 임신한 적 없지만 그런 것을 충분히 상상할 수 있는 추론 능력은 있다.

이런 비전보드의 의미와 목적은 그 이상도 이하도 아니다.

요나단은 자기도 모르게 '또 다른 볼프강'을 떠올렸다. 아버지. 볼프강 그리프는 직원들이 출판사를 위해 '새로운 비전'을 요구할 때마다 어떻게 방어했던가? 그는 헬무트 슈미트 전 총리의 유명한 말을 자주 인용했다. '비전이 있는 사람은 병원에 가봐야 한다.' 볼프강 그리프는 이 말을 즐겨 사용했고 많은 사람들이 모인 곳에서 공공연히 말하고 다녔다. 그런 다음에 늘 호방하게 웃었다.

요나단은 그럴 때마다 일종의 딜레마를 겪었다. 전능한 아버지에 대한 뿌듯한 경외심 그리고 영역을 지키는 수사슴 같은 행동을 보이는 꼴사나움에 대한 매우 은밀한 수치심 사이에서 갈팡질팡했다.

그런 기억들을 떠올리다 잠시 몸서리를 쳤다. 그는 이 방면으로는 아버지에게 물려받은 것이 전혀 없다. 오히려 아버지는 늘 아들에게 뚝심이 없다고 비난했다. 요나단도 어쩔 수 없었다. 그리프 가문의 알파 유전자를 물려받지 않았고 오히려 이탈리안의 피가 강하게 흘렀다. 적어도 요나단은 그렇게 생각했다. 이탈리아 친척들을 잘 모르니 장담할 순 없지만.

출판사를 '대중화' 하자는 마르쿠스 보데의 제안에 아버지라면 어떤 반응을 보일까? 안 봐도 눈에 선했다. 그 이유만으로도 새로운 노선을 고민하는 건 무의미하다. 사람들이 아버지에 대해 뭐라고 수군거려도 아버지는 성공적인 출판사 경영법을 알았다! 이제 서류상으로는 요나단이 출판사 대표이고 볼프강 그리프는 정신이 오락가락하기 때문에 출판사를 기존의 전통대로 계속 이어가는 것은 자신의 의무라고 생각했다.

마르쿠스 보데의 능력은 의심하지 않는다. 요나단은

그의 능력을 높이 샀다. 하지만… 하지만… 하지만… 아주 작은 반항이 그의 뇌리에 스며들었다. 적어도 해리 포터의 경우에는 아버지가 '틀렸다.' 아주 교육적이지만 손실을 본 그리프손&북스의 아동서적들보다 해리 포터가 훨씬 더 많은 아이들에게 독서의 즐거움을 심어주었을 것이다. 아동서 분야는 결국 보데의 조언에 따라 폐지해야 했다. 또한 볼프강 그리프가 칭송하던 후베르투스 크룰은 그가 아닌 할머니가 발견한 작가다. 아주 솔직하게 내면의 목소리에 귀 기울이면 보데의 제안이 그렇게까지 터무니없지는 않다.

그는 자세를 고쳐 앉았다. 지금 내 생각은 정신적인 부친 살인과 마찬가지다! 그럼 어떻게 해야 하지? 내가 정말 출판사를 책임질 수 있나? 할 수 있을까? 그래도 될까? 아니면 그냥, 지금처럼 그냥 유지하는 것이 좋을까? 그리프손&북스의 포트폴리오를 통째로 뒤엎는 것처럼 중대한 결정은 쉽게 내릴 수 없다.

요나단은 무거운 주제에 더 깊이 들어가기 전에 샤워를 하고 다이어리에 적힌 오늘의 과제를 수행하기로 했다. 비전보드를 만들 생각이다. 하지만 가위와 종이를 사용할 정도로 구시대 사람은 아니다. 노트북을 사용해서 아주 프로페셔널한 문서를 만들 생각이다. 그가 꿈꾸고 소망하는 온갖 것들에 대한 그림이 들어간 PDF 작업을 하려고 했다.

예를 들면…… 정말 좋은 테니스라켓. 휘우! 첫 번째 모티브는 정해졌다. 식은 죽 먹기로군! 어제 보데와 테니스를 쳤던 로텐바움 거리의 테니스클럽의 사진도 인터넷에서 찾을 수 있겠지. 곧바로 거기 회원으로 가입하거나 적어도 테니스 수업을 예약할 생각이다. 미래를 위한 초석 놓기, 바로 이거야! 생각난 김에 몇 년째 돈만 내고선 코빼기도 비추지 않은 골프클럽 회원권은 취소해야겠다. 아버지에게 굳이 말할 필요는 없겠지.

한껏 들뜬 요나단은 경쾌하게 일어섰다. 위층으로 올라가기 위해 문 앞까지 갔다가 되돌아와서는 〈함부르크 신문〉을 집어 들었다. 재활용 쓰레기통에 버릴 것이다. 오늘은 미디어 다이어트데이니까. 그리고 오늘은 자질도 안 되는 글쟁이들이 쓴 글을 읽으며 짜증내고 어차피 아무도 신경 쓰지 않는 오탈자를 수정하는 것보다 훨씬 재밌는 일을 앞두고 있으니까.

약 네 시간 후 요나단 N. 그리프는 자신의 작품을 뿌듯하게 바라보았다. 감격스러웠다! 인터넷에서 찾은 사진들을 짜깁기해 만들고 출력한 이 작품은 절대 어디에 걸어 놓지 않을 생각이다. 그 누구도 심지어 가정부도 못 보게 하고 싶었다.

요나단은 자신이 '작업' 하여 이제 컬러로 인쇄된 종이를 보고 어리둥절했다. 테니스라켓과 테니스클럽 로고

외에도 수수께끼인 그림들이 있었다. 누군가 그를 조종해서 고른 그림들인가?

마이크를 든 가수는 그나마 이해할 수 있다. 얼마 전 노래 부르기를 좋아한다는 것을 깨달았으니까. 오래된 포드 머스탱도 마찬가지였다. 몇 년째 사브를 타고 있지만 눈에 띄는 미국 자동차 머스탱을 볼 때마다 오픈카에서 스윙음악을 들으며 66번 도로를 달리는 공상을 했다. 가다가 허름한 모텔에서 하룻밤 묵고, 저녁에는 차가운 버드와이저를 손에 들고 통로에 앉아 다른 손님들을 구경하는 상상.

몇 년 전 티나에게 그런 여행을 제안했지만 그녀는 평소 맥주를 '프롤레타리아들이나 마시는 값싼 술'이라고 혐오한 요나단을 지적하며, 66번 도로변 모텔에는 바퀴벌레가 있을 가능성이 100%이기 때문에 아마 그는 모텔 매니저들에게 항의편지를 쓰느라 밖으로 나올 시간도 없을 거라고 말했다. 이 말에 요나단은 상처 받았지만 (어쩌면 '두 번째 사춘기'냐는 말에 대한 복수였는지도!) 정곡을 찔려 뜨끔했다. 그래서 관두고 말았다. 티나의 말이 전적으로 옳았기 때문이다.

바닷가의 집 그림도 보았다. 모래언덕과 갈대밭 뒤자리 잡은 외딴 집이었다. 이 역시 '누군가 그를 조종'해서 고른 그림은 아니었다. 회사와 도시 생활에 얽매인 사람이 충분히 동경할 수 있는 이미지다. 단절된 자연 속에서, 방해꾼 한 명 없는 곳에서, 한적한 북해 해변이나 작은 섬, 인터넷이나 휴대폰이 안 되는 곳. 요나단의 휴대폰이 쉴 새 없이 울리거나 계속 이메일이 날아오진 않지만 그는 이따금 수도원 같은 고립된 생활을 갈망했다.

그렇기 때문에 즉흥적으로 다운받은 두 명의 어린아이 사진이 더더욱 의아했다. 앞뒤가 안 맞잖아! 남녀가 손을 잡고 석양 무렵 해변을 거니는 사진은 또 뭐고?

두 남녀는 바닷가에 있었고 아이들 역시 모래놀이를 하고 있었지만 — 이것이 두 사진의 유일한 공통점이다. 게다가 정원에 있는 커다란 식탁에 많은 사람들이 모여 앉아 식사하는 사진을 보면 결론은 단 하나였다. 정신분열증. 그가 만든 콜라쥬는 정신분열의 한 단면을 보여주고 있다.

요나단은 현재 싱글라이프에서 평안을 느꼈다. 외로움마저 즐기는 사람이었지만 다른 한편으로는 레오폴트와 보낸 저녁시간과 보데와의 테니스 시합도 아주 즐거웠다. 지금 아이가 없다고 해서 당연히 자녀를 원하지 않는다는 의미는 아니잖은가?

결혼생활을 하고 있을 때 그는 당연히 자녀를 가질 생각이었고 결혼하면 아이는 있어야 한다고 여겼다. 티나가 떠나면서 그 생각은 사라졌지만 내면 깊숙한 곳에서는 아마도 여전히 아이를 원하는 모양이다. '외면의' 요나단은 사실상 포기했지만.

그는 비전보드에 있는 사진들을 양손으로 쓰다듬으며 어떤 그림이 가장 마음을 끄는지 느껴보려 했다. 사진 한 두 개는 버려야 할 것이다. 인생에서 모든 것을 다 가질 수는 없으니까.

그런데 누가 그래?

인생에서 모든 것을 가질 수 없다고 얘기한 사람은 누구였을까? 이것은 뒤집을 수 없는 법칙인 건가? 물론 상식이긴 하지만 그렇다고 진실일까?

요나단 N. 그리프는 아래층 부엌에서 커피를 한 잔 더 가져오기 위해 일어났다. 이 질문은 좀더 고민할 필요가 있다.

36

한나

1월 10일 수요일, 23:51

아무 연락도 없었다. 5일 동안 어떤 연락도 없었고 신문 기사는 전혀 효과가 없었다. 그 기사를 읽은 사람이 한 명도 없는 것 같았다.

한나가 알스터 호숫가에 두 번이나 새로 붙인 전단지도 한 통의 전화가 걸려온 것 말고는 소용이 없었다. 지몬과 같은 초등학교를 다닌 것 같다며 전단지 사진을 보고 알아봤다는 동창생의 어이없는 전화였다.

한나는 그런 쓸데없는 소릴 하려고 전화했냐며 상대에게 소리 지르고 싶은 욕구를 간신히 참았다. 대신 간단히 고맙다는 말만 하고 끊었다.

경찰 수사 역시 제자리였다. 한나와 계속 연락했던 경찰은 더는 낙관적이지 않았다. 지몬을 찾지 못할 수 있다고 하진 않았지만 부드럽고 달래는 듯한 목소리에서 그 사실을 느낄 수 있었다. 더는 희망이 없다는 사실을 아주 조심스럽게 알리는 방식이었다.

있을 수 없는 일이고, 있어서도 안 되는 일이다! 지몬
은 대체 어디 있는 걸까? 대체! 어디! 있을까? 이 질문이
한나의 머릿속에서 끊임없이 맴돌았다. 지몬의 침대에
누워 있는 지금도 다른 생각은 전혀 할 수 없었다. 지몬
의 이불을 감싸 쥐고 그의 냄새를 맡으면서.

한나는 아이처럼 훌쩍거렸다. 너무 공허하고 자신이
약하고 무기력하고 외롭다고 느껴져 다시는 이 침대에서
일어나지 못할 것 같았다. 생이 끝날 때까지 그곳에 그렇
게 누워 있을 것만 같았다. 지몬이 다시 그녀 곁에 나타
날 때까지.

"제발." 한나는 조용히 속삭였다. "제발, 하느님, 지몬
이 살아 있게 해주세요. 다시 돌아오게 해주세요. 아니면
적어도 카리브해에서 혼자 칵테일이라도 마시고 있게 해
주세요. 뭐든 간에 이 끔찍한 악몽보다는 나을 것 같아
요. 제발, 하느님, 도와주세요! 제발, 제발, 제발!"

37

요나단

1월 14일 일요일, 9:11

요나단은 만족스러웠다. 열흘 전부터 매일 아침 가운 차림으로 신선한 커피와 따뜻한 크루아상을 먹으며 식탁에 앉아 편안하게 다이어리를 집어 들었다. 오늘의 럭키박스는 그를 위해 무엇을 준비했을까?

다이어리에 기록된 내용에 따라 생활한 이후, 벌써 재밌는 경험을 많이 했다. 아침식사를 하면서 신문을 읽지 않고 곧바로 재활용 쓰레기통에 던져버려도 아무렇지 않았다. 요나단이 알든 모르든 세상은 계속 돌아가고 있다.

구독을 끊을 생각까지 할 정도로 신문이 전혀 아쉽지 않았다. 그가 지금껏 편집국이나 독자서비스 담당자에게 조언한답시고 보낸 이메일들이 환영 받지도 않았다. 따라서 신문을 읽지 않는 것은 양측 모두 그리 큰 손해가 아닐 거다.

대신 요나단은 다이어리의 조언대로 아침저녁마다 감사한 것 세 가지를 적었고, 하면 할수록 감사한 것을 찾기가 쉬워졌다.

예를 들면 테니스에 대한 흥미가 점점 더 높아지는 것
이 있었다. 지난 한 주 반 동안 세 번이나 마르쿠스 보데
와 저녁에 테니스를 쳤다. 한 사람의 슬픔이 다른 사람에
게는 기쁨이었다. 보데가 퇴근한 후 혼자 호텔방에 우두
커니 앉아 있는 것 말고는 딱히 할 일이 없다는 것이 요
나단에게는 행운이었다.

기쁘게도 실력은 빠르게 늘었다. 특히 포핸드 스트로
크가 좋았다. 이미 자신에게 '탕탕 요나단'이라는 유치
한 별명까지 붙였고 그저께는 전문가용 테니스라켓과 멋
진 테니스 복까지 구입했다. 함부르크의 모든 센터코트
를 접수하는 데 이제 걸림돌은 없었고 요나단은 만반의
준비가 되어 있었다!

출판사 일에 대해서 보데와는 더 이상 대화를 나누지
않았다. 요나단은 그 주제를 능숙하게 피해 다녔다. 마르
쿠스 보데한테는 올해 말까지 흐름을 조금 더 지켜보자
는 모호한 말로 달랬고 상황이 저절로 좋아지기를 바랐
다. 어쩌면 후베르투스 크룰이 갑자기 건강해져서 걱정
적인 글들을 연달아 써내려갈지도 모르는 일 아닌가?
《은하수의 고독》이 받은 열광적인 비평들이 이제라도 매
출 증가로 이어질 수도 있지 않을까?

요나단은 비전보드를 다시 수정하여 합성사진을 만들
어냈다. '북리포트'에서 가장 성공적인 출판사 100위까

지 나온 순위표를 인쇄해 그리프손&북스의 로고를 뻔뻔하게 1위 자리에 붙인 후 그 페이지를 스캔해서 비전보드 중앙에 잘 보이게 배치했다.

그는 하루에 여러 번 옷장 문을 열어 — 셔츠 사이에 비전보드를 감춰두었다 — 자신의 미래를 위한 비전보드를 바라보았다. 정말 이렇게 해서 그의 소원이 이루어질 수 있도록 그의 무의식이 프로그래밍하고 있다면, 그 무의식이 어서 능력을 발휘하길 바랐다!

그 밖에도 요나단은 다이어리가 지금까지 제시한 모든 과제를 열심히 하는 학생처럼 착실하게 수행했다. 하루 동안 만나는 모든 사람에게 즐거운 미소를 지어보였고 그들에게 즐거운 반응을 이끌어냈다. 그중 어떤 노신사는 요나단에게 어디 아프냐고, 도움이 필요하냐고 물었고 사춘기 여학생들은 낄낄거리며 그를 무시했지만, 대부분의 사람들은 미소로 답해주었다. 매일 몇 분씩 명상도 시작했다. 처음의 어려움을 극복하니 가끔 안락의자에 앉아 마음을 차분히 가라앉히고 잡념을 떨친 후 현재에 집중하는 것이 얼마나 좋은지 깨달았다.

게다가 다이어리에 "오늘은 하고 싶은 일만 해"라고 적힌 것을 보고 두 번이나 '그냥' 바닷가에 가서 세 시간 동안 칼바람을 맞으며 해변을 산책했다. 노래 부르는 즐거움도 열정적으로 이어갔다. 비록 샤워할 때나 자동차 안에서지만.

요나단은 아무도 그를 지켜보지 않기를 바라며 이노센티아 공원의 나무를 끌어안았다. 하지만 양털 재킷에 얼룩이 생긴 것 외에 별다른 소득은 없었다.

이보다는 지난 토요일 '뭔가 특별한 것을 구입해보기'라는 과제에 맞춰 벼룩시장에 간 것이 훨씬 재밌었다. 중고 물품의 필요성을 느낀 적이 없어 벼룩시장에 간 적 없던 그가 온갖 잡동사니를 판매하는 어지러운 가판대 사이를 지나치면서 진짜 귀중한 물건을 발견했을 때의 기쁨은 말로 표현하기 힘들었다. 1837년(!)에 출판된, 상태가 아주 좋은 요제프 폰 아이헨도르프의 시집을 120유로에 구입했다. 실제 가치는 그보다 열 배는 더 높았지만 싸게 판다는데 어쩌겠는가? 이제 그 시집은 서재 책장에 꽂혀 있었고 그 시집을 볼 때마다 즐거웠다.

요나단은 크루아상을 한 입 베어 물고 오늘은 무엇이 적혀 있을지 몹시 궁금해 하며 다이어리를 펼쳤다.

— 네가 가장 좋아하는 작가가 오늘 캄프나겔에서 저자 낭독회를 할 예정이야. 너도 그 자리에 참석할 거야! 동반자 한 명을 데리고 갈 수 있는 티켓 두 장을 창구에서 예약번호 137번을 대고 찾아가! 19시부터 입장 시작이야. 즐거운 시간 보내길 바라!
추신: 누구와 함께 갈지 모르겠다면 내가 함께 가 줄 수 있어. ☺

요나단은 감전된 것 같았다. 낭독회라니!

이런 행사는 대개 검은 터틀넥을 입은 창백한 사람이 물 잔을 들고 중얼거리는 식이라 지루하기 짝이 없었다. 작가라면 낭독보다는 집필해야 한다는 것의 그의 생각이다. 다이어리가 신비스러운 방식으로 그와 개인적인 관련이 있다는 느낌을 여러 번 받은 터라 의심이 갑자기 커졌다. 출판사 대표인 그를 낭독회에 초대하다니, 기묘한 우연이다.

만약 오늘 저녁 캄프나겔에 그가 가장 좋아하는 작가가 등장한다면 더 기묘할 텐데. 토마스 만, 1955년 세상을 떠난.

38

한나

1월 14일 일요일, 17:14

"너 마지막으로 뭘 먹은 게 언제야?" 오늘 캄프나겔에서 있을 제바스티안 피체크의 낭독회에 한나를 데려가기 위해 찾아온 리자는 큰 충격을 받았다.

"뭐라고?" 산만하게 코트를 만지작거리는 한나는 넋나간 사람 같았다. 코트를 잠그려고 했지만 손가락이 너무 떨려서 단추를 좁은 단춧구멍 사이로 밀어 넣기가 어려웠다. 힘이 하나도 없고 저혈당 증세처럼 언제든 쓰러질 것 같았다. 하지만 쓰러지지 않을 것이다. 리자와 반드시 낭독회에 갈 거다. 그것만이 남은 유일한 희망의 빛이다. "아무 문제없어." 한나가 중얼거렸다. "출발하자."

"한나!" 리자는 한나의 어깨에 양손을 올리고 걱정스러운 눈빛으로 바라보았다. "너 정말 상태가 심각해보여. 유령 같아."

"난 괜찮아." 한나가 주장했다. "정말이야."

"못 믿겠어." 리자는 한숨을 쉬었다. "네가 단식투쟁

중인 걸 알았더라면 진즉 너를 우리 집으로 데리고 가서 직접 밥을 떠먹였을 텐데."

"나 밥 먹었어."

"일주일 전에?"

"상관없잖아! 이제 출발하자. 이러다가 낭독회에 늦겠어."

"아직 시간 많아. 출발 전에 맛있는 빵을 준비해 줄게."

"힘들 거야. 냉장고가 텅 비었어."

"좋아. 그러면 가다가 뭘 먹자."

"그러면 너무 오래 걸려! 리자, 제발! 문이 열리자마자 창구 앞에 가서 기다려야 한다고! 누가 예약된 티켓을 찾아가는지 절대 놓치면 안 돼!"

리자는 한나의 손을 잡아끌고 밖으로 나갔다. "걱정하지 마. 늦지 않게 도착할 거야. 하지만 넌 당장 뭐든 먹어야 해. 주유소에서 파는 간단한 빵이라도 말이야. 반박은 절대 안 돼!"

"알았어." 한나가 기어들어가는 목소리로 대답하며 리자 뒤를 따라 터덜터덜 걸었다. 심신이 힘들었지만 그래도 따뜻한 보살핌을 받는 느낌이 좋았다.

한나 자신도 더 버티기 힘들다는 것을 알고 있었다. 지난 일주일 반 동안 전단지가 잘 붙어 있는지 확인하러 호수 주변을 살핀 일 말고는, 지몬의 침대에 누워 울고 휴대폰이 제대로 작동하는지 체크한 것 말고는, 아무 일도 하지 않았다. 이제는 힘이 거의 바닥난 상태였다. 이렇게 계속하다가는 스스로 망가질 뿐이며 그런다고 지몬이 나타나는 것도 아니다.

리자를 따라 계단을 내려가면서도 한나의 마음은 이미 캄프나겔에 가 있었다. 이제 그녀의 기도는 드디어 응답 받는 걸까? 만약 지몬이 아니라면 다이어리를 습득한 사람이라도 낭독회에 나타날까? 남자친구에게 무슨 일이 있었는지 그가 얘기해줄 수 있을까?

회의적이었지만 그래도 누군가 그녀 앞에 서서 지몬이 어디 있는지 안다고 말해주는 모습을 상상했다. 자살 얘기는 커다란 오해일 뿐이며 남자친구는 아주 건강하게 잘 지내고 있다고 말해주기를.

오해라도 상관없다. 전혀 모르는 그 사람을 상상하려고 노력했지만 한나는 이제 힘이 없었다. 결국 모든 일이 잘 마무리되고 새로운 삶이 시작되리라는 확고한 믿음을 가지려면 빵 쪼가리로는 턱없이 부족했다.

39

요나단

1월 14일 일요일, 18:23

태어나서 한 번도 록 콘서트에 가본 적은 없지만 대략 이런 모습이 아닐까. 캄프나겔 부지 입구에서부터 주차장까지 끝없이 이어진 사람들의 행렬이 보였다. 주로 낄낄거리며 수다 떠는 여학생들이었다.

요나단은 어리둥절했다. 제대로 찾아온 건가? 시간이 잘못됐나? 서류가방에서 다이어리를 꺼내 오늘 날짜를 열어 보았다. 똑똑히 적혀 있었다. 1월 14일 일요일 19시 캄프나겔.

그런데 여기 왜 이렇게 많은 사람들이 모여 있는 걸까? 설마 모두 낭독회에 온 사람들일 리는 없지 않은가! 그가 지금까지 알던 낭독회는 경건한 청중들이 오는 곳이었다. 너무나 경건한 나머지 그리프손&북스에서 책을 낸 저자들의 낭독회는 고상한 장례식과 소음 수치가 비슷할 정도였다. 손수건이 살짝 바스락거리는 소리와 작가 나이와 상관없이 참석자들의 평균 나이가 항상 70세 이상인 점도 장례식 분위기와 비슷했다.

그런데 여기는? 마치 '롤링 스톤스' 공연장 같았다. 하지만 그러기에는 관객 연령이 너무 낮다. 요나단은 청소년들 사이에 끼어 있었다. 말도 안돼! 생기발랄하고 젊은 사람들, 문학 행사와 전혀 어울리지 않았다.

"실례합니다." 요나단은 바로 앞에 서 있는 두 여학생에게 말을 걸었다. "오늘 낭독회 작가가 누구인가요?"

여학생들은 눈을 동그랗게 뜨고 요나단이 지구가 네모냐고 질문한 것처럼 어이없다는 표정으로 쳐다보았다. "제바스티안 피체크요." 왼쪽에 있던 여학생이 꺅꺅 소리 지르며 대답했다.

"피체크라고요?" 그가 되물었다.

"네." 이번에는 오른쪽 여학생이 고개를 끄덕였다. "지금 기념 순회 낭독회 중이에요." 여학생은 이렇게 덧붙이며 요나단이 살짝 맛이 간 건 아닌가 하는 표정으로 쳐다보았다.

"고마워요!" 몸을 돌린 여학생들은 소곤대며 깔깔거렸다. 요나단은 이곳에 모인 거대인파를 다시 둘러보았다.

피체크가 이렇게 많은 독자들을 끌어들인다고? 물론 피체크가 아주 성공한 작가라는 것은 알았지만 이 정도 규모일 줄은 상상도 못했다.

줄 선 사람들 중 일부는 작가의 책을 여러 권 팔에 끼고 있을 뿐만 아니라 몇 명은 작가의 커다란 사진까지 들고 있었다. 작가의 사인을 받고 싶은 듯했다. 여학생들은 휴대폰으로 친구들과 셀카를 찍기에 여념이 없었다. 아마도 SNS에 올릴 것이다.

놀랍다. 정말 놀라운 일이다. 요나단은 제바스티안 피체크의 행사에 자발적으로 참석할 생각은 절대 안 했을 것이다. 하지만 이젠 엄청나게 많은 열성 팬들이 모인 이유가 궁금했다. 동시에 다이어리에 이게 왜 적혀 있는지 궁금했다. 며칠 전만 해도 '미디어 다이어트'로 부정적인 뉴스를 멀리하라고 했으면서? 피체크의 작품들은 상당히 잔인한 스릴러라서 다이어리를 만든 사람에게 이 모순을 어떻게 설명할 건지 묻고 싶었다.

줄을 서서 창구까지 가는 데 15분 정도 걸렸다. 늘 그렇듯 시간을 여유 있게 잡고 와서 다행이었다. 낭독회에 이렇게까지 인파가 몰려 난리일 줄은 예상치 못했지만.

창구에 앉아 있는 남자에게 티켓을 받기 위해 예약번호를 알려주려는 찰나 누군가 그를 세게 밀쳐서 잠깐 휘청거렸다. 요나단을 밀친 장본인은 휴대폰에 대고 뭐라고 소리 지르며 자신이 사람을 밀었다는 사실도 모른 채 친구와 함께 인파를 뚫고 나가버렸다.

이곳은 정말 위험하기 짝이 없군! 이런 혼잡상황은 소방법에 저촉될 가능성이 상당히 높았고 혹시라도 대형 사고가 난다면 여기 있는 사람들의 안전을 보장할 수 없었다.

두 여자의 뒷모습을 째려보던 요나단의 등을 누군가 툭툭 쳤다. "앞으로 좀 가세요!" 뒤에 서 있던 여학생이 재촉했다.

"안녕하세요. 137번으로 티켓 두 장이 예약되어 있을 겁니다. 하지만 저는 한 장이면 됩니다."

"잠시만 기다리세요." 남자는 상자에 가득 담긴 흰 봉투들을 넘기며 찾아보았다. "여기 있네요." 그는 봉투 하나를 꺼냈다. "137번, 여기 있습니다."

"아까 말씀드렸듯이 저는 한 장만 있으면 됩니다."

남자는 어깨를 으쓱했다. "이미 다 계산된 거니까 손님이 알아서 누굴 주던지 하세요. 낭독회는 K6홀입니다."

"고맙습니다." 요나단은 봉투를 넘겨받았다.

그때 뒤에서 누군가 그의 어깨에 손을 올렸다. 요나단은 몸을 뒤로 돌려 자꾸 재촉하는 여학생에게 이제 다 됐다고 툴툴거리려는데 "안녕하세요" 하고 인사하는 소리가 들렸다. "제가 남은 티켓을 할게요."

요나단은 움찔했다. 예상치 못한 일이었다. 다이어리의 주인을 만날 기대에 몸을 돌렸다.

40

한나

1월 14일 일요일, 18:48

빵을 먹고 오렌지 주스 반 리터를 마신 한나의 신체 상태
는 조금 나아졌다. 하지만 리자와 함께 창구 옆에 붙어
서서 낭독회에 온 사람들을 일일이 감시하는, 정신적으
로는 지옥 같은 고통을 겪었다. 리자의 말대로 두 사람은
문이 열리기 전 캄프나겔에 도착했고 입장이 시작되면서
곧바로 임무를 시작할 수 있었다.

리자는 한나의 손을 꼭 잡아주었다. 주로 10대 여학생
들이 티켓을 수령했고 가끔 남학생이나 중년 남녀가 등
장하는 모습을 지켜보았다. 남자가 창구에 다가갈 때마
자 한나는 숨을 참고 바짝 긴장하며 지켜보았다. 사라스
바티를 통해 다이어리 습득자는 남자라는 사실을 알고
있으니까.

하지만 지금까지는 실망뿐이었다. 아무도 137번을 대
지 않았다. 로또나 빙고 번호 추첨을 지켜보는 것 같았
다. 그녀에게 아주 중요한 숫자가 뽑히기를 간절히 바라

지만 그런 일은 일어나지 않았다.

"안 오려나봐!" 남성 관객이 다른 번호를 대자 한나는 실망감에 툴툴거렸다. "올 생각이 없나봐."

"진정해." 리자는 손을 꽉 잡아주었다. "아직 밖에 저렇게 많은 사람들이 있어. 얼마든지 나타날 수 있어."

"그러기를 바라." 한나는 중얼거리며 초조하게 입술을 깨물었다. "꼭 나타났으면 좋겠어!"

곧이어 작은 벨소리가 들렸고 휴대폰을 넣어둔 바지 뒷주머니에서 진동을 느꼈다. 창구에 다가가는 사람들을 놓치지 않기 위해 전화를 무시할까 잠시 고민했지만 휴대폰을 꺼내 화면을 본 한나는 깜짝 놀라 손으로 입을 가렸다. 최근 자주 걸어 익숙한 번호. 언제든 전화하라고 했던 여경의 번호였다.

한나의 반응에 리자가 궁금해 했다. "누구야?"

"경찰." 한나의 목소리는 심하게 떨렸다. 한나는 전화를 받으며 눈을 감았다. "마르크스입니다."

"안녕하세요, 마르크스 씨. 지금 어디세요?"

"캄프나겔이요."

"혼자신가요?"

"아뇨, 친구와 있어요."

"다행입니다." 여경은 잠시 멈칫했다. "친구와 함께 경찰서로 좀 오시겠어요? 비젠담에 있는 지서가 근처에 있습니다."

"무슨 일인가요?" 한나의 목소리는 격앙되었다.

"오시면 말씀드리죠."

"아뇨!" 한나는 고함을 질렀다. "당장 말씀해주세요!"

경찰이 뭐라고 했지만 마침 주변의 여학생들이 엄청나게 큰 소리로 웃는 바람에 알아들을 수 없었다.

"잠깐만요!" 한나가 휴대폰에 대고 소리쳤다. "잘 안 들려요! 나가서 받을게요!" 한나는 인파를 가로질러 출구로 돌진했다. 그녀가 밀치고 지나간 사람들이 언짢아하며 투덜거렸다. 리자도 바짝 붙어서 뒤따라왔다.

"뭐라고 하셨어요?" 문밖으로 나오자마자 한나가 물었다.

"지금 경찰서로 오시라고 말씀드렸어요."

"그거 말고요." 한나가 고집을 부렸다. "무슨 일인지 지금 당장 말해주세요! 안 그러면 여기서 꼼짝하지 않겠어요. 지몬을 찾았나요?"

침묵이 흘렀다.

"여보세요?" 한나가 소리쳤다. 신경이 곤두서서 곧 파열될 것 같았다. "지몬을 찾았냐고요?"

"네." 경찰이 조용히 대답했다. "찾았습니다."

한나는 눈을 감고 가쁜 숨을 몰아쉬었다. 금방이라도 다리가 풀릴 것 같았다. "지몬은 괜찮나요?" 질문을 하는 순간 이미 답을 알고 있었다.

"아니오." 경찰이 무거운 목소리로 대답했다. "정말 유감입니다, 마르크스 씨. 지몬 클람 씨는 사망했습니다. 한 시간 전 산책하던 사람들이 시체를 발견했습니다."

"확실합니까? 지몬이 확실해요?"

"그런 것 같습니다. 소지하고 있던 신분증으로 신분을 확인했어요. 하지만 확실히 하기 위해서는 법의학자의 소견을 기다려야 합니다."

"그렇다면 착오일 가능성도 있는 거네요?"

"마르크스 씨, 지금 경찰서로 와주시기를 부탁합니다."

"착오가 있을 가능성이 있는지부터 말해주세요!"

경찰은 한숨을 쉬었다. "이론적으로는 그렇지만 저희들은 클람 씨가 맞다고 추정합니다."

"어디서요?" 한나가 소리를 질렀다. "어디서 발견됐어요?"

"뮐렌타이히 근처 제방에서 발견됐어요. 익사한 것 같습니다."

한나는 숨을 헐떡거렸고 다리에 힘이 풀려 주저앉았다. 리자가 그녀를 잡아주었다. "알았어요." 한나가 힘겹게 숨을 쉬며 말했다. "지금 갈게요."

41

요나단

1월 14일 일요일, 18:50

"웬일로 피체크 낭독회에 다 오셨어요? 정말 놀라운데 요?" 그는 다이어리 주인이 아니라 활짝 웃고 있는 마르 쿠스 보데였다.

"그러게 말입니다." 요나단은 억지로 미소 지었다. "그 냥 어떤지 한 번 보러 왔어요. 시장조사라고 해두죠. 시 장이 어떻게 돌아가는지 알아야 하니까요." 뭔가 들킨 듯 찜찜했다. 얼마 전 보데에게 피체크의 책들은 서양 문화 의 몰락이라고 말하지 않았던가. 문란한 사교클럽이나 포르노숍에 갔다가 들킨 기분이었다. 차라리 그렇다면 둘 다 같은 입장이니 그다지 창피할 것도 아니지만, 보데 는 경제적 측면을 고려해서 최근 사교, 아니 대중문학에 관심 있다고 이미 밝혔다.

"굳이 제게 변명하실 필요는 없습니다." 보데가 생색 내듯 말했다. "이런 우연이 다 있네요! 온라인티켓이 매 진돼서 혹시 현장 구매는 가능할까 해서 왔는데, 제가 운

이 좋네요." 그는 빙그레 웃었다. "대표님이 절 데려가주
신다면 말입니다."

"물론이죠." 요나단은 머쓱했다. "정말 이런 우연이 다
있네요! 티켓은 당연히 드리죠." 그는 봉투를 열어 티켓
두 장을 꺼내 그중 한 장을 보데에게 주었다.

"고맙습니다!" 보데는 목례하며 티켓을 받았다. "얼마
드리면 됩니까?"

"왜 이러세요?" 요나단이 언짢은 표정을 지었다. "당
연히 그냥 드리는 겁니다!" 속으로는 '나도 누구한테 받
은 겁니다'라고 덧붙였다.

"다시 한 번 감사드립니다." 보데가 고마워했다. "그럼
이만 들어가 볼까요."

두 사람은 인파에 섞여 K6홀 방향으로 떠밀려가다가
다시 줄을 서서 입구 검표원에게 표를 내밀었다. 검표원
은 표를 찢어 두 사람을 안으로 보내주었다.

"우와!" 감탄사를 발한 마르쿠스 보데는 뿌리박힌 듯
그 자리에 서 있었다. 앞에 펼쳐진 상황에 대한 적절한 표
현이었다. 여기서 벌어지는 일은 그야말로 "우와!"였다.
요나단이 지금껏 알던 저자 낭독회와는 차원이 달랐다.

공연장 오른편에 큰 무대가 있었고 열 명으로 구성된
록밴드가 자리 잡고 있었다. 마이크 여러 개가 중간에 있
는 드럼을 빙 둘러 서 있었고 알록달록 미러볼 조명이 돌
아가고 있었다. 무대 바로 위에는 피체크의 최신 작품 표

지가 커다란 스크린에 띄워져 있었다. 드럼? 스크린? 대체 뭐하려는 거지?

열광하는 관객들의 얼굴을 보니 대단한 것을 할 모양이다. 수백 명(수백이다!)의 청중들이 연단(연단! 좌석이 아니라 진짜 연단!) 위에 앉아 있었다. 부부젤라와 깃발만 없을 뿐, 분위기는 독일 대 브라질의 월드컵 결승전처럼 한껏 고조되어 있었다. 손수건을 든 칠십대 노인은 한 명도 보이지 않았고 대신 아이스크림과 음료수를 파는 예쁜 소녀들이 있었다. 그리고 팝콘도 파는지, 보데와 자리를 찾아가는 요나단의 발밑에서 팝콘 찌그러지는 소리가 났다.

두 사람은 무대가 상당히 잘 보이는 앞자리에 앉았다. 누가 예약했는지 모르지만 좋은 자리를 골랐다. 손목시계를 보니 공연 15분 전이었다. 곧 구경거리가 시작될 것이다.

마침내 시작되었다. 일곱 시 반 정각에 조명이 꺼지더니 쩌렁쩌렁한 음악이 흘러나왔고 스크린에는 제바스티안 피체크의 커다란 사진이 등장했다가 곧이어 빠르게 편집된 신작 트레일러(책을 소개하는 동영상—옮긴이)가 등장했다. 청중들은 환호성을 지르고 박수를 치며 더욱 열광의 도가니에 빠져들었다. 마침내 작가가 무대 위에 등장하여 "안녕하세요, 함부르크 시민 여러분, 환영합니다! 제바스티안 피체크입니다!"라고 끼고 있는 헤드셋에 소리치며 인사하자 모두 발을 구르며 열렬히 환영했다.

열광적인 환호성, 자리에서 벌떡 일어난 관중들은 독일이 1대 0 골을 넣은 듯한 장면을 연출했다! 정말 엄청난 등장이었다. 요나단이 두 눈으로 직접 보지 못했다면 믿지 못했을 거다. 이건 정말이지 대단했다!

"거참." 낭독회가 끝나고 근처 술집에서 함께 와인을 마시며 낭독회 뒷얘기를 하려 했지만 마르쿠스 보데는 이 말밖에 하지 못했다.

"거참." 요나단도 마찬가지였다. 아직 충격에서 헤어나오지 못한 둘은 말없이 서로 바라만 보고 있었다. 제바스티안 피체크는 두 시간 동안 그야말로 엔터테인먼트 예술의 불꽃을 피웠다.

그는 여유만만하게 진행을 이끌었고 스릴러 작품 중 인상적인 부분들을 낭독했으며 파워포인트를 동원해 소설의 배경을 설명했다. 자기 자신과 인터뷰를 하고 관중들을 무대 위로 이끌었으며 연달아 웃긴 얘기들로 사람들을 사로잡았다. 밴드는 '책의 사운드트랙'을 연주했고 피체크는 연주에 맞춰 드럼 앞에 앉아 스틱을 휘둘렀으며 관중들은 계속 열광의 도가니에 빠져들었다. 비록 속옷은 날아오지 않았지만 만약 그랬더라도 전혀 의아하지 않았을 것이다.

낭독회가 끝나자 작가는 로비에 마련된 책상에 앉았고, 사인과 사진을 원하는 사람들이 벌떼처럼 몰려들었다. 이들의 요청을 다 들어주려면 피체크는 다음날 아침까지 거기 앉아 있어야 할 정도였다. 그는 마치 교주 같았다.

"그것 참." 마르쿠스 보데는 다시 한 번 이렇게 말하며 생각에 잠긴 요나단을 깨웠다, "그리프손&북스도 저런 작가와 계약해야 한다는 제 말을 이제 이해하시겠어요? 피체크 같은 작가 한 명이면 저희는 도서 수상작 열 권은 더 만들 수 있어요."

"스무 권." 요나단은 고개를 끄덕였다. "무슨 말인지 아주 잘 알겠어요." 그게 다가 아니었다. 혼자 은밀히 시인했지만 보데에겐 절대 말할 수 없는 것이 있다. 쏜살같이 느꼈을 정도로 엄청나게 즐거운 저녁시간을 보냈다는 사실이다.

그가 지금까지 알던 낭독회와는 비교할 수 없었다. 기존의 낭독회는 늘 괴로웠고 자기 작품으로 잘난 척하는 저자를 보며 견뎌야 하는 시간은 너무 오래 씹어 질겨진 껌처럼 지루했다. "그런데 그런 대중적 원고가 우리 출판사에 들어온 적이 있습니까?" 그가 조심스럽게 물었다.

"지금까지는 없습니다. 그런 작가들은 저희에게 원고를 보내지 않습니다. 대표님 말씀처럼 그리프손&북스는 그런 종류의 문학은 취급하지 않으니까요. 저희가 찾아서 발굴해야죠." 그는 기대감이 가득한 표정으로 요나단을 쳐다보았다. "제가 한 번 알아볼까요? 에이전시 몇 군데에 전화해 그런 작가들을 소개해달라고 부탁할 수 있어요."

"생각 좀 해보겠습니다." 요나단이 일단 그를 말렸다. "그렇게 성급하게 결정할 사안은 아닙니다." 그리고 먼저 아버지와 상의하고 싶었다. 그러려면 맑은 정신이 가끔 돌아오는 때를 잘 포착해야 했다. 아버지와 그런 중요한 얘기를 할 때 단 몇 분이라도 정신이 돌아오기를 바랐다. 그렇지 않으면 요나단은 혼자 결정을 내려야 하고 그것은……

당장 내일 아침 일찍 존넨호프 요양원으로 아버지를 찾아가야겠다!

42

한나

1월 15일 월요일, 8:05

'때로는 믿을 수 없을 정도로 끔찍해 보이는 일이 사실인 경우가 있어.'

한나의 머릿속에는 이 문장이 계속 반복해서 울렸다. 몇 주 전 리자가 그녀에게 했던 끔찍한 말이었다. 그리고 그 말은 맞았다. 정말 끔찍했고 사실이었다. 지몬은 스스로 목숨을 끊었다. 정말 그러고 말았다.

노년의 부부가 어제 저녁 뮐렌타이히를 산책하다 발견한 시체를 한나는 아직 못 봤지만 경찰은 그가 지몬이라는 사실에 99% 확신을 갖고 있었다.

경찰들은 한나에게 시체의 신원확인을 요청하지 않았고 (한나가 지몬의 시체를 보는 것을 극구 말렸다) 사인이 명백하지 않아서 검찰이 의뢰한 법의학 조사를 통해 확실한 신원과 사인이 밝혀질 예정이었다.

지몬이 실제로 차가운 알스터 호수에 뛰어들어 목숨을 끊었으리라 추측했고 작별편지와 초동수사에서 타살

흔적이 없는 것이 그것을 뒷받침했지만, 한나에게 연락했던 경찰은 부검을 통해 확실한 사인을 밝혀야 한다고 설명했다. 자살을 직접 목격한 사람이 없었고 단서들만 존재하기 때문에 확실한 증거를 갖고 사건을 종결해야 했다.

한나에게는 더는 확실한 증거가 필요치 않았다. 그녀는 마음속 가장 깊은 곳에서 사실은 계속 알고 있었던 것을 받아들였다. 마지막 순간까지 인정하고 싶지 않았지만 지몬은 새해 첫날 아침 한나가 아무것도 모른 채 그의 침대에서 자고 있을 때, 그리고 잠에서 깨어 그녀가 선물한 다이어리로 그에게 새로운 희망을 주었다고 생각한 바로 그날 아침 스스로 목숨을 끊었다. 그는 외로운 결정을 내렸고, 한나를 남겨두고 갔으며, 그녀와 더 얘기하고 해결책을 모색할 기회조차 주지 않았다. 대신에 그는 마지막, 최종적인 타개책을 선택했다.

지몬의 부엌에 앉아 있는 한나는 경직되어 버린 것 같았다. 리자와 함께 밤의 절반은 경찰서에서 보내고 나머지 절반은 지몬의 집에서 함께 보낸 후 한 시간 전에 리자를 집으로 돌려보냈다. 리자는 어쩔 줄 몰라했고 할 말을 잃었다. "정말 슬프다"는 상투적인 말밖에는 할 수 없었다. 하지만 무슨 할 말이 있겠는가? 실제로 정말 슬프다는 말밖에.

지몬. 한나. 가능했던 모든 일들이, 그리고 이제 영원히 다시는 가능하지 않은 것들이. 끝. 종료. 영원히.

"진짜 혼자 있을 수 있겠어? 안 그러면 너희 부모님께 내가 전화할게." 한나가 그만 가달라고 했을 때 리자가 걱정하며 물었다. 한나는 혼자서 생각에 잠기고 싶었다.

"나는 지금 아무도 보고 싶지 않아. 하지만 네가 우리 부모님에게 전화를 걸어 무슨 일이 있었는지 알려드리면 좋겠어. 나는 지금 그럴 수 없을 것 같아." 한나 스스로 생각해도 이렇게 차분한 자신이 의아했다. 경찰서에서부터 부자연스럽게 침착했고 강한 약에 취한 듯 멍했다. 한나 자신도 그리고 다른 사람들도 예상했던 실신을 하지 않았고 쇼크 상태에 빠진 것처럼 반응했다. "내 걱정은 하지 마. 혼자 있을 수 있어. 너는 이따 꾸러기교실에도 가봐야 하잖아."

"넌 지금 그런 걱정하지 마! 그건 중요하지 않아."

"중요해." 한나가 리자의 말에 반박했다. "내가 아직 가지고 있는 유일한 거야. 상태가 조금 나아지면 나도 다시 가서 열심히 일할 거야. 며칠만 있으면 괜찮아질 거야."

"시간을 충분히 가져. 내가 제자리를 지킬 거고 어머니들도 도와주시잖아."

"무엇을 위해서?" 한나가 궁금해 하며 물었다. "무엇을 위해서 시간을 충분히 가지라는 거야? 여기 이렇게 앉아서 지몬이 진짜 죽었다는 것을 생각하기 위해서? 지몬이 정말 다시는 돌아오지 않을 것을 깨닫기 위해서? 다시는 지몬을 안아주거나 키스할 수도 없고 절대로 그런 일 없을 것이라는 사실을 위해서?" 마침내 눈물이 흘러내려 결국 펑펑 울었다. 한나는 온몸을 격렬하게 떨며 크게 울었다.

"아, 한나!" 리자가 안아주고 부드럽게 흔들어주었다. "괜찮아. 다 괜찮아질 거야."

하지만 괜찮지 않았다. 아무것도 괜찮지 않았고 아무것도 다시는 괜찮지 않을 것이다. 지몬의 부엌에 혼자 우두커니 앉아 있으니 그 사실이 잔인하고 명백하게 자각되었다. 죽은 사람의 공간인 이곳이 갑자기 낯설었다.

나는 여기서 뭘 하려는 걸까? 지금 그녀를 둘러싸고 있는 물건들은 그녀의 것이 아니고 그 주인은 더는 물건들을 필요로 하지 않는다. 지몬이 그토록 아끼던 찰스임스 의자, 이탈리아 에스프레소머신, 찬장에 있는 접시나 식기, 'chef'라고 쓰여 있는 바보 같은 도자기 머그 그리고 여전히 건조기 안에 들어 있는 옷, 거실 책장에 꽂힌 수많은 책들, 복도에 있는 사이클, 끔찍한 버켄스탁 슬리퍼. 한나는 지몬이 이 슬리퍼를 신은 모습을 처음 봤을 때 당장 헤어질 만한 이유라고 말했다.

이중 그에게 필요한 것 이제 하나도 없다. 모두 물건에 불과했다. 생명 없는 물건들, 주인이 없어 쓸모없어진 죽은 물건들.

한나는 의자에서 벌떡 일어나 집안을 이리저리 돌아다

녔다. 눈물 후에 분노가 찾아왔다. 너무나 비겁했던 지몬을 향한 걷잡을 수 없는 엄청난 분노.

비겁해, 비겁해, 비겁해!

자살, 정말 무분별하고 비겁한 방법! 남겨진 사람들에 대한 일체의 생각 없이 모든 것을 내팽개쳐버리는 것. '플러그를 뽑아버리고 남들이 어찌되건 내 알 바 아니다.' 너무 이기적이고 너무 비열하고 너무…… 너무 비인간적이었다! 그렇다. 가버린 사람은 힘들지 않고 그후에 무슨 일들이 벌어지는지 알 수 없으니 어떻게 되든 상관 없다. 남은 사람들이 다 감당해야 한다. 유품들을 어떻게 처리할지, 일상으로 어떻게 다시 돌아가야 할지 그리고 앞으로 어떻게 살아가야 할지.

퍽! 한나는 싱크대 위 에스프레소머신을 힘껏 넘어트려 바닥으로 떨어뜨렸다. 엄청난 굉음이 났고 바닥 타일 두 장도 함께 깨졌다. 기분이 좋았다. 아주.

부엌 선반의 모든 것을 다 쓸어버렸다. 접시, 컵, 유리잔이 와장창 소리를 내며 산산조각 나고 깨지는 것을 보니 한나의 심장도 터져버릴 것 같았다. 국수, 통조림, 잼 병, 티 캔, 설탕, 소금, 밀가루, 모든 것이 우당탕 바닥으로 떨어졌고 부엌은 흡사 전쟁터처럼 엉망이 되어버렸다.

한나는 거실로 가서 텔레비전을 쓰러뜨리고 꽃병을 탁자에서 쓸어버리고, 벽에 걸린 그림들을 창문턱 모서리에 대고 부수어버렸다. 커튼을 다 뜯어버리고 CD를 사방에 던졌다.

"나쁜 새끼!" 소파 옆 서랍장 위에 지몬와 함께 찍은 사진 액자를 집으며 고래고래 소리를 질렀다. 있는 힘껏 액자를 벽에 던졌다. "세상에서 제일 멍청하고 못된 놈아! 네가 어떻게 나한테 그럴 수 있어?"

한나는 발을 쾅쾅 구르고 다시 한 번 "나쁜 새끼!"라고 소리 질렀는데 이번에는 정말 크게 질러 금방이라도 이웃집에서 초인종을 누를 것 같았다. 그렇다. 지몬은 어떻게 그녀에게 그럴 수 있었을까? 부모님과 똑같은 운명을 겪어야 하는 두려움이 아무리 크고, 그의 걱정이 아무리 컸다 해도. 이건 너무하다! 불공정하다!

한나가 최소한 그에게 작별할 수 있는 기회를 박탈했기 때문에 불공정했다. 적어도 한 번만이라도 그의 손을 잡고, 한 번만이라도 더 안아주고 그에게 하고 싶었던 말을 모두 할 수 있는 기회도 주지 않은 채 목숨을 끊어버렸고 바보 같은 편지와 "그러기에는 우리의 사랑으로는 충분치 않아"라는 말과 함께 한나를 남겨놓았다. 아아아악!!!

서랍장 위에 자동차 등록증과 함께 나란히 있는 자동차 열쇠에 한나의 시선이 꽂혔다. 지몬의 머스탱. 그가 신성시하던 자동차.

열쇠를 낚아챈 한나는 집에서 뛰쳐나가 2분 만에 머스

탱 앞에 도착했다. 처음에는 차를 부수고 헤드라이트를 깨버리고 와이퍼를 구부리고 사이드미러를 발로 차 떼어 버리고 열쇠로 빨간 차체를 찌익 그어버리고 끽 소리와 함께 깊은 흠집을 남기고 싶었다. 그녀의 마음에 난 상처 처럼 깊고 예리하게.

하지만 잠시 생각한 뒤 마음을 바꿨다. 그녀는 숨을 헐 떡거리며 머스탱 앞에 서서 마음을 가라앉혔다. 충분히 길길이 날뛰며 분노를 표출했고 그 덕에 어느 정도 진정 했다. 머스탱을 폐차로 만드는 대신에 한나는 차에 올라 타 시동을 걸었다.

지몬의 애마를 위한 다른 계획이 있었다.

43

요나단

1월 15일 월요일, 8:33

상당히 놀라운 일이었다. 어제 저녁 아버지와 대화해야
겠다고 결심한 이후, 이 비밀스러운 다이어리는 그의 결
심을 더욱 독려하는 것 같았다.

— 우리가 직면한 문제들은 우리가 문제를 만들었을 때와
   동일한 수준의 사고방식으로는 풀리지 않는다
   —알베르트 아인슈타인

오늘 내용은 이렇게 시작했다. 요나단은 이 문장을 읽으
며 고개를 끄덕였다. 그 다음에 이어지는 글도 마음에 와
닿았다.

— 오늘은 무슨 일이든 늘 하던 방식이 아닌 정반대의 방
   식으로 해봐. 그렇게 하면 어떤 일이 일어날지 기대해
   봐. '변화'는 '다르게 해보기'를 통해서 나타나는 법이

니까. 그렇게 해야만 새로운 경험들을 할 수 있어. 너의 습관을 버리고 새로운 것을 시도해보고 너의 지평을 넓혀봐! 평소에 전화기를 오른손에 들고 통화한다면 왼손으로 들고 통화해봐. 평소와 다른 슈퍼마켓에서 장을 보고 다른 브랜드의 제품들을 구입해보고 차를 타지 말고 버스를 타봐. 평소에 짜증나는 사람들을 더욱 친절하게 대해보고 레스토랑에 가서 평소에는 절대 먹지 않을 음식을 주문해봐. 네가 아니라 전혀 다른 사람인 것처럼 너를 둘러싼 세상을 완전히 새롭게 느껴봐. 그럼 오늘도 재밌는 시간을 보내길 바라!

추신: 아인슈타인이 이와 관련해서 수많은 명언들을 남겼기 때문에 하나를 선택하기가 정말 힘들었어. 그래서 명언 하나를 더 추가해. "어제와 똑같이 살면서 다른 미래를 기대하는 것은 정신병 초기증세다."

요나단은 큰소리로 웃으며 고개를 저었다. 정말 맞는 말이다. 그건 정말 정신병 초기증세다!

대부분의 사람들은 습관적으로 살고 똑같은 행동을 하면서 결과가 늘 똑같다고 불평한다. 요나단도 예외는 아니었다. 그것을 부인하고 싶진 않았다. 요나단의 삶에 다이어리가 들어온 이후에야 새로운 사건들이 넘쳐나기 시작했다.

사라스바티, 레오폴트, 마르쿠스 보데와의 테니스 시

합, 평소라면 절대 가지 않았을 제바스티안 피체크의 낭독회. 그러니까 그는 오늘자 다이어리에 하라고 적혀 있는 내용을 지금까지 해오고 있었다. 다만 의식하지 못했을 뿐이다.

그리고 오늘은 아버지와 대화를 시도하기로 한 날이다. 아버지에게 그리프손&북스의 상황이 좋지 않고 그래서 새로운 전략을 마련해야 한다는 말을 꺼낼 생각만 해도 아랫배가 사르르 아파왔지만 이젠 시도라도 하는 것이 옳다는 확신이 생겼다.

그래봤자 무슨 일이 있을까? 치매에 걸린 아버지가 그의 말을 제대로 못 알아들을 가능성이 가장 높아서 별 소득은 없겠지만 그래도 잃을 것은 없을 터다.

요나단은 아침식사를 하고 샤워를 하고 옷을 입은 후 차 열쇠와 다이어리가 든 서류가방을 들고 요양원으로 가기 위해 집을 나섰다.

밖으로 나와 사브의 문을 스마트키로 열고 운전석에 앉으려다가 멈칫했다. 다이어리에는 오늘 대중교통 수단을 이용하라고 적혀 있었다. 차를 타면 다이어리를 무시하는 것이기 때문에 그는 차 열쇠를 코트 주머니에 넣고 걷기 시작했다.

몇 미터쯤 걷다 보니 어디로 가야 할지 도무지 알 수 없었다. 어렸을 때 말고는 한 번도 버스나 지하철을 타본 적이 없다. 자동차가 있어서 굳이 대중교통 수단을 이용할 이유가 없었다.

대중교통 수단을 이용해 이노센티아 공원에서 엘브 거리로 어떻게 가야 하는지 전혀 몰랐다. 다만 자동차로 30분이면 갈 수 있는데 버스를 타면 상당히 오래 걸린다는 것은 안다. 자동차가 아닌 버스로는 적어도 한 시간 넘게 걸릴 것이 분명했다. 그렇다면 시간낭비 아닌가? 요나단은 낭비라면 그것이 무엇이든지 간에 알러지 반응을 보였다.

그는 차로 돌아가면서 이 조언은 따르지 않기로 했다. 시간을 낭비할 수는 없다.

그는 다시 차문을 열었고 또다시 멈칫했다. 찜찜한 기분을 떨칠 수 없었다. 금지된 일을 하는 느낌이었다. 운전면허증 없이 운전석에 앉는 느낌에 (그는 절대 그럴 일이 없었다. 면허가 취소될 일을 한 적도 전혀 없다.) 그는 다시 차문을 잠그고 몸을 돌려 길을 걸었다.

어느 쪽으로 가야 할까?

그러다 다시 뒤돌아 차가 서 있는 곳으로 걸어갔다.

그리고 차 앞에서 또다시 몸을 돌렸다.

절충안으로 택시를 타고 가면 되겠다고 요나단은 생각했다. 그는 택시를 부르기 위해 휴대폰을 꺼냈다가 다시 내려놓았다. 자신을 속일 수는 없었다. 택시는 비겁한 절충안일 뿐 아니라 눈속임이었다. 새로운 경험을 하고 자신의 지평을 넓히는 것이 목적인데 택시를 타면 과연 그럴 수 있을까? 혹시라도 우연히 그에게 새로운 깨달음을 주는 택시운전사를 만난다면 몰라도. 아니다. 택시를 타는 것은 잔꾀에 불과했다.

"안녕하세요, 그리프 씨!" 요나단은 뒤를 돌아보았다. 헤르타 파렌크로크가 늘 그렇듯 강아지를 데리고 다가왔다. "여기서 왜 그렇게 우물쭈물하고 있어요?"

"네?"

"그러니까," 그녀가 히죽히죽 웃었다. "부엌 창문에서 계속 지켜봤는데 조금 넋이 나가보여서 말이에요. 자꾸 왔다 갔다 하는 걸 보니 어디 가고 싶은지 잘 모르는 모양이구려."

"아뇨, 아닙니다." 요나단이 멋쩍게 말했다. "아버지를 뵈러 가려고요. 어떻게 갈지 고민 중이었습니다."

"차가 고장 났어요?"

"아니오. 하지만 대중교통을 이용해서 가볼까 해서요."

"왜요?" 그녀는 이해할 수 없다는 표정으로 쳐다보았다. "고장 난 게 아니라면 차를 타고 가요."

"네? 그게, 음……." 어떻게 설명해야 할까? 버스를 타는 것은 자아를 찾기 위한 여행이라고? "요양원에 갔다가 안과에 가야 해서요." 그는 거짓말을 하며 얼굴이 붉어지지 않길 바랐다. 아주 사소한 거짓말을 할 때도 겉으로 표시가 너무 잘 나기 때문이다. 아버지는 그런 요나단을 보며 재밌어했고 어머니는 요나단의 심성이 착하다는 증거라고 했다. "안과 검진이 있어요." 심성이 착한 요나단은 계속 설명했다. "검사하려면 안약을 넣어야 하는데 운전하면 안 된대요."

"그렇군요." 헤르타 파렌크로크는 이해한다는 듯 고개를 끄덕였다. "백내장 맞죠? 우리 남편도 그랬다오." 그녀는 한숨을 내쉬었다. "하늘나라 간 우리 남편 말이오. 마지막에는 눈이 거의 안 보였어요." 그녀는 강아지를 향해 몸을 숙였다. "그렇지, 다프네? 우리를 마지막에 못 알아봤지?"

"아, 네." 요나단이 떨떠름하게 대답했다.

"나이 들면 다 그렇다오." 부인은 미소 지으며 덧붙였다. "나이 들면 다들 여기 저기 고장 나기 시작하지."

"맞습니다." 요나단은 아침에 다이어리에서 오늘은 평소 같으면 화나는 사람들에게 친절하게 대하라는 글을 읽은 기억이 떠올랐다. 그래서 헤르타 파렌크로크를 친절하게 대했다. 아주 친절했다. 너무 친절해서 그는 이제 겨우 마흔두 살이고 노부인의 돌아가신 남편은 독일 제국시대에 살던 사람이라고 따지고 싶은 마음을 억눌렀다. 이분의 남편을 만날 기회는 없었지만 파렌크로크 부인이 곧 백세라는 점을 감안하면……

"그냥 택시를 타고 다녀오지 그래요?" 요나단이 더 복잡한 생각에 사로잡히기 전에 파렌크로크 부인이 끼어들었다.

"좋은 질문입니다!"

"그럼 왜 안 타고 가요?"

"왜냐하면…… 그게…… 왜냐하면 오늘은 버스를 타고 싶기 때문입니다." 그냥 사실대로 얘기해! 이게 뭐라고!

"버스를 타고 간다고?" 다프네가 옆에서 낑낑거렸다. "그리프 씨가?"

"저는 버스 타면 안 됩니까?"

"택시를 탈 수 있을 만큼 돈은 충분히 많잖아요."

"제가 돈이 많다고 해서 길바닥에 내다버릴 필요는 없잖아요."

헤르타 파렌크로르크는 키득키득 웃었다.

"뭐가 그렇게 우스우세요?"

"아무것도 아니라오. 그리프 씨가 버스 타는 모습이 상상이 안 돼서."

"네?"

"그러니까 버스는 보통 사람들이 주로 타는 거잖소?"

"그러면 저는 보통 사람이 아니라는 말씀이십니까?"

"그럼요."

"칭찬 같진 않은데요."

"그건 그리프 씨 소관이죠."

"뭐가 제 소관이라는 겁니까?"

"내 말을 어떻게 해석하는지 말이오." 그녀는 즐거운 미소를 지었고 요나단은 작고 쭈글쭈글한 부인의 머리가 재봉틀처럼 빠르게 돌아가는 것에 충격을 받았다. 놀라웠다!

<o)>

주치의한테 그런 약이라도 처방받는 걸까? 아니면 다프네 덕분에 이렇게 쌩쌩한 건가? 그렇다면 개를 키워보는 것을 고려해야겠다. 치매가 혹시 유전일지도 모르니까.

"어쨌든 간에 저는 버스하고 지하철을 타고 엘브 거리로 가기로 결정했어요."

"귄터 발라프 같군요." 이웃집 노부인은 또다시 강타를 날렸다.

요나단은 이 말을 잘 받아쳤다. "그렇죠. '요나단 N. 그리프, 가장 낮은 곳에서 가장 보잘것없이' 같죠!" 그는 80년대에 암행 기자로 유명세를 떨친 발라프의 유명한 책 제목(《가장 낮은 곳에서 가장 보잘것없이》 –옮긴이)을 인용했다. 요나단이 알기로는 이 책도 베스트셀러를 기록했고 그리프 손&북스에 지금 필요한 그런 책이었다. 요즘 계속 뭐든지 이 주제로 귀결되는 것을 보니 비전보드가 효과를 발휘하는 모양이다. "그럼 전 이만!" 그는 손을 들어 인사하고 몸을 돌려 걸어갔다.

"어디로 가려고?" 뒤에서 헤르타 파렌크로크가 물었다.

그는 다시 몸을 돌렸다. "버스 타려고요."

"그렇다면 반대편으로 가요. 그쪽에는 버스가 전혀 안 다녀요."

"그렇죠." 그는 반대편 길로 걸어갔다.

"그리고 엘브 거리로 가려면 어차피 지하철을 타야 해요."

그는 또다시 멈췄다. 항복! 두 손 두 발 다 들었다. 아는 척하는 것은 무의미했다. 이제 백세 노인에게 대중교통 수단을 이용해 목적지에 도착하는 방법을 듣기로 했다.

20분 후 요나단은 그를 발라프와 비교한 노부인의 말이 일리 있다는 것을 깨달았다. 호헤루프트쇼제에서 상파울리 방향(그곳에서 블랑케네제 방향으로 가는 36번 버스로 환승하라고 노부인이 말해주었다)으로 가는 U3 열차를 탄 그는 아침식사로 맥주를 마시는 사람들이 있다는 사실을 알게 되었다.

그는 조금 겁을 먹고 구석에 있는 좌석에 앉아 그와 멀지 않은 곳에 남자 두 명이 손에 각각 맥주 캔을 들고 통로에 서서 말싸움 같은 토론을 벌이는 모습을 지켜보았다.

요나단은 이 둘이 몸싸움을 벌이고 어쩌면 그도 휘말리는 게 아닌가 걱정스러웠다. 혹시 실수로라도 이들을 도발할지 몰라 시선을 피했고 다른 승객들을 관찰했다. 대부분의 사람들은 신문이나 책이 아닌 휴대폰이나 태블릿을 들여다보고 있었다. 흥미롭고 놀라웠다.

몇 년 전 출판사에서 '전자책'이라는 주제로 토론이 벌어졌을 때 아버지는 "이북은 그냥 지나가는 유행일 뿐이야. 절대 그런 유행에 편승할 생각은 없어! 그리프손&북스는 종이에 인쇄를 해야지. 그 주제는 이제 그만!"이라는 말로 싹을 잘라버린 것을 생생하게 기억했다. 그리고 얼마 후 보데는 조심스럽게 편집부에서는 원고 검토의 효율성을 위해 북 리더기의 도입이 시급하다고 주장했다. 이제 이렇게 지하철에 앉아 사람들을 지켜보니 출판사 직원들만 디지털북을 선호하지 않는다는 것을 알 수 있었다.

그는 상파울리 역에서 내렸다. 조금 전 맥주를 마시던 두 남자도 상파울리 역에서 내려 그냥 계속 타고 갈까 잠시 망설이다가 내렸다. 역 출입구에 붙어 있는 안내판에 '무기와 유리병 전면금지 구역'이라고 적혀 있는 것을 본 그는 가급적 빨리 이곳을 벗어나고 싶었다.

다행히도 36번 버스 정류장이 몇 미터 떨어져 있지 않았다. 레퍼반을 가로질러 가다가 무기 금지 규정을 지키지 않는 나쁜 사람과 마주칠 위험은 없었다.

그는 정류장에 서서 버스를 기다렸다. 시간표가 맞는다면 버스는 몇 분 내로 도착할 것이다.

그때 진한 빨간색 자동차가 바로 요나단의 앞을 스치고 지나가 그의 시선을 사로잡았다. 오래된 포드 머스탱으로 아름답고 관리가 잘된 모델이었다.

밀렌토르 앞 신호등이 있는 사거리에서 멈춰 선 머스탱 운전석에는 빨간 머리 여자가 앉아 있었다.

요나단은 빙그레 웃었다. 그가 비전보드에 붙여 놓은 사진의 자동차가 지금 바로 그의 앞에 서 있어서가 아니다. 선입견을 가지고 있던 자신을 깨달았기 때문이다. 이

구역에서는 여자는 조수석, 운전석에는 당연히 포주가 앉아 있을 거라고 생각했다. 어렸을 때부터 부모님에게 레퍼반에 대한 너무 과장된 얘기를 많이 들어서 그런 모양이었다. 부모님의 의도는 아들이 함부르크 최고의 환락가에 접근하지 못하게 하기 위해서였겠지만.

그 의도는 성공을 거두었다. 그는 성인이 되어서도 레퍼반에 가본 적이 없다. 왜 그랬을까? 함부르크 시민이라면 누구나 적어도 한 번은 레퍼반에서 파티를 해야 하지 않을까? 토요일 밤부터 일요일 새벽까지 놀고 성공적인 밤을 자축하기 위해 아침에 수산시장에서 게살샌드위치 먹기.

정류장에 서서 멍하니 머스탱을 바라보며 요나단은 한 번쯤 그러고 싶다는 욕구를 느꼈다. 게살샌드위치는 빼고. 요나단은 게라면 질색이었다. 하지만 다른 건 상당히 유혹적이었다. 마르쿠스 보데와 같이 와볼까? 혼자서 외롭게 호텔에 있는 것보다는 뭐든 낫겠지.

신호등이 초록불로 바뀌자 머스탱에 탄 여자는 가속페달을 밟아 얼마 후 요나단의 시야에서 사라졌다. 한숨을 쉰 그는 조금 슬프기까지 했다. 정말, 정말 아름다운 자동차였다.

44

한나

1월 15일 월요일, 9:59

레퍼반, 내가 간다. 신나게 놀 수 있는 화끈한 거리……

지몬의 차를 타고 함부르크 환락가 입구에 있는 밀레른토르 건물에 도착한 한나는 노래 부르고 싶은 심정이 절대 아니었다. 하지만 우도 린덴베르크(독일 록음악 가수-옮긴이)가 레퍼반에 대한 오마주를 담은 노래를 음울하고 억지스럽게 흥얼거렸다.

그녀는 한 시간 반 동안 머스탱을 타고 주변을 배회했다. 계획을 실제로 행동으로 옮길지 아니면 분노 때문에 지나친 짓을 하려는 것은 아닌지 망설였다. 결국 그녀는 지나친 짓을 할 권리가 있으며 고민과 아픔 그리고 분노를 분출하기 위해서 무엇인가를 해야 한다는 결론에 이르렀다.

확실한 신호를 줄 거다. 지몬이 타고 있을 구름에서 깜짝 놀라 떨어질 만한 아주 크고 우레 같은 소리를 내는 신호. 그래서 한나는 환락가로 핸들을 돌렸다. 지몬이 그녀에게 자행한 '배신'에 대한 당연한 결과로.

아침의 환락가는 저녁에 제대로 즐기기 위해 찾아오는 사람들에게 제공하는 화려한 분위기하고는 딴판이었다. 화려한 조명도 없고 네온사인 광고도 없고 한껏 멋 낸 여자들도 없었으며 양쪽 길가에 길게 늘어선 바에서 흘러나오는 커다란 음악소리도 없었다. 어딜 가나 오물, 오물, 오물 그리고 회색빛 우울뿐이었다. 상파울리는 밤에 사용할 아름다운 옷을 아직 빨래걸이에 걸어놓고 있는 모습이었다. 인도 위에는 펑크족 여러 명이 커다란 개와 함께 앉아 있었고 문이 닫힌 게임룸과 바 앞에 놓인 침낭에는 노숙자들이 자고 있었다.

맥도날드 근처에서 머스탱이 흠집나지 않을 만한 커다란 주차 공간을 발견했다. 한나는 깜빡이를 켜고 핸들을 틀었다. 안내판에는 이 공간은 20시 이후에는 택시 전용이라고 적혀 있었지만 한나의 예상대로라면 그 시간 전에 머스탱은 이미 사라지고 없을 것이다.

한나는 시동을 끄고 열쇠를 그냥 꽂아두었다. 그런 다음 자동차등록증과 서류들을 조수석 위에 올려두어 밖에서 창문을 통해 잘 보이게 두었다.

한나는 차에서 내려 문을 닫았다. 그리고 휘파람을 불며 지하철역으로 걸어갔다.

45

요나단

1월 15일 월요일, 12:03

요나단이 조금 방황한 후 ― 여자가 탄 머스탱이 그의 혼을 쏙 빼놓는 바람에 37번 버스를 잘못 탔고, 잘못 탔다는 사실을 종점인 쉐네펠트에 도착해서야 알았다 ― 12시가 넘어 존넨호프 요양원으로 들어섰을 때 아버지는 창가에 서서 밖을 내다보고 있었다. 흔치 않은 광경이었다. 아버지 상태가 조금 좋은 날인 것 같아 희망을 품었다.

"아버지, 저 왔어요!"

볼프강 그리프는 몸을 돌려 미소 지었다. "어서 와라, 아들!" 그는 고갯짓으로 창밖을 가리켰다. "오늘 날씨가 정말 좋구나, 그렇지?"

"네." 요나단은 대답했지만 하늘에는 구름이 잔뜩 끼어 흐렸다. 적어도 비는 오지 않으니 함부르크의 1월임을 감안하면 '아름다운 날씨'라고 넘어갈 수 있겠지.

"네 엄마는 잘 지내냐?" 아버지는 안락의자에 앉으며

물었다.

요나단의 기대는 바닥으로 가라앉았다. 생각과 달리 아버지의 상태는 그다지 좋지 않았다. 그는 어머니가 정말로 함부르크에 나타나서 그에게 다이어리를 선물했을지 모른다는 가능성을 지워버렸다. 어머니가 모든 쉼표를 맞게 표기할 만큼 독일어를 잘한 적이 없다는 사실만으로도 그럴 가능성은 없었다. 다이어리는 절대 어머니의 작품이 아니다. 그저 요나단의 바람이었을 뿐이다.

"제 어머니 소피아 말씀이세요?" 그는 되물었다. 어쩌면 아버지가 누군지 모르지만 다른 여자 얘기를 하고 있는지도 모른다.

볼프강 그리프는 즐겁게 웃었다. "그럼 너는 어머니가 한 명 더 있는 게냐?"

"아뇨, 당연히 아닙니다."

"그래, 잘 계시냐? 네 엄마도 이따가 들린대?"

"아버지……." 그는 멈칫했다. 뭐라고 대답해야 할까? 그는 게임 아닌 게임에 동참하기로 했다. "잘 지내시는 것 같아요." 요나단이 태연하게 대답했다.

"그거 잘됐구나!" 아버지는 좋아했다. "그럼 이따가 다 같이 나들이를 가면 되겠구나. 히르쉬공원에 있는 위트휘스에서 오랜만에 커피와 케이크가 먹고 싶군." 그는 입맛을 다셨다. "신선한 체리 소보로를 오늘 먹으면 딱 좋을 텐데!"

"좋은 생각이에요, 아버지." 요나단은 한숨이 나오려는 것을 참았다. "그렇게 해요."

"그러면 네 어머니가 빨리 오기를 기다려야겠구나."

"으음." 요나단도 자리에 앉았다. 조금 전만 해도 양로원에 무사히 도착했다고 좋아했는데 이제 곧장 나가고 싶었다. 이번에는 택시를 타고.

못되게 굴고 싶지 않았다. 아버지가 기분 좋은 상태인 것은 좋은 일이지만, 정신 착란 정도에 비례해서 기분이 좋아지기 때문에 요나단은 마음이 무거웠다. 정신은 온전하지만 깐깐하고 까다로운 아버지와, 어린아이처럼 즐겁고 해맑은 아버지, 두 가지 모습밖에는 선택의 여지가 없는 듯했다.

"새로운 소식이라도 있는 게냐?" 볼프강이 물었다.

요나단은 잠시 망설였다. 과감하게 정면 돌파할까? 희망은 없지만 적어도 시도는 하고 싶었다. "아버지와 출판사 얘기를 하고 싶어요." 요나단이 말을 꺼냈다.

"그래, 그래. 출판사는 잘 돌아가고 있니?"

"솔직히 말씀드리면 그렇지 않아요."

아버지는 요나단의 말을 알아들을 수 없다는 표정을 지었다. "그게 무슨 말이냐?"

"판매량에 좀 문제가 생겼어요."

볼프강 그리프는 눈을 가늘게 떴다. "어떤 문제인지 구체적으로 얘기하거라!"

"그러니까 현재 출간한 책들의 판매 실적이 저조해요."

"구체적인 숫자로는 어떤데?"

놀라웠다. 정말 놀라운 일이었다. 정신적으로 무디어졌는데도 누군가 볼프강 그리프의 머리에 스위치를 켠 듯했다. 갑자기 정신이 말짱해진 그는 미간의 주름을 더욱 깊게 하며 요나단이 평생 두려워하던 눈빛으로 그를 쳐다보았다.

"30% 정도 매출 감소가 예상……."

"30%?" 아버지가 버럭했다. "최신 자료 좀 보여다오."

"지금 안 가지고 왔어요. 하지만……."

"주요 자료도 안 가지고 와서 그런 얘기를 하는 것이 말이 되냐?" 아버지가 호통을 쳤다.

"아버지, 그건……."

"네가 지금 무슨 짓을 하는지 알고는 있는 게냐? 네가 사업하는 사람 맞아?"

"그러니까 저는……."

"내가 왜 이렇게 흥분하지?" 그는 고개를 저었다. "네가 사업가 기질이 없는 것은 처음부터 알고 있었다. 내가 물러나지 말았어야 했는데!"

"그건 정말……."

"마르쿠스 보데는 이 상황에 대해 뭐라고 하든?" 아버지가 그의 말을 끊었다.

"제가 말하려는 것이 바로 그겁니다." 요나단이 말했

다. "보데는 우리가 더 대중적인 책들을 출판해야 한다는 의견입니다. 저희는 어제 제바스티안 피체크의 저자 낭독회에 갔는데……."

"피체크? 너 방금 피체크라고 했니?"

"네. 맞아요." 요나단은 당당하게 어깨를 폈다. 치매에 걸린 아버지에게 더는 아이 취급 받고 싶지 않았다. 요나단도 이젠 엄연히 중년 남자다! "아버지도 가보셨다면 그 작가에 대한 생각이 달라졌을 겁니다. 저는 우리 출판사도 그런 작품들을……."

"요나단!" 아버지는 아들의 말을 끊었다. "너 왜 그러니? 너 설마 그리프손&북스가 천박한 대중문학을 내는 출판사로 격이 떨어지게 만들려는 게냐? 말도 안 된다!"

"그렇게 말도 안 되는 얘기는 아니에요." 요나단이 받아쳤다. 그리고 맞는 말이었다. 그는 이제 말이 안 된다고 생각하지 않았다. 먼저 매출을 묻는 걸 보니 아버지는 역시 뼛속까지 장사꾼이었다. 아버지는 다만 시대가 변했고 고급 문학을 위해 주머니를 여는 사람들이 점점 줄고 있다는 사실을 인정하기 싫은 것일까? 그렇다면 아버지에게 그것을 알려주는 것이 그의 과제, 아니, 의무가 아닐까……?

"아니다, 아들아. 그런 얘기는 더 이상 할 필요 없어. 매출 자료를 가져오면 그때 더 자세히 얘기하자꾸나."

"그렇지만 제 생각은……."

"내 생각은 그렇지 않구나." 아버지는 그의 말을 잘라 버렸다.

"아버지, 저는……."

노크 소리가 들리더니 레나테 크루크가 들어왔다.

"어머, 안녕하세요!" 그녀는 두 남자에게 반갑게 인사했다. "혹시 제가 방해했나요?"

볼프강 그리프의 얼굴에 커다란 미소가 번졌다. "소피아!" 그는 재빨리 옛 비서에게 다가가 포옹했다. "당신이 오니 정말 좋구려! 방해라니, 무슨 소리오? 내가 조금 전 요나단한테 셋이 다 같이 오랜만에 나들이 가면 좋겠다고 얘기했어."

"그야 물론이죠, 여보!" 레나테 크루크는 볼프강 그리프가 그녀를 행방불명된 부인으로 여기고 또 그가 그녀와 아들과 함께 가족으로써 뭔가를 하려는 것이 이 세상에서 가장 자연스러운 일이라는 듯 태연하게 웃었다.

"저…… 저기." 어리둥절하여 레나테를 바라본 요나단은 은밀하게 고개를 끄덕이며 '아버지가 그냥 그렇게 생각하게 내버려두세요' 라는 그녀의 눈빛을 읽었다.

요나단은 속으로 다시 한숨을 쉬었다. 그래, 좋다. 이제 아버지와 '어머니' 와 함께 나들이를 가야겠군.

46

한나

1월 15일 월요일, 13:19

"뭘 어쨌다고? 너 미쳤어?" 리자는 경악했다. "어머, 미안." 그녀는 얼른 덧붙였지만 표정은 더 일그러졌다. "네가 미쳤다는 말이 아니라 그냥 헛소리가 나왔……."

"괜찮아." 한나가 태연하게 대답했다. "미친 짓일지도 몰라. 완전 미쳤지. 하지만 기분은 아주 통쾌하고 좋아."

"아무리 그래도 지몬의 자동차하고 열쇠를 환락가에 둘 순 없잖아!"

"걱정 마." 한나는 낄낄거렸다. "이미 없을 거야. 벌써 누가 몰고 멀리 달아났겠지." 자기가 들어도 이상한 소리 같았다. 한나는 작은 주방 싱크대 위 초콜릿 상자에서 초콜릿 한 개를 꺼내 먹으며 리자에게 아무렇지 않은 미소를 지었다.

"어서 가자!" 리자는 옷걸이에서 재킷을 낚아챘다.

"어딜?"

"레퍼반이지 어디야! 차 가지러 가야지! 아직 거기 있을지도 모르잖아."

"아니야." 한나는 단호했다. "안 가. 우린 아이들과 함께 보낼 오후 시간을 조용히 준비하고 지금껏 해왔던 것처럼 할 거야."

"하지만 이건 정말 미친 짓이야! 네가 어떻게…… 지몬의 차는 틀림없이…… 뭐, 잘은 모르겠지만, 그래도 수천 유로는 할 텐데!"

"수만 유로는 할 걸." 한나가 아무렇지 않게 대답했다. "관리가 정말 잘되어 있고 진짜 애장품이거든." 그녀는 고개를 끄덕였다. "맞아. 지몬이 수만 유로는 나간다고 늘 그랬어."

"넌 진짜 미쳤어." 리자는 어이없다는 듯 고개를 가로저었다. "어떻게 차를 레퍼반에 둘 생각을 할 수 있어? 우리가 그 돈으로 뭘 할 수 있는지는 생각 안 해봤어? 꾸러기교실에서? 그 돈이면 마당에 최고급 놀이터를 만들수 있고 뭐든 다 살 수 있다고!"

움찔한 한나는 잠시 죄책감을 느꼈다. 하지만 느리고 힘차게 고개를 저었다. "네 말이 맞을지 몰라. 하지만 나는 그 돈을 꾸러기교실에 쓰고 싶지 않아. 그 돈으로 뭔가를 구입한다면 나는 그 물건을 볼 때마다 지몬의 머스탱을 팔아 샀다는 걸 떠올리게 될 거야. 그건…… 어쩐지 시체 강도질처럼 느껴질 것 같아서 싫어."

"시체 강도질?" 리자는 크게 당황했다. "지몬은 너한테 자기 돈을 우리 사업에 쓰라고 편지에 직접 썼고⋯⋯."

"부탁이야, 리자." 한나가 말을 끊었다. "나는 그러기로 결정했어. 그대로 됐으면 좋겠어."

"너는 여전히 충격에 빠져 있어." 리자는 측은하게 한나를 쳐다보았다. "내일은 분명 후회할 거야."

"아니, 그러지 않을 거야. 충격에 빠진 상태도 아니야. 그 어느 때보다 말짱해." 그녀는 말을 끝내기도 전에 울음을 터뜨렸다.

"한나!" 리자는 한나를 꼭 껴안으며 머리를 쓰다듬었다. "괜찮아. 훌훌 다 털어버려."

"나는⋯⋯ 나는⋯⋯ 나는." 한나는 말을 더듬거리며 지금 유일한 위안인 리자에게 안겼다. 끝도 없는 수렁 속으로 자유낙하 하는 듯한 지금, 그녀는 약간의 위로가 되어주었다.

"알아, 나도 알아⋯⋯."

"나 앞으로 어떻게 살지?" 한나가 훌쩍거렸다. "어떻게 살아야 하냐고?" 한나는 콧물을 닦았다. "악몽을 꾸는 것 같아! 이게 사실일 리 없어! 계속 빨리 꿈에서 깨어나야 한다는 생각밖에 안 들어. 이제 어떻게 살아야 할지 모르겠어. 어떡하지?"

"아주 천천히 하루하루 힘을 내서 살아야지. 다른 방법은 없어." 리자는 한나를 조금 떼어냈고 용기를 북돋아주려 바라보았다. "신은 누구에게나 감당할 만큼의 시련만

준대."

한나는 눈물이 그렁그렁한 눈으로 친구를 쳐다보았다. "정말 그렇게 생각해?"

리자는 가만히 있다가 고개를 천천히 저었다. "아니, 솔직히 말하면 헛소리야. 아무것도 모르는 사람들을 위해 달력에 등장하는 멍청한 격언일 뿐이야. 감당하기 힘든 시련도 있어. 취소야, 한나. 난 그 반대라고 생각해."

한나는 자기도 모르게 웃음이 나왔다. "그래도 위로해 주려고 노력한 거 고마워."

"그거야 뭐, 얼마든지!"

"자," 한나는 얼굴에 흐르는 눈물을 닦았다. "이제 시작하자. 지금은 일하는 것이 내게 가장 좋을 것 같아."

"차는 정말 안 가지고 올 생각이야? 확실해?"

"응. 차는 운명에 맡겼어." 그녀는 한숨을 내쉬었다. "지몬의 집을 정리하고 뒤처리할 생각만 해도 오싹해." 그러고는 정말 전율에 휩싸였다. "그리고 장례식……."

"그 생각은 지금 하지 마. 너희 부모님과도 얘기했는데 장례식 준비는 우리가 다 알아서 하기로 했어. 네가 원하면 지몬의 집 정리도 해줄게."

"고마워. 하지만 지몬 집 정리는 나 혼자 할 거야. 다른 사람들이 지몬의 물건을 만지게 하는 것보다는 그게 옳을 것 같아……." 한나는 멈칫했다. "미안해, 그런 뜻은 아니었어."

"무슨 말인지 알아. 그저 네가 원하기만 하면 나는 뭐든 도울 거라는 사실만 알아둬. 우리가 함께라면 해낼 수 있을 거야."

"고마워. 네가 없었다면 난 어떻게 됐을지 모르겠어."

"당연한 일이야."

"그렇지 않아." 한나가 말했다. 그러더니 다시 울기 시작했다. "절대 당연한 게 아냐. 너한테 정말 진심으로 고마워!"

47

요나단

1월 15일 월요일, 18:08

"크루크 여사님, 이젠 정말 설명을 해주셔야겠는데요."
비서와 택시 뒷좌석에 나란히 앉은 요나단 N. 그리프는
생각을 정리하려 애썼다. 함께 보낸 오후 시간은 좋았지
만 아주 황당무계했다.

아버지와 함께 셋이서 엘베 강가로 산책을 나갔고 '위
트휘스'에서 커피를 마시고 케이크를 먹었다. 아주 평범
한 가족이 아주 평범한 오후시간을 보내듯이. 다만 그들
은 가족이 아니었고, 치매인 '아빠'와 피가 섞이지 않은
'엄마'는 더더욱 평범한 가족이 아니었다.

볼프강 그리프는 레나테 크루크를 계속 "소피아"라고
불렀고 그녀는 그걸 정정하려는 시도조차 하지 않았다.

마치 몰래카메라인 것처럼 괴상망측하고 황당했다!

"아버지가 언제부터 여사님을 제 어머니라고 생각하는
겁니까?"

"그게……" 그녀는 매니큐어 상태를 살펴듯 손톱을 꼼

꼼히 들여다보았다. "한 6개월 정도 된 것 같아요."

"그런데 그동안 한 번도 제게 그 얘기를 해야겠다는 생각이 안 들었어요? 심지어 제가 저번에 어머니에 대해 여쭤봤는데도?"

"맞아요. 그건 제 잘못입니다." 하지만 이내 대담한 표정으로 바뀌었다. "하지만 아버님께서 뭐라고 생각하시든 전혀 상관없어요. 제가 아내라고 생각하는 것이 행복하다면 누가 뭐라고 하겠어요?"

"흠, 제가요." 요나단이 반박했다.

"왜죠?"

"여사님은 제 어머니가 아니니까요!" 그는 목소리를 가다듬었다. "제 어머니인 척하시면 안 되잖아요."

"내게 그러지 말라고 할 이유가 전혀 없어 보이는데요."

"하지만 미풍양속이라는 게 있잖아요."

"아, 미풍양속!" 그녀는 손사래를 쳤다. "미풍양속은 과대평가되고 있어요. 대표님 아버님은 지금 매우 편찮으시고 가장 중요한 것은 아버님이 편안하도록 해드리는 겁니다."

"알겠습니다. 그래서 아버지를 마치 정신박약인 분처럼 대해도 아무렇지 않게 여겨야 하는 겁니까?"

그녀는 이 말에 대답하지 못했지만 요나단은 레나테가 무슨 생각을 하는지 알고 있었다. 근본적으로 그도 다르지 않았다. 아버지는 실제로 정신박약 비슷한 상태였고 그의 머릿속은 마구 헝클어져 있다. 옛 비서를 아내라고 착각할 정도로.

"그런데 아버지가 왜 그렇게 생각하시는지 모르겠어요." 요나단이 말했다. "수년간 어머니를 잊고 사셨는데 갑자기 왜 심경 변화가 일어난 건지."

"치매환자들은 특히 과거의 기억 속에서 산다고 말씀드렸잖아요. 오래 묻어둔 감정, 소망 그리고 그리움들이 다시 살아나는 거죠."

"그러니까 오랫동안 소식이 끊긴 어머니의 귀환이 아버지가 오래 묻어둔 소망이라는 말입니까?"

"그런 것 같네요. 극복하지 못한 뭔가가 있나 봅니다."

"하긴, 사랑하는 사람이 하루아침에 갑자기 사라졌는데 어떻게 극복하기 쉽겠어요."

"그러게 말입니다." 레나테 크루크는 한숨을 내쉬었다. "어렵죠."

"그래도 아버지의 망상을 더 강화시키는 것 같아서 마음이 좋지 않습니다."

"저는 그렇다고 해서 문제가 일어나거나 상황을 악화시킨다고 생각하지 않아요."

요나단은 잠시 생각하더니 고개를 끄덕였다. "아마 그렇겠죠. 다만 빛나던 영혼이 그렇게 무너지는 모습을 지켜보는 것이 슬플 뿐이에요."

"그건 생각하기 나름입니다."

"생각하기 나름이라고요?"

"아버님의 병이 좋은 점도 있다는 생각이 들지 않나요?"

"무슨 말씀이죠?"

"예전보다 훨씬 대하기가 편해지셨어요."

"여사님이 그렇게 말씀하시다니 의외네요. 아버지와 아주 잘 지내신 줄 알았는데요."

레나테는 크게 웃었다. "그분은 독재자였어요!"

"여사님께도요?" 충직한 비서가 아버지를 그렇게 생각하고 있을 줄은 상상도 못했다.

"저한테는 특히 더 심하셨죠. 기분이 언짢을 땐 수시로 화풀이를 많이 하셨거든요."

"그런데 왜 아버지 곁에 남아계셨어요? 다른 직장을 얼마든지 구할 수 있으셨을 텐데요."

그녀는 시선을 떨어뜨렸다. "그것 말고는 아주 훌륭한 사람이니까요. 카리스마 있고 자신이 원하는 것이 무엇인지 정확히 아는 분이죠. 흔치 않은 사람이에요."

"으음. 여사님이 카리스마라고 하는 것을 다른 사람들은 완고하고 융통성 없다고 표현하겠죠."

"출판사의 새로운 계획과 관련해서 말씀하시는 건가요?" 요나단은 놀라서 쳐다보았고 레나테 크루크는 당황하며 마주보았다. "조금 전에 문 앞에 한참 서 있었어요. 그래서……." 그녀는 멈칫했다.

"엿들으셨군요." 요나단이 말했다.

"그렇다고 할 수는 없어요. 그저 두 분을 방해하고 싶지 않았고 그러다 보니 본의 아니게 듣게 됐어요."

"그렇군요." 요나단은 웃었다. "본의 아니게 들으셨다니 여사님 생각을 말씀해주세요."

"제 생각을요?" 그녀는 놀란 듯 했다.

"물론이죠!"

"어휴," 그녀는 손사래를 치며 얼굴을 살짝 붉혔다. "저는 그런 거는 잘 몰라요. 관여하고 싶지 않아요."

"크루크 여사님." 요나단은 집요했다. "여사님께 전문가의 의견을 기대하는 것이 아닙니다. 단지 그리프손&북스가 앞으로 대중소설을 시장에 내놓는 것을 어떻게 생각하시는지 듣고 싶습니다!"

"저는 정말 모르겠어요……."

"어서 말해주세요!" 요나단은 비서를 재촉했다. "어떤 책을 즐겨 읽으시죠?"

그녀의 얼굴은 더욱 붉어졌다. "음…… 조금 민망하네요."

"나쁜 책입니까?" 요나단이 농담을 던졌다.

레나테 크루크는 고개를 끄덕이며 가방을 열더니 손을 넣었다. "예를 들면 이런 책이요." 이 말과 함께 요나단에게 너덜너덜한 책을 건네주었다.

책을 본 요나단은 흠칫 놀라 숨을 참았다가 마음을 가다듬고 겨우 한 마디밖에 할 수 없었다. "오."

레나테 크루크는 책을 얼른 다시 가방에 넣었다.

두 사람은 말없이 계속 택시에 앉아 있었고 더는 그 책에 대해 언급하지 않았다. 하지만 요나단은 꾹 참았다가 아임스뷔텔에서 레나테 크루크를 내려주자마자 웃음보를 터뜨렸다.

15분 후 집 앞에 도착한 요나단은 여전히 웃고 있었다. 큰소리로 즐겁게. 레나테 크루크는 오늘 그를 여러 번 놀라게 했다. 《열정의 폭염 속에서》 같은 야릇한 제목의 소설을 읽는다니 놀랄 수밖에.

그가 뭐라고 하겠는가? 그리고 무엇보다 그의 아버지라면 뭐라고 할까?

48

한나

1월 24일 수요일, 12:03

"그리고 나의 영혼은 나래를 활짝 펴고, 마치 집으로 돌아가듯 고요한 대지를 날아갔네."

한나는 목사가 지몬의 장례식에서 마지막으로 한 말을 조용히 읊조렸다. 지몬이 가장 좋아했던 요제프 폰 아이헨도르프의 시 중 일부로 한나가 일부러 장례식을 위해 고른 것이었다.

이제 그녀는 얼마 전까지만 해도 평생을 함께할 거라고 생각했던 남자의 무덤 앞에 서 있었다.

'재는 재로, 흙은 흙으로.'

리자는 바로 옆에서 손을 꼭 잡아주었다. 그녀는 약속대로 지난 며칠 동안 한 시도 친구 곁을 떠나지 않았고 힘든 시간을 함께해주었다. 한나의 부모님과 함께 장례식을 준비하고 목사님을 미리 만나 장례 절차를 상의했으며 올스도르프 공동묘지에서 묘지 선택을 도와주고 장례식 초대장을 만들어 발송했다.

이백 명이 넘는 사람들이 지몬의 마지막 가는 길에 함께하려고 모였다. 〈함부르크 신문〉 편집국 직원 전원이 참석했고, 친구들도 모두 참석했으며 얼마 없는 지몬의 친척인 삼촌과 사촌도 와주었다.

한나는 길게 줄지어 선 조문객들과 일일이 악수하고 위로의 말을 들으며 언제쯤 집으로 돌아 혼자 주저앉아 마음껏 슬퍼할 수 있을지 생각했다.

바늘에 찔린 풍선처럼 다 기운이 빠져버린 한나는 금방이라도 쓰러질 것 같았다. 어제 오후까지만 해도 꽤나 버티고 있었다. 한나와 계속 연락했던 경찰이 집으로 찾아와 지몬의 '약혼녀'인 그녀에게 친히 부검 결과를 알려주기 전까진.

그렇다. 지몬이 익사했다는 것은 의심의 여지가 없었다. 법의학자들은 또 한 가지 사실을 확인했다. 지몬은 실제로 더 살 수 있을 가망이 없었다. 기껏해야 몇 달이었다. 암이 심하게 진행된 상태라 치료 가능성이 거의 없었다고 했다.

여경은 한나의 반응에 깜짝 놀랐다. 한나는 신경질적인 웃음을 터트렸고 그 웃음은 몇 분이나 계속됐다. 한나도 자기가 왜 그러는지 알 수 없었다. 얘기를 들으니 지몬이 자살을 선택한 것을 어느 정도 받아들일 수 있었다. 자신이 곧 죽을 거라던 지몬의 말이 옳았다는 증거가 있었고, 길고 고통스럽게 죽는 것보다는 빠른 죽음을 선택한 것이다. 이런 경우 누구나 자신이 어떻게 죽을지 선택할 권리가 있다고 한나는 지금껏 생각해왔다.

하지만 이 소식을 들은 그녀는 갑자기 땅이 꺼져버린 것 같았다. 지몬을 위해 준비했던 선물 — 결과적으로 이별의 선물이 되어버린 그 선물 — 이 너무 역겹고 한심하게 느껴졌기 때문이다.

그녀는 누구였던가? 더 잘 알고 있다고 오만에 빠진 한나 마르크스! 지몬의 공포와 걱정을 아무렇지도 않게 쓸어담아 쓰레기통에 넣어버린 건방진 애인. "뭐든 네가 하기 나름이야!"라는 우스꽝스러운 다이어리로 현실을 직시하지 않아도 된다고 믿은 바보.

한나는 부끄러웠다. 경찰이 다녀간 후 그녀 안에서 들끓는 감정을 표현할 다른 말은 없었다. 뼛속 깊이 파고드는 끔찍한 수치심밖에는.

조의를 표하는 조문객들과 악수하고 있는 지금도 한나는 자신이 위선자 같았다. 이곳에 이렇게 서서 지몬의 '미망인'으로서 그의 죽음을 애도할 자격이 없다는 생각이 들었다. 경찰로부터 빠른 정보를 듣기 위해 약혼녀라고 거짓말까지 했으니까. 수사 진행 상황을 알기 위한 거짓말이라 해도.

지몬의 약혼녀. 한나는 눈을 질끈 감고 울음을 삼켰다. 5월 11일, 일부러 처음 만난 날로 잡았다. 정말 기대하며 만반의 준비를 했다! 에펜도르프 거리에 있는 작은 보석

가게에서 은가공 반지를 골라서 맡겨두고 주인에게는 누군가 약혼반지를 찾으러 올 거라고 일러두었다.

한나는 지몬이 그 반지를 사오기를 기대했다. 그러라고 다이어리 뒤 봉투에 500유로를 넣어두었다. 가게 주인은 한나의 로맨틱한 계획에 감탄했고, 만약 지몬이 정말 반지를 사러 오면 또 다른 지령이 적혀 있는 봉투를 건네주라는 미션을 주자 무척 즐거워했다. 봉투 안에는 저녁 8시까지 한나가 두 사람을 위해 예약해둔 '다 리카르도'로 오라고 적혀 있었다. 지몬이 나타나면 한나는 청혼할 계획이었다.

그렇다. 계획을 세우고 있을 때 다른 일들이 벌어지는 것이 인생이라는 존 레논의 말은 맞았다. 이제 청혼은 없을 것이다. 적어도 한나가 지몬한테 청혼할 일은 없다. 반지는 언젠가 다른 사람이 구입할 것이고 다른 한 쌍이 그 반지를 선물하며 영원한 사랑을 맹세할 것이다.

한나는 가게 주인에게 반지를 찾으러 아무도 안 간다고 연락해야 한다는 생각이 들었다. 지몬과의 약혼식은 열리기도 전에 파토 났으니 그 반지를 다시 진열대에 놓으라고. 하지만 한나는 보석가게에 취소 전화를 걸 자신이 없었다. 그것은 또 다른 배신처럼 느껴졌고 지몬과의 추억들을 짓밟는 것 같았다. 5월 11일은 왔다가 그냥 지나갈 것이고 아무도 안 오면 주인은 반지를 다시 진열할 거라며 마음을 가라앉혔다. 몇 주 정도가 무슨 문제가 되

겠는가? 아무것도 아니다. 지몬이 하나 없이 혼자 들어
간 영원의 세계와 비교하면 아무것도 아니다.

"난 아직도 도무지 실감이 안 나요!" 지몬의 가장 친한
친구 죄렌이 하나 앞에 서서 손을 내밀었다. 퉁퉁 부은 눈
은 심하게 충혈되었고 다크서클이 길게 드리워 있었다.

"저도요." 하나가 나직이 속삭였다. "저도 그래요."

"혼자서 괜찮겠어요?" 죄렌이 걱정하며 물었다.

그녀는 어깨를 으쓱했다. "괜찮진 않지만, 어떻게든 지
내야죠."

"혹시 도움이 필요하면 언제든 말해주세요, 알았죠?"

"네, 알았어요."

"지몬 집은 어떻게 할 생각이에요? 짐 치우는 거 도와
줄까요?"

"아니에요. 시간을 좀 두고 치우려고요. 월세가 아직
지몬 통장에서 빠져나가서 그리 급하지 않아요."

"그래도 빨리 정리하고 끝내는 게 낫지 않아요?"

"저는……." 하나는 힘겹게 침을 삼켰다. 지몬의 집을
엉망으로 만들어버린 것이 떠올랐다. 물론 다 치우고 물
건들을 정리하고 집주인에게 열쇠를 돌려줄 것이다. 언
젠가는. 하지만 지금은 숨 쉬는 것만으로도 겨우 할 수
있다. "아직 못하겠어요."

"이해해요." 죄렌이 말했다. "마음의 준비가 되면 전화
해요, 알았죠?"

"그럴게요." 두 사람은 포옹했고 한나는 다음 조문객을 맞이했다.

약 한 시간 후 리자는 한나를 집 앞에 내려주었다. 장례식 후 문상객들을 따로 접대하지 않았다. 지몬의 죽음 때문에 사람들에게 의례적으로 다과를 대접해야 한다는 생각만으로도 속이 뒤집어지려 했다. 마지막 조문객과 악수를 마친 그녀는 빨리 집에 가고 싶은 생각뿐이었다. 침대로 기어들어가서 이불을 뒤집어쓰고 고통이 사라질 때까지 그렇게 있고 싶었다. 그럴 때가 올지는 의문이었지만.

"일단 좀 누워." 리자가 혼자 있고 싶다는 한나에게 말했다.

"그러려고." 두 사람은 한동안 말없이 쳐다보았다. 리자가 먼저 한나를 껴안았다.

"정말 슬퍼." 리자가 나직이 말했다. "네가 이런 일을 겪지 않았다면 좋았을 텐데."

"맞아. 정말 그래."

49

요나단

3월 16일 금요일, 14:23

"La professoressa e nell'aula. Anche nell'aula sono gli studenti.(교실에 선생님이 계십니다. 교실에 학생들도 있습니다.)" 요나단은 집중해서 문장을 따라했다. 교실에 선생님뿐만 아니라 놀랍게도 학생도 있다는 사실을 이탈리아 사람한테 설명할 기회가 있을지는 모르겠지만. 누가 알겠는가?

그리고 휴대폰으로 내려 받은 이탈리아어 강좌를 만든 사람들도 이런 문장을 만들 때 무슨 생각이 있었겠지. 이 문장에 등장하는 선생님과 학생 그리고 교실의 도움으로 저주스러운 이탈리아 전치사를 익히게 하는 목적이라도. Nel, sul, dal, nella, sulla, dalla…… 문장을 가능한 정확하게 따라하려고 집중하느라 머리가 지끈거렸다. 시민 대학에서 강좌를 듣는 것이 낫지 않았을까 하는 생각이 들었다. 하지만 핀네베르크에 사는 가정주부들과 (선입견과 관계없이!) 책상에 나란히 앉아 공부하는 것이 조금 꺼림칙해서, 2주 전 다이어리에 새로운 것을 배워보라고 적힌 걸 보고 인터넷 강좌를 신청했다.

그의 실력은 나쁘지 않았고 스스로 놀랄 만큼 빠르게 늘었다. 이제는 '샤워실 딸린 방(una camera con doccia)', '재떨이(un portacenere-비흡연자지만)', '얼음이 들어 있지 않은 생수(una aqua liscia senza ghiaccio)를 주문할 수 있을 정도가 되었다. 게다가 자기소개를 할 수 있었으며 ("Michiamo Jonathan Grief") 어디서 왔는지 얘기할 수 있다("Sono di Amburgo in Germania").

요나단이 이탈리아를 비교적 쉽게 배우는 이유는—논리적 근거가 없는 전치사를 제외하고—학창 시절 라틴어 능력 인정 시험에 통과했기 때문이다. 그리고 어머니가 이탈리아 출신이기 때문이기도 할 것이다. 어머니는 주로 독일어를 사용했지만 이따금 어릴 때 들었던 이탈리아 말이 뜨문뜨문 떠올랐다. 아버지는 아들이 이중언어 환경에서 자라는 걸 원치 않았고 무엇보다 아들이 '제대로 된 독일어'를 배워야 한다고 주장했다. 성인이 되어서야 배운 어머니의 독일어가 '제대로 된' 독일어였는지는 모르겠지만 그녀는 남편의 요구를 따라주었다.

하지만 밤이면 어머니는 요나단을 재우면서 침대 가장자리에 걸터앉아 고향 노래를 흥얼거렸다. "Se sei felice tu lo sai batti le mani"를 부르던 어머니의 따스한 목소리가 떠올랐다. '당신이 행복하다면 박수를 치세요!'

요나단은 왠지 행복했다. 환호성을 지르고 나무를 뿌리째 뽑아버릴 수 있을 만한 행복은 아니었다. 하지만 티나와 이혼한 후(엄밀히 말하면 결혼생활 중에도) 보낸 지난 시간들과 비교하면 현재가 훨씬 나았다. 더 만족스럽고 평안했다. 개인적 상황은.

거의 그랬다. 출판사 일은 여전히 해결하지 못했다. 그리프손&북스를 위해 무엇이 옳은 길인지 알 수 없었다. 대중적인 책을 출간할 때 얻는 것과 잃는 것에 대해 여러 번 생각해도 번번이 무승부였다.

그것은 요나단이 아직 결정을 못했다는 뜻이기도 했다. 출판사의 명성과 전통만 중요한 것이 아니라 근본적으로 수익도 중요하다. 그렇다고 그저 주류 소설 몇 권 출판한다 해서 금세 경제적 문제에서 벗어날 수 있다고 확신할 수 없다는 생각이었다.

만약 서점과 독자들이 그리프손&북스의 새로운 노선을 전혀 받아들이지 않으면 오히려 실패할 수도 있다. "한 우물이나 계속 팔 것이지!"라고 조롱당할 수도 있다. 명성 높은 베를린 필하모닉이 가요 메들리 음반을 내놓는다면 문화계에는 어마어마한 비난이 쏟아질 것이다! 그러고 나서 고급 프로젝트 분야에서 예전과 비슷한 판매를 기록할 수 있을지도 회의적이었다.

마르쿠스 보데는 임프린트, 즉 출판사의 새로운 브랜드를 만들어 거기서 가벼운 베스트셀러 류를 출판하면 된다고 제안했다. 그런 교묘한 조치는 너무 위선적이라는 그의 말에 보데는 "에이, 다른 출판사도 다 그렇게 합니다!"라고 말하며 먼저 시장을 살펴본 후 앞으로 어떻게 해야 할지 심사숙고하는 것이 의미 있다고 설명했다.

요나단이 아직 확실한 '고' 사인을 주지 않았는데도 보데는 열정에 사로잡혀 여러 에이전시에 대중성 있는 원고가 없는지 문의해놓았다. 한 에이전시는 보데의 주문이 사실인지 요나단에게 확인전화까지 했다. 보데 사장이 이메일로 '사랑이 있는 풍경', '행복한 눈물', '도시 판타지' 그리고 '코지 미스터리' 분야의 재미있는 원고를 추천해달라고 해서 확인 차 전화했다며…….

"뭔가 착오가 있었나 봅니다!" 장르 분류 이름들이 너무 민망한 나머지 단칼에 부정하고 말았다. 코지 미스터리? 친근한 미스터리? 이게 대체 뭐란 말인가?

"그러면 원고를 보내지 말까요?" 에이전트가 물었다.

"네? 아, 그게 아니라, 아니오!" 요나단은 우왕좌왕했다.

"그럼 원고를 보내라는 말씀이세요?"

"네. 그래주세요."

"혹시 어디 안 좋으세요?"

"아니, 괜찮습니다!" 그는 목소리를 가다듬었다. "저희는 단지, 그…… 그러니까…… 새로운 것을 시도하려 합니다. 일종의…… 문학적 실험이라고나 할까요."

"아, 네." 에이전트는 당황한 듯 잠시 말을 멈췄다. "알겠습니다. 그럼 며칠 내로 원고 몇 개를 보내겠습니다."

그래서 지금 그 원고들이 책상 위에 놓여 있는 것이다. 〈초원 지대의 황금빛 작열 속에서〉나 〈프리마돈나의 음모〉처럼 의미심장한 제목의, 요나단이 손끝 하나 대지 않은 두꺼운 원고가 5부였다. 설령 후베르투스 크룰이 집필했다 해도 말도 안 되는 제목들이다!

이것만으로도 충분히 끔찍한데 열정에 사로잡힌 마르쿠스 보데는 베스트셀러 20위권에 든 소설을 몽땅 구입했다. 3주 전 커다란 박스 두 개를 가져온 그는 각 두 권씩 샀다며 "대표님과 제가 최신 트렌드를 파악할 수 있게 주문했습니다"라고 자랑스럽게 설명했다. 요나단은 이번 분기가 끝날 때까지는 출판사 상황을 좀더 지켜보자고 약하게 항의했지만 그는 "저희가 이 책들을 읽는다고 손해 볼 건 없잖습니까요. 어쨌든 만일에 대비해서 최신 트렌드로 무장하자니까요"라며 방어했다.

그는 웃으며 상자에서 책 한 권을 꺼내 요나단의 손에 쥐어주었다. "먼저 이 책을 대표님이 읽으시면 좋겠어요. 자살하려는 하반신 마비 환자가 젊고 조금은 서툰 간병인을 만나 새로운 삶의 용기를 얻는 아주 따뜻한 이야기입니다."

"듣기만 해로 따뜻하군요." 약간 빈정거리면서도 보데가 왜 이런 심경의 변화를 일으킨 건지 궁금했다. 지금까지는 '문학적 품질'에 관해서는 항상 같은 의견이었는데. 아내와의 이혼으로 인해 보기보다 심한 심적 타격을 입은 모양이다. 겉모습은 예전과 다르지 않지만 "아주 따뜻한" 같은 소리나 하는 걸 보니 걱정스러웠다.

요나단은 보데의 사생활에 대한 생각은 쫓아버리고 헤드폰에서 흘러나오는 문장에 집중했다. 6개월 과정이지만 이달 말까지 끝내겠다는 야심찬 계획을 세웠고 곧바로 중급 과정에 들어갈 생각이었다. 어머니의 나라말인 이탈리아를 배워서 무엇에 써먹을지는 모르겠다. 이탈리아로 여행갈 계획도 없다. 부모님의 이혼 후 이탈리아는 그에게 왠지…… 감정적으로 거리감이 있었다. 하지만 "새로운 것을 배워보라"는 다이어리 내용을 읽자마자 즉흥적으로 이탈리아어가 떠올라서 배우려는 것이다.

이제 혼자서 맞는 전치사를 찾아보라는 목소리가 귓가에 들릴 때 휴대폰 알람이 울렸다. 2시 45분, 오늘의 또 다른 스케줄이다. "3시 '뤼트 카페'에 가서 속이 메슥거릴 때까지 케이크를 먹어보라"고 적혀 있었다. 아니면 적어도 한 조각이라도.

그는 강좌를 끄고 벌떡 일어나 겉옷을 낚아챘다. 도보로 10분 정도 걸리니 3시 정각에 도착할 것이다. 사실 '정각'에 맞출 필요는 없었다. 다이어리에는 그저 '오후'라고 쓰여 있었다. 하지만 요나단의 생각에 오후는 대략 3시부터 시작하기 때문에 그 시간에 맞춰 어학 공부를 중단하고 커피를 마시며 잠시 휴식시간을 갖기로 계획했다. 이제는 주인 찾는 일을 포기했지만(솔직히 말하면 찾고 싶지 않았다) 다이어리에 적힌 내용을 적확하게 따르는 것이 일종의 습관이 되었다. 그러지 말아야 할 이유가 뭔가? 손해 보는 일도 아니었고 재미까지 있는데.

그는 힘차게 현관문을 열었다. 이상적 신체질량지수 유지를 위해 평소 오후에는 커피와 케이크를 입에도 대지 않지만 지금은 봄 햇살을 맞으며 산책하고 케이크를 먹을 생각에 기분이 들떴다. 뤼트 카페에 구즈베리케이크도 있을까? 요나단이 어릴 때부터 좋아하던 케이크였다. 에밀리 할머니는 문학에 조예가 깊을 뿐만 아니라 달콤한 머랭이 가득한 구즈베리케이크를 정말 잘 만드셨다.

현관을 이중으로 잠그고 보안장치를 작동시킨 후 흐뭇한 미소를 지으며 몸을 돌린 요나단은 엄청나게 놀랐다.

"잘 있었나?"

"아니, 어떻게!!"

50

한나

3월 16일 금요일, 14:17

"오늘은 비가 오거나 폭풍우가 몰아치거나 눈이 와도 상관없어. 네가 햇살처럼 반짝이니까! 오늘은 너의 생일, 그래서 우리는 파티를 하고, 모든 친구들이 너와 함께 기뻐해―모든 친구들이 너와 함께 기뻐해!

"자, 이제 그만 일어나, 지금 당장!"

"무슨 일이야?" 어리둥절하고 피곤한 모습의 한나는 이불에서 나와 눈이 부신 듯 눈물이 그렁그렁한 눈을 찡그렸다. "이 소음은 대체 뭐고?"

"어서 일어나!" 리자가 침대 앞에서 장난기 가득한 미소를 지었다.

"리자, 제발! 저리 가!" 한나가 투덜거리며 이불을 다시 머리끝까지 뒤집어썼다.

"미안해. 하지만 그럴 생각이 없어."

"저리 가라고!" 한나는 짜증내며 발버둥 쳤다. "나갈 때 열쇠는 꼭 두고 가!"

"싫은데?" 리자가 흥겹게 말했다. 잠시 후 한나는 이불을 힘껏 걷어찼다.

"그만해!" 한나는 쏘아붙이며 벌떡 일어났다. 너무 갑자기 일어나서인지 머리가 깨질 듯 아팠다.

"숙취?" 리자는 침대 발치에 뒹구는 빈 와인 병을 보며 물었다.

"엄청." 한나는 한숨을 쉬고 머리를 긁었다.

"혼자서 생일 전야파티를 하니까 그렇지! 그것도 서른 번째 생일을!" 리자는 몸을 앞으로 숙여 과장된 표정을 지었다. "그러면 불행이 찾아온대. 두통은 물론이고."

"'파티'는 무슨." 한나는 신음하며 이마를 짚었다. "어젯밤 거의 혼수상태였나 봐."

"그렇게 들리더라."

한나는 깜짝 놀라 리자를 쳐다보았다. "우리 어제 통화했어?"

리자는 고개를 끄덕였다. "했지. 그것도 세 번이나."

"정말?"

"정말."

"전혀 기억이 없는데." 창피해진 한나의 얼굴이 달아올랐다.

"괜찮아. 어차피 지난 몇 주 동안 하던 얘기를 계속 반복했으니까. 솔직히 이야기보다는 주정에 가까웠지."

"내가 뭐라고 했어?"

"지몬 없이 어떻게 살아야 할지 모르겠고, 모든 것이 다 무의미하고, 지몬은 나쁜 개자식이고, 너한테 말도 없이 자살해버렸고. 대충 이런 얘기들."

"젠장!" 한나는 크게 한숨 쉬며 다시 침대에 누워버렸다. "그게 다 꿈이고 이제 드디어 깨어난 줄 알았는데!"

리자는 한나의 손을 잡아주었다. "정말 미안해 친구야, 하지만 이게 현실이야."

"젠장." 한나의 눈에 눈물이 고였다. 지몬이 죽은 이후 매일 아침 이런 일이 반복됐다. 그녀는 잠에서 깨어 밤에 꾼 꿈 때문에 멍하고 혼란스러웠다─그리고 천천히 정신이 들면 곧바로 절망과 좌절이라는 끔찍한 감정들이 엄습하며 그녀의 가슴을 옥죄어 숨 쉬기도 힘들었고 밤 늦게서야 완전히 지쳐 쓰러져 잠이 들었다.

두 달째 매일 이런 식이다─도무지 나아질 기미가 없었다. 정말 시간이 약이라면 한나의 경우에는 그 속도가 너무나 느려 살아 있는 동안 조금이라도 차도가 있을지 의심스러웠다. 오히려 지몬이 죽은 후 시간이 지날수록 한나는 슬픔과 분노의 수렁으로 더욱 깊게 빠져들었고 그녀를 쫓는 악몽과 공포는 더욱 커졌다.

가능한 빨리 꾸러기교실 일을 다시 시작해서 슬픔을 물리치고 일상으로 돌아가려 했던 한나의 결심은 출근한 지 10분 만에 물거품이 되고 말았다. 갑자기 엄청난 공황

장애가 나타나 발밑이 꺼져버리는 느낌이었다.

그녀는 재잘거리는 아이들 사이에 서서 꼼짝할 수도, 입을 열 수도 없었다. 쇼크 상태처럼 경직된 그녀의 머릿속에서는 끔찍한 생각들만 무한 반복되고 있었다. '우리 모두는 언젠가 죽는다. 이 아이들도 언젠가는 죽을 것이다. 작고 귀엽고 순수한 이 아이들은 언젠가 죽을 것이다. 이 아이들의 아이들 그리고 그 아이들 그리고 그 아이들……. 모든 것은 무의미해, 무의미해, 덧없어! 우리는 단지 죽음을 향해 가기 위해 살아갈 뿐이며 매일 조금씩 죽음에 가까이 다가간다.'

어머니는 울며 덜덜 떠는 딸을 집으로 데려가 눕히고 의사를 불렀다. 의사는 외상 후 스트레스 장애 진단을 내리고 절대 안정해야 한다고 했다. 한나는 의사의 지시를 필요 이상으로 따랐다. 자신을 완전히 세상에서 차단시킨 것이다. 어쩔 수 없는 경우에만 겨우 문 앞까지 나갔다. 피자 그리고 필요한 것이 모두 배달되니 나갈 일도 없었다. 그녀는 혼자만의 동굴 속에서 걱정과 고통과 함께하고 싶었다.

어젯밤은 정말 끔찍했다. 지몬과 함께 서른 살 생일파티를 하는 대신 울면서 혼자 침대 위에 웅크리고 앉아 텔레비전 리모컨을 목적 없이 눌러대며 와인 한 병을 다 비웠다.

리자가 옆에 있는 지금에야 통화했던 것, 그녀가 여기

로 오겠다고 했던 것이 어렴풋이 기억났다. 한나는 완강히 거절하고 생일이고 뭐고 아무도 보고 싶지 않다고 했다. 이제 보니 리자는 그녀의 요구를 묵살했다.

"이제 일어나서 샤워하고 나랑 밖에 나가자." 리자의 목소리는 부드러우면서도 단호했다. "네 부모님도 나랑 같은 생각이셔. 네 어머니가 지금 꾸러기교실을 맡고 계셔서 나 시간 아주 많아."

"나가고 싶지 않아!"

"나가야지! 햇살이 정말 아름다운 날이야."

"그럴 리 없어." 한나가 고집을 부리며 리자를 노려봤다. "의사도 절대 안정하라고 했어."

"그렇겠지. 하지만 의사가 너한테 집에서 술을 퍼마시고……." 리자는 침대 밑에서 피자박스 두 개를 꺼냈다. "……이런 쓰레기 같은 걸 먹으라고 했을 리는 없잖아." 박스 하나를 열어 말라비틀어진 피자조각을 본 리자는 역겨운 듯 얼굴을 찌푸렸다.

"나 안 그래!" 한나는 리자가 들고 있던 박스를 빼앗았지만 썩은 소시지 냄새에 움찔했다. 그녀는 재빨리 박스를 바닥에 내려놓았다.

"친구야," 리자가 살살 달래듯 말했다. "일어나서 샤워해. 너한테 나는 냄새가 이 피자보다 나을 게 없어. 네가 끝낼 때까지 기다릴게. 그러고 나서 같이 나가자."

"정말 나가고 싶지 않다고."

"상관없어."

"네가 나한테 강요할 수는 없잖아."

"할 수 있어. 당연히 강요할 수 있어."

"어떻게?"

"간단해. 네가 같이 나갈 때까지 꼼짝 않고 여기 앉아 있을 거야."

"그럼 마음대로 하셔!" 한나는 몸을 숙여 다시 이불을 잡으려고 했지만 리자가 먼저 이불을 잡아 바닥에 던져 버렸다.

"그리고 난 노래 부를 거야!" 리자는 목소리를 가다듬 더니 노래를 시작했다. "오늘은 비가 오거나 폭풍우가 몰 아치거나 눈이 와도 상관없어……."

"리자, 제발!" 한나가 짜증을 내며 소리쳤다.

리자는 아랑곳 않고 계속 불렀다. "네가 햇살처럼 반짝 이니까!"

"그만해!" 한나는 소리를 지르고 귀를 막았다.

"오늘은 너의 생일, 그래서 우리는 파티를 하고……."

"제발 부탁이야, 리자! 안 그래도 괴로워 죽겠는데 더 괴롭히지 마!"

리자는 즉시 노래를 멈췄고 슬픈 기색을 했다. "미안 해. 그러려고 했던 건 아니야."

"됐어." 한나는 웃음이 나오려는 것을 참는 자신을 느 끼며 의아했다. 하지만 너무 쉽게 순순히 물러나고 싶지는 않았다. "목을 매달거나 그러려는 건 아니야. 하지만 아직도 슬픔에서 헤어 나오기가 어려워."

"이해해. 하지만 두 달 동안 24시간 내내 슬퍼했으면 충분한 것 같아."

"괜히 1년의 애도기간이 있는 게 아니야."

"그건 맞아." 리자도 수긍했다. "하지만 1년 동안 문을 걸어 잠그고 칩거상태에 들어가는 사람은 거의 없어."

"누구나 자기만의 방법이 있어."

"틀렸어! 너 혼자만의 문제가 아니야."

"그래?"

"그래. 이제 다른 사람들도 좀 돌아봐. 부모님을 생각해. 네 걱정을 정말 많이 하셔. 나도 마찬가지고."

"이제 잘 지내고 있는 거 봤잖아." 한나는 리자를 돌려보내기 위한 마지막 몸부림을 쳤다.

"잘 지낸다고?" 리자는 웃었다. "너 지금 잘 지낸다고 했니?" 리자는 양팔을 벌려 한나의 방을 가리켰다. "너는 짐승우리에서나 날 법한 냄새가 진동하는 어지러운 방안에 웅크리고 반년 동안 어두운 독방에 갇힌 사람 같은 몰골이야. 미안하지만 '잘 지낸다'는 것은 이런 게 아니야."

"적어도 살아는 있잖아." 한나는 입을 삐죽거렸다.

"연명에 가까워 보여. 그리고 미안하지만……."

"했던 얘기 또 하는구나?"

"무슨 얘기?"

"미안하다는 얘기. 벌써 다섯 번이나 했어."

리자는 미소 지었다. "그럴 줄 알았어! 지금 내 앞에 앉아 있는 냄새나는 몸에 그래도 내가 아는 한나가 조금은 들어 있어! 더러운 두꺼운 껍데기에 감춰져 있지만 그 안 어딘가에."

"하! 하!"

"바로 그거야." 리자는 일어났다. "이제 그만 그 몸뚱이 좀 일으켜." 리자는 경고하듯 검지를 들었다. "안 그러면 또 노래 부를 거야."

"하지만 애도기간……."

"원한다면 검은 옷을 입어." 리자는 반박의 싹을 잘라버렸다.

"알았어." 한나는 한숨을 쉬었다. "너한테 두 손 두 발다 들었어."

"그래."

"그래서 나를 어디로 끌고 갈 생각이야?" 한나는 매트리스에서 몸을 일으키며 물었다.

"네가 더 잘 알 거야."

"전혀 모르겠는데."

"오늘을 위해 세운 계획이 있잖아." 리자가 기억을 상기시켰다. "뤼트 카페에 케이크 먹으러 가자."

한나는 갑자기 행동을 멈췄다. "그건 아닌 것 같아."

"왜?"

"왜냐하면 나는…… 나는……." 한나의 눈에 또 눈물이 맺혔다. "왜냐하면 나는 지몬과 같이 가려고 계획했었어. 우리가 가장 좋아하는 카페니까. 그리고……."

"그러니까 가는 거야." 리자가 말을 잘랐다. "정면 돌파할 때가 왔어. 그래서 우리가 그 카페에 가는 거야. 그게 맞는 일이야."

"정말 그렇게 생각해?" 한나는 자신이 울먹거리는 어린 소녀처럼 느껴졌다.

"분명해!"

"하지만 다른 데 가도 되잖아."

"가도 되지." 리자도 수긍했다. "하지만 그러지 않을 거야."

51

요나단

3월 16일 금요일, 14:51

"자네, 깜짝 놀랐지?" 레오폴트는 입이 귀에 걸릴 만큼 크게 웃으며 놀란 요나단을 바라보았다. "그래도 이제 그만 입을 좀 다물지. 계속 그러고 있으면 바보 같아 보인다구."

"여……여기는 무슨 일로 오셨어요?"

"자네한테 진 빚을 갚으려고 왔지."

"빚? 무슨 빚이요?"

레오폴트는 그의 발치에 있는 상자를 가리켰다. 안에는 갖가지 술병이 들어 있었다.

"레드와인 세 병, 리슬링 한 병, 위스키, 진 그리고 그라파." 그는 몹시 미안한 표정을 지었다. "그런데 상표가 맞는지는 모르겠어. 음료시장에서 가장 좋은 걸로 달라고 하기는 했는데 말이야." 그는 어깨를 으쓱했다. "그때 내가 자네 집에서 정확히 어떤 상표의 술을 가져갔는지는 미안하지만 기억이 안 나."

"이게 지금 다 뭐예요!" 요나단이 소리쳤다.

레오폴트는 곧바로 시선을 떨어뜨렸다. "미안해." 그는 조용히 중얼거렸다. "내가 정말 몹쓸 짓을 했다는 거 알아."

"무슨 소리예요?" 이제 요나단은 웃었다. "형님을 다시 만나서 정말 기뻐요! 하지만 이렇게 술 상자를 끌고 올 필요는 정말 없었다고요."

"그렇지 않아." 레오폴트는 다시 요나단을 쳐다보며 엷은 미소를 지었다. "그렇지 않아." 그는 재차 말했다. "반드시 이렇게 해야 해. 사실 이보다 훨씬 더 많은 것을 갚아야 하지만 일단 술병부터 갚기로 했지."

한동안 두 사람은 미소 지으며 머뭇거렸다. 결국 요나단이 먼저 레오폴트에게 다가가 포옹하고 어깨를 두드렸다. 그는 한 번도 성인남자를 안아준 적이 없었지만 지금은 그러고 싶었다.

"어떻게 지냈는지 얘기해주세요!" 요나단은 '집으로 돌아온' 친구를 다시 놓아주었다. "어떻게 지냈어요? 얼굴은 좋아보여요!" 그랬다. 깨끗한 청바지, 스웨트셔츠와 재킷을 입었고 수염도 말끔하게 깎고 머리도 뒤로 묶었고 비누 향기를 풍겼다.

"설마 이 길바닥에서 말하라는 건 아니지?"

"미안해요. 내가 무례했어요. 들어가실래요?"

"내가 자네를 방해한 거 아냐? 지금 어디 가려던 길인 것 같은데, 아닌가?"

"별일 아니에요." 요나단은 이렇게 말하다가 금세 바꿔 말했다. "그게 아니라 카페에 가던 길이에요. 같이 가서 갑자기 사라진 이후 무슨 일이 있었는지 얘기해주세요."

"좋지!" 레오폴트는 즐겁게 웃었다. "자네는 내가 그동안 무슨 일을 겪었는지 상상도 못할 걸세."

52

한나

3월 16일 금요일, 15:23

"저 안에 들어갈 자신이 없어." 두 사람은 뤼트 카페 입구에 서 있었다. 한나는 커다란 유리창 너머에서 커피와 케이크를 맛있게 먹으며 수다 떠는 사람들을 회의적으로 바라보았다.

"반창고를 떼는 것과 비슷해." 리자가 말했다. "빠를수록 좋아. 그러니까 어서 문을 열고 들어가!"

"잘 모르겠어……." 한나는 웃고 있는 여자들을 가리켰다. "사람들을 보고 있으면 내가 외계인이 된 느낌이야. 나 혼자 다른 별에서 온 것 같아."

"그러면 다른 사람들을 쳐다보지 마." 리자는 아무렇지 않게 얘기하고 어깨를 으쓱했다.

"그게 아니야." 한나가 반박했다. "저 사람들이 다 나를 쳐다볼 거라고! 나를 뚫어지게 쳐다볼 거야."

"네가 그렇게까지 흥미진진하게 생기지는 않았어!"

"하지만 나는 어디 가나 애도하는 과부처럼 보일 것

같아."

"말도 안 되는 소리 마! 너 오늘 정말 근사해!" 리자는
문을 열고 한나를 슬쩍 밀었다. 한나는 마지못해 카페 안
으로 한 발짝 걸음을 떼었다.

하지만 이내 그 자리에 가만히 멈춰 섰다.

"왜 그래?" 갑자기 멈춘 한나와 살짝 부딪힌 리자가 물
었다.

"이럴 줄 알았어." 한나가 어깨 너머로 속삭이며 턱으
로 카페 오른편을 가리켰다. "저기, 저쪽에 있는 남자 좀
봐. 나를 뚫어지게 보고 있어!"

리자는 한나의 시선을 쫓았다. "누구?"

"저기." 한나는 속삭이며 두 남자가 커피와 케이크를
먹고 있는 동그란 테이블을 가리켰다. 둘 중 더 나이 든
남자는 길고 흰 머리를 뒤로 묶었고 등을 돌리고 있었다.
하지만 40대로 보이는 짙은 머리색에 늘씬하고 잘생긴
남자는 한나를 상당히 노골적으로 쳐다보았다.

"무슨 헛소리야. 너를 보는 게 아니야." 리자가 말했다.

"나를 쳐다보고 있다니까!" 한나는 주장을 굽히지 않
았다. "마치 환상을 본 듯 쳐다보잖아."

"심한 근시라서 그럴 거야." 리자는 한나를 툭 쳤다.

한나는 리자를 향해 몸을 돌려 간청하듯 쳐다보았다.
"제발, 부탁이야! 우리 나가자. 여기는 너무 불편해."

"하지만……."

"제발! 저 남자 때문만은 아니야. 여기는 지몬과의 추억들이 너무 많아."

리자는 한숨을 쉬었다. "지몬과의 추억이 있는 곳들을 모두 피하려면 너는 다른 도시로 이사 가야 할 거야."

"나도 알아." 한나는 불쌍한 표정을 지었다. "다시 좋아지겠지. 하지만 지금은 아니야! 오늘은 거리에서 산책이나 하자, 어때? 처음인데 이 정도로도 충분하잖아?"

"알았어. 널 괴롭히고 싶진 않으니까."

"고마워!" 한나는 문을 열고 얼른 밖으로 나갔다. 낯선 남자의 시선이 여전히 등에 꽂혀 있는 것이 느껴졌지만 뒤돌아보지 않았다. 그가 왜 그렇게 빤히 쳐다봤는지 알 수는 없었지만 상당히 오싹한 기분이 든 것은 사실이다. 카페 입구와 그가 있던 테이블은 몇 미터나 떨어져 있었는데도 그녀는 그의 눈을 볼 수 있었다. 밝고 형형한 파란 눈. 기분이 이상했다. 단 한 번의 눈빛만으로 그녀 영혼의 밑바닥을 투시하는 것 같았다. 일종의 최면 상태로부터 벗어나듯 한나는 몸을 흔들고 밖으로 나오자마자 숨을 깊이 들이마셨다.

"괜찮아?" 리자가 걱정하며 물었다.

"응. 괜찮아."

"좋아. 그럼 이제 어디 갈까?"

한나는 잠시 생각했다. "꾸러기교실에 가는 건 어때? 우리 어머니들이 도움을 필요로 할지도 모르잖아."

리자는 의아하게 쳐다보았다. "정말이야?"

한나는 잠시 생각하더니 고개를 끄덕였다. "응. 정말이야. 지금 개구쟁이들이 아주 많이 보고 싶어."

리자는 즐겁게 미소 지었다. "듣던 중 반가운 소리네!"

53

요나단

3월 16일 금요일, 15:11

"말도 안돼요! 거짓말이죠?"

"절대 아니야! 내가 자네한테 얘기한 그대로야." 레오폴
트는 느긋이 기대앉아서 입을 떡 벌리고 어안이 벙벙해
진 요나단의 모습을 즐겼다.

"하지만 누가 그런 짓을 하겠어요?" 요나단은 방금 들
은 이야기를 믿을 수 없어서 되물었다. "대체 누가 자기
차를 환락가 한가운데 열쇠까지 꽂은 채로 세워두고 서
류까지 조수석에 놓고 가냐고요?"

"거야 나도 모르지. 하지만 누가 그랬든 상관없어. 나
는 운명의 선물을 그냥 받아들였고 더 이상 질문하지 않
기로 했어." 레오폴트는 딸기케이크를 입안에 넣었다.

"무슨 자동차였는데요?"

"포드 머스탱." 레오폴트가 케이크를 음미하며 말했
다. "구형이지만 쌩쌩했어."

"머스탱이라고요?"

"응."

"설마 빨간색?"

레오폴트는 놀라며 고개를 끄덕거렸다. "맞아! 아주 진하고 예쁜 빨강. 어떻게 알았어?"

"그러니까······." 요나단은 혼란스러운 머리를 정리하려고 애썼다. "정말 이상하네요. 몇 주 전 빨간 머스탱을 타고 레퍼반을 향하는 여자를 봤어요."

"글쎄." 레오폴트가 아무렇지 않게 대답했다. "어쩌면 그 여자가 통 큰 기부자였을 수도 있겠구먼. 누가 알겠나?"

"서류에는 뭐라고 쓰여 있었어요? 소유주 이름이 있을 것 아닙니까?"

"정확히 기억 안 나."

"어떻게 그런 것을 기억 못할 수 있어요?"

"이봐, 내가 적은 게 아니잖나. 어쨌든 남자 이름이었어. 블랑크 뭐 그런 이름이던가."

"블랑크?"

"뭐 비슷해. 슈테판 블랑크였던 것 같군."

"흐음."

"그렇지만 이름이 뭐든 무슨 상관이야."

"차 주인을 찾아볼 생각은 안 했어요?"

레오폴트는 이해할 수 없다는 눈치였다. "내가 왜?"

"저는 그게 옳다고 생각합니다. 남의 차를 가지면 안 되잖아요!" 이 대목에서 그가 서류가방에 소중하게 넣고 다니는 다이어리가 떠올랐다. 하지만 전혀 다르지 않은가. 다이어리는 비싼 차가 아니니까. 그리고 초반에는 주인을 찾아주려고 모든 노력을 기울였으니까.

"나는 차를 갖고 있지 않아." 레오폴트의 미간에 주름이 잡혔다.

"남의 차를 그냥 팔아버리는 것도 마찬가지고요."

"누군가 가져가라고 선뜻 제공했을 때는 말이 다르지."

"하지만……."

"잘 들어봐, 친구." 레오폴트가 퉁명스럽게 말을 끊었다. "자네 같은 사람이 그렇게 생각하는 건 이해할 수 있어. 하지만 내 입장이라면 자네도 어떤 지푸라기라도 잡고 싶을 거야, 안 그래?"

요나단은 부끄러워 눈을 내리깔고 중얼거렸다. "그래요."

"그거 보라구. 내가 바로 그랬던 거야. 누군가 차하고 열쇠 그리고 서류까지 다 볼 수 있게 레퍼반에 세워두면 차를 찾은 사람이 어떻게 하든 좋다는 뜻이라고 생각하네. 안 그런가?"

"그러네요." 요나단은 다시 레오폴트를 쳐다보며 말했다.

"내 말이 그 말이야."

"그래도 혹시 경찰서엔 가보셨어요?"

레오폴트는 큰소리로 웃으며 허벅지를 쳤다. "경찰서

라고? 자네 미쳤어?" 그는 또다시 웃음을 터트렸다. "경찰들이 나 같은 노숙자를 어떻게 대할 거 같아? 내가 그 차를 훔친 게 분명하다며 감옥에 처넣겠지." 그는 미소 지으며 고개를 저었다. "당연히 경찰서에는 안 갔어. 차를 손에 넣은 후 가능한 빨리 처분했지."

"그렇군요. 어디에 처분했는지 물어봐도 될까요?"

"어쨌든 포드 대리점은 아니야. 로텐부르크스오르트에 있는 빌호르네 브뤼켄 거리에 갔어. 중개상들이 모인 곳이지."

"처음 듣는 곳이네요."

"그렇겠지. 껄렁껄렁한 놈들이 모인 데야. 폐차장 같아 보이는데 수출입을 하는 곳이야. 철조망에 알록달록한 깃발장식들이 달려 있지."

"철조망이요?"

"자네 같은 사람은 그런 곳에 절대 차를 사러 갈 일은 없을 거야."

"그런데 형님은 왜 차를 거기로 가져갔어요?"

레오폴트는 일부러 과장되게 눈동자를 굴렸다. "가장 손쉽게 처분할 수 있으니까 그렇지. 까다롭게 질문하지 않고 판매금액을 현금으로 딱 쥐어주니까."

"그래서 얼마 받았어요?"

레오폴트는 다시 히죽 웃었다. "5000유로. 자동차와 함께 그곳으로 갔다가 다시 시내로 데려다준 택시기사

두 명의 요금도 그쪽이 내줬어."

"택시기사 두 명?"

"솔직히 말하면 나는 지난 몇 주간 운전을 제대로 할 수 있는 상태가 아니었어." 레오폴트가 설명했다. "운전면허도 없고."

"없다고요?"

"지금은 없지." 레오폴트가 말했다. "재발급 받아야 하는데 그럴 돈이 없어서." 그는 더 활짝 미소를 지었다. "하지만 이제는 다시 부자가 됐다구."

"네에."

"그래, 자네한테는 별 것 아니겠지. 하지만 나한테는 충분한 돈이야." 그는 케이크를 더 먹었다.

"그렇지 않아요." 요나단이 얼른 말했다. "그저 아직도…… 그러니까 그 얘기가 믿어지지 않아서 그래요."

"그건 그래. 나도 처음에는 믿을 수 없었어. 하지만 사실이야. 그리고 자네가 어떻게 생각하든 상관없어. 그 예기치 않은 선물은 나를 구원해주었으니까."

"그 돈으로 뭐하셨어요?"

"주식을 샀지."

"뭐라고요? 어떤 주식을?"

이번에는 레오폴트가 너무 크게 웃은 나머지 다른 손님들이 언짢은 눈초리를 보냈다. 고상한 에펜도르프에서는 흔치 않은 일이었다. "당연히 아니지! 주식은 무슨!"

레오폴트는 목소리를 낮췄다. "일단 환락가로 돌아갔어. 어디로 가야 할지 몰랐으니까. 거기서 친구 두 명하고 그 돈으로 뭘 할지 상의했는데 그들은 그 돈이면 상당 기간 취해서 지낼 수 있다고 하더군." 그의 표정이 진지해졌다. "그런데 정말 다행히도 정신이 번쩍 들었어. 운명이 내게 주는 두 번째 기회인데 이걸 망치면 안 된다고." 그는 케이크를 한 입 더 먹었다. 요나단은 레오폴트가 긴장감을 높이려고 그러는 건지 의심스러웠다.

"그래서요?" 그는 레오폴트의 기대에 부응해주었다.

"우선 닷새 동안 싼 여인숙에 머물면서 술부터 끊었어. 자발적으로 술을 끊기란 결코 쉬운 일이 아니지만 다시는 병원에 가고 싶지 않았어. 지난번 그곳 직원들한테 '날 다시 보긴 힘들 거요'라고 호언장담하고 나왔는데 다시 기어들어가긴 싫었어."

"그래서 성공하셨어요?"

"나를 보라구!" 레오폴트는 깨끗한 셔츠 깃을 만졌다. "이렇게 잘 지내는 건 정말 오랜만이야."

"정말 잘됐어요! 이제 운전면허를 새로 따실 겁니까?"

"아니. 그건 중요한 문제가 아니야. 바름벡에 작은 원룸을 구해서 세 달치 월세를 선불로 지불했어." 그는 한숨을 쉬었다. "그렇게 해서 노숙자로서 악순환의 고리를 끊어버렸지. 확실한 거주지가 있으면 국가지원을 받을 수 있거든. 그래서 이제 주거비도 지급받고 있어. 머스탱판 돈도 아직 조금 남았고."

"사회보조금을 쏙쏙 잘도 빼 드시네요." 요나단이 농담을 던졌다.

"거드름쟁이!" 레오폴트도 맞받아쳤다. "이제 일자리만 찾으면 위기를 잘 넘길 수 있을 걸세."

"일자리는 알아보셨어요?"

"응. 그런데 쉽지가 않네. 요리사 말야." 그는 멋쩍게 웃었다. "쉰 넷 먹은 사람을 쓰려는 데도 잘 없고, 내 이력에 안 좋은 구멍이 숭숭 뚫려 있어서 말이지. 그리고 예전에 사장을 했던 게 오히려 방해가 되더군. 그저 불앞에서 요리하고 싶다는 말을 믿어주지 않아."

"고용청에도 가셨어요?"

"요즘은 고상하게 잡센터라고 한다구." 레오폴트가 알려주었다. "당연히 갔다 왔지. 보조금을 받기 위해서라도 가야 해. 지금까지는 내게 맞는 일자리를 못 찾아줬어." 그는 낄낄거렸다. "아니군, 한 군데 있었는데……."

"별로였나요?"

"축구술집 바텐더. 생맥주 뽑는 일이 영 안 맞을 거 같아서."

"그렇죠." 요나단도 웃었다. "제가 도와드리고 싶어요. 하지만 우리 출판사에는 구내식당도 없어요. 유감스럽게 책 만드는 회사지 식품을 만드는 회사가 아니라."

"판매하는 건 어디나 똑같아." 레오폴트가 말했다.

"그러니까 그게……." 요나단은 무슨 말을 해야 할지 몰랐다. 레오폴트의 진심일까?

"걱정 마. 자네 회사에 이력서를 낼 생각은 없으니까. 난 고속승진은 어울리지 않는 사람이고 좀 편한 일을 찾고 있다구. 아직 시간 여유도 좀 있고 보조금과 주거비로 잘 지내고 있어."

"그래도 혹시 뭔가 할 일이 있으면 말씀드릴게요."

"그래." 레오폴트는 미덥지 않은 듯 대답했다. "너무 내 얘기만 지껄였군." 그는 화제를 바꿨다. "자네는 그동안 어떻게 지냈는지 말해봐."

"아주 많은 일이 있었어요." 요나단은 뿌듯해했다. "형님의 충고를 명심하고 대부분의 시간을 다이어리에 적힌 내용대로 하며 지내요."

"그랬더니 어떻던가?"

"아주 좋아요!" 그는 손가락을 꼽기 시작했다. "조깅을 그만두고 이제는 테니스를 치고, 매일 명상을 하고 아침저녁으로 감사한 것들을 적고 있어요. 지난 두 달 동안 최근 5년을 합한 것보다 훨씬 더 자주 바다에 다녀왔고, 비록 차안과 욕실에서만이지만 다시 노래 부르기를 즐기고 최근에는 이탈리아어를 배우기 시작했어요."

"우와!" 레오폴트는 감탄했다. "그거 다 하려면 정말 바쁘겠는데."

"할 만해요. 대부분의 것들은 쉬엄쉬엄하고 있어요."

"요즘 출판사 상황은 좀 어때?"

"아주 좋아요." 요나단이 회피하듯 얼버무렸다.

"다시 정상궤도에 진입했나?"

"아직 완전히 그렇지는 않아요." 이번에는 요나단이 큰 케이크 조각을 입안에 넣었다.

"자네는 아직 아무것도 변화시키지 않았구만." 레오폴트가 단정 지으며 말했다.

"지금 그러고 있는 중입니다.

"흐음."

"흐음, 이라니요?"

레오폴트는 손사래를 쳤다. "내가 주제 넘는 소리를 하기 전에 다른 얘기부터 하지. 케이크 한 조각 더 먹는 거 어때?"

"좋은 생각이에요!" 막 일어서려는데 두 여자가 카페로 들어왔다. 한 명은 크고 늘씬하고 빨간 곱슬머리였고 다른 한 명은 머리 하나가 더 작고 여성적인 몸매와는 달리 보이시한 짧은 머리였다.

요나단 N. 그리프는 머리를 한 대 얻어맞은 것 같았다.

또는 누군가 그의 내면에 불꽃을 지펴서 활활 타오르게 만든 것 같았다.

다시 네 살로 돌아가 크리스마스트리 아래서 그토록 원하던 장난감 자동차를 발견한 기분이었다.

어머니가 그를 안아주며 귀에 대고 "니콜리노"라고 조

용히 속삭이는 듯했다.

말도 안 되는 일이었지만 요나단 N. 그리프는 자신이 사랑에 빠졌다는 것을 알았다. 그런데 누구와 사랑에 빠졌는지 알 수 없었다.

아름다운 빨간 머리는 카페에 나타나자마자 다시 나가버려 그의 시야에서 사라졌다. 그는 반사적으로 자리에서 일어나 테이블을 밀치고 여자를 뒤따라가려고 했지만 레오폴트의 목소리에 현실로 돌아왔다.

"어이! 왜 그래?"

"네?"

"자네 지금 귀신이라도 본 얼굴이잖아."

"그게," 그는 말을 더듬거렸다. "아니, 그게……. 아무것도 아니에요." 시선은 여전히 입구에 고정된 채로.

레오폴트도 뒤를 돌아보았다. "거기 누구 있어?"

"아무도 없어요." 요나단이 서둘러 말했다. "아는 사람이 있나 해서요."

"그런데 얼굴이 왜 그렇게 창백해?"

"그래요?"

"백짓장처럼 하얗다고."

"에." 요나단은 잠시 망설이더니 자리를 박차고 일어나 탁자 사이를 비집으며 넘어지듯 밖으로 뛰쳐나갔다. 예의에 어긋나도 상관없었다. 지난 몇 주 동안 배운 것이 있다면 인생에 "네"라고 대답하라는 것이다. 그래서 조금 전 카페에 서 있던 여자가 누구인지 반드시 알아내고 싶었다. 웃음거리가 되든 말든 상관없었다.

다른 손님들의 의아해하는 눈길을 뚫고 뛰어나온 그는 왼쪽을 바라보았다. 없었다. 오른쪽을 살펴보았다. 없었다. 심장이 마구 뛰었고 다음 모퉁이까지 뛰어갔지만 빨간 머리 여성은 흔적도 없이 사라졌다. 반대편으로 뛰어 갔지만 마찬가지였다.

그는 천천히 카페로 돌아가면서 혹시 여자가 다시 올지 모른다는 막연한 희망에 문 앞에 잠시 서 있었다.

그러나 돌아오지 않았다.

잠시 후 문이 열리고 레오폴트의 목소리가 들렸다.

"다시 들어올 건가, 아니면 커피 값 안 내고 튈 생각인가? 그럼 커피 값은 내가 내지."

요나단은 그럴 기분이 전혀 아니었지만 웃음이 터져 나왔다.

"무슨 일인지 얘기 좀 해주겠나?" 테이블로 돌아와 여전히 낄낄거리는 요나단을 보고 레오폴트가 물었다. "나도 같이 좀 웃자."

"정말 이상해요." 요나단이 숨을 헐떡이며 말했다.

"무슨 소리야?"

"저, 사랑에 빠졌어요."

"사랑에 빠졌다고?"

"네." 그는 고개를 끄덕였다. "아주 제대로요."

"자네가 무슨 소릴 하는지 모르겠어. 사랑에 빠졌다고? 방금 막?"

"네." 요나단이 재차 대답했다. "조금 전 어떤 여자가 카페로 들어왔어요. 그녀를 보기만 했는데 갑자기 '쿵' 했어요."

"진짜야?"

"네. 진짜요. 심장이 마구 쿵쾅쿵쾅 뛰었어요."

"어떤 여잔데?" 레오폴트는 목을 쭉 빼고 카페 안을 두리번거렸다.

"그게 참 희한해요!" 요나단은 또다시 웃었다. "그녀는 들어오자마자 곧장 다시 나가버렸고 온데간데없이 사라졌어요. 밖에서도 찾을 수 없었어요."

"이런."

"그러게 말입니다."

"자네 자주 이러는 편인가?"

"뭐가요?"

"첫눈에 그렇게 금방 반하는 거 말일세."

요나단은 또다시 웃었다. "아니오, 한 번도 없었어요! 저는 첫눈에 반한다는 말을 믿지 않아요." 스스로 어이가 없어 고개를 저었다. "하지만 아까 그 여자는, 왠지 뭔가…… 아, 모르겠어요! 정말 제정신이 아닌 것 같아요."

"난 제정신이 아닌 얘기 좋아해."

"저는 그렇지 않아요. 지금까지는……." 멈칫한 그는

눈을 크게 뜨고 레오폴트를 쳐다보았다.

"또 왜 그래?"

"사라스바티!"

"그 점술가는 또 무슨 상관인데?"

"인생상담가에요." 요나단이 정정해주었다.

"뭐든 간에 지금 그 여자 얘기가 왜 나와?"

"사라스바티는 제가 올해 어떤 여자를 만날 것이고 어쩌면 결혼까지 할 수 있다고 했어요."

"그 말을 진짜 믿는 거야? 그리고 그 점쟁이가 말한 여자가 아까 그 여자라는 거야?"

"모르겠어요." 요나단은 어깨를 으쓱했다. "어떻게 생각해야 할지 모르겠어요. 하지만 한 가지만은 분명해요. 다이어리를 습득한 이후 제 인생은 완전히 달라졌어요." 그의 표정이 갑자기 밝아졌다. "좋은 생각이 떠올랐어요!"

"어떤 생각?"

"다이어리! 바로 그거에요! 모든 것이 다 관련되어 있어요. 다이어리, 이 카페, 조금 전 봤던 그 여자! 모두 다 관련되어 있다고요!"

"무슨 소린지 도무지 모르겠네."

"좋아요. 천천히 처음부터 설명할게요. 우리가 여기 왜 앉아 있는 거죠?"

"으음." 레오폴트는 알쏭달쏭한 표정을 지었다. "같이 이곳으로 왔으니까?"

"틀렸어요!" 요나단이 소리쳤다.

"틀려?"

"우리가 여기에 온 이유는 다이어리에 그러라고 적혀 있었기 때문이에요. 누군진 모르지만 그 사람은 오늘 생일이고 여기서 생일 축하를 하려 했어요."

"미안하지만, 여전히 모르겠어. 하고 싶은 얘기가 뭐야?"

"간단해요!" 요나단은 벌떡 일어났다. "여기 있는 손님들한테 오늘 생일인지 물어보면 되잖아요."

"그렇게 해서 자네가 얻는 건 뭐야?"

"일종의 탈락방식을 쓰는 거죠!" 요나단이 소리쳤다. "이곳에 오늘 생일인 사람이 아무도 없으면 제가 아까 본 여자가 그 여자일지도 몰라요!"

"그 여자라니?"

"오늘 생일이고 H로 시작하는 이름을 가진 여자. 그 다이어리를 쓴 사람이요." 요나단은 자기의 생각에 뿌듯했다.

"요나단."

"네?"

"자네 지금 엄청 횡설수설하는구먼?"

"상관없어요." 그는 웃었다. "아무 상관없어요."

"그러니까 자네 말은, 이곳에 오늘 생일인 사람이 아무도 없으면 조금 전 자네가 첫눈에 사랑에 빠졌다는 그 여자가 다이어리 주인일지도 모른다는 말인가?"

"바로 그겁니다!"

"하지만 그 여자가 맞다 해도 아무 도움이 안 되잖아. 자네는 그 다이어리 주인을 모르잖나."

"바로 그겁니다!" 요나단이 반복했다.

레오폴트는 한숨을 쉬었다. "그럼 그 여자를 어떻게 찾겠다는 건지 모르겠구먼."

"저도 아직 모르겠어요." 요나단은 여전히 미소 지었다. "그건 좀더 생각해봐야겠어요. 이럴 때 쓰는 좋은 말이 있잖습니까? '사서 걱정하지 마라.'"

"아하!"

54

한나

3월 16일 금요일, 15:47

"한나 선생님! 한나 선생님! 한나 선생님!" 꾸러기교실 안에 들어서자마자 꼬맹이 넷이 달려와 한나의 다리에 매달렸다.

"얘들아! 살살해줘. 선생님 쓰러지겠어!" 한나는 눈물을 삼켰다. 세 달 만에 — 중간에 잠깐 왔다가 쓰러질 것 같아 곧바로 나갔을 때 빼고 — 이곳에 왔다. 어린아이들에게는 아주 긴 시간이다. 아이들이 체감하는 시간은 10년이었을 것이다. 그런데도 아이들은 한나가 이 세상에서 가장 소중한 사람인 것처럼 너무나 반갑게 맞아주었다.

감동과 부끄러움이 뒤섞였다. 짧은 시간에도 사랑을 쏟아주던 아이들을 그녀는 떠나버렸다. 혼자 집에 틀어박혀 자기연민에 빠져서는 무엇이 삶에서 중요한지 잊고 있었다. 예를 들면 이 아이들에게 매일 받는 즐거움과 행복 그리고 아이들에게 즐거움과 행복을 돌려줘야 한다는 것! 그렇다. 지몬은 그냥 떠나버렸지만 그렇다고 그녀를 소중하게 생각하는 사람들에게 똑같이 대할 권리는 없다.

속으로 계속 자아비판의 늪에 빠지려는 한나를 갑자기 뒤에서 누가 꼭 껴안았다. 이제 왼쪽 눈가에서 눈물 한 방울 떨어지는 건 어쩔 수 없었다. 돌아보지 않아도 알 수 있었다. "엄마!"

"소중한 내 딸." 엄마의 목소리가 떨렸다. "네가 다시 나오니까 정말 좋구나." 엄마는 딸의 볼을 부드럽게 어루만졌다.

"제가 없으니까 꼬맹이들을 감당하기가 정말 힘들었죠?" 한나는 농담을 던졌지만 그녀의 목소리도 떨렸다. 아이들 앞에서 울음을 터트리지 않으려고 감정을 추슬렀다. 평소 건강하고 활기 넘치던 어머니는 피곤하고 지친 기색이 역력했다. 딸에게도 물려준 빨간 곱슬머리는 부스스했고 한나의 기억보다 흰머리가 부쩍 늘었다. 어머니의 피부는 핏기 없이 창백했으며 밝은 초록색 눈동자는 빛을 잃었다. 한나는 또다시 부끄러워 어쩔 줄 몰랐다. 다 나 때문이야.

"생일 축하해." 엄마는 나직이 말하며 한나를 다시 한번 안아주었다. "다 좋아질 거야."

"고마워요, 엄마." 한나도 속삭였다. "그럴 거예요." 한나는 엄마에게서 몸을 떼고 씩씩하게 미소 지었다. "오늘은 내 생일이니까요!"

바로 그 순간, 한나는 결심했다. 오늘은 그녀의 생일이다. 두 번째 생일. '지몬 이후' 인생의 새로운 시작. 다시 시작할 것이다.

55

요나단

3월 16일 금요일, 17:33

"자." 두 시간이 지난 후 레오폴트가 입을 열었다. "해볼 건 다 해본 것 같네. 이제 어쩔 생각이야?" 그는 요나단과 함께 뤼트 카페에 있는 모든 사람에게 혹시 오늘 생일인지 일일이 물어보았다. 심지어 직원들에게도 물었고 오늘 생일커피를 대접한 테이블은 없었는지 물었다. 그런 다음에는 입구에 서서 카페에 들어오는 손님마다 붙잡고 생일인지 물었다. 하지만 번번이 헛발질이었다.

밖으로 나온 두 사람은 이제벡 운하 근처 벤치에 앉았다. 카페 주인이 처음에는 정중하게, 그 다음에는 단호하게, 손님들을 귀찮게 하지 말아달라고 부탁했다. 지금까지 먹은 것은 돈을 안 받을 테니 빨리 나가만 달라고 요구했다. 요나단은 시민의 권리를 주장하려 했지만 레오폴트가 그의 소매를 잡아당겼다. "계속 이러면 영업방해야."

"그래도 빨간 머리 여자가 오늘 생일이고 다이어리 주

인일 가능성이 있다는 건 알게 됐어요." 요나단이 말했다.

"훌륭하군!" 레오폴트가 말했다. "할 수 있는 건 다 했어. 이제 어떻게 할 건지 말해봐."

"모르겠어요." 요나단이 말했다. "하지만 그 여자를 반드시 찾아야 해요!"

"맙소사, 자네가 로미오라도 되는 줄 아나?!"

"실제로 그런 기분이에요."

"그럼 끝이 어떻게 되는지도 잘 알겠네. 혹시 셰익스피어 작품을 모를까봐 말하는데 끝이 안 좋아. 빨간 머리는 그만 잊어버리고 딴 여자 찾아봐."

"형님은 몰라요!" 요나단이 쏘아붙였다.

레오폴트는 방어하듯 손을 들었다. "어이쿠, 죄송합니다. 그리프 씨! 당연히 저 같이 하찮은 놈은 사랑이 뭔지 모릅죠, 암요. 전 그저 늙고 멍청한 노숙자니까요."

"그런 뜻이 아니었어요." 요나단이 누그러졌다. "하지만 몇 주 전만 해도 운명이니 숙명이니 하는 것들은 다 말도 안 되는 소리라고 믿었는데……."

"그런데 5초 동안 멀리서 본 그 여자가 자네의 운명이라고?" 레오폴트가 지몬의 말을 가로막았다.

"모르겠어요." 그는 한숨을 쉬었다. "너무 혼란스러워요. 머릿속이 어지러워요. 지금까지 이런 적은 한 번도 없었어요."

"다행인줄 알라구. 난 거의 대부분 그러니까."

"하하하하하! 정말 웃기네요!"

"사실이라구."

"옛날에 어머니가 갑자기 사라지셨을 때도 비슷한 느낌이었어요." 그는 다시 한숨을 내쉬었다. "제 인생에서 중요한 여자들은 다들 사라져버리나 봅니다."

"그렇게 과장할 필요는 없잖아! 자네가 첫눈에 사랑에 빠진 건 알겠어. 하지만 그렇다고 벌써 '중요'하다니 너무한데."

"형님 말이 맞아요." 요나단은 레오폴트를 쳐다보기 민망해 신발만 내려다보았다. 수학시험을 망친 열두 살짜리가 된 기분이었다.

"그런데 자네 어머니는 왜 도망가셨나?"

"함부르크 생활을 힘들어하셨고 고향인 이탈리아로 돌아가고 싶어 했어요."

"아무리 그렇더라도 자식을 버리고 가진 않잖아!" 레오폴트가 어이없어했다.

"그럴지도 모르죠. 하지만 제 어머니는 그랬어요."

"그 이후에는 소식을 통 못 들었나?"

"처음 몇 년 동안은 연락하고 지냈어요. 어머니가 오시기도 하고 제가 이탈리아로 가기도 했는데……."

"그런데?"

"그런데 제가 열세 살 무렵 어머니는 이제 필요 없다는 멍청한 엽서를 보냈어요. 사춘기 반항 같은 거요."

"그 뒤로 연락이 완전히 끊겼어?"

"완전히요. 다시는 어머니 소식을 못 들었어요."

"아무리 멍청한 십대가 그런 멍청한 엽서를 보냈다고 그렇게까지 한다는 건 이해가 안 되네."

"흐음." 요나단은 어깨를 으쓱했다. "저도 그게 오랫동안 궁금했어요. 하지만 언젠가부터 신경을 껐어요."

"자네 아버지는 뭐래시던가?"

"아버지요?" 요나단은 냉소적인 웃음을 터뜨렸다. "저희 아버지를 모르시죠? 아무 말도 하지 않으셨어요. 얼마 전까지만 해도 어머니 이름조차 언급한 적이 한 번도 없었어요. 치매에 걸리고 나서야 어머니 얘기를 하셨고 심지어 지금은 옛날 비서를 어머니라고 착각하고 있어요." 그는 고개를 들어 레오폴트에게 어색한 미소를 지어 보였다.

"어쩐지 콩가루 집안 같은 냄새가 솔솔 나는데."

"다른 사람도 아니고 형님이 그런 말을!" 요나단이 쏘아붙였다. "자녀들은요? 자녀들과 연락하세요?"

"유감스럽지만 아니. 하지만 내가 원하지 않아서는 아니야."

"그럼?"

"연락하면 안 되기 때문이야."

"그렇군요."

"임시 접근금지명령. 알코올 중독 때문에 분노발작을

자주 일으켜서 말이지." 그는 주먹을 불끈 쥐었다. "하지만 자네한테 맹세하지. 다시 자리 잡는 대로 제대로 된 아빠 역할을 할 수 있도록 면접교섭권을 위해 반드시 싸울 거야!"

"으음, 저기 죄송하지만 이제 자녀들이 성인 아닌가요?"

"아직 아니야." 레오폴트가 말했다. "팀은 열세 살, 사라는 열다섯이야. 그렇게까지 놀랄 건 없잖아. 나는 늦깎이 아빠라서."

"그래도 형님은 아버지네요." 요나단이 침울하게 말했다.

"자네도 앞으로 되면 되잖아."

"쳇."

"하긴. 이노센티아 공원에 인접한 대저택과 자기 출판사를 소유한 엄청난 부자 청년과 누가 결혼하려 하겠나?"

"제발 출판사 얘기는 빼주세요!"

"알았어. 그럼 다시 여자 얘기로 돌아가지. 전부인하고는 어떻게 된 거야?"

"어떻게 된 거라니요?"

"방금 자네한테 중요한 여자들이 다 사라졌댔잖아. 전부인도 사라졌나?"

"티나요? 아니오. 두 번째 남편하고 딸을 낳아서 아주 잘 살고 있어요. 심지어 매년 1월 1일마다 저한테 새해선물까지 보내주죠."

"착하고 좋네."

"그래요. 두 번째 남편이 제 베프 토마스라는 사실만 빼면. 티나가 그런 '관심'을 보이는 것은 자기 죄책감에 대한 보상일 뿐이에요."

"그래서 티나는?"

"티나가 왜요?"

"그렇다면 티나는 '중요한 여자' 범주에는 속하지 않는 모양이군."

"당연히 중요한 사람 중 하나죠."

"그래?"

"그럼요. 결혼까지 했던 여잔데."

"자네는 흥미도 없는 출판사를 경영하는 사람 아닌가?"

"아, 정말 왜 그러세요?" 요나단은 벤치에서 벌떡 일어났다. "너무하시네요!"

레오폴트는 해맑게 미소 지었다. "내가 정곡을 찌른 모양이군."

"저는…… 저는…… 저는……." 그는 할 말을 잃었다.

"자리에 앉게."

요나단 N. 그리프는 다시 앉았다. 말없이 가버리는 대신에 왜 그랬는지 스스로도 설명할 수 없었다.

"가슴에 손을 얹고 생각해봐." 레오폴트는 말을 이었

다. "전처를 정말 사랑했나? 정말 가슴에서 우러나서 진심으로?"

"네!"

레오폴트는 여전히 도발적인 미소를 짓고 있었다.

"어쨌든 전 티나를 꽤 좋아했어요."

"꽤 좋아했다고?" 레오폴트는 양손으로 허벅지를 내려쳤다. "전처를 '꽤 좋아했다'고? 그런데도 전처가 다른 남자랑 눈이 맞는 걸 의아하게 생각해?"

"우리 둘은 잘 맞았어요."

"아마 자네 생각만큼은 아니었던 모양이네."

"으음," 요나단은 잠시 생각했다. "그럴지도요." 그는 수긍하는 듯하다가 다시 분노했다. "아무리 그래도 그렇지! 하필이면 내 가장 친한 친구랑 눈 맞는 건 아니잖아요! 정말 상처 받았어요!"

"그래? 만약 다른 남자였다면 덜 고통스러웠을까?"

"당연하죠!"

"그렇다면 그나마 다행이네."

"뭐가 그나마 다행이에요?"

"그 모든 일이. 자넨 마음이 아닌 자존심에 상처 받은 거야. 그게 더 극복하기 쉬워. 원하기만 하면."

"명쾌한 분석 감사합니다, 심리학 박사님!"

"별말씀을요, 그리프 씨."

두 사람은 한동안 말없이 앉아 강물을 바라보며 침묵

을 고수했다. 이제벽 운하를 따라 여객선이 소리를 내며 지나갔다. 요나단과 레오폴트는 말없이 여객선을 바라보았다. 8인 조정보트 두 대, 카약 한 대, 페달보트 한 대가 지나갔고 둘은 여전히 말이 없었다. 강변 둑에 바짝 붙어 지나가는 백조를 발견하고 나서야 요나단은 목소리를 가다듬었다.

"형님 말이 맞아요. 티나를 그렇게까지 사랑했던 건 아닌가 봐요. 아마 그 이유 때문에 떠났을 거예요. 하필 그 상대가 토마스라는 사실이 가장 충격이었어요."

"거봐!" 레오폴트는 손으로 그의 어깨를 쳤다. "그렇게 어렵지 않잖아."

"형님이 제 라이프코치보다는 훨씬 가성비가 좋군요."

"뭐라고?"

"아니에요." 요나단이 손사래를 쳤다. "어쨌든 아까 그 여자를 처음 봤을 때와 티나를 처음 봤을 때를 비교하면, 하늘과 땅 차이에요."

"좋아. 그렇다면 그 여자를 꼭 찾아야겠군."

"그럼 정말 좋겠어요."

"내 생각에 방법은 두 가지뿐이야."

"뭐죠?"

"일단 그녀가 다시 뤼트 카페에 나타날 때까지 거기 계속 죽치고 앉아있는 거지. 아마 그전에 50미터 접근금지 명령이 떨어질지도 모르지만."

"또 다른 방법은?"

"이 모든 것이 다이어리와 관련 있다는 자네 이론을 따르는 거야. 그럼 그 다이어리를 참조해서 방법을 찾아야겠지."

"후자가 훨씬 마음에 드네요."

"다이어리 갖고 있어?"

"물론이죠!" 요나단은 서류가방을 무릎 위에 올리고 다이어리를 꺼냈다.

"그럼 어디 한 번 보자."

레오폴트는 다이어리를 펼쳤다. "오오, 잘됐네!" 그가 열광했다. "오늘 저녁 환락가에 가서 밤새 놀다가 아침 6시에 수산시장에서 게살샌드위치 먹으면 되겠네. 정말 좋은데!"

"좋아요. 저도 다른 사람들처럼 레퍼반을 비틀거리며 돌아다니는 걸 꼭 한 번 해보고 싶었어요. 형님은 당연히 생수만 마시고, 저는 인파로 북적거리는 한스-알버스-광장 한복판에서 분명히 빨간머리 여자를 찾을 수 있겠죠. 하지만 유감스럽게도 전 그녀의 발에 구토해버릴 거예요. 세상에서 가장 싫어하는 것이 갑각류니까." 그는 다이어리를 흘깃 쳐다보았다. "이건 9월 22일이잖아요! 내일 모레쯤 되겠네요!"

"너무 깐깐하게 굴지 말라구."

"날짜를 제대로 찾아보세요."

"안 그래도 찾고 있어."

레오폴트는 앞으로 페이지를 넘겼고 두 사람은 머리를 맞대고 기록된 내용들을 열심히 살펴보았다. 레오폴트는 살펴보다가 마음에 드는 부분이 있으면 웃었다.

어느새 4월까지 왔다. 4월 1일에 자신의 장례식에 쓰일 조사(弔辭)를 직접 써보라는 이상한 요구를 요나단은 만우절 농담으로 여긴 반면 레오폴트는 정말 멋진 생각으로 받아들였다.

"자네 장례식에서 자네에 대해 가장 듣고 싶은 말이 무엇인지 생각해봐! 자네는 어떻게 살고 어떤 경험을 하고 싶어? 생전에 미처 하지 못해 가장 후회스러울 일은?"

"형님을 이제백 운하에 밀어 넣지 않은 거." 요나단이 이를 갈며 말했다. "어서 더 넘겨요!"

그리고 마침내 드디어, 드디어, 드디어, 드디어 찾았다. 5월 11일에 구체적 지령이 적혀 있었다.

"오늘 에펜도르프 거리 28c번지에 있는 가게로 가." 요나단이 흥분하며 읽어 내려갔다. "그곳에 널 위해 준비해 둔 것이 있어. 그것을 구입하면 점원이 네게 무언가를 줄 거야."

"뭘까?"

"곧 알게 되겠죠! 지금 당장 가요! 여기서 모퉁이를 돌면 바로 나와요!"

"하지만 지금은 5월 11일이 아니잖아!"

"예전의 요나단처럼 말씀하시네요?"

"뭐라고?"

"새로운 요나단은 이제 그런 건 신경 쓰지 않아요." 그는 벌떡 일어나 단호하게 걷기 시작했다. 레오폴트도 뒤따랐지만 요나단이 어찌나 빠른지 보조를 맞추기 힘들 정도였다.

10분 후 에펜도르프 거리 28c번지 앞에 도착했다. 의아하게도 작은 보석가게였다. 그리고 6시에 문을 닫은 것을 확인했다. 7분 늦었다!

"이런, 재수가 없군!" 요나단은 초인종을 찾아 두리번거리다 보이지 않자 힘차게 문을 두드렸다.

"뭐하는 거야?"

"아직 안에 있을지도 모르잖아요."

"그렇지. 경보장치가 작동하겠지. 자네가 계속 그렇게 창문을 두드리면 곧 경보음이 들릴 거라구!"

요나단은 멈췄다. "맞아요. 아무리 새로운 요나단이라도 그 정도로 무모하진 않아요. 내일 다시 와요."

"소용없네." 레오폴트는 표지판을 가리켰다. "토요일에는 문을 닫아. 월요일 10시나 돼야 연다고."

"이런 젠장!"

"괜찮아." 레오폴트가 아무렇지 않게 말했다. "인생의 여자를 위한 일인데 고작 이틀을 못 기다릴까."

"하!하!"

"그런데 여기에 자네를 위해 무엇이 준비되어 있는지 궁금하군. 커프스?"

"정확히 말하면 저를 위한 건 아니에요."

"맞아. 그렇다면 멋진 모조보석 귀걸이? 제법 잘 어울릴 것 같은데."

"그런 걸 팔 가게는 아닌 것 같은데요."

두 사람은 금과 은으로 세공된 보석들이 전시된 쇼윈도를 들여다보았다. 보석 옆에 있는 작은 종이를 통해 하나뿐인 수공예품이라는 것을 알 수 있었다. 요나단은 보석을 잘 모르지만 제품들이 마음에 들었다. 시내의 비싼 상점에서 흔히 볼 수 있는 크고 반짝거리는 귀금속들은 아니지만 품위 있고 고상해보였다. 예전에는 티나를 위해 그런 크고 반짝이는 것들을 자주 샀지만. 직접 혹은 비서를 시켜서.

티나는 이혼 후 보석들을 돌려주며 어차피 별로 마음에 안 들었다고 말했다. 이제 그녀는 마뜩찮은 보석들을 받을 일이 없어 다행이고 토마스는 뽑기 기계에서 나오는 싸구려 액세서리들을 티나에게 안겨주겠지. 요나단은 속으로 빈정거렸다.

이런! 요나단, 옐로카드야. 이런 생각들은 이제벽 운하에 다 버리고 온 줄 알았는데. 마음이 아닌 자존심이 아팠던 거고, 이제 새로운 인생의 깨달음 덕분에 평온해졌다고 생각했는데 아직은 완전히 바뀌진 못했나보다.

"자, 이제 뭐하지?" 레오폴트가 생각에 잠겨 있던 요나단을 깨웠다.

"집으로 돌아가는 것이 좋겠어요. 그리고 월요일 오전 10시 정각에 다시 와서 여기 서 있을 겁니다!"

"어이쿠!"

"왜요?"

"나는 바로 그 시간에 잡센터에 가야 해서 같이 못 오겠구먼."

"아이고, 너무나 안타까운데요."

"그렇게 비아냥거리지 말라구!"

"전 비아냥이 뭔지도 모르는 사람이라고요."

56

한나

3월 19일 월요일, 8:17

월요일은 뭐가 새로운 것을 시작하기에 가장 좋은 날이다. 다이어트나 헬스 같은 것들. 집안을 뒤집어엎어 제대로 대청소를 하고 정리정돈하는 데 딱 좋은 날. 심지어 이별도 월요일에 하는 것이 훨씬 쉽고 새로운 한주를 상쾌하게 시작하는 것은 엄청난 활기를 준다. 어쨌든 한나는 항상 그런 생각을 갖고 있었다. 그 월요일이 1일이면 금상첨화지만 지금은 그럴 수 없으니 19일인 월요일에 만족하기로 했다.

한나는 지몬의 집에 들어가기 전 먼저 숨을 깊이 들이마셨다. 분노발작으로 집안을 쑥대밭으로 만든 후 지금 껏 한 발짝도 들이지 않았다. 이곳에 오는 것이 두려웠다. 금요일 '카페 뤼트'에서 케이크 한 조각도 편히 먹을 수 없는데 이곳에서 자신이 이겨낼 수 있을지 자신 없었다. 하지만 적어도 시도는 해보고 싶었다. 항복은 언제든지 할 수 있으니까.

부모님과 리자, 죄렌까지 도와주겠다고 했지만 모두 거절했다. 일단 한나가 오늘 정리하느라 빠지면 리자와 어머니가 꾸러기교실을 도맡아야 하기 때문이다. 그리고 혼자 처리하고 싶었다. 아무도 보여주고 싶지 않은 그녀만의 카타르시스였다.

한나는 가져온 이사박스 네 개를 복도로 들고 와서 조립했다. 지몬의 물건 중 간직하고 싶은 것들을 추려 자기 집 창고에 보관할 생각이었고 짐을 싸는 데 약 세 시간 정도 걸릴 거라고 예상했다. 12시에 폐기물처리 업체가 옷가지와 책, 가구, CD 그리고 잡동사니를 수거하러 올 것이다. 그리고 내일 주인에게 열쇠를 돌려주고 모든 절차를 끝낼 생각이었다. 지몬의 삶은 소멸되고 종식되었다.

한나는 다시 한 번 숨을 깊이 들이쉬었다. 힘든 일을 앞두고 있었지만 자신의 인생을 살아가기 위해서는 반드시 필요한 과정이다. 눈 질끈 감고 해치우는 것 말고는 다른 방법이 없었다.

서랍과 장롱을 샅샅이 뒤지기 전에 먼저 자기가 엉망으로 만들어버린 집안부터 치우기 시작했다. 부엌이 최악이었다. 바닥에 널브러져 있는 국수, 콘플레이크, 귀리, 찻잎, 설탕, 소금 등을 빗자루로 쓸고 짓이겨진 잼을 닦고 전부 커다란 쓰레기봉투에 쓸어 담았다. 사망한 에스프레소머신도 깨진 타일 두 장과 쓰레기통으로 직행했다.

거실에도 파손된 것들을 다 정리하고 치웠다. 텔레비

전이 멀쩡하다는 사실에 조금 놀랐다. 부서진 액자에서 지몬과 함께 있는 사진을 꺼내 가방에 넣었다.

청소를 다 마친 후 한나는 박스 한 개를 들고 침실로 들어갔다. 옷장을 열고 지몬의 바지, 티셔츠, 셔츠와 양복을 바라보았다. 지몬의 냄새에 한나는 눈을 질끈 감고서는 옷장 문을 힘껏 닫아버렸다. 지몬 생각이 나게 하는 티셔츠를 간직하고 싶진 않았다. 어린아이가 인형을 끌어안듯 밤마다 지몬의 옷을 끌어안고 운다면 상처는 아물지 않을 것이다. 지몬의 체취는 곧 사라져버릴 것이고 그 생각만으로도 끔찍했다.

방안을 훑어본 한나는 결국 아무것도 챙기지 않았다. 좁은 서랍장 맨 위 칸에 들어 있는 자기 잠옷조차 챙기지 않았다. 침대 위에 걸려 있는 캔버스에 인쇄된 두 사람의 사진도 챙기지 않았다. 이걸로 뭘 어쩌려고? 두 사람의 사진은 이미 가지고 있었고 초대형 사진을 집으로 가져간다면 추억의 제단밖에는 되지 않을 것이다.

욕실, 부엌, 거실에서도 아무것도 챙기지 않았다. 뱅앤올룹슨 오디오도 필요 없고 지몬이 자주 틀어주던 영국 가수들의 음반들도 필요 없다. CD케이스만 봐도 지몬이 좋아하는 음악과 고통스러운 기억이 떠올라 눈물이 날 것 같았다.

이제 서재밖에 남지 않았다. 혹시 나중에 필요한 파일, 사진 또는 메일이 있을지 몰라 노트북은 챙겼다. 지몬이 언젠가 알려준 패스워드를 생각하니 웃음이 났다. 곧이 어 눈물이 났다. IlHM2099. I love Hannah Marx until 2099. 그는 윙크하며 "최소한"이라고 덧붙였다. 안타깝 게도 사랑은 그처럼 오래 유지되지 못했고 그의 삶, 아니 그의 죽음이 그를 가로막았다.

한나는 늘 그렇듯 깔끔하게 정리되어 있는 지몬의 책 상을 살펴보았다. 책상 위에는 스테이플러와 펜 다섯 개, 우편수신함과 발송함만 있었다. 한나는 편지들을 박스에 넣었다. 나중에 중요한 편지나 처리해야 할 서류가 있는 지 정리할 생각이었다. 책상 밑 서랍장 맨 위 칸을 열었 다. 클립, 마카, 포스트잇, 형광펜, 가위와 같은 사무용품 들 중 보관하고 싶은 물건은 없었다.

다음 서랍 칸을 열자 두꺼운 파일들이 보였다. 지몬은 이 파일에 자신이 쓴 기사들을 깨끗하게 보관하고 있었 다. 잘 정리해 놓은 '일생의 작업들'이다. 소중한 파일을 버리고 싶지 않아 지몬의 우편물을 넣은 박스에 같이 넣 었다.

마지막 서랍 칸을 연 한나는 숨이 멎을 뻔했다. 하얀 종이였다. 종이 위에는 큰 글씨가 인쇄되어 있었다.

한나의 웃음

종이를 집어 드는 한나의 손이 덜덜 떨렸다. 엄청나게 두

꺼운 종이 더미의 첫 장이었다. 두 손으로 꺼내야 할 정
도의 분량이었다. 한나는 종이 더미를 책상에 올려놓고
의자에 앉았다.

두 번째 페이지에 적힌 글을 읽은 그녀는 또다시 훌쩍
거렸다.

　나를 언제나 믿어주는 사랑하는 한나에게
　나의 첫 소설 드디어 완성.

소설이라고? 지몬이 소설을 썼다고? 왜 한 번도 얘기하
지 않았을까? 줄곧 시간과 경황이 없어서 소설을 못 쓴
다고 말했는데 이 두꺼운 원고는 뭐지?

오른쪽 아래 '지몬 클람 지음' 옆에 적힌 날짜를 보았
다. 4년 전! 원고를 쓴 지 4년이나 지났다. 두 사람이 알
게 된 지 얼마 안 돼서 수백 페이지가 넘는 분량을 몰입
해서 써내려간 것이 분명했다.

그래서 지몬이 이에 대해 일언반구도 하지 않은 것이
더더욱 궁금했다. 소설이 마음에 들지 않아서? 부끄러
워서? 출판사부터 찾고 나서 깜짝 놀라게 해줄 생각이
었을까?

오랫동안 꽁꽁 감춘 이유가 무엇이든 간에 한나는 다
음 페이지를 넘겨 읽기 시작했다.

커플들에게 처음 만난 얘기를 물어보면 대부분 별 거 없다. 버스에 나란히 앉게 되었다, 슈퍼마켓 냉동선반에 마지막 남은 살라미 피자를 향해 동시에 팔을 뻗었다, 3년 간 회사동료로 지냈다, 파티에서 부딪히는 바람에 상대에게 와인을 쏟아버렸다 등.

그리고 연인의 무엇에 끌렸는지 물어보면 "손이 정말 예뻤어요"나 "원피스 입은 그녀의 모습이 정말 아름다웠어요." "우리가 공통점이 많다는 사실을 알게 됐어요" 같은 얘기들을 흔히 듣게 된다.

한나와 나도 다르지 않았다. 우리가 처음 만난 곳은 유치원이었다. 한나는 그곳 교사였고 나는 대자(代子)를 데리러 갔었다. 별 것 없었다. 남들이 보기에는. 하지만 한나를 처음 본 순간 내 앞에는 새로운 우주를 향한 문이 열렸다. 나의 인생을 완전히 바꿔놓은 것은 그녀의 빨간 곱슬머리도, 아름다운 초록색 눈동자도, 예쁜 얼굴도 아니었다. 그것은 바로 그녀의 웃음이었다.

설명하기 힘든 웃음이다. 만약 설명해야 한다면 다음과 같이 말하고 싶다. 온 세상을 다 포용할 수 있는 그런 사랑과 따뜻함, 즐거움을 발산하는 사람을 상상해보라. 그렇다면 대략 비슷하다. 한나의 웃음이 바로 그렇다.

한나는 읽고 또 읽었다. 페이지가 빠르게 술술 넘어갔다. 대체 왜 지몬이 이 소설을 감췄는지 이해할 수 없었다.

읽으면서 가끔 웃음을 터트리거나 울기도 하고 반전에 놀라기도 했다(한나와의 실화를 바탕으로 시작했지만 이후는 상상을 기반으로 한 소설이었다). 지몬이 한나를 당돌하고 이기적인 인물로 묘사해 화가 나기도 했고, 어머니와의 이별에 대한 부분에서는 감동 받았다. 이런 여러 감정들이 뒤섞였지만 그중 가장 두드러진 감정은 자랑스러움이었다. 지몬이 이런 작품을 쓴 것이 자랑스러웠다. 출판 여부와 상관없이 작가가 되고 싶어 하던 큰 꿈을 이룬 것이 자랑스러웠다. 그와 동시에 그런 사실을 지금에야, 지몬이 죽은 후에야 알게 되어 무척 슬펐다.

마지막 문장까지 읽었을 때 이미 다섯 시가 조금 넘은 상태였다. 중간에 폐기물처리 업체가 다녀간 터라 한나는 텅 빈 지몬의 집 마룻바닥에 앉아있었다. 세 남자가 와서 한나 주변의 물건들을 전부 실어갔고 원고에 완전히 푹 빠진 채 박스 두 개와 구석에 웅크린 그녀의 모습을 의아하게 바라보았다. 한나는 지몬의 소설에 완전히 매료되었다.

그의 소설이 정말 마음에 들었다. 지몬이 썼고 그들의 이야기이기 때문만은 아니었다. 그런 것들이 아니더라도, 정말 마음에 들었다.

한나는 마지막 문장에 황당해하면서도 울고 웃었다. "그래, 우리 결혼해!" 스스로 목숨을 끊은 개자식이 자기 원고는 그녀에게 청혼하는 것으로 끝맺다니! 정말 허구와 사실이 뒤엉킨 얘기였다.

한나는 이 원고를 어떻게 할지 고민했다. 원고도 박스에 넣어 창고에 보관하고 이따금 한숨을 쉬며 지몬이 이렇게 아름다운 이야기를 썼다고 추억에 잠기기? 아니면 의식을 치르며 불에 태우기? 출판사에 보내볼까? 그래도 되는 걸까? 법적으로나 도덕적으로 가능할까? 서랍 속에 처박아두고 한나에게조차 말하지 않은 걸 보면 출판을 원하지 않은 걸까?

무엇이 옳은 방법인지 알 수 없었다,

하지만 한 가지는 당장 실행에 옮길 생각이었다. 이제 청혼은 거의 받은 것이나 진배없다. 그러니 예약했던 반지를 판매할 수 있게 취소 전화를 해야겠다.

한나는 휴대폰을 들고 에펜도르프 거리에 있는 보석가게 번호를 찾아 전화를 걸었다.

"베르나데테 카를슨입니다." 두 번째 신호음 만에 전화를 받았다.

"안녕하세요, 카를슨 씨! 한나 마르크스입니다."

"오, 안녕하세요!" 주인이 반갑게 인사했다. "벌써 얘기 들으셨군요?"

"무슨 얘기요?"

"계획대로 잘됐다는 얘기죠!" 그녀는 웃었다. "축하드려요."

"네? 무슨 말씀이세요?"

"무슨 말이라뇨?" 주인은 무척 재밌어하는 목소리였다. "마르크스 씨 남자친구가 오늘 오전에 오셔서 반지를 구입했어요! 제가 보여드리자 1초도 망설이지 않고 사가셨어요. 맡기신 봉투도 전해드렸고요."

"뭐라고요?" 한나는 현기증이 났다. "말도 안 돼요!"

"네. 저도 좀 놀랐어요. 남자친구가 5월 11일에 반지를 찾으러 올 거라고 하셨잖아요. 하지만 그분이 너무 궁금해서 도저히 그때까지 기다릴 수 없다며……."

"있을 수 없는 일이라고요!" 한나는 의도한 것보다 더 크게 소리 질렀다.

"저," 수화기 너머 목소리가 잔뜩 움츠러들었다. "제가 혹 실수라도 했나요? 반지하고 편지를 주지 말고 5월 11일까지 기다리라고 해야 했나요? 죄송합니다. 전 그냥……."

"아니, 아니오. 그저 말이 안되는 일이에요." 한나가 말을 끊었다. "남자친구는 죽었거든요."

주인은 침묵했다.

"죽었어요." 한나는 조금 차분해졌다. "그러니 제 남자친구가 반지를 사갔다는 것은 있을 수 없는 일이죠."

"그렇다면 어떻게 된 일이죠?"

"저도 모르겠어요." 한나가 말했다. "절 위해 반지를 예약하실 필요가 없다고 말씀드리려 전화한 거였어요."

"그렇다면…… 조금 전 저희 가게에 온 남자는 누구였

을까요?"

"저도 정말 궁금해요! 이름을 물어보셨나요?"

"아니오, 당연히 고객님 남자친구인줄 알았죠. 다이어리를 갖고 계셨고 제게 반지 관련 내용이 적힌 부분을 보여주어서 전혀 의심하지 않았어요."

"어떻게 생긴 사람이에요?"

"음, 아주 잘생겼어요. 키가 크고 검은 머리는 약간 희끗희끗하고 30대 후반에서 40대 초반 정도로 보였어요. 눈에 띄게 파란 눈이었고요."

"알겠어요." 한나가 말했다. "일치하네요."

"뭐가요?"

"아, 아니에요. 아무것도."

"그렇다면 제가 그분한테 반지를 판 것도 괜찮나요?"

"네, 괜찮아요."

"아, 다행이에요." 가게주인이 안도의 한숨을 쉬었다. "남자친구분 일은 정말 안됐어요. 뭐라고 위로의 말씀을 드려야 할지 모르겠네요."

"괜찮아요." 한나가 말했다. "할 수 있는 말이 별로 없죠."

"그러게 말입니다." 주인은 당황한 기색이 역력했다. "그럼, 저, 힘든 시간을 잘 견디시길 바랍니다."

"감사합니다!"

두 사람은 인사를 하고 전화를 끊었다. 한나는 바닥에

웅크리고 앉아 멍하니 앞만 바라보았다. 대체 무슨 일이 벌어지고 있는 것일까? 지몬이 오래 전 소설을 썼지만 그녀에게 비밀로 한 것을 조금 전에 발견했다. 그리고 어떤 사람이 다이어리를 가지고 다니면서 그 안에 기록된 내용에 따라 살고 있었다.

가게 주인이 말한 남자의 묘사는 일치했다. 사라스바티가 그녀를 찾아온 '고객'을 묘사한 것과. 그리고 무엇보다 뤼트 카페에서 그녀를 이상하리만치 뚫어지게 쳐다보던 그 남자와 일치했다. 그가 틀림없다.

이것은 더 이상 우연일 리 없다. 그건 불가능하다. 무슨 일이 일어나고 있다! 지몬이 다시 돌아올 수는 없다해도 한나는 모든 수단과 방법을 동원해 그가 누구인지 반드시 알아내고 말 것이다!

그 남자는 지몬의 '완벽한 1년'을 살고 있는데 한나는 그가 누군지 전혀 모른다. 단 하나, 아니 두 가지만 알고 있다. 첫째, 그는 다이어리를 가지고 있을 뿐 아니라 그녀가 지몬과 끼려 했던 약혼반지를 가지고 있다. 둘째, 그는 5월 11일 오후 8시 '다 리카르도'에 나타날 것이다.

어디, 두고 보자!

57

요나단

3월 19일 월요일, 18:23

그렇다. 요나단 N. 그리프는 양심의 가책을 느꼈다. 그는 거짓말을 했다. 원래 그런 사람이 아니었고 한 번도 그런 적이 없었지만 어쩔 수 없었다. 보석가게 주인에게는 어쩔 수 없었다고 자신을 정당화했다. 그는 뻔뻔하게 자신이 다이어리 주인이며 그를 위해 맡겨놓은 물건의 합법적인 수령자라고 주장했다. 그는 그렇다고 해야만 했다. 안 그런가? 결국…… 그러니까…… 그렇다. 무엇을 위해서?

이 모든 일이 카페에서 본 여자와 정말 관련 있는지조차 확신할 수 없다. 가게 주인에게 "제가 약혼반지를 찾으러 온 사람은 맞습니다만 정확히 누가 맡겼는지 알려주실래요? 혹시 머리가 빨간 여자였나요? 맞으면 그녀의 이름과 전화번호를 아세요? 제 미래의 약혼녀에게 전화를 좀 하고 싶거든요!"라고 할 순 없지 않은가.

요나단은 이런 망상에 빠진 자신이 대체 제정신인지 궁

금했다. 그는 지금 자기의 것이 아닌 반지 두 개를 점유하고 있다. 그의 돈으로 계산했다. 반지 가격이 500유로라고 했을 때야 다이어리에 든 돈의 용도를 깨달았다. 다른 사람이 예약한 반지를 구입하는 것은 그런대로 넘어갈 수 있는 일이지만 다이어리에 든 남의 돈을 사용하는 것은 전혀 다른 문제다. 절대 용납되지 않는 일이었다.

요나단은 가게주인이 반지와 함께 준 봉투를 앞에 두고 고민했다. 오전 내내 불안하게 집안을 오가다가 서재에 가서 의자에 앉아 봉투를 집어 들었다가 내려놓는 행동을 반복하느라 아직까지 뜯어보지 못했다. 이상한 일이다. 여기까지 왔으면서. 봉투를 뜯어보는 것쯤은 아무것도 아니었다. 하지만 남의 편지를 함부로 열어본다는 것은 결코 쉽지 않은 일이었고 봉투는 쉽게 열 수 없도록 밀봉되어 있었다. 한참 고민에 빠진 그가 결국 "뭐, 어때?" 하며 봉투를 뜯으려는 찰나 전화가 울렸다. 그는 마지못해 의자에서 일어났다. 겨우 마음 먹었는데 이렇게 방해를 받다니!

"요나단 그리프입니다!" 그는 짜증나는 목소리로 전화를 받았다.

"마르쿠스 보데입니다, 안녕하세요!"

"무슨 일이죠?"

보데는 곧바로 대답하지 못하고 머뭇거렸다. "제가 지금 방해가 되나요?"

"아니오." 요나단은 이렇게 대답했지만 말투는 확실하게 "그래요!"를 암시했다. "무슨 일로 그러시죠?"

"언제쯤 출판사에 나오시는지 여쭤보려고 전화했어요. 이번 분기가 이제 곧 다 끝나가고 그래서 저희가……."

"곧이요." 요나단이 그의 말을 잘라버렸다.

"뭐라고요?"

"조금 전에 직접 말씀하셨듯이 '곧' 끝나가는 것이지 '지금' 끝난 것은 아니잖아요."

"그렇지만 대표님, 저는……."

"미안합니다만 제가 지금 시간이 없습니다."

"알겠습니다." 수화기 너머로 불안한 목소리가 들렸다. "그러면 연락을……."

"그럴게요. 즐거운 저녁 보내세요!" 요나단은 전화를 끊었다.

그는 거칠게 숨을 쉬었다. 심장이 마구 뛰었다. 당장 보데에게 전화를 걸어 자신의 무례한 태도를 사과해야 한다. 그는 정말 정신병자처럼 굴었다. 요나단 N. 그리프는 완전히 정신병에 걸린 모양이었다. 그의 내적 긴장은 극에 달해 견디기 힘들었다. 요나단은 이러는 자신을 이해할 수 없었다. 대체 왜 이러는 걸까? 지난 몇 주 동안 그에서 무슨 일이 일어난 걸까?

보데 대신 정신병원에 전화를 걸어 긴급하게 자기를 좀 데려가라고 요청하기 전에 얼른 봉투를 뜯어보았다.

다이어리에 적힌 것과 같은 필체였다.

— 반지를 구입했구나. 정말 기뻐! 내가 얼마나 기쁜지는
오늘 저녁 '다 리카르도'에서 알려줄게. 8시에 '우리'
테이블을 예약해뒀어.
사랑해!
H.

H.! 또 그놈의 H.뿐이군! H.H.H.! 하하하! 하지만 '다 리
카르도'라는 구체적인 장소가 명시되어 있다. 구체적인
시간과 함께. 그런데 '오늘'은 오늘이 아니다. 6주 후다.
5월 11일!

그렇게 오래 기다릴 자신이 없는 요나단은 역시 정신
병원에 전화를 거는 것이 낫겠다고 생각했다. 문득 '다
리카르도'에 전화해야겠다는 생각이 들었다! 보통 예약
할 때는 이름을 말해야 하잖아?

5분 후 요나단은 매우 흡족했다. 그는 인터넷에서 그 레
스토랑을 검색한 후 전화를 걸어, 매우 친절하면서도 다
행히 이탈리아 악센트를 사용하는 경솔한 신사로부터
(어떤 암시일까? 암시였다!) 5월 11일 예약은 단 한 건이라
는 것을 알아냈다. 신사는 '마르크스'라는 이름으로 두
명 예약되어 있다며 친절하게 철자까지 불러주었다. 요

나단이 찾는 사람은 'H. 마르크스(Marks)'였다.

요나단은 또다시 인터넷 검색에 돌입했다. H. 마르크스. 함부르크 거주. 그리 어렵지 않게 찾을 수 있겠다. H.로 시작하는 여자 이름은 뭐가 있을까? 그는 이름 사전 사이트를 클릭했다. 하드부르가? 하데린데? 하드비네? 이런 맙소사!

약 15분 후 그는 다음 이름들을 골라냈다. 한나(Hanna) 또는 한나(Hannah). 하이케. 헬레네. 헨리케. 힐케―북독일에 제법 어울리는 이름들이다.

그는 다시 구글 창을 띄우고 이미지 검색에 돌입했다.

5시간 후 요나단 N. 그리프는 불만을 넘어 절망스러웠다. 만 개가 넘는 사진과 8만 개가 넘는 사이트를 뒤졌지만 한나, 하이케, 헬레네, 헨리케, 헬가, 헤드비히, 한네로레, 하드부르가, 하데린데, 하드비네―그렇다. 그는 별 이상한 이름까지 다 검색했고 헬레비디스, 하일가르드 등으로 선택의 폭을 넓혀봤지만―마르크스라는 성을 가진 여자 중에서 그가 찾는 여자는 없었다.

기진맥진한 요나단은 책상에 엎드렸다. 얼마 후 그는 깊이 잠들었다.

58

한나

3월 19일 월요일, 23:07

"과연 잘한 일일까?" 한나는 트윙고 조수석에 앉은 리자를 미심쩍게 쳐다보았다.

"아니," 리자는 웃었다.

"뭐? 그걸 왜 지금 얘기해?"

"농담이야." 리자가 소심하게 말했다. "미안해."

"야, 미안하다는 말은 집어치우고 잘한 일인지 아닌지만 얘기해줘."

"그래! 잘한 일이야! 잘한 일이었다고! 어차피 우편함에 들어가 있어서 다시 꺼내지도 못해."

"이런 젠장." 한나는 안절부절 못했다. "조금 더 생각할걸. 너무 즉흥적으로 행동한 것 같아."

"그렇지 않아. 넌 항상 감정을 따라 행동해야 한다고 했잖아. 그리고 그렇게 했고.

"그러네."

"그리고 뭐 별 일이야 있겠어?"

"지몬이 무덤에서 노발대발하려나?"

"그러든 말든! 지몬이 너한테 비밀로 한 것도 이해할 수 없어."

"맞아."

"그렇다니까. 이제 그만 출발해. 나 빨리 가서 자고 싶어."

한나는 트윙고를 대저택 입구에서 팔켄슈타이너 강변 쪽으로 몰았다. 리자의 말이 맞다. 이미 저지른 일이니 더는 생각하지 않기로 했다.

한나는 곧장 리자에게 가서 반지 사건을 이야기하고 지몬이 숨겨둔 원고를 보여주었다. 리자 역시 크게 놀랐다. 5월 11일 '다 리카르도'에 가서 반드시 다이어리와 반지를 가지고 있는 그 남자를 만나 미친 거 아니냐고 닦달해야 한다고 생각했다.

그리고 둘은 원고를 어떻게 할지 머리를 맞대고 고민했다. 함부르크에서 가장 유명한 출판사를 검색한 후 323쪽에 달하는 원고를 복사했고 한나는 짧지만 감동적인 메모를 동봉했다.

리자의 충고대로 한나는 봉투에 '사장님 친전(親展)'이라 쓰고 원고 복사본을 넣었다. "원고 비중에 걸맞게 직책 높은 사람이 직접 보셔야지."

그렇게 해서 지몬의 소설 '한나의 웃음'은 5분 전부터 그리프손&북스 우편함에 들어 있었다.

한나는 팔켄슈타이너 강변 쪽으로 커브를 틀어 액셀러 레이터를 밟았다. 여전히 갈팡질팡하는 마음에 다시 되돌아가서 출판사 우편함을 부수기 전에.

59

요나단

4월 30일 월요일, 9:03

요나단은 어찌어찌 잘 버텼다. 이성을 잃지 않은 채 4월
을 넘겼다. 다이어리가 많은 도움이 되었고 (자기 장례식
조사는 안 썼지만 대신 메모란에 간단히 적었다 : 요나단 N. 그
리프―그는 좋은 사람이었다. 평안한 안식을 취하기를) 어느새
친한 친구가 된 레오폴트와의 대화가 힘이 되어주었다.
레오폴트는 "무언가를 기다려야 할수록 더욱 흥미진진
해진다"(앤디 워홀의 명언을 훔쳤다고 시인했다)라는 말로 요
나단이 잘 버티도록 도와주었다. 요나단은 가끔 농담 삼
아 그를 친근하게 "노숙자"라고 불렀다. 레오폴트는 어
떤 라이프코치보다도 요나단의 정신생활에 많은 영향을
미쳤다. 요나단은 평정심의 대가가 되었다. 거의.

  마르쿠스 보데가 대화를 원하며 '여전히' 그를 성가시
게 하고 자신은 '여전히' 어찌해야 할지 알 수 없는 것만
제외하고는 평온했다.

  그는 시간을 더 끌어서 3월까지 출판사의 상황을 한

분기 더 지켜보고 싶다고 보데에게 말했다. 나중에 후회할지도 모르는 성급한 결정을 내리지 않기 위해서라고 둘러대면서.

"보데, 그냥 적당히 하세요. 아무것도 모르는 아버지는 '아내'와 함께 케이크나 드시러 다니고 나는 어차피 경영 관련 업무는 하나도 몰라요. 당신이 잘해낼 겁니다!" 보데한테 속마음을 툭 터놓고 이렇게 솔직하게 말하지 못하는 자신이 바보 같았다.

우스운 일이다. 이해할 수 없는 일이다. 요나단 N. 그리프를 그렇게 속박하는 것은 무엇일까? 그를 두렵게 하고 주저하게 만들고 또…… 또…… 결정하지 못하게 하는 것은 무엇일까? 성인이며 지성인인 그를?

아침마다 항상 그렇듯 커피와 크루아상을 먹으며 자신의 문제가 무엇인지 생각했다. 알 수 없었다. 다만 자신의 내면에 뭔가가 있다는 것. 어떤 결함, 어떤 결손, 어떤…… 어떤…….

"자네는 생각이 너무 많아"라며 레오폴트는 꼬리에 꼬리를 무는 그의 생각들을 끊어줬을 것이다. 하지만 그 '노숙자'는 지금 곁에 없다. 기쁘게도 2주 전 함부르크 카페에 요리사로 취직한 그는 지금쯤 이 도시에서 가장 맛있는 스크램블에그를 만드느라 바쁠 것이다.

요나단은 한숨을 쉬며 다이어리의 오늘자를 펼쳤다. 멋지군. 마치 누군가 (다이어리를 쓴 사람?) 몰래 그의 어깨

너머로 훔쳐보듯이 오늘을 위해 기입된 내용은 그의 전체적인 상황과 완벽하게 맞아떨어졌다. 지금쯤 계란을 굽고 있을 레오폴트에게도 마찬가지였다.

— 마음속 재고 정리를 해봐!
혹시 '익명의 알코올 중독자들'이라는 프로그램 알아? 모른다고? 알코올 중독자들이 '12단계'를 통해 중독을 극복하는 방법은 행복하게 살고 싶어 하는 모든 사람에게 도움이 되는 방법이야. 이때 가장 중요한 것이 마음속 재고 정리야. 다음과 같이 하면 돼. 일단 자리에 앉아서 네가 지금까지 살면서 저지른 실수들에 대해 생각해. 누구에게 상처를 줬고 누구에게 해를 입혔으며, 언제 자기 자신에게조차 솔직하지 않았는지 말이야. 다른 사람과 아직 해결해야 할 문제가 남아 있는지. 아무리 힘들더라도 아주 솔직해져봐. 그리고 그런 실수들을 가능한 부분에서 회복시키려고 노력해. 모든 불분명한 문제들을 다 없애버리도록 노력하는 거야. 그리고 이제부터는 자기 자신한테나 다른 사람들한테 솔직하고 정직하게 살아가도록 해. 이게 무슨 도움이 되냐고? 내적인 평화. 상처받지 않음. 그리고 무엇보다 자유. 모든 두려움으로부터의 자유.

요나단을 이 글을 읽고 또 읽었다. 몇 번을 읽어도 확실하고 명료한 메시지다. 이리저리 피해보려 해도 여기에 명명백백하게 적혀 있었다. 행동하라는 확실한 촉구.

얼마 전 이제벡 운하에서 레오폴트와 대화를 나눴을 때부터 요나단은 인생을 위해 해결해야 하는 작은 문제가 있지 않나 생각했다. 지금까지는 내면의 고집쟁이가 구석에 토라져선 나오기를 완강히 거부했다. 하지만 이제는 자기 자신과 다른 사람들에게 시인해야 한다는 것을 알고 있었다……. 반드시 필요한 일이었다. 그리고 옳은 일이다.

자리를 박차고 일어난 요나단은 위층 서재로 올라가 수화기를 들었다. 수화기를 들고 나서야 그가 전화하려던 사람의 번호를 모른다는 것을 깨닫고 주소록을 뒤진 후 '통화' 버튼을 눌렀다.

"요나단?" 수화기 너머로 의아해하는 여자의 목소리가 들렸다.

그는 목소리를 가다듬었다. "티나, 오랜만이야."

"당신이 전화를 다 하다니, 정말 놀랐어!"

"그래. 음…… 그럴 거야."

"무슨 일이야?"

"사과하려고."

"사과?" 점점 더 의아해하는 목소리였다. "뭘 사과한다는 거야?"

"내가 당신한테 잘못한 것들."

"당신이 나한테 그랬어?"

"응."

"나는 잘 모르겠는데. 무슨 일 있었어?"

"응." 그는 곧바로 말을 바꿨다. "아니, 아무 일도 없어."

"대체 왜 그래?" 티나가 웃었다.

"그냥 뭔가 깨달은 것이 있어서 그래."

"그거 흥미진진하네!"

"뭐냐면," 요나단이 조심스럽게 입을 열었다. "내가 몇 년간 당신과 토마스한테 느꼈던 분노가 다 쓸데없었다는 것을 깨달았어."

침묵. 그리고 더 의아해하는 목소리가 들렸다. "정말?"

"그래. 당신은 날 버리고 내 베스트프렌드에게 가버렸어. 내가 당신을 한 번도 제대로 사랑하지 않았기 때문에 당신은 나를 떠난 거야."

또다시 침묵이 흘렀다. 한참 후 티나가 다시 입을 열었다. "우리가 서로 제대로 사랑하지 않았기 때문에 내가 떠난 거야."

"우리가 서로?" 요나단이 의아해했다.

"그래, 요나단. 우리는 오랫동안 서로 속이며 살았어. 겉으로 잘 어울리는 한 쌍이었기에 환상의 커플처럼 보이려고 애썼어. 우리가 잘 어울린 것은 맞지만 진정한 사랑은 없었어. 내가 늘 찾던 것이 바로 그것이었고 그것을 깨닫게 되자 난 떠난 거야."

"정말?"

"정말."

"그런데 왜 한 번도 나한테 그런 얘기 안 했어?"

"몇 번 시도는 했는데 당신한테 다가갈 수 없었어."

"다가갈 수 없었다고?"

"그래, 요나단." 티나는 웃었지만 왠지 슬프게 들렸다. "하지만 당신이 전화해서 그렇게 말해줘 정말, 정말 고마워." 그녀는 한숨을 쉬었다. "당신 아주 가망 없는 건 아니네."

"그건 또 무슨 소리야?"

"좋다는 뜻이야, 요나단. 좋다고."

"알았어"라고 요나단은 대답했지만 전혀 이해하지 못했다.

"요즘 어떻게 지내?" 티나가 근황을 물었다.

"아주 잘 지내고 있어." 그는 태연하게 대답했다. "물론 아버지 치매는 점점 심해지지만 저주보다는 축복에 가까워. 출판사도 평소와 다름없이 잘 돌아가고 그리고……." 그는 멈칫했다. 아니, 이런 말을 할 수는 없었다.

"그리고?" 티나가 궁금해 했다.

"그리고 정말 근사한 여자를 만났어." 거짓말은 아니었다. 만난 건 사실이니까. 빨간 머리 여자. 만난 건 만난 거고 운이 좋다면 조만간 다시 만나게 될 것이다.

"정말 잘됐다!" 티나가 좋아했다. "이번에는 당신한테 정말 잘 맞는 짝이면 좋겠어."

"그래. 나도 그래."

"저기 미안한데, 그만 전화 끊어야겠어. 타베아가 계속 찡얼거려. 정말 반가웠어! 잘 지내!"

"당신도." 그는 덧붙였다. "그리고 당신이 새해선물을 줄 때마다 고맙다고 인사 못한 거 미안해!" 티나는 이미 전화를 끊은 후였다. 그래도 요나단은 기분 좋았다. 그는 내면의 목소리에 귀를 기울였다. 정말이었다. 정말 기분이 좋았다. 어쩌면 일종의 '내적 평안'이라고 할 수 있겠다. 그리 어렵지도 않은 일이고 전혀 고통스럽지 않았다. 대단하다. 정말 대단한 일이다!

요나단은 다시 수화기를 들어 비서에게 전화를 걸었다. 지금 당장 마르쿠스 보데와 약속을 잡아달라고 할 생각이었다. 보데와 마주 앉아 허심탄회하게 얘기할 때가 되었다. 티나와의 통화처럼 쉽다면 별 일 있겠는가?

"마침 전화 잘하셨어요!" 레나테 크루크가 받자마자 말했다. "안 그래도 지금 대표님께 전화하려던 참이었거든요! 2분 전 마르쿠스 보데 사장이 와서……."

"잘됐네요!" 요나단이 경쾌하게 그녀의 말을 끊었다. 그렇다, 운명! "보데와 약속을 잡아주세요."

"…… 사표를 냈어요." 비서가 하려던 말을 마쳤다.

"뭐라고요?"

"사표를 냈다고요, 대표님. 마르쿠스 보데가 조금 전 사무실로 찾아와 직접 쓴 사표를 제출하고 갔어요."

60

한나

5월 11일 금요일, 19:53

흥분. 분노. 혼란. 슬픔. 호기심. 두려움.

한나는 이 모든 감정을 가지고 — 예약 시간보다 거의 10분 일찍 — '다 리카르도'에서 '마르크스'라는 이름으로 예약된 테이블에 앉아 있었다.

드디어 진실의 시간이 왔다. 이제 6개월 전부터 지몬의 다이어리를 들고 다니면서 그의 삶을 살고 있는 그 남자가 누구인지 알게 될 것이다. 그가 반드시 이곳에 오길 바랐다. 누구인지 궁금해서 미칠 지경이었다.

정상인이라면 습득한 다이어리를 당연히 경찰서나 유실물센터에 맡기지 거기 적힌 내용대로 살아가는 사람은 없을 거라고 한나와 리자는 의문을 품었다. 게다가 그는 다른 사람의 '약혼반지'까지 구입했다! 미친 거 말고 다른 설득력 있는 이유가 떠오르지 않았다.

그래서 리자는 가장 친한 친구인 한나가 잠재적인 전기톱 연쇄살인마의 희생자가 되지 않도록 '다 리카르도'

에 함께 가겠다고 했었다. 하지만 한나는 금요일 저녁, 사람 많은 레스토랑에서 그런 일은 일어날 리 없다며 리자를 설득했다. 대신 한 시간마다 리자에게 꼭 연락하겠다고 약속했다. "연락 없으면 경찰에 신고할 거야! 아님 직접 찾아갈 거야!" 리자는 엄포를 놓았다.

그 사이 리자도 지몬의 소설을 읽고 완전히 매료되었다. 한나 혼자만 좋은 책이라고 여기는 것이 아니었다. 아직 그리프슨&북스에선 아무 소식이 없어서 조금 실망했다. 출판계는 전혀 모르지만 6주 안에는 어떤 식으로든 소식이 올 줄 알았다. 내심 "지금 당장 계약합시다!" 같은 열정적인 전화를 기대했다.

돈 때문이 아니다. 자신이 그 돈을 받을 자격이 있는지도 의문이고 그럴 생각도 없었다. 그저 지몬의 소설은 그가 죽은 후에라도 충분히 출판될 만하다고 생각하기 때문이다.

한나는 지몬의 글을 자주 떠올렸다. 정말 아름다운 사랑 이야기! 또 다시 눈물이 맺혔다. 너무나 아름다운 사랑 이야기지만 안타깝게도 사실이 아니다.

막 가방에서 손수건을 꺼내려는데 그녀가 앉은 테이블을 차단하던 커튼이 열렸다.

한나는 고개를 들어 올려다보았다.

그가 서 있었다. 그녀 바로 앞에. 파란 눈과 검은 머리의 남자. 카페에서 그녀를 이상할 만큼 뚫어지게 쳐다보던 남자. 그의 얼굴을 똑똑히 기억하고 있었다.

남자는 지금도 그녀를 뚫어지게 쳐다보았다. 그의 눈빛은 조금 불안하게 흔들렸다.

"안녕하세요." 그가 나직이 인사를 건넸다. "요나단 그리프입니다. 마르크스 씨 되십니까?"

한나는 의자를 뒤로 밀치고 자리에서 일어나 그에게 다가갔다.

"한나라고 합니다."

61

요나단

5월 11일 금요일, 19:55

여덟시 오 분전 '다 리카르도' 앞에서 내린 요나단의 다리가 덜덜 떨리고 심장은 미친 듯 뛰었다. 앞으로 5분 그리고 오늘 저녁 시간 내내 어떻게 버틸 수 있을지 의문이었다. 조금 후, 카페에서 봤던 빨간 머리 여자와 마주선다면 어찌해야 할까. 아직 그 여자인지는 확실하지 않았다. 그 여자가 정말 'H. 마르크스'인지 그렇다 해도 레스토랑에 나타날지는 미지수였다.

살면서 이렇게 긴장한 것은 처음이다. 하지만 이제 물러설 수는 없다. 그러기에는 이 순간을 너무 오래, 열렬히 기다려왔다.

지난 며칠 동안 운명적인 5월 11일에 대해 생각할 겨를이 없었다. 마르쿠스 보데가 2주전 갑작스럽게 사직한 후 할 일이 무척 많아졌다. 요나단은 매일 출근했다. 직원들에게 얼굴을 비추고 보데가 했을 일들을 처리하기 위해서였다. 적어도 반만이라도.

비서에게 마르쿠스 보데가 사표를 냈다는 소식을 들은 요나단은 자동차 바퀴에 연기가 날 정도로 급히 달려와 보데의 사무실로 돌진했다. 감언이설로 설득도 하고 더 높은 연봉이나 새 업무용 차, 출판사 전체에 대한 독자적 권한, 궁여지책으로 매일 사무실에서 마사지 제공까지 제안했지만 소용없었다.

"그만하고 싶습니다." 보데가 말했다. "저도 대표님과 마찬가지로 어차피 아무 결정도 내릴 수 없는 꼭두각시 라는 생각이 들었기 때문만이 아니라……."

"그런데" 요나단이 그의 말을 잘랐다. "'꼭두각시' 라 니요? 그리고 저와 마찬가지라니 무슨 말이죠?"

보데는 아랑곳하지 않고 평온하게 책상에 있던 짐들을 챙기면서 말을 이었다. "제 아내와 저는 이런 식으로는 계속할 수 없다는 것을 깨달았어요."

"뭐라고요?" 요나단이 의아해했다. "아내하고? 두 분……."

"우리 부부는 다시 잘해보기로 했어요."

"정말이요? 어떻게요?" 요나단은 이 말이 충격적으로 가 아니라 기쁘게 들리기를 바랐다. 근본적으로 기쁘기 는 했다. 부부가 다시 뜻을 합치는 것은 좋은 일이다. 하 지만 이것이 보데가 사표를 낸 이유라면 기쁘기보다 충 격인 것은 사실이었다.

"그렇게 됐어요." 보데가 멋쩍게 대답했다. "인생이 그렇잖아요. 위기가 기회죠. 잘 아시잖아요. 어제 아내와 오랫동안 대화했는데 여전히 저를 사랑하지만 제가 몇 년 전부터 일에만 몰두하고 있어서 더 이상 가족 같다는 느낌이 안 들었대요." 그는 웃었다. "아까도 말씀드렸듯이…… 아니, 됐습니다."

"그래서 어떻게 할 생각입니까?"

"일단 휴식을 취할 생각입니다. 아이들과 함께 세계여행을 떠날 거예요."

"세계여행이라고요? 아이들과 함께?"

"지금이 딱 적절한 시기입니다. 2년 후면 큰딸이 학교에 들어가는데 그때가 되면 힘드니까요."

"그렇다고 해서 당장 사표를 낼 필요는 없잖습니까."

"있어요." 보데가 말했다. "세계여행을 다녀와서 다시 회사로 돌아올 생각은 없습니다. 다른 일을 찾을 겁니다. 스트레스가 좀 덜한 일이요."

"이거 왜 이러세요! 우리 회사가 그렇게까지 스트레스를 주지는 않잖아요."

"아, 대표님." 마르쿠스 보데는 친밀하게 그의 어깨를 두드렸다. "제 일을 대신 맡게 되시면 제 말을 금방 이해하실 겁니다." 그는 윙크했다. "하지만 여행에서 돌아오면 같이 테니스를 치는 것은 언제든지 환영입니다. 대표님을 상대로 이기는 것이 슬슬 재밌거든요."

"으음." 요나단은 할 말을 잃었다. "하지만…… 하지만…… 언제 떠날 예정이에요? 그러니까 언제부터 안 나올 건가요?"

"지금부터요."

"지금부터라고요? 어떻게……."

"여기서 15년을 일했으니 퇴사 통보기간이 6개월이죠. 하지만 그동안 연차와 초과근무 시간이 쌓인 것을 다 합하면 6개월이 넘을 겁니다. 이 정도면 문제없으리라 봅니다.

"보데 씨, 나는……."

"잘 지내세요, 대표님." 마르쿠스 보데는 개인물품이 담긴 박스를 들었다. "잘해내실 겁니다! 그리고 한 가지……." 그는 책상 위 서류 더미를 가리켰다. "저기 아주 훌륭한 원고들이 있어요. 기회 되면 읽어보세요." 그러고 나서 그는 사라졌다.

보데는 그렇게 갑자기 떠났다. 지금 같은 결정적이고 운명적인 순간에 이런 생각을 하고 싶지 않았다. 솔직히 말하면 지난 며칠 동안에도 생각하고 싶지 않았다. 출판사에서는 일단 '모든 것을 지금까지 해오던 대로' 노선을 고수했다. 그리고 나머지는 저절로 좋아지기만을 기도했다. 어떻게든.

"그렇게는 안 돼." 그가 현재 상황을 털어놓자 레오폴트가 보인 반응이었다. 요나단은 "형님은 형님 스크램블 에그나 신경 쓰세요!"라고 받아쳤다.

요나단은 이제 마침내 '다 리카르도' 안으로 들어갔

다. 작고 기품 있는 이탈리아 레스토랑이었다. 빨간 머리 여자를 찾아 만석인 식당을 두리번거렸지만 보이지 않았다. 혼자 앉아 있는 사람도 없었다. 그러자 실망의 파도가 그를 차갑게 덮쳤다.

"부오나 세라!" 웨이터가 미소 지으며 다가왔다. "예약 하셨습니까?"

"네." 요나단이 기운 없이 대답했다. "마르크스라는 이름으로 예약이 되어 있습니다."

"저를 따라오세요!" 그는 고개를 끄덕이며 앞장섰다. 요나단은 웨이터를 따라서 레스토랑 안쪽으로 들어갔고 그의 심장은 다시 마구 뛰기 시작했다. 그 여자가 온 것일까? 정말 온 것일까?

웨이터는 커튼 앞에 멈춰 서서 "여깁니다"라고 말하며 커튼을 젖혔다. 그녀가 앉아 있었다. 바로 그의 앞에. 초록색 눈과 빨간 곱슬머리. 카페에서 본 여자였다. 그녀의 얼굴을 똑똑히 기억하고 있었다.

여자는 그를 무표정하게 쳐다보았다.

"안녕하세요?" 그가 나직이 인사를 건넸다. "요나단 그리프입니다. 마르크스 씨 되십니까?"

그녀는 의자를 뒤로 밀치고 자리에서 일어나 그에게 다가왔다.

"한나라고 합니다." 그녀는 손을 올려 그의 뺨을 후려 쳤다.

62

한나

5월 11일 금요일, 21:20

이날 저녁에도 한나는 '다 리카르도'의 훌륭한 음식을 맛보지 못했다. 요나단에게 '싸늘한' 인사를 건넨 후 셰프는 와인을 한 잔씩 따라주고는 사라져 나타나지 않았다. 다시는 나타나지 않을 가능성이 높았다. 그는 분명 한나를 미친 여자라고 생각할 것이다. 레스토랑 별실을 예약해서 매번 남자들을 울리는 또라이.

한나가 요나단에게 따귀를 날린 이유를 죽은 사람에게 준 선물을 자기 것인 양 갖고 있었기 때문이라고 설명하자 그는 매우 당황했다.

"정말 몰랐습니다. 죄송합니다! 처음에는 주인을 찾아주려고 많이 노력했어요. 하지만 시간이 지날수록 다이어리에 적힌 내용에 완전히 매료되었어요. 카드 점술가한테 다녀오고 나니…… 언젠가부터 운명이 저에게 큰 선물을 했다는 생각이 들었습니다. 그래서 멍청하게도 분별력을 잃고 정신이 나갔는지 반지까지 구입했어요.

그건 지나친 행동이었어요. 죄송합니다. 하지만 아까 말씀드렸듯이 저는 운명이라고 생각했어요."

그 순간 한나는 무장해제 되고 말았다. 운명론자가 더이상 뭐라고 할 수 있겠는가?

그녀는 이제 요나단의 얘기에 열심히 귀를 기울였다. 새해 첫날 자전거 손잡이에 가방이 걸려있었고 그 안에 다이어리가 있었다는 얘기. 글씨체가 어렸을 때 떠난 어머니를 생각나게 했다는 얘기. 그리고 조금 넋이 나가 보이던 '해리 포터'를—이제야 그가 누구인지 알게 되었다—알스터 호수에서 만났던 얘기.

두 사람은 오랫동안 많은 대화를 나눴다. 중간 중간 한나는 리자에게 아무 문제 없으니 경찰에 신고하거나 올필요 없다는 문자를 보냈다. 정말 아무 문제는 없었다. 다만 한나는 얘기를 듣는 도중에 이따금 눈물을 흘려 요나단이 위로하느라 손을 잡아주고 한나가 진정되면 곧바로 손을 놓아주었다.

한나는 자신의 성이 '마르크스(Marks)'가 아니라 '마르크스(Marx)'라고 설명했다. 만약 요나단이 'H. Marx'라고 제대로 검색했다면 꾸러기교실 주인인 한나의 사진을 금세 찾을 수 있었을 것이다. 한나는 지몬의 병과 두려움, 그가 실업으로 인해 느꼈던 절망에 대해 얘기했다. 요나단은 원래 매일 신문을 읽기 때문에 함부르크 신문에서 지몬 클람에 대한 실종기사를 읽고 이름이 왠지 친숙했다고 말했다. 그런데 운명의 장난이었는지 한나의 남자친구인 지몬의 사진이 찢어져 있었다는 것도 말했다. 사진을 봤다면 금방 알스터 호수에서 봤던 남자라는 것을 알아차리고 경찰에 신고했을 거라고.

몇 시간 동안 대화를 나눈 한나는 '다 리카르도'에서 만날 '야비한 반지 및 다이어리 도둑'을 혼쭐내겠다는 계획과는 달리, 얘기를 나누면 나눌수록 요나단 그리프에게 호감을 느낀다는 것을 인정해야 했다. 그의 세련되지 못하고 서투른 대화 방식이 마음에 들었다. 독특한 매력의 소유자였다.

"정말 많은 이야기를 나눴군요." 자정이 넘어가자 한나가 말했다. "그런데 아직 그쪽이 무슨 일을 하는지도 모르네요. 다른 사람의 다이어리에 적힌 내용대로 살고 있다는 것 말고는. 직업이 뭐예요?"

"출판인입니다." 요나단이 설명했다.

"무엇을 출판하시는데요?"

"책이요."

"네?" 한나는 깜짝 놀랐다.

"그렇습니다." 요나단은 한나의 반응에 조심스럽게 반응했다.

"요나단 그리프? 혹시 그리프손&북스하고 관련이 있는 겁니까?"

요나단은 미소 지었다. "그렇습니다. 제 출판사입니다."

"말도 안 돼요!" 한나는 손바닥으로 식탁을 쳐서 유리잔이 달그락거렸다.

"왜 그러시는지……?"

"지몬이 소설을 썼어요." 한나가 자세히 설명을 했다. "지몬이 죽은 다음에야 원고를 발견했어요." 그녀는 목소리를 가다듬고 그 순간의 기억이 떠올라 마음을 가라앉혀야 했다. "제목이 '한나의 웃음'이에요. 제가 몇 주 전 소설 원고를 그쪽 출판사 우편함에 넣었어요."

"아, 그러세요." 요나단은 갑자기 말을 더듬기 시작했다. "저는…… 그러니까…… 아직까지…… 그 원고는…….'' 그는 다시 말을 이었다. " '한나의 웃음' 이라고 하셨나요?"

"네." 한나는 고개를 끄덕였다.

"지몬……."

"지몬 클람이요."

"금시초문이네요." 그는 미안한 표정을 지었다.

"제가 출판사 우편함에 직접 넣었어요. 겉봉투에 '사장님 친전' 이라 썼고요."

"아, 그렇군." 요나단은 안도했다. "저희 회사 사장이 얼마 전 그만두었습니다. 그래서…… 원고는 아마 원고 심사부 어딘가에 있을 겁니다."

"정말이요?" 그녀는 미소 지었다. "원고를 읽어봐 주시면 정말 좋겠어요."

"당연히 그러겠습니다!"

"고맙습니다!"

목소리를 가다듬는 소리가 들리고 커튼이 열렸다. 리카르도가 들어와 이제 문을 닫으니 추가주문을 할 건지 물었다.

"아뇨," 한나가 말했다. "곧 갈 거예요." 그 말을 들은 요나단의 얼굴에 실망의 빛이 스쳤다. 어쩌면 한나만의 기분일 수도 있다.

15분 후 두 사람은 밖으로 나왔다. 서로 어색하게 마주 보고 서서 어떻게 작별인사를 해야 할지 엉거주춤 서 있었다.

"집까지 태워드려도 되겠습니까?" 요나단은 건너편 길 가에 주차된 사브를 가리켰다. "시간이 많이 늦었습니다."

"고맙습니다."

그는 차문을 열어주었고 한나는 조수석에 탔다. 요나단이 운전석에 앉았다.

"어디로 모셔다 드리면 됩니까?"

한나는 잠시 망설였다. "혹시 알스터 호수에서 지몬을 만났던 곳에 가주실 수 있나요?"

요나단은 시동을 켰다. "물론입니다."

63

요나단

5월 12일 토요일, 8:30

원고. 그 빌어먹을 원고는 어디 있지? 요나단은 관심이라곤 없던 마르쿠스 보데의 책상 위 종이 더미들을 허겁지겁 뒤졌다. 지금까지 원고들을 들여다볼 시간이 없었다. 물론 그러고 싶은 생각도 없었다.

하지만 어제 저녁 한나와 만난 후, 어제 저녁 그 아름다운 여인을 만난 이후 어떻게든 그 빌어먹을 원고를 찾아내야 한다. 그녀에게 중요한 것이기 때문이다. 그렇기 때문에 이제 그에게도 중요해졌다. 그래서 토요일 아침 일찍부터 회사에 나왔다. 혼란스러운 상태에서 직원들과 마주치지 않아도 돼서 다행이었다.

요나단은 밤새 한숨도 못 잤다. 한나와의 즐거웠던 저녁시간을 계속 곱씹었다. 물론 무척 슬프기도 했다. 그녀는 얼마 전 남자친구를 잃었다. 그래서 상황이 안 좋았을 뿐만 아니라 일이 복잡하게 꼬였다. 그는 한나 마르크스에게 카페에서 본 순간 사랑에 빠졌다고 말하려던 참이었다. 그는 그런 장면을 로맨틱한 요소들을 곁들여 세세하게 그려보았다. 하지만 한나가 만나자마자 그의 뺨을 때리고 연인의 자살과 그의 다이어리를 남용한 것에 분노를 쏟아내자 곧바로 그 계획을 접어야 했다. 즉흥적인 사랑 고백은 좋은 생각 같지 않았다. 그런 걸 받아주지도 않았을 것이다. 만약 한나가 따뜻한 마음의 소유자라면. 요나단은 한나가 그런 사람이라는 것을 확신했다. 그는 한나의 외모뿐만 아니라 그녀의 따뜻한 마음과 거부할 수 없는 웃음에 완전히 빠져버렸다. 그녀는 믿을 수 없이 긍정적인 천성의 소유자였다. 불과 얼마 전 그렇게 힘든 일을 겪었는데도 씩씩한 모습을 본 그는 존경심마저 들었다.

그는 한밤중에 알스터 호수에 가서 지몬과 함께 백조가 초탈의 상징이라고 했던 짧은 대화를 나눴던 장소에 한나를 데려간 것을 다시 떠올렸다. 한나는 또 눈물을 쏟았고 요나단은 그저 꼭 안아줄 수밖에 없었다. 그녀는 훌쩍거리며 어린아이처럼 그에게 안겼고 그녀의 심장이 뛰는 것을 느낄 수 있었다. 그는 눈을 감고 한나가 다른 사람의 죽음을 슬퍼하기 때문이 아니라 요나단 N. 그리프와 가까워지고 싶어서 안겨 있는 상상을 했다. 상상만으로도 너무 좋았고 어쩌면 언젠가는…… 그의 인생은 한나 덕분에, 예전에는 상상도 할 수 없었던 믿을 수 없이 많은 일들이 일어났다.

그래서 그 빌어먹을 원고는 대체 어디 있지? 원고 제목이 '한나의 웃음'이라고 했다. 보데 앞으로 직접 보냈고 출판사 우편함에 넣었다고 했다. 보데의 책상 위에 있기는 한 걸까? 보데는 요나단에게 책상 위에 아주 뛰어난 원고들이 있다고 했다. 만약 뛰어나지 않으면, 아니 좋지 않으면 어쩌면? 그냥 쓰레기통에 던져 버렸을까?

하지만 출판사는 보통 그렇게 처리하지 않았다. 아무리 별 볼일 없는 원고라도 보관이 원칙이다. 여기서 '보관'이라 함은 원고 심사부 보조가 모든 원고를 커다란 상자에 담아 지하실에 놔두는 것을 의미했다. 그는 깜빡거리는 형광등 불빛에 의지해 지하실에서 끝없이 이어진 노란상자를 뒤지는 자신의 모습을 상상해보았다.

저기! 저기 있다! 요나단은 흥분해서 첫 장에 큰 글씨로 '한나의 웃음' 지몬 클람의 소설이라고 적힌 종이뭉치를 집어 들었다.

그는 마르쿠스 보데의 책상 앞에 황급히 앉아 첫 장을 열어 그 자리에서 읽기 시작했다. 하지만 얼마 가지 못했다. 그는 첫 단락을 읽자마자 중단했다.

아찔한 기분이었다. 지몬 클람. 그렇다. 그 이름이 생각났다. 함부르크 신문의 기자로만이 아니었다. '한나의 웃음' 시작 부분을 읽고 나니 또 다른 기억이 떠올랐다. 아주, 아주 불편한 기억.

그는 벌떡 일어나 자기 사무실로 급하게 뛰어갔다. 컴퓨터가 부팅되는 동안 초조하게 손가락으로 책상을 두드렸다. 그의 착각이기를 간절히 바랐다.

하지만 착각이 아니었다. '클람'이라는 이름을 검색한 결과가 나왔다. 약 4년 전 그가 직접 보낸 거절 답신. 자기 손으로 입력한 편지를 읽은 요나단은 눈앞이 아찔했을 뿐만 아니라 죽고 싶었다.

친애하는 클람 씨에게

어제 귀하께서 보내주신 첫 소설 원고를 흥미롭게 잘 읽었습니다. 페이지를 넘길수록 점점 더 흥미진진해졌습니다. 그래서 중간에 그만두고 싶지 않아 원고를 집으로 들고 갔습니다. 귀하의 글은 유쾌하고 재치 있고 너무 재미있어서 시간가는 줄 몰랐습니다. 그리고 귀하는 마치 인물들과 마주 앉아 있는 것 같은 착각이 들게 할 정도로 인물 묘사에 탁월한 재능을 갖고 있습니다. 앞으로도 이렇게 계속하시라고 조언 드립니다! 뛰어난 재능을 가진 분을 발견하게 되어 매우 기쁩니다! 한시라도 빨리 원고를 마저 읽고 싶고 귀하를 곧 개인적으로 만나 뵐 기회가 있기를 바랍니다. 좋은 작가를 만나는 것은 흔치 않은 귀한 일이니까요.

자.

마침표.

단락.

새로운 줄.

여기까지는 농담이었습니다. 친애하는 클람 씨, 간단하게 요점만 말씀드리겠습니다. 이렇게 질이 낮은 원고가 (사실 원고라고 부르기도 민망하고 그냥 쓸데없이 연결시킨 단어들의 조합이죠) 제 책상 위에 놓여 있는 건 평생 처음입니다. 귀하께 글을 계속 쓰라고 권하는 것은 죄를 짓는 것입니다. 저는 이런 경우에 하던 일이나 제대로 하라고 충고합니다. 귀하의 직업이 무엇인지 모르겠지만 한 가지 확실한 것은 작가는 아니라는 겁니다. 따라서 귀하께 부탁드립니다. (간곡히 부탁드립니다!) 귀하의 모니터에 떠 있는 원고를 휴지통에 넣어버리고 제발 그 휴지통도 꼭 비워버리길 바랍니다.

제 답신에 대한 답장은 안 하셔도 됩니다(더 이상의 글은 읽고 싶지도 않습니다).

　　　　　　　　　　　　　－요나단 N. 그리프 올림

요나단의 몸이 뜨거워졌다가 차가워졌다. 다시 뜨거워졌다가 다시 차가워졌다. 얼음장처럼 차가웠다. 그가 정말 이렇게 썼단 말인가? 그리고 보내기까지 했단 말인가?

그렇다. 그는 그랬다. 이렇게 상처가 되는 편지를 쓸 정도로 당시 그가 어떤 정신 상태였는지 이해할 수 없었다. 하지만 거절편지를 눈앞에 보고 있으니 생생하게 기억난다는 것을 인정해야 했다.

그때도 '한나의 웃음'을 별로 많이 읽지는 않았다. 두

세 페이지를 읽자마자 '끔찍하게 유치한' 원고로 치부해 버렸다. 이 세상에 필요 없는 것, 특히 문학 세계에서 필요 없는 것. 그는 그런 생각을 가지고 이런 거절편지를 쓰고 그에게 보내버렸다.

왜? 대체 왜 그랬을까? 그는 다이어리에 '마음속 재고 정리'를 하라고 적혀 있듯 이런 질문들을 솔직하고 진지하게 자기 자신에게 던졌다. 왜 그랬을까?

알 수 없었다. 요나단 N. 그리프는 그때 자신이 대체 무슨 생각으로 그랬는지 알 수 없었다. 분명한 건 단 하나였다. 한나와 조금이라도 더 시간을 보내고 그녀를 자기 사람으로 만들려면 한나가 이 사실을 절대로 알아서는 안 된다!

64

요나단

5월 20일 일요일

"좀 유치한 것 같지 않아요?"

"맨발로 꽃밭을 걷는 것이 왜 유치하다고 생각해요? 나는 좋은데!" 한나가 말했다.

"그 자체가 유치한 건 아닌데 다이어리 '일정'에 넣을 필요까지는 없잖아요. 그냥 아무 때나 얼마든지 할 수 있는 일이잖아요."

"그렇게 생각해요?" 한나는 그를 도전적으로 쳐다보았다. "언제 마지막으로 꽃밭을 맨발로 걸었어요?"

"음……." 요나단은 들킨 기분이었다.

"거봐요." 한나는 의기양양했다. "아무 때나 언제든지 할 수 있는 일이 아니기 때문에 일부러 일정에 넣은 거예요."

"알았어요." 그는 민망하게 중얼거리며 맨발로 한나와 나란히 잔디밭을 거닐었다. 불만을 제기하려 한 건 아니었다. 오히려 그 반대였다! 한나가 만나자고 했을 때 요

나단은 정말 기뻤다. 그리고 다음에 만날 때 다이어리의
일정에 맞추자는 제안도 원칙적으로 좋다고 생각했다.

　다만 맨발로 있으니 왠지…… 그러니까 발가벗은 느낌
이었다. 무방비 상태. 남자답지 않은 그런 느낌.

　"빨리 와요, 겁쟁이!" 한나는 쐐기풀을 조심스럽게 피
해 다니는 요나단을 보며 웃었다. "저기 아래 먼저 아이
스크림 가게에 도착하는 사람이 아이스크림 쏘는 거예
요." 한나는 뛰기 시작했다.

　"이기는 사람이 쏜다고요? 그건 대체 무슨 논리예요?"
그가 뒤에서 소리쳤다.

　"내 논리요!" 한나가 웃으며 어깨너머로 말했다.

　그는 그녀가 좋았다. 그녀가 정말 좋았다. 정말 너무
좋았다.

한나
6월 4일 월요일

"미안하지만, 난 더 이상 못 먹겠어요. 한 입만 더 먹으면
배가 터질 것 같아요." 요나단은 역겨운 표정으로 반쯤
남은 너트케이크가 놓인 접시를 옆으로 밀었다.

　"배가 터져버리는 건 안 돼요." 한나가 말했다. "속이
메슥거려야 해요."

"그런 지는 벌써 한참 됐어요."

"그럼 말하지 그랬어요."

"실망시키고 싶지 않았어요."

"하지만 당신 생일이잖아요. 내 생일이 아니라."

"그런데 내 생일은 어떻게 알아냈어요?" 요나단이 한나에게 궁금해 하며 물었다. 그제 한나는 월요일 오후에 '뤼트 카페'에 가서 커피와 케이크를 사주겠다고 깜짝 제안했다. 6월 4일에는 그런 내용이 적혀 있지 않았고 요나단은 평일 근무시간에 출판사 자리를 비울 수 없다고 했지만 한나는 뜻을 굽히지 않았다. 그녀가 생일에 꼭 해야 할 일이라고 못을 박았다.

"회사에 전화 걸어서 물어봤어요."

요나단은 차를 마시다가 사레가 들렸다. "회사에 전화를 했다고요?" 그는 켁켁거리며 되물었다.

"당연하죠. 그럼 안 돼요?" 그녀는 배시시 미소 지었다. "비서가 아주 친절하던데요."

"그렇군요." 그는 소년 같은 장난스러운 미소를 지었다. "우리 크루크 여사님과 '정보보호'에 대해 심각하게 대화 좀 해야겠네요."

"걱정 마세요. 생일만 알려주고 연도는 가르쳐주지 않더라고요."

"그건 또 무슨 소리에요?" 그가 당황하며 물었다.

"아무것도 아니에요." 한나는 낄낄거렸다. 요나단하고

옥신각신하는 것이 정말 재밌었다. 일종의 두뇌 탁구 같았다. 핑퐁 핑퐁. "회사 얘기가 나와서 말인데 지몬 원고는 찾았어요?"

그는 안타까운 표정을 지었다. "아직 못 찾았어요. 마르쿠스 보데가 어디에다 치워놓았는지 모르겠어요."

"내가 다시 복사해서 줄 수도 있어요!"

"내일 다시 한 번 찾아볼게요. 알았죠? 그래도 못 찾으면 그때 부탁할게요."

요나단
7월 15일 일요일

"나는 햇빛쯤은 아무렇지 않은 거 알죠?" 요나단이 숨을 헐떡거리며 말했다. "이탈리아 피가 섞였으니까요."

"하지만 등이 벌써 빨갛게 익었어요." 뒤에 앉은 한나가 말했다. "선크림을 발라줄까요?"

"아니, 아니, 됐어요." 그는 등뿐 아니라 얼굴도 빨갛게 달아오르는 것을 느꼈다. 얼굴이 빨개진 이유는 두 사람은 한 시간째 배를 타고 알스터 호수 위를 떠다니며 뜨거운 햇빛을 쬐고 있기 때문이 아니었다. 그가 노를 힘겹게 젓다가 덥고 땀이 나서 10분 만에 티셔츠를 벗고(한나는 요나단의 상체를 지켜보며 감탄했다) 얼굴에 피가 쏠렸기 때문도 아니다. 한나가 선크림을 발라주면서 그의 맨살을 만질 생각만 해도…… 그러면 요나단 N. 그리프도 무슨 일이 일어날지 장담할 수 없다!

"원고 심사부에서 말 없었어요?" 한나가 에로틱한 순간을 깨버렸다.

요나단은 죄책감에 움찔했다. "아직까지는 아무 소식 없었어요."

젠장! 그녀는 또 지몬의 원고에 대해 물었다. 요나단은 궁여지책으로 원고를 찾아 곧바로 원고심사부에 넘겼다고 둘러댔다. 거기 직원들이 자기보다 훨씬 더 잘 평가할 수 있다는 구실이었다.

한나가 정기적으로 상황을 물어 요나단은 난처했다. 물론 충분히 이해한다. 그녀는 소설이 좋은지 안 좋은지 궁금했다. 그때 그녀에게 솔직하게 털어놓고 원고를 읽었지만, 사적으로 읽을 만하지만 대중성이 부족하다고 말할 걸 그랬다는 후회가 밀려왔다. 하지만 한나를 실망시키고 싶지 않았다.

솔직히 말하면 원고를 부정적으로 평가했다가 한나와 더 가까워질 수 있는 기회를 날리고 싶지 않았다. 그런다면 그녀는 요나단을 상당히 부담스럽게 생각할 것이다. 여전히 그는 혹시라도 한나가 그가 보낸 끔찍한 거절편지를 알게 될까 두려웠다. 물론 5월에 그의 컴퓨터 하드디스크에 남아 있던 파일은 영구 삭제했지만.

그 생각을 하니 요나단은 마음이 불편했다. 내적 평안을 위해서는 늘 솔직하고 바르게 사는 것이 정말 중요하다.

가능한 빨리 원고심사부에서 유감스럽지만 지몬의 소설을 거절했다고 한나에게 말해야겠다고 결심했다. 한나가 크게 실망하더라도. 반드시 그래야 한다. 하지만 지금, 오늘은 아니다. 이렇게 한나와 함께하는 이런 아름다운 여름날은 아니다.

한나

8월 25일 토요일

"솔직히 말하면 난 완전히 바보가 된 것 같아." 리자가 속삭였다. "나는 샤프롱(젊은 여자가 사교장에 나갈 때에 따라가서 보살펴 주는 사람−옮긴이)이 아니잖아!"

"조용히 해!" 한나가 쏘아붙였다. "그러다가 깨겠어!"

"저 사람이?" 리자는 코를 골며 자고 있는 요나단을 가리켰다. "내 보기엔 코마 상태 같은데."

한나는 웃었다 "그렇다면 상당히 시끄러운 코마 상태네."

"뭐랬더라?" 리자가 어렴풋이 기억을 떠올렸다. "남자들이 밤에 코를 크게 고는 이유는 야생동물로부터 자기 종족을 보호하기 위해서였다지?"

"그럼 잘됐네. 어떤 야생동물들이 우리를 공격할지 모르니까."

"장크트 페터-오르딩 해변에서?" 리자가 조용히 물었다. "어디 보자…… 무시무시한 북해새우가?"

한나는 웃었다. 그러고는 침낭을 더 감싸며 하늘을 올려다보았다. "이제 좀 진지해져봐. 밤에 이렇게 야외에서 자는 거 정말 아름답지 않아? 파도소리가 배경음악이 되어주는 이곳에서?"

"그래." 리자가 말했다. "맞아. 날 끼우지 말고 그냥 두 사람만 왔으면 더 좋았겠어."

"내가 요나단과 단 둘이 밤을 보낼 수는 없잖아!"

"우리 지금 바닷가 야외 침낭 안에 누워 있거든? 그리고 너 언제부터 그렇게 요조숙녀였어?"

"그런 거 아냐!"

"그렇거든?"

"아직은 내가 이 사람을 얼마나 좋아하는지도 잘 모르겠어."

"내 말을 믿어. 넌 이 사람을 아주 좋아해. 난 너를 수년간 지켜봐왔어."

한나는 뭐라고 대답해야 할지 몰라 가만히 있었다. 그러고 나서 속삭였다. "맞아. 내가 많이 좋아해. 하지만 혼란스럽기도 해. 지몬이 죽은 지 1년도 안 됐어."

"그래서?" 리자가 물었다. "10년 후, 요나단과 네가 아이 셋을 낳아서 잘 살고 있으면 아무도 너희가 처음 만날 때 도리를 지켜 남자친구가 죽은 후 최소한 12개월을 기다렸다가 사귀었는지 신경 안 써."

"뭐야!" 한나는 모래를 한 움큼 집어 친구에게 던졌다.

"야!" 리자가 항의했다. "모래 던지는 건 반칙이야!"

"네 말도 마찬가지야!"

요나단
9월 22일 토요일, 22:30

"평생 한 번도 유흥가에서 밤새 술 마시고 놀아본 적이 없다니, 믿기지 않아요." 한나는 레퍼반에 모인 인파를 뚫고 지나가면서 고개를 절래절래 저었다. "함부르크 남자가 그럴 리 없잖아요!"

"하지만 그래보지 못했어요." 요나단은 민망하기도 하고 뭔가 들킨 것 같은 느낌이었다. 스스로도 의아했다. 하지만 한나에게 거짓말하고 싶지 않았다. 다이어리에 오늘 밤 유흥가에서 신나게 놀고 아침에 수산시장에서 식사하라고 적혀 있어서 레퍼반에서 놀아본 적 없는 그의 삶을 고백한 것이다. "그럴 기회가 없었어요."

"반항적인 청소년이었을 때는?"

"다른 것들을 했어요."

"예를 들면? 요트? 골프?"

"골프는 쳤어요."

"그럼 만취해서 함부르크 시내를 비틀거리며 돌아다닌 적이 없고 아무데나 토하거나 정말 엉뚱한 짓을 한 적이 한번도 없어요?"

짜증이 난 그는 멈춰서 한나를 엄격하게 쳐다보았다. "그런 적 없다고 이미 말했잖아요! 이제 그만하면 안 돼요? 안 그래도 충분히 바보처럼 느낀다고요."

한나의 얼굴에 미안한 기색이 스쳤다. "미안해요. 그럴 생각은 아니었어요."

"하지만 지금 내가 바보처럼 느껴진다고요." 그가 투덜거렸다. "아직 아무것도 경험하지 못한 어리석은 학생처럼 말이죠."

"그럼 어리석은 학생, 이제 가봅시다!" 그녀가 그의 손을 잡았고 요나단은 감전된 기분이었다. "이제라도 하면 되죠 뭐. 더는 그런 기분이 들지 않게." 한나는 웃으며 그의 손을 잡고 한스-알베르스 광장 쪽으로 갔다.

4시간 후 요나단은 처음이면서도 유흥가에서 늘 놀던 사람처럼 자연스럽게 분위기를 탔다. 그는 '라 팔로마' 바에서 한나 옆에 붙어 서서 다른 사람들과 함께 가수들의 인기곡들을 신나게 불렀다.

한 시간 후에는 '질버작'에서 함께 춤을 췄다. 자리가 너무 좁아 '춤을 췄다'는 표현은 적절하지 않고, 통조림

캔에 든 정어리 두 마리처럼 다른 정어리들과 함께 움직이려고 버둥거렸다.

그런 다음 요나단은 '몰리 말론'에서 U2의 '위드 오어 위드아웃 유(With or without you)'에 맞춰 기타를 치는 시늉을 했고 한나는 광적인 여성팬을 자처했다.

새벽 5시 반 무렵 두 사람은 수산물 경매장에 서 있었다. 손에 게살샌드위치는 없었지만 대신 팔짱을 끼고 아직도 파티의 기운이 가시지 않은 사람들 무리를 지켜보았다.

정확히 5시 34분에 요나단은 한나에게 입을 맞추고 속삭였다. "사랑해."

한나
9월 23일 일요일, 16:55

요나단은 그녀에게 키스했다. 그녀도 키스를 받아줬다. 아주 짧은 키스이긴 했지만 그래도.

한동안 한나는 방바닥에 덩그러니 앉아 있었다. 옆에는 지하실에서 가져온 지몬의 물건이 담긴 박스 두 개가 있었다. 그녀는 어찌할 바를 몰랐다. 혼란스러웠다. 슬펐다. 행복했다. 웃고 싶다가도 눈물이 나고 웃음과 울음이 동시에 나왔다.

요나단의 키스는 정말 아름다웠고 그의 사랑고백에 다

리에 힘이 풀렸다.

하지만 2초 후 너무 심한 죄책감을 느낀 그녀는 고개를 돌렸다. 한나는 그에게 아직 마음의 준비가 되지 않았고 아직은 너무 빠르며 이제 그만 집에 가고 싶다고 말했다. 그런 후 혼자 택시를 타고 요나단을 혼자 수산시장 인파 속에 세워둔 채 돌아와버렸다. 그녀가 더듬거린 말들을 그가 알아들었는지도 알 수 없었지만 어쩔 수 없었다. 생각과 마음이 갑자기 너무 혼란스러워서 빨리 집으로 올 수밖에 없었다.

그렇다고 5시 반 무렵에 느낀 혼란이 집에 와서 덜해진 것은 아니다. 오히려 더 심해졌다. 그녀는 자신의 감정을 곰곰이 생각했다. 하지만 어떤 결론도 내릴 수 없었다.

요나단은 그녀에게 사랑한다고 말했다. 그녀도 그를 사랑하나? 아니다. 그렇다고 말할 수 없었다. 사랑, 그것은 아주 크고 강한 감정이다. 자라나야 하는 감정이다. 신뢰와 관련되었기 때문에 단 몇 주 만에 나타나는 그런 감정이 아니다. 하지만 요나단에게 호감이 있는 건 사실이다. 그가 좋았다, 아주 많이. 그의 진지함 그리고 무엇인가에 열중하는 방식에 깊은 인상을 받았다. 그의 장난기 가득하면서도 따뜻함이 느껴지는 뜬금없는 유머. 중요하지 않다 해도 다른 여자들이 그에게 눈길을 주는 것도 놓치지 않았다. 그의 외모가 마음에 든다는 것을 인정할 수밖에 없다. 그리고 어쩌면 이런 호감이 사랑으로 발전할 수도 있다.

단, 그녀가 받아들여야 가능하다. 그에게 마음의 문을 열어야만 가능한 일이다. 그럴 수 있을까? 그래도 되는 걸까? 벌써?

한나는 상자 한 개를 열었다. 맨 위에 지몬과 함께 찍은 사진이 있었다. 사진을 볼 자신이 없어 상자에 넣어두었던 것이다. 이제 그녀는 오래도록 사진을 바라보았다. 한때 그녀 인생의 동반자였던 남자와 그녀 자신을.

"나 어떻게 해야 돼?" 한나는 지몬의 얼굴을 손가락으로 어루만지며 조용히 물었다. "말해줄 수 있어?" 사진은 아무 말이 없었다.

한나는 지몬을 위해 만든 다이어리를 떠올렸다. 그가 병과 맞서 싸우고 다가오는 1년을 잘 살 수 있도록 그에게 힘이 되어주기 위해 노력했다. 한나는 지몬이 죽은 후 '무한 긍정주의 망상'에 사로잡혀 이런 다이어리를 만든 자신을 심하게 자책하고 괴로워했지만 이제는 죽은 남자친구에게 했던 운명적인 선물을 평온하게 받아들일 수 있었다.

단지 이 다이어리 때문에 지몬이 스스로 목숨을 끊었다는 것은 말이 안 되기 때문이다. 그리고 그녀가 다이어리에 적어놓은 모든 것은 그녀가 믿고 있는 것들이기 때문이다 — 여전히 믿고 있었다. 인생을 낭비하기에는 하루하루가, 단 1초도 너무 소중했다. 걱정과 근심에 파묻혀버리기에는 너무 소중한 인생이었다. 삶은 살아내야

하는 것이다. − 얼마나 오래 걸리느냐에 상관없이. 누구
도 자기의 마지막 순간이 언제 올지 모르니까. 그래서 중
요한 것은 언제나 '지금' 그리고 '오늘'이다. '어제'는
상관없고 더는 중요하지 않으며 '내일'은 아무도 영향을
끼칠 수 없다.

지몬은 그녀의 선물을 사용하지 못했지만 대신 요나단
에게 '양도'했다. 의도였든 운명이었든 무슨 이유든 간
에 지몬은 하필이면 요나단의 자전거 손잡이를 선택해
다이어리가 든 가방을 매달아놓았다. 그리고 어젯밤 요
나단은 그녀가 다이어리로 의도하고자 했던 바로 그것이
그에게 일어났다고 고백했다. 다이어리 덕분에 그는 '지
금 그리고 여기'의 삶에 집중하게 되었다고 했다. 맥주에
취한 그의 고백은 사실 불필요했다. 그녀도 눈이 있다.
다이어리에 대해 말할 때 기쁨과 환희에 반짝이던 그의
눈빛은 백가지 말보다 많은 것을 말해주었다.

새해부터 일어난 모든 일이 어쩌면 이렇게 예정되어
있던 것일까? 바로 그렇게 일어날 일들이었을까? 그렇게
됐어야만 했던 일들일까? 따라서 요나단에게 기회를 주
는 것이 옳을까? 그녀가 늘 하던 조언을 따르고 더 이상
'어제'는 생각하지 않는 것이?

한나는 한숨을 내쉬며 지몬의 작업들이 정리된 서류파
일을 꺼냈다. 질문들에 대한 해답을 찾듯, 기사 사이에 비
밀스러운 메시지라도 찾듯 한나는 기사들을 하나하나 넘

겨보았다. 한나는 기사들을 읽으며 지몬이 얼마나 흥분하고 열광하며 기사들을 작성했는지 생생하게 기억났다.

하지만 가장 중요한 작품 '한나의 웃음'은 그녀에게 비밀로 했다.

이제 정말 놓아줄 때가 될 걸까? 상자들을 처분해야 할까? 서류파일은 폐휴지통에 넣어버리고 얼마 남지 않은 유품들을 버려야 할까? 이제 정말 지몬에게서 벗어나 새 삶을 살아야 할까? 한나는 서류파일 맨 뒷장까지 넘겼다. 지몬은 마지막 페이지에 성적표를 끼워 넣었다. 대학입학자격시험 성적. 석사학위증. 수많은 실습성적표. 견습생 증명서. 모든 것이 깔끔하게 파일에 정리되어 있었다. 그의 인생. 그의 빌어먹을 짧은 인생 전체가.

마지막에 또 뭔가 있는 것을 본 한나는 어리둥절했다. 출판사에서 온 편지였다.

"친애하는 클람 씨에게"라고 적혀 있었다. '한나의 웃음' 원고를 저희 출판사로 보내주셔서 감사합니다. 유감스럽게도 귀하의 소설은 저희 출판사와 맞지 않습니다. 따라서 긍정적인 회신을 드리지 못해……."

시도는 했었구나. 원고를 출판사에 보냈지만 거절당했구나. 기분 좋진 않지만 얼마든지 있을 수 있는 일이다. 그녀도 출판인과의 개인적인 친분에도 불구하고 여전히 그리프손&북스에게서 아무 소식을 듣지 못했고 이젠 별 기대하지 않았다. 그러기에는 시간이 너무 오래 지났다.

좋은 소식은 빨리 오기 마련이니까.

페이지를 넘기다가 다른 출판사의 거절편지를 발견했다. 또 하나가 더, 그리고 또 한 장이 있었다. 소설 얘기를 하지 않은 이유가 이것이었을까? 창피해서? 거절편지를 너무 많이 받아서 원고를 또 다른 출판사에 보내거나 아예 소설을 쓸 용기를 잃었던 것일까? 그럴 수 있었다. 하지만 그깟 거절편지 너덧 통 받았다고? 다른 출판사가 얼마나 많은데?

파일을 덮으려는데 맨 마지막에 종이 하나를 더 발견했다. 구기듯 접혀 있어서 금방 눈에 띄지 않았다. 한나는 구겨진 종이를 편편하게 폈다.

편지지 서두를 본 한나는 이마를 찌푸렸다.

그리프손&북스?

요나단

9월 24일 월요일, 9:54

"당장 비켜주세요! 안 그러면 무슨 일이 일어날지 저도 장담 못해요!"

요나단은 비서실에서 들리는 크고 흥분된 목소리에 움찔했다. 한나다!

"제가 나중에 다시 전화하겠습니다." 요나단은 에이전

트와의 통화를 급히 끝냈다.

그 순간 사무실 문이 벌컥 열리고 분노에 차서 길길이 날뛰는 한나가 들어왔다. 레나테 크루크도 뒤쫓아 들어오며 더듬거렸다. "죄송합니다, 대표님. 이분이 막무가내로……."

"괜찮습니다. 크루크 여사님." 그는 비서를 진정시켰다. "마르크스 씨는 제가 아는 분입니다. 둘이 얘기하게 그만 나가주시겠습니까?"

레나테 크루크는 한동안 어리둥절한 표정으로 문가에 서서 지금 물러나는 것이 옳은지 아니면 경찰을 불러야 하는지 고민하는 듯했다. 한나의 눈에 살기가 등등해 요나단도 깜짝 놀랐다. 왜 저러지? 이해할 수 없었다. 갑작스럽게 키스했다고? 그걸로 이럴 필요까진 없지 않나?

"한나." 비서가 사무실에서 나가자마자 그는 일어났다. "대체 무슨 일이에요?"

"당신!" 한나는 대답 대신 날카롭게 쏘아붙였다.

"나요?" 그는 어리둥절해하며 한나에게 다가가려 했다. 그러나 한나가 고래고래 소리를 질러 그는 소금기둥처럼 그 자리에 굳어버렸다.

"이 개자식! 파렴치한 놈! 비겁자! 정말 나쁜 놈!" 한나는 사무실 불투명 문이 덜덜 떨릴 만큼 커다란 소리로 욕설을 퍼부었다.

"한나, 미안한데 왜 그러는지 이해할……."

"이해할 수 없다고요?" 한나는 성큼성큼 세 발짝 다가와 그의 책상 바로 앞에 섰다. 그를 죽일 듯 노려보더니 그의 책상 위에 종이 한 장을 던졌다.

요나단은 종이를 쳐다보았다. 덜덜 떨기 시작했다. 무슨 말이든 하고 싶었지만 할 수 있는 말이 하나도 없다는 걸 알았다. 그는 이미 무너져버렸다. 결국 이렇게 되고 말았다. 한나는 그가 쓴 끔찍한 편지를 찾아내고 말았다.

"당신은 정말 인간 망종이야." 목소리는 작아지기는 했지만 여전히 분노가 서려 있었다. "거짓말했을 뿐 아니라 그동안 계속 작가의 꿈을 품고 있던 내 남자친구와 나를 속으로 비웃고 있었겠지……."

"한나!" 요나단이 입을 열었다.

"입 닥쳐!" 한나가 쏘아붙였다. "당신은 한 사람의 인생을 파괴했어. 아무 생각 없이 그냥 재미삼아 한 사람의 희망을 모조리 앗아갔다고. 마구 짓밟으면서 완전히 망쳐버렸다고!"

"나는……."

"닥치랬지!" 한나는 소리를 지르다가 목소리를 줄였다 "다시는 당신을 보고 싶지 않아. 다시는! 분명히 말하겠는데 난 여기서 나간 후 다시는 당신 얼굴 안봐!"

요나단은 힘겹게 침을 삼켰지만 입을 다물었다. 무슨 할 말이 있을까? 자기도 그것이 얼마나 끔찍하고 잔인하고 못된 행동이었는지 이제 안다고? 용서받을 수 없는 일임을 안다고?

"마지막으로 충고 하나만 하죠. 혹시나 당신이 지옥에 떨어지지 않을 수 있는 미미한 기회가 있을지도 모르니까. 마음속 재고정리를 해요. 아주 제대로! 이 세상에서 그 일이 당신만큼 시급한 것 같은 사람은 없으니까."

요나단이 뭐라고 반응하기도 전에 한나는 사무실을 문을 너무 힘차게 열고 나가 회칠이 조금 떨어질 정도였다. 조금 후 또 쾅! 소리가 들려 비서실에서도 나간 것을 알 수 있었다.

"괜찮으세요, 대표님?"

그는 아무 대답 없이 의자에 털썩 앉았다. 아니. 조금도 괜찮지 않았다.

한나
9월 24일 월요일, 10:17

집으로 돌아가는 길에 한나는 하염없이 울고 또 울었다. 그러면서도 화가 나서 핸들을 주먹으로 몇 번씩 내려쳤다. 가는 도중에 걸려온 열다섯 통의 전화는 받자마자 끊어버렸다.

다시는 그와 얘기하지 않기로 맹세했다. 다시는. 그녀에게 요나단 그리프는 죽은 사람이나 다름없다.

65

요나단

10월 2일 화요일, 11:08

8시가 조금 지나 요나단은 피렌체 '아메리고 베스푸치' 공항에 착륙했다. 그는 긴장했다. 많이 긴장했다. 엄청나게 많이 긴장했다.

사실 요나단 N. 그리프는 너무 긴장한 나머지 착륙장에서부터 트렁크를 가지고 편안한 은행에서 쉬다가 저녁에 함부르크 행 비행기에 올라타 돌아가는 게 좋을까 생각할 정도였다.

뭘 기대하고 여기 온 걸까? 아마도 그를 알아보지도 못할 어머니뿐? 수십 년 동안 그를 잊고 살다가 미지근한 에스프레소 한 잔을 대접하고 잘 돌아가서 앞으로 잘 살라고 얘기할 그런 어머니? 운이 좋다면. 운이 나쁘면 아무도 못 만나고 좌절해서 돌아가겠지. 왜 자신에게 이런 가혹한 짓을 하려는 것일까?

그는 예약한 렌터카 창구를 향해 마지못해 걸어가면서 질문에 대한 대답을 떠올렸다. 한나.

이런 과감한 결심이 그와 한나 사이에 남은 유일한 연결고리이기 때문이다. 그녀가 선정한 과제들이 적힌 다이어리가 그나마 그들 사이에 간신히 남아 있는 일부분이니까. 그리고 한나의 말이 옳다. 그는 다시 '과감한 마음속 재고정리'를 통해 그가 한나에게 지몬의 거절편지와 관련해서 거짓말한 것이 얼마나 큰 잘못인지 깨닫게 된 비겁자였다. 더 나아가 그가 조금이라도 내적 평안을 찾으려면 해결해야 할 중요한 문제가 있었다. 요나단 N. 그리프는 어머니가 왜 더 이상 그에게 연락하지 않는지 반드시 알아내야만 했다.

정말 단순히 그 멍청한 엽서 때문일까? 호르몬 때문에 뇌가 살짝 맛이 가고 반항심에 찬 사춘기 청소년이 쓴 엽서 때문에? 그것이 하나뿐인 아들을 버릴 이유였을까?

하긴 요나단은 자신이 어머니의 유일한 아이인지도 확실하게 모른다. 30년은 긴 세월이다. 어쩌면 피렌체에 씨가 다른 일곱 형제와 다섯 누이들이 있을지도 모르는 일이다. 이탈리아인들은 다산의 민족으로 유명하니까.

이런 생각에 소름이 끼치면서도 즐거웠다(그는 어느새 자신의 이런 정신분열증적 모습에 적응했다). 그는 혹시 남쪽 나라 혈족의 일원일까? 피렌체 상업을 좌지우지하는 막강한 가문의 후계자일까? 상상력이 꼬리에 꼬리를 물었고 요나단은 렌터카 사무실에서 서류를 작성하면서 혼자 히죽히죽 웃었다.

창구에 앉은 젊은 직원은 요나단이 웃는 이유를 궁금해 하며 눈썹을 치켜 올렸고 요나단은 "제가 누구인지 아십니까?"라고 기세등등하게 묻고 싶었지만 그러기에는 아쉽게도 그의 이탈리아어가 턱없이 부족했다. 그리고 스스로도 자기가 누군지 직원에게 설명할 수 없었다. 그냥 함부르크에서 온 요나단 N. 그리프인지 아니면 악명 높은 피렌체의 알폰소 부인 소피아의 사생아인지…….설령 그렇다 해도 이를 설명하려면 지금까지 공부해온 약 40시간의 외국어 앱 수업보다 훨씬 더 많은 이탈리아어 수업을 받아야 했다. 그래서 그는 렌터카 열쇠를 넘겨받고 차가 서 있는 곳에 대한 설명서를 받고 그냥 "Mille grazie(정말 감사합니다)"로 대화를 끝냈다.

10분 후 배정받은 란치아 운전석에 앉은 요나단은 안도의 한숨을 내쉬었다. 지금까지 아무 문제없다. 이탈리아에 왔고, 내비게이션 시스템이 달린 자동차를 빌렸으며 이제 가야 하는 피렌체 인근의 주소도 갖고 있다.

주소를 알아내는 것이 생각만큼 쉽지는 않았다. 레나테 크루크한테 어머니의 주소를 알려달라고 했을 때 처음에는 거절당했다. 그녀는 피렌체 행 비행기를 예약해달라는 부탁도 거부했다. 쓸데없는 짓이며 그렇게 오랜 세월이 흘렀는데 어머니는 그곳에 살지 않을 거라고 했다.

요나단은 혼란스러웠다. 함께했던 '가족 나들이' 이후 레나테 크루크는 예전만큼 그를 형식적으로 대하지 않았지만 반박이나 업무지시 거부는 낯설었다.

그는 이 여행은 개인적으로 매우 중요하다고 비서에게 설명하며 재차 어머니의 주소를 알려달라고 부탁했다. 설령 어머니를 못 만나도 감정적인 수렁에 빠지지 않겠다고 약속했다. 마흔 살(!)도 넘었는데 충분히 스스로 결정하고 그에 따른 결과를 받아들일 수 있다고 설명했다. 그리고 얼마 전 비서가 잠깐 봤던 한나 마르크스라는 여자에게(한나가 과격하게 등장한 이유는 설명하지 않았다. 거절 편지와 관련된 모든 일은 절대 누구에게도 절대 알리지 않고 무덤까지 가고 싶다) 그가 살아온 인생에 있는 그 '빈 부분'에 대해 어떤 식으로든 얘기해야 할 의무가 있다고 솔직하게 털어놓았다. 하지만 이 모든 설명이 수포로 돌아가고 레나테 크루크가 여전히 완강하게 말리자 요나단 N. 그리프는 비서에게 자신이 상관임을 상기시키며 개인적으로는 좋아하는 분이지만 이번 결심에는 변함없다는 점을 확실히 해야 했다.

힘겨운 줄다리기 끝에 레나테 크루크는 떨떠름한 표정으로 주소를 적어주고 비행기를 예약해주었다. 가봤자 어차피 텅 빈 판잣집과 바싹 말라버린 실측백나무 숲밖에 없을 거라는 말도 잊지 않았다.

이제 곧 알게 될 것이다. 내비게이션에 따르면 공항에서 어머니가 마지막으로 살았던 피에솔레에 있는 몬테체체리 거리 20번지까지는 약 30분 정도에 불과했다.

사무실에 앉아 구글에 주소를 검색했을 때 웃음과 눈물이 동시에 나올 것 같았다. '몬테 체체리'는 '백조들의 언덕'이라는 뜻으로 16세기 레오나르도 다 빈치가 첫 번째 비행을 시도했던 곳이다.

다 빈치는 요나단과 아무 상관이 없었다. 하지만 백조! 그는 곧바로 수화기를 들고 한나에게 이 이상한 우연에 대해(백조 – 알스터 호수 – 이해했어?) 얘기해주고 싶었다. 하지만 전화는 곧 끊기고 신호음만 들릴 것이 뻔했다.

그는 그녀에게 영원히 페르소나 논 그라타(외교상 기피인물, 환영받지 못하는 사람 – 옮긴이)였고 그깟 백조 몇 마리 때문에 변할 리는 없다. 그런데도 그가 이곳에 온 것은 옳은 일이었다. 한나가 그를 절대 용서하지 않고 그는 숨이 멎는 순간까지 비통하겠지만 이 길을 끝까지 가야 했다. 이렇게 하지 않으면 예전의 삶으로 돌아갈 수밖에 없고 이번 일이 어떻게 끝나든지 간에 요나단 N. 그리프는 그것만은 절대 용납할 수 없었다.

그는 내비게이션이 알려주는 길로 들어섰다. 왼쪽과 오른쪽에 펼쳐지는 아름다운 풍경, 부드러운 언덕, 전혀 시들지 않은 실측백나무 숲과 삿갓솔, 올리브 나무와 포도나무들이 펼쳐져 있었지만 너무 흥분 상태인 그는 풍경을 감상할 여유가 없었다.

긴장감을 이겨내려고 그는 어머니와 첫 만남을 위해 연습했던 인사말을 계속 반복했다. 실제로 어머니를 만날 수 있을지는 또 다른 문제였지만. "챠오, 맘마! 제가 아들 요나단입니다. 그동안 어디 계셨어요?" 곧바로 지난 세월 어디에 있었느냐는 질문을 할지 여부는 아직 결정하지 않았다. 하지만 오랫동안 빙빙 돌려 말해서 뭐하겠는가? 그는 곧장 저녁 비행기를 타고 돌아갈 예정이었다. 30년이나 지났는데 군이 예의상 미사여구를 남발하며 시간을 지체할 필요가 없다.

"챠오, 맘마." 그는 주문을 걸 듯 반복했다. "챠오. 챠오 맘마!" 그리고 다시 한 번. "맘마!" 핸들을 잡은 그의 손에는 식은땀이 났고 그의 눈에는 눈물이 흘러내려 에어컨을 거칠게 꺼버렸다.

20분 후 그는 피에솔레에 들어섰고 좁고 구불구불한 길이 이어졌다. 어렸을 때 이곳에 몇 번 와본 기억이 있었다. 하지만 아름다운 이곳에 대한 기억은 노래나 테니스를 좋아했던 기억만큼이나 그동안 깊숙한 곳에 파묻혀 있었다. 거리에 줄지어선 집들은 연한 노란색이었고 창문은 초록색 지붕은 빨간색이었으며 '주세페 베르디 거리', '산타 키아라 거리' 또는 '미노 다 피에솔레 광장'과 같은 유명한 이름만 들어도 어머니가 왜 독일에서 늘 삶의 활력과 생기를 그리워했는지 어느 정도 짐작할 수 있었다. '페퍼뮐렌벡' 또는 '브란스트비테'와 같은 함부르크 거리 이름은 이곳 거리 이름과 비교하면 말라비틀어진 빵조각 같았다.

그리고 이 경치를 보라! 요나단은 몬테 체체리에 도착하자 돌담 옆 길가에 차를 멈춰 세웠다. 진실의 순간을 마주하기 전 최후의 유예시간을 갖기 위해서 앞에 펼쳐진 골짜기를 바라보았다. 이노센티아 공원 바로 앞에 있는 그의 집이 북독일 부동산업자들의 눈에는 입지! 입지! 입지!로 보면 최상이었지만 지금 이곳에 서 있으니 그의 집 창밖으로는 나무 몇 그루와 재활용 쓰레기 컨테이너 세 개밖에는 보이지 않는다는 씁쓸한 현실을 인정해야 했다. 백조들의 언덕은 이름에 걸맞게 정말 아름다웠고 경쾌하며 활기찬 느낌이 들었다. 레오나르도 다 빈치가 그 당시 사람이 날 수 있다면 여기가 가장 적당한 곳이라고 확신한 이유는 자명했다.

요나단은 차를 오른쪽 담 쪽으로 조금 더 붙인 후 시동을 껐다. 운전석 문을 열기 전 몇 번 더 심호흡을 했다. 20번지라고 적힌 집을 찾아 나섰다.

집은 찾기 쉬웠다. 다른 집들처럼 노란색으로 칠해져 있었고 허물어지지도 않았다. 녹색 창문틀에 매달린 화분에는…… 아무튼 예쁜 꽃이 피어 있었다. 창문 하나는 열려 있어서 이탈리아 유행가가 귓가에 울렸다.

요나단 N. 그리프가 문 앞에 섰을 때 심장은 하도 뛰어 목에서 튀어나올 것 같았다. 심호흡을 한 그는 마침내 초인종을 눌렀다.

몇 초 후 음악이 멈췄다. 다가오는 발소리가 들렸다.

그리고 문고리가 돌아갔다. 잠시 후 70대로 보이는 통통한 여자가 알록달록한 앞치마를 하고 "Si?" 하고 인사하며 문을 열었다.

그의 심장이 쿵하고 내려앉았다.

어머니가 아니라는 것을 금방 알 수 있었다.

"니콜로!" 여자는 요나단을 와락 껴안더니 얼굴에 뽀뽀 세례를 퍼부었다.

분명 어머니는 아니다. 하지만 이 여자는 요나단을 아는 듯했다.

66

요나단

10월 2일 화요일, 12:23

프란체스카. 요나단의 이모 이름은 프란체스카였다. 왜
이모 이름을 프란체스카와는 전혀 비슷하지도 않은 '니
나' 또는 '지나'로 기억하고 있는지 알 수 없지만 상관없
었다. 중요한 것은 지금 이모와 함께 이모의 토스카나풍
시골 부엌에 앉아 김이 모락모락 올라오는 파스타를 앞
에 두고 앉아 있다는 사실이다. 이탈리아 친척집을 방문
한 장면을 이렇게 진부하게 묘사하는 작가가 있다면 가
차 없이 편집했겠지만 실제로 그랬다.

　뽀뽀와 알아들을 수 없는 온갖 말로 열렬한 환영을 받
은 후 프란체스카는 그를 집안으로 잡아끌어 그에게 먹
을 것을 내놓았다. 그래서 두 사람은 식탁에 마주앉았고
요나단은 산더미처럼 쌓인 파스타를 의무적으로 퍼먹었
다. 입맛이 전혀 없었지만 미천한 이탈리어 실력이 바닥
이 나서 우선은 입안에 파스타를 채워 넣은 것이 상당히
주효했다.

요나단이 접시를 비우자마자 프란체스카는 그의 접시를 다시 채워주기 위해 자리에서 벌떡 일어났지만 그는 손짓과 "No, basta, grazia(아니요. 충분해요. 고맙습니다)!"라는 말로 겨우 사양했다. "alora." 그는 입을 열었지만 금방 다시 입을 다물었다.

그의 이모는 그를 호기심 가득한 눈으로 쳐다보았다.

"음." 젠장! 그는 묻고 싶은 것이 너무나 많았다. 그의 어머니가 아직 이곳에 살고 계시는지. 그리고 지금 여기 있는지 궁금했지만 그런 것 같지는 않았다. 만약 그랬다면 이모가 당연히 엄마를 데리고 왔을 것이다. 안타깝게도 이탈리아 공부를 몇 시간 했다고 해서 금방 움베르토 에코가 되는 것은 아니다. "Parli tedesco?" 답답해진 그는 이모에게 독일어를 할 줄 아는지 물었다.

이모는 어깨를 으쓱했다.

"Inglese?" 영어를 할 줄 아는지 물었다.

이모는 또다시 어깨를 으쓱했다.

프랑스어 그리고 스페인어를 할 줄 아는지 물어보려다가 자기도 못한다는 것을 깨달았다.

어떡하나? 라틴어? 라틴어는 그래도 이탈리어와 상당히 유사했다. 하지만 이모와 대화할 때 'veni, vidi, vici(왔노라 보았노라 이겼노라)'로 소통이 가능할까?

"니콜로." 이제 프란체스카 이모가 입을 열었다. "Sono molti anni che non ci vediamo."

그는 무슨 말인지 못 알아들었지만 고개를 끄덕였다.

"Come stai?"

다행히 이 말은 알아들었다. 이모는 그에게 어떻게 지내는지 물었다.

"Sto abbastanza bene, grazie(잘 지냈어요. 고맙습니다)." 그는 대답했다. 사실은 아니지만. 그의 이탈리아어 앱에 이 질문의 답으로 제시하는 유일한 문구다. "뭐 그럭저럭 괜찮아요. 제 출판사는 망해가고 있고, 아버지는 치매에 걸려서 비서를 부인이라고 착각하고, 보데는 사표를 던졌고, 사랑에 푹 빠진 여자는 얼마 전에 놓쳤어요"와 같은 복잡은 대답은 상급과정이나 되어야 예시로 등장할 것이다.

젠장. 이런 식으로는 도무지 진전이 없었다. 하지만 어쩌면 굳이 거창한 문장을 구사하지 않아도 될지 모르는 일이었다.

"맘마?" 요나단이 질문하는 톤으로 물었다.

이모는 눈썹을 치켜 올리고 손으로 입을 가리며 상당히 충격 받은 얼굴을 했다. 설마 그가 이모를 어머니로 착각한다고 여기는 것은 아니겠지?

"Dove e Sofia?" 그가 좀더 구체적으로 물었다.

"Che Dio la protege!" 그녀가 소리쳤다. "Non ne hai idea?"

"음, scusi?" 무슨 말일까.

"Tua madre e morta. Da molto."

"Scusi?" 그가 되물었다.

"Aspetti un momento." 이모는 자리에서 일어나 밖으로 나갔다. 요나단은 어리둥절하게 앉아 있었다. 어디 간 걸까?

잠시 후 돌아온 프란체스카는 손에 든 사진을 식탁 위에 올려놓았다.

사진을 본 순간 그의 눈에 눈물이 맺혔다.

전형적인 이탈리아 무덤 앞에 놓인 흰색 대리석 판이었다. 이렇게 적혀 있었다.

"소피아 몬티첼로. 1952.7.18. ~ 1988.8.22."

67

요나단

10월 2일 화요일, 21:34

밤 9시 반 함부르크 공항에 착륙한 비행기 안에서 요나단은 화가 머리끝까지 나 있었다. 당장 존넨호프 양로원으로 쫓아가서 아버지에게 따지고 싶은 걸 간신히 억눌렀다.

정말 대단한 거짓말이었다! 아버지가 평생을 해온 믿을 수 없는 거짓말! 그에게 진실을 숨겨왔던 오랜 세월들! 그 생각만 하면 너무 화가 나서 시간 따위는 아랑곳하지 않고 곧장 아버지에게 달려가 따지고 싶었다. 아버지의 주치의가 깜짝 놀라 심장마비에 걸리든 보안요원들을 부르든! 그는 지금 아무것도 눈에 보이지 않았다.

하지만 그러지 못하는 이유는 단 하나였다. 아버지의 건강상태.

아버지가 아들의 분노발작으로 인해 어떻게 될까봐 걱정하는 것이 아니다. 비교적 아버지의 정신이 맑을 때 따지고 싶었고 아버지가 그의 말을 똑똑히 새겨듣기를 바라기 때문이다. 그럴 가능성은 밤보다는 낮 시간이 높다.

하지만 지금의 분노상태로 곧장 양로원으로 달려가면 혹시나 아버지를 공격해도 '충동범죄'로 정상참작을 받을지도 모른다. 하룻밤 자고 그런 일이 일어난다면 분명히 계획범죄로 치부될 것이다.

요나단은 주먹을 불끈 쥐고 초조하게 안전벨트를 매라는 신호가 꺼지고 비행기가 완전히 멈출 때까지 기다렸다. 당장 나가서 신선한 바람을 쐬고 싶었다! 오늘 있었던 일을 머릿속으로 떠올리기만 해도 미친 듯 소리를 지르고 싶었다!

프란체스카 이모와 요나단은 서로 "더 먹을래?" "오늘은 날씨가 좋아"에서 더 나아가지 못하고, 언어장벽 때문에 원활한 대화가 불가능하다는 것을 깨닫자 요나단은 이모를 렌터카에 태워서 피렌체에 있는 '독일문화원'으로 가서 도움을 받을 만한 직원을 찾았다. 프란체스카의 이야기를 들으며 귀가 점점 빨개진 직원은 요나단을 위해 통역을 해주었다.

정말 진부하고 상스럽고 저질인 이야기였다. 어머니가 향수병이 심해서 고통받았다고? 하! 진실은 많이 달랐다. 요나단의 아버지, 명망 높은 볼프강 그리프는 바람을 피웠다. 어머니 소피아는 그 사실을 알고 전형적인 이탈리아 여자답게 바람 피운 남편과 더는 같이 살고 싶지 않았던 것이다.

이모는 어머니가 당연히 요나단을 데려오고 싶어 했다
고 말했다. 하지만 독일에 있는 것이 아들에게 더 좋을
거라고 생각했다. 학교, 대학 진학 그리고 언젠가 물려받
을 가문 소유의 출판사 때문에 어머니는 아들을 위한 결
정을 내렸다. 일이 이렇게 될 줄은 알지 못했다. 그러나
분노에 가득 찬 요나단의 엽서를 받은 어머니는 곧바로
함부르크행 비행기를 예약해서 아들을 직접 만나 이유
없이 네 곁을 떠난 것이 아니라고 해명하고 싶었다. 그전
까지만 해도 부부 문제로 아들에게 부담을 주면 안 된다
고 여겼지만, 엄마에게 버림받았다고 생각하는 아들에게
진실을 이야기해야 한다고 생각했다.

공항을 향해 운전하던 어머니는 너무 흥분한 나머지
과속한 모양이었다. 결국 급커브 구간에서 소피아가 탄
차는 도로에서 이탈하고 말았다.

어머니는 그 자리에서 목숨을 잃었다.

"아마 고통을 느끼지 않고 죽었을 거야." 이모는 눈물
을 흘리며 요나단을 위로했고 친절하게 통역해주던 직원
도 이 말을 전하며 손수건에 코를 풀고 훌쩍였다.

고통을 느끼지 않았을 것이다. 요나단에게는 해당되지
않는 말이었다. 그는 너무나 많은 감정들을 느꼈다. 정말
끔찍한 비애의 감정. 수십 년간 어머니를 생각할 때마다
가슴을 답답하게 죄어오는 뭔가가 있었다. 어머니에게
버림받았다는 확신으로 인한 분노였다. 아니면 적어도

아들인 그가 어머니에게는 이탈리아의 달콤한 생활보다 중요하지 않다는 생각 때문이었다.

얼마나 잘못된 생각이었나! 어머니를 얼마나 부당하게 오해했던가! 그리고 그로 인해 자신은 어떤 사람이 되었나? 감정 불구자, 외로운 돌싱남, 독선적이고 오만한 잘난척쟁이, 못 말리는 참견꾼. 게다가 정신이 흐릿한 아버지에게 자기주장을 관철시키지 못하는 비겁자. 대중문학에 전혀 반감이 없으면서도 아버지의 견해를 그냥 받아들여 내면화했다. 가슴에 손을 얹고 솔직히 말해 요나단은 독자들의 마음을 움직이고 가슴 깊이 감동을 주는 작가들을 존경했다. J.K. 롤링이든 제바스티안 피체크이든 또는 지몬 클람이든.

그렇다. 피렌체 공항에서 요나단은 비서가 스캔해줘 아이팟에 담아온 '한나의 웃음'을 읽기 시작했다. 낯선 그 남자가 '그의' 한나(비록 허구의 인물이라고는 했지만)에 대해서 쓴 글을 읽는 것이 고통스러웠지만 마침내 자신이 이런 책을 지금까지 왜 그토록 역겨워했는지 깨달았다. 그의 마음을 아프게 하기 때문이었다. 아주 많이.

지몬 클람에게 쓴 거절편지를 정당화하려는 것은 아니다. 그것은 절대 용서받을 수 없는 엄청난 실수였다. 하지만 이제 자신이 왜 그렇게까지 했는지 스스로 인정할 수 있었다. 원고가 나빠서가 아니었다. 오히려 그 반대였다. 당시 티나와 이혼하고 불행과 분노에 빠진 그는 이런 감정을 조금도 용납할 수 없어서 이 원고를 견딜 수 없었다. 그래서 몇 페이지를 읽자마자 '끔찍하고 유치한 작품'으로 치부해버렸다.

요나단 N. 그리프. 대체 어쩌다가 이런 사람이 되어버렸을까?

그는 빠른 발걸음으로 긴 통로를 따라 수하물 찾는 곳으로 걸어갔다. 여전히 진정되지 않았고 도착 게이트 밖에서 즐겁게 손을 흔들며 기다리는 사람들을 보자 속이 뒤틀렸다. 한 가지 소원이 있다면 한나가 거기 서서 그를 반갑게 맞아주는 것이었다.

하지만 그는 혼자 택시를 타고 이노센티아 공원에 있는 외로운 집으로 가게 될 것이다. 그를 데리러 온 사람은 아무도 없다. 그에게 관심을 갖는 사람은 아무도 없다. 레오폴트만 제외하고는. 하지만 그는 여전히 운전면허가 없었다.

"안녕하세요, 그리프 대표님."

요나단은 걸어가다가 말고 의아해하며 돌아보았다. 레나테 크루크가 그를 바라보며 불안한 미소를 짓고 있었다.

"여기는 웬일이세요?"

"대표님 마중 나왔어요. 그런데 걸음이 너무 빨라서 하마터면 그냥 지나칠 뻔했어요."

"미안합니다. 그런데 마중 나올 줄은 몰랐어요."

"당연히 몰랐겠죠." 비서는 여전히 불안해보였다.

"네. 아무튼 감사합니다!" 요나단은 어두운 표정을 짓지 않으려 애썼지만 잘되진 않았다.

"이제 다 아셨죠?"

"뭘 말입니까?"

"어머니가 돌아가셨다는 거요."

"여사님 알고 계셨어요?" 그는 당혹스러웠다.

레나테 크루크는 고개를 끄덕이며 시선을 떨어뜨렸다. "네." 조용하게 속삭였다.

"하지만 왜…… 이유가… 대체……." 그는 말을 더듬었다.

비서는 다시 그를 쳐다보았다. "요나단." 비서는 매우 단호한 목소리로 그의 이름을 불렀다. "대표님이 모든 사실을 알게 될까 두려웠어요. 또는 거의 모든 사실을요. 그래서 공항까지 나왔어요. 나머지 얘기까지 전부 사실대로 얘기하려고요."

"나머지 사실이라니요?"

"저였어요. 대표님 어머님이 아버님 곁을 떠난 것은 저 때문이었어요."

요나단 N. 그리프는 집으로 가는 택시에 앉아 골똘히 생각에 잠겼다. 비서는 집까지 태워다주겠다고 제안했지만 거절했다. 그는 혼자 있고 싶었다. 혼자 조용히 생각하고 싶었다. 레나테 크루크가 공항 대합실 카페에서 그에게 고백했던 얘기들을. 둘 다 주문한 커피는 마시지도 못했다.

그녀와 아버지는 몇 년 전 잠깐 눈이 맞은 적이 있었다. 심각한 관계는 아니었고 가벼운 밀애 정도였지만 상처 받은 소피아 몬티첼로가 남편 곁을 떠나기로 결심하기에는 충분했다. 그리고 모두 아들을 위해 아들한테는 자세히 얘기하지 않기로 했다. 또 어머니가 돌아가시자 멍청한 엽서 때문에 사고가 발생했다며 아들이 평생 죄책감에 시달릴 것을 우려해 아무 말도 하지 않았다. 레나테 크루크는 이런 모든 얘기를 다 털어놓았다. 그녀는 자신의 행동에 대해 용서를 구했고 지난 수년간 그녀와 아버지 사이에는 더 이상 아무 일도 없었으며 그녀가 요나단에게 얼마나 용서받을 수 없는 행동을 했는지 잘 안다고 말했다.

그렇지만 레나테는 아버지에게 이런 얘기들을 따지지 말라고 당부했다. 아버지는 이런 상황을 감당하지 못할 것이 분명하다고 했다. 볼프강 그리프는 자신이 어떤 죄를 지었는지 마음속 깊이 알고 있을 거라고, 아들에게 드러내진 못했지만 지난 일들을 많이 후회했다고도 말했다. 아버지가 아들에게 감정을 제대로 다루는 방법을 가르치지 못한 것처럼 아버지도 감정을 제대로 표현하는 방법을 배우지 못했다. 방법을 몰랐을 뿐 악의는 없었다.

요나단은 이 얘기들을 어디까지 믿어야 하는지 알 수 없었다. 믿을 수 있는지. 믿고는 싶은지. 그런데 그가 믿든 말든 어차피 상관없는 일 아닌가.

그래서 그는 이렇게 택시에 앉아 생각에 잠겨 있었다. 이제 무엇을 해야 할까. 할 일이 아주 많지만 하나하나 차례로 할 생각이다. 이렇게 많은 세월이 흘렀는데 고작 몇 주 정도는 중요하지 않다. 조용히 생각해보고 시작할 것이다.

요나단 N. 그리프는 집에 도착하자마자 레오폴트에게 전화를 걸었다.

"요나단?" 잠에 취한 목소리였다. "무슨 일이야? 지금 자정이야. 나 내일 아침 일찍 출근해야 한다구!"

"내 말 잘 들어요. 내일 카페에 사표를 던져요."

"나보고 뭘 하라고?"

"사표를 내라고요!"

"내가 왜?"

"이제부터 그리프손&북스의 새로운 사장이니까요."

"요나단?"

"네?"

"자네 술 마셨나?"

"아니, 전혀요. 평생 이렇게 정신이 말짱한 것은 처음이에요."

"그런데 내가 어떻게 그런 자리를?"

"어떻게 되겠죠. 너무 스트레스 받지 않도록 신경 쓸게요. 사무실에 레몬 조각을 띄운 생수도 충분히 준비할게요."

"자네 제정신이 아니구만! 난 그런 일 못해!"

"판매하는 거는 어디나 똑같다면서요. 스크램블에그를 만들 수 있으면 책도 만들 수 있어요."

레오폴트의 반박을 듣기도 전에 요나단은 전화를 끊었다. 이렇게 한 가지 일은 처리했다. 그리고 연휴가 끝나고 목요일 일찍 가게 문이 열리면 다이어리를 사러 갈 것이다.

가죽 표지로 된 아주 멋진 다이어리. 내년을, 새로운 1년을 위한 다이어리.

68

한나

12월 24일 월요일, 12:28

"오 그대 즐거운, 오 그대 축복받은……." 한나는 몰래 손목시계를 힐끗 내려다보았다. 한나와 리자는 막바지 크리스마스 선물 준비와 트리 꾸미기에 정신없이 바쁜 부모들이 10시에 꾸러기교실에 맡겨놓은 아이들과 함께 크리스마스 캐럴을 연이어 부르고 있었다.

아이들은 즐거워했지만 한나는 몹시 괴로웠다. '사랑의 축제'에 대한 생각만 해도 속이 뒤집혔다.

5년 만에 지몬없이 보내는 크리스마스. 물론 지몬은 크리스마스에 별 감흥을 느끼지 않는 사람이었고 크리스마스는 장사꾼들이 만든 상업적인 축제에 불과하다는 생각을 갖고 있었다(서로 선물을 주고받기는 했지만). 그는 '산타 파울리' 같은 함부르크 크리스마스 시장에서 글뤼바인과 소시지 사먹기를 좋아하는 한나에게, 평소 그렇게 까다로운 입맛의 소유자면서 이해할 수 없는 '탈선'이라고 했다. 그렇잖아도 크리스마스 시즌에 겪는 스트레스에 스트레스를 보태는 꼴이라며.

그런데 한나는 하필이면 올해 다이어리를 통해 그에게 적어도 크리스마스 '이후'에라도 처음으로 함께 크리스마스 시장에 가자고 종용했다. 반짝거리는 조명과 경건한 음악이 흘러나오는 특별하고 로맨틱한 분위기를 지몬에게 보여주고 싶었다.

한나는 지금 그런 경건한 음악을 어떻게든 견뎌내야 했다. 아이들의 입에서 또 다른 크리스마스 캐럴 하나가 더 흘러나온다면 진짜로 미쳐버릴 것 같았다.

그래도 이제 거의 한 시니까 마지막 30분 정도는 버틸 수 있을 것 같았다. 그러고 나면 문을 닫고 다행히 기쁜 마음으로 쉴 수 있다. 적어도 12월 31일까지는. 31일에는 또 발등에 불이 떨어져서야 퐁듀 재료와 폭죽을 구입하러 다니느라 바쁠 부모들을 위해 하루 종일 꾸러기교실을 운영할 예정이었다. 1월 1일은 쉬고 2일부터는 다시 정상 운영될 예정이다. 어쨌든 꾸러기교실은 성황리에 잘되고 있었다.

한나의 볼에 눈물이 흘러내렸다. 미처 몰랐는데 리자가 부드럽게 볼을 닦아주어 '마리아 가시숲길 걸어갔네'라는 노래를 듣던 중 눈물을 흘리기 시작했다는 것을 깨달았다.

당연히 한나는 아직 언제든 눈물을 터트릴 수 있는 상태다. 약혼자나 다름없는 남자친구가 죽었다. 거기에 사

랑 때문에 괴로워하는 중이었다. 아니, 아직 사랑이라고
하기도 뭐하다. 그러기에는 요나단을 안 지 얼마 되지 않
았고 지몬이 죽은 지 1년도 안 됐는데 '사랑 때문에 괴로
워'라는 말을 떠올리는 것 자체가 낯부끄러웠다. 그보다
는…… 작지만 아주 농축되고 고통스러운 비애의 감정이
었다. 버려진 기분. 아주 짧은 시간이었지만 아주 중요하
게 생각했던 사람에게 배신당한 기분. 운명이 그녀에게
보내준 사람이라고 생각했는데.

운명은 개뿔, 빌어먹을! 차라리 독일 우체국을 믿겠어!

"괜찮겠어?" 2시 쯤 마지막 어린이를 행복해하는 부모
의 손에 다시 넘겨주고 교실을 정리하고 난 후 리자가 조
심스레 물었다. "크리스마스 말이야."

"그럼, 당연하지." 한나는 훌쩍거리며 소매로 코를 닦
았다. "이따 부모님 집에 가서 크리스마스트리 아래 드러
누운 후 31일에야 일어날 거야."

"좋은 계획이야." 리자가 히죽히죽 웃었다.

"너는?"

리자는 어깨를 으쓱했다. "나도 별반 다르지 않을 것
같아. 하지만 우리 연휴 때 얼굴 봐도 되잖아."

"좋지." 한나가 말했다. "만나서 크리스마스 시장에만
안 간다면 말이야."

리자는 방어하듯 양손을 들었다. "절대 안 가지! 난 네
가 그런 거 얼마나 '싫어하는지' 알잖아. 소시지하고 글

뤼바인만 생각해도, 우우웩!"

둘을 낄낄거리며 웃었다.

10분 후 둘은 모든 정리를 끝내고 각자 부모님 집으로 갈 준비를 마쳤다. 리자는 교실 문을 열었다. 그리고 밖에 놓인 상자를 발견하고 들어올렸다.

"이것 좀 봐." 리자는 상자를 한나 코 밑에 들이밀었다. "네 이름이 적혀 있어."

누군가 상자에 *한나* 라고 적어놓았다.

"오늘이 벌써 크리스마스야?" 한나가 농담을 던졌지만 얼굴이 화끈거렸다. 글씨체를 알아보았다. 요나단의 글씨였다.

"너 지금 나랑 같은 생각하고 있지?" 리자가 곧장 물었다.

"그래."

"그럼 어서 열어봐!" 리자가 옆에서 재촉했다.

"그럴까?"

"당연하지. 그걸 질문이라고 하는 거야?"

"알았어!" 두 사람은 문을 닫고 다시 안으로 들어갔다. 한나는 떨리는 손으로 가위를 들고 두꺼운 포장상자를 뜯었다.

크리스마스 포장지로 포장한 선물과 봉투가 나왔다.

"선물부터 열어봐!" 리자가 옆에서 재촉했다.

"싫어." 한나가 거부했다. "이건 내 선물이야. 편지부터 열어볼래."

한나는 편지봉투를 열어 편지를 꺼내 읽기 시작했다.

— 친애하는 마르크스 씨에게

귀하의 남자친구인 지몬 클람의 '한나의 웃음' 원고를 무척 감명 깊게 잘 읽었습니다. 그리프손&북스에서 해당 소설을 출판할 수 있으면 좋겠습니다. 따라서 귀하에게 출판 제의를 하고 싶습니다. 출판 여부에 대해 저와 대화를 나눌 의향이 있으신지요? 저는 '한나의 웃음'이 정말 훌륭한 작품이라고 생각하며 귀하의 약혼자의 유작이 많은 사람들에게 즐거움을 줄 수 있으리라 확신합니다.

요나단N. 그리프 올림

추신1 : 내가 비겁했던 건 사실이에요. 그리고 정말 나쁜 놈이었어요. 내가 한 일을 사과하고 싶어요. 용서 받을 수 있을지 두렵지만 적어도 설명할 기회는 줬으면 좋겠어요. 물론 당신이 원한다면 말입니다.

추신2 : 내 설명을 듣고 싶지 않고 다시는 나와 얘기하고 싶지 않다고 해도 '한나의 웃음'을 출판하자는 제의는 진심입니다!

"젠장!" 한나는 콧물을 훌쩍거렸다.

"젠장, 정말 잘됐네! 그리고 이제 선물 좀 풀어봐!" 리자가 옆에서 재촉했다. "당장!"

고개를 끄덕인 한나는 포장을 뜯었다. 다이어리가 나왔다. 진한 파란색 표지의 다이어리로 흰색 바늘땀으로 장식되어 있었다.

"믿을 수 없어!" 리자가 소리쳤다.

"나도!" 한나는 다이어리를 펴보았다.

내년도 다이어리였다. 1월1일부터 12월 31일까지 글씨가 적혀 있었다. 요나단의 글씨체였다. 그리고 모든 날짜마다 똑같은 문장이 적혀 있었다.

— 1월 1일 요나단 용서하기
   1월 2일 요나단 용서하기
   1월 3일 요나단 용서하기
   1월 4일 요나단 용서하기
   1월 5일 요나단 용서하기……

한나는 당황한 표정으로 다이어리를 넘겼다. 말문이 막힌 그녀는 아주 천천히 다이어리를 덮었다.

"자, 우리 이제 그만 각자 부모님 댁으로 가자." 한나가 리자에게 말했다.

"지금 아무 일도 없었다는 듯 그럴 순 없잖아?"

"왜? 아무것도 아니야."

"한나, 왜 그래? 요나단이 너한테 보낸 것은 정말 굉장한 거야."

"맞아." 한나도 인정했다. "하지만 그 사람이 한 짓은 절대 용서받을 수 없어."

리자는 도발적으로 쳐다보았다. "누구한테 용서받을 수 없는데?"

"내가 용서할 수 없어."

"정말 그래?"

한나는 잠시 생각하더니 슬프게 고개를 끄덕였다. "응. 용서하기에는 너무 큰 상처야. 그리고……." 한나는 잠시 멈칫했다 "요나단은 그 편지로 인해 지몬한테 정말 끔찍한 짓을 저질렀어. 경솔하고 악의적으로 상처를 줬다고."

"그래." 리자도 수긍했다. "하지만 자신이 무슨 짓을 하는지 의식하지 못하고 그랬을 거야. 일부러 그랬을 거라고는 생각하지 않아."

"그래도 우리는 누구나 자신이 한 행동에 따른 결과를 받아들이며 살아가야 해. 의도했든 아니든 간에."

리자는 한숨을 쉬었다. "네 말이 맞는 것 같아." 그녀는 어깨를 으쓱했다. "그래도 난 요나단의 선물이 귀엽다고 생각해. 의도했든 아니든 간에."

"귀엽기는 하지만 그렇다고 달라지는 것은 없어."

"출판 제의는 어떻게 생각해?"

"아직 잘 모르겠어."

두 사람은 꾸러기교실 앞에서 긴 포옹을 나누고 헤어졌고 리자는 지하철을 타러 갔다. 한나는 세워둔 차로 걸어갔다.

10분후 한나는 트윙고를 길가에 주차했다. 부모님 댁 앞은 아니었다. 다세대주택 출입구 앞으로 가서 초인종을 찾아보았다.

몇 초 후 신호음이 울리며 출입구가 열리자 한나는 안도의 환호성을 지를 뻔했다. 한나는 계단을 뛰어올라갔고 숨을 헐떡거리며 도착했다.

"계셔서 정말 다행이에요!" 한나가 소리쳤다. "제가 한나 마르크스입니다. 혹시 잠깐 시간 있으세요? 물론 크리스마스인 건 알지만 제겐 매우 중요한 일이라⋯⋯."

"당연히 시간 있습니다. 어서 들어오세요!" 사라스바티는 현관문을 활짝 열고 한나에게 미소를 지어 보였다.

69

요나단

12월 27일 목요일, 17:28

요나단의 휴대폰이 울렸지만 그는 확인할 생각조차 없어 보였다. 한나의 전화는 아니다. 한나의 전화는 따로 특별한 벨소리를 설정해두었기 때문이다. 다른 사람의 전화 따위는 안중에도 없다. 그러기에는 지금 너무 바빴다.

그는 내년 가을 출판할 원고에 푹 빠져 있었다. 〈차가운 내 마음〉은 재능 있는 젊은 작가의 첫 작품으로 요나단은 완전히 홀딱 반했다.

6개월 전이었다면 제목 때문이라도 읽기는커녕 원고에 손끝도 대지 않았을 것이다. 요나단은 작가가 만들어 낸 등장인물과 반전에 완전히 매혹되었다. 정말 대단한 책이다! 획기적이다! 흥미진진하다. 인생만큼이나!

요나단은 이제 알았다. 자기만 보더라도 인생 자체가 가장 놀라운 이야기다. 한나의 인생도 마찬가지였다. 안타깝게도 한나는 크리스마스 선물을 받고도 연락하지 않았고 앞으로도 그럴 것이다. 그는 여전히 마음이 아팠다.

'한나의 웃음' 판권을 얻지 못해서는 아니다. 한나를 다시는 볼 수 없다는 사실 때문에 마음이 아팠다.

그는 한숨을 내쉬고 다시 〈차가운 내 마음〉에 집중했다. 주인공이 연인의 엄청난 배신을 알아차리는 절정에 이르자 요나단의 생각은 또다시 샛길로 빠졌다.

이번에는 한나가 아니라 아버지 생각이었다. 그는 비서의 부탁대로 이탈리아에서 알게 된 사실을 아버지에게 따져 묻지 않았다. 그는 진실을 알게 된 것에 만족하기로 했다. 그럼으로써 자신의 감정적 결점들을 이해하고 극복하는 것에 만족했다. 그런다고 해서 한나와의 관계를 돌이킬 수 있는 것은 아니지만 삶의 다른 부분에서는 도움이 될 수 있었다. 적어도 출판사에서라도. 레오폴트와 함께 완전히 새롭게 라인업한 봄/여름 시즌 출간 예정도서의 예약주문 상황이 꽤 좋았다.

그리고 요나단은 아버지에게 이제 더는 증오심을 품지 않았다. 오히려 연민을 느꼈다. 볼프강은 혼자만의 세계에 살아가야 했다. 정신이 멀쩡해지는 순간에는 자신의 정신이 더욱 흐릿해지고 있다는 사실에 직면해야 했다. 레나테 크루크는 아버지를 극진히 보살폈다. 요나단은 비서를 조기 은퇴시켰고 그래서 그의 전 비서는 이제 매일 '소피아'가 되어 양로원으로 아버지를 찾아갈 수 있었다.

또다시 전화벨이 울렸다. 그는 마지못해 원고를 내려놓고 자리에서 일어났다. 누가 이렇게 연휴 중에 끈질기게 전화하지? 만약 중요한 전화가 아니라면……

"안녕하세요, 요나단 씨. 한나 친구 리자예요." 수화기 너머 속삭이는 소리가 들렸다. 중요한 전화다!

"아, 네?" 그의 심장이 마구 쿵쾅거렸다.

"저희는 지금 에펜도르프에 있는 마리−요나스 광장에 와 있어요." 알아듣기 힘들 정도로 조용한 목소리였다.

"네, 그래서요?"

"크리스마스 시장이라고요!"

"무슨 말씀이신지 잘 모르겠습니다."

"다이어리를 들여다보세요!"

요나단은 한나 친구의 말에 어리둥절했다. 그러나 곧 책상 위 파란 다이어리를 들어 12월 27일을 펼쳤다.

─ 크리스마스 시장에서 가장 맛있는 소시지를 먹을 수 있
  는 때가 바로 크리스마스가 '지난' 다음이야. 크리스마
  스 연휴로 인한 스트레스는 다 지나가고 마침내 경건해
  질 수 있는 시간이지. 그래서 오늘 5시에 에펜도르프에
  있는 마리−요나스 광장으로 가는 거야. 만약 거부한다
  면 너를 회전목마에 묶어서 네가 크리스마스 시장이 재
  밌다고 인정할 때까지 계속 돌릴 거야!

"혹시 나보고 거기로 오라는 말입니까?" 요나단의 목소리는 떨렸다.

"한나가 늘 얘기하듯 그렇게 멍청하지는 않나 보네요. 네! 이리로 오세요."

"하지만 한나는 나를 보고 싶어 하지 않아요……."

"바보 같은 소리 마세요!" 리자가 쏘아붙였다. "한나는 당신 때문에 일부러 사라스바티를 찾아가서 카드 점까지 봤다고요. 안타깝게도 그녀는 두루뭉술하게 '그렇게 돼야 할 일이라면 결국 그렇게 될 것입니다'라고 했지만. 그래서 이제 두 사람 사이가 진전되도록 제가 손을 쓰려 한다고요!"

"한나가 그러기를 원한다고 생각하세요?"

짜증 섞인 신음이 들렸다. "제가 어제 일부러 한나의 휴대폰을 슬쩍해서 요나단 씨 전화번호를 알아내고, 한나가 오기 싫다는 것을 억지로 여기까지 끌고 와서 운명이 제대로 작동하게 만들려 한다고요! 그리고 이제 저는 한나의 한탄을 그만 듣고 싶어요. 그러니까 얘기는 그만하고 어서 이리 오세요! 가능한 빨리!"

"가요! 지금 가고 있어요!" 요나단은 전화를 끊었다.

그리고 내달리기 시작했다. 입고 있던 그대로. 청바지, 티셔츠 그리고 실내화를 신고 계단을 뛰어 내려가 현관문을 열고 12월이라 이미 어두워진 밖을 향해 달려 나갔다.

그 순간 추위는 요나단 N. 그리프에게 아무것도, 정말 아무것도 아니었다.

한나

12월 31일 월요일, 18:28

"멋지군!" 리자는 오늘 꾸러기교실 활동 때문에 바닥에 흩어진 잔재들을 쓸기 위해 마지막 의자를 뒤집어 작은 책상 위에 올려놓았다. 오늘 아이들과 함께 '연말 파티'를 하면서 색종이로 꽃가루를 만들어 신나게 뿌리면서 놀았다. "5시간 반 정도 지나면 또 새해가 돌아오는군!"

"그래서?" 한나는 아이들이 흘린 케이크 부스러기들을 쓰레기봉투에 주워 담으며 물었다.

"그래서라니?" 리자가 친구를 원망 가득한 눈초리로 쳐다보았다.

"미안한데 무슨 말을 하려는 건지 모르겠어."

"당연히 모르겠지!" 리자는 안 그래도 뾰루퉁하게 나온 입술을 더 삐죽 내밀었다. "너는 이따가 요나단과 근사한 식사를 하러 가고 함께 새해를 맞이하겠지. 그런데 나는 또 혼자라고!"

"너도 같이 갈래?"

"두 사람의 데이트 현장에?" 리자는 어이없는 표정을 지었다. "그건 절대 안 되지."

"데이트 아니야." 한나가 힘주어 말했다. "우린 아직 그런 사이 아니야. 적어도 나는 준비가 안 됐어. 요나단을 좋아하지만 그게 다야. 앞으로 어떻게 발전할지는 두고 봐야지."

"내가 너희 두 사람하고 같이 식탁에 끼어 앉아 있으면 두 사람의 관계가 어떻게 발전할지 대충 짐작할 수 있지." 리자는 히죽히죽 웃었다. "절대로 로맨틱한 방향으로 발전하기는 힘들겠지."

"그런 소리 마! 나는 네가 같이 있어도 정말 괜찮아. 요나단도 틀림없이 그럴 것이고."

"글쎄, 요나단은 생각이 다를 것 같은데. 물론 완벽한 신사처럼 내색하지는 않겠지. 됐어, 나도 싫어. 오늘 저녁에 내가 혼자라는 사실이 힘든 게 아니야. 안 그래도 연말파티는 지긋지긋해. 요즘 너무 피곤해서 자정이 되기 전에 항상 곯아떨어져."

"그렇다면 문제가 뭐야?"

"조금 있으면 한 해가 또 지나가잖아!"

"그렇지. 그리고 새로운 한 해가 또 시작되지. 매년 그렇듯."

"그런데 나는 결국 남자를 만나지 못했잖아!" 리자가 불쑥 내뱉었다.

이제야 한나는 이해했다. "앗, 까맣게 잊고 있었네! 사라스바티가 올해 안에 네가 남자를 만날 거라고 한 그 얘기구나!"

"맞아." 리자는 입술을 또 삐죽거렸다.

"친구야!" 한나는 들고 있던 쓰레기봉투를 내려놓고 리자에게 다가가 안아주었다. "내년에는 틀림없이 좋은 남자를 만나게 될 거야." 한나는 리자의 등을 쓰다듬으며 위로했다.

"이해할 수 없어." 리자가 한나의 어깨에 기대어 웅얼거렸다. "사라스바티가 틀린 적은 한 번도 없었는데."

"하필 그날 컨디션이 안 좋았던 모양이지."

"안 웃겨."

"아니면……" 한나는 잠시 생각에 잠겼다. "아니면 다른 해를 말한 걸까?"

"잉?" 리자는 고개를 들어 한나를 어리둥절하게 쳐다보았다.

"그럴 수도 있잖아. 예를 들면…… 동양에서 사용하는 음력이라는 게 있잖아? 아니면 힌두력? 그레고리력? 어쨌든 새해가 1월말이나 2월에 시작하는 달력도 있어."

리자는 웃음을 터트렸다. "그거 좋네! 그럼 나는 이번에 중국 사람과 사랑에 빠지게 되는 거야?"

"아니면 그레고리오 사람. 어떤 달력이냐에 따라 다르지."

"내 기분을 풀어주려고 애써줘서 고마워." 리자는 한숨을 쉬었다. "하지만 남자를 만나려면 앞으로는 타로점을 보는 대신에 차라리 데이트사이트나 어플에 돈을 쓰는 것이 낫겠어."

"제발 그러지 마! 거기 득실거리는 배 나온 마마보이들을 생각해! 그리고 아직 한 해가 다 지난 것도 아닌데 넌 너무 비관적이야."

"그렇지. 어쩌면 지금 집에 가는 도중에 내 인생의 남자와 맞닥뜨릴지도 모르지."

"얼마든지 가능해."

갑작스러운 노크 소리에 리자와 한나는 뒤를 돌아보았다. 유리 출입구 앞에 어떤 남자가 서서 열어달라는 몸짓을 했다.

"오늘 끝났어요!" 리자가 소리쳤다.

남자는 장갑 낀 양손을 기도하듯 모으고 무릎을 꿇으려는 자세를 취했다.

"뭔가 놓고 간 아이 아버지가 아닐까?" 한나는 문을 열기 위해 다가갔다.

"아니면 우리를 습격하려는 사람일지도 모르지." 리자가 말했다.

"그렇겠지! 아이들이 남긴 초콜릿을 훔쳐가려고." 한나는 문을 열었다.

"고맙습니다!" 남자는 헉헉거리고 들어오면서 모자와

목도리를 풀었다. 턱까지 내려오는 머리카락과 쪽박귀를 가진 다급한 표정의 남자였다. 귀를 가리기 위해 이런 머리모양을 한 듯 보였다. 우울한 표정과 함께 그의 갈색 눈동자는 주인이 앉아 있는 소파 위로 올라가고 싶지만 그러면 안 된다는 것을 잘 아는 닥스훈트와 닮아보였다. 어찌 보면 귀여웠다.

"무슨 일이시죠?" 한나가 물었다.

그는 한나에게는 눈길도 주지 않고 오직 리자만 쳐다보았다. 아무 말도 없이. 마치 누가 그의 입을 꿰매버린 것처럼.

"저기요?" 한나는 그를 어리둥절하게 쳐다보았다. 들어오게 해달라고 사정하더니 들어와서는 침묵하다니? "무슨 일로 오셨나요?"

"네?" 그는 한나를 향해 고개를 돌렸다. "죄송합니다. 저는…… 그러니까 저는……."

"무슨 일로 오셨는지 말씀을 하세요." 리자를 흘깃 쳐다본 한나는 리자 역시 이 남자와 마찬가지로 얼어붙은 것처럼 서 있는 것을 발견했다.

"그러니까 저…… 제발 1월 첫 주에 문을 연다고 해주세요! 그리고 네 살짜리 여자아이를 받아주실 수 있다고 말씀해주세요."

"운이 좋으시네요!" 한나가 말했다. "저희는 내일만 문을 닫고 1월 2일부터 다시 여니까 아이를 돌봐드릴 수 있어요.”

“정말 다행입니다!” 남자가 안도의 한숨을 내쉬었다. 어느새 그의 시선은 다시 리자를 향했다. “선생님들이 절 구해주셨습니다!”

“그렇게나요?” 한나가 물었다.

닥스훈트를 닮은 눈망울의 남자는 고개를 끄덕였다. “다음 주까지 끝내야 하는 엄청 중요한 프로젝트가 있어요. 어린이집이 6일에야 다시 문을 열어서 원래는 어머니가 아이를 돌봐주기로 하셨는데 하필 오늘 얼음판에서 미끄러지셔서 양쪽다리 골절상을 입고 지금 병원에 누워 계세요.”

“이런, 정말 안됐네요!” 이제야 리자가 입을 열었다. 그렇게 안타까워하는 목소리는 아니었지만.

“네 정말 그래요.” 남자는 리자에게 활짝 미소를 지어보이며 어머니가 지금 병원 정형외과에 입원해 있는 것이 아니라 로또 당첨자와 함께 네덜란드령 안틸레스로 달아난 듯한 표정을 지었다.

“저희가 도움을 드릴 수 있어서 다행이네요.” 리자는 귀엽게 입을 삐죽 내밀었다.

“네! 제가 얼마나 마음이 놓이는지 상상도 못하실 겁니다.” 그는 목소리를 낮추고 시선도 떨어뜨렸다. “전 혼자 아이를 혼자 키우고 있거든요.”

한나는 이런 진부한 얘기에 웃음을 터트리지 않으려고

간신히 참았다.

"그럼 저는 사무실에 가서 등록서류를 가져올게요."
한나는 두 사람을 위해 자리를 비켜주었다.

"아이 이름이 뭐예요?" 리자가 물었다.

"루치입니다." 남자가 대답했다.

"정말 예쁜 이름이네요! 저도 딸이 있다면 루치라고 짓고 싶어요. 딸을 낳으면 말이죠."

"아, 정말이요?"

두 사람의 대화를 듣던 한나는 웃음이 터져 나올 것 같아 입을 손으로 막았다. 정말 재밌는 광경이었다.

신규 등록서류를 찾는 동안 한나의 생각이 바뀌었다. 재밌는 광경이 아니라 아름다운 광경이었다.

오늘 요나단과 함께 보낼 저녁시간과 마찬가지로 아름다웠다. 솔직히 한나는 속으로 잔뜩 기대하고 있었다. 같이 가자는 제안을 거절해준 리자가 고마웠다. 한나는 지몬에게 마음속으로 짧은 인사를 보냈다. 그가 앉아 있을 구름 어딘가를 향해.

'나를 너무 원망하지 마. 내가 어쩌면 내년에는 사랑에 빠질지도 모르겠어. 너도 어차피 내가 다른 사람을 만나 사랑에 빠지기를 바랐잖아. 그래서 내가 늘 얘기했잖아, 네 생각을 조심하라고!'

감사드리고 싶은 분들…

뤼베 출판사 베티나 슈타인하게 편집장님에게 감사를 전합니다. 제게 예전부터 같이 작업해보고 싶었다고 말씀하신 적이 있습니다. 처음으로 함께 작업을 마친 후 저는 편집장님과 앞으로도 자주 함께 작업하고 싶다고 말씀드리고 싶습니다! 정말 고맙습니다! 편집장님은 정말 최고입니다!

좋은 친구이며 훌륭한 의사로서 의학 관련 질문마다 조언을 아끼지 않은 비프케 보데에게 감사를 드립니다.

함께 소파에 앉아 브레인스토밍을 하는 것을 도와준 사촌 하이케 로렌츠에게 고맙다는 말을 하고 싶습니다. 네가 내 곁에 있어서 정말 좋아!

인생의 행복이라는 주제로 많은 대화를 나눴던 친구 지빌레 슈뢰드터에게 고마움을 전합니다.

친구이자 동료인 야나 보젠, 원고를 읽어주고 신선한 자극을 주어서 고맙습니다.

제가 아끼는 드라마투르그 알렉산드라 헤네카에게 감사를 전하고 싶습니다. 당신의 도움이 없었다면 제 이야기는 어떻게 됐을까요?

전문적인 조언과 함께 도움을 준 함부르크 경찰공보실

홀거 페렌에게 감사를 드립니다.

플룻을 만드는 데 도움을 준 레기네 바이스브로드 편집장님에게 감사를 드립니다.

최고의 에이전트인 페트라 에거스 박사에게 감사를 전합니다. 말이 더 필요 없는 분입니다.

타로와 관련된 전문적인 조언을 해주신 유타 페어슈텐디히에게 감사를 드립니다. 개인적으로 카드 점도 봐주셨습니다.

요나단이 등장하는 도입부분에 달리는 속도와 심장박동에 대한 중요한 내용을 자문해주신 '라우프베르크 함부르크'(www.laufwerk-hamburg) 팀 관계자 분들께 감사를 전합니다.

사촌 카롤리네 딤프커, 니콜 돌리프, 함부르크 에펜도르프 거리에 있는 '맘마 레오네'에서 일하는 아드리아노 리오타. 제가 형편없는 이탈리아어 실력을 갈고닦을 수 있게 도와주셔서 감사합니다.

클라우스 크루게, 클라우디아 뮐러, 토르스텐 글레저, 슈테파니 폴레, 마르코 슈나이더스 그리고 크리스티안 슈튀베 등 뤼베 출판사 팀원 모두에게 감사를 전합니다. 저를 믿어주셔서 정말 고맙습니다.

제작자인 안야 하우저, 환상적인 구성에 감사를 전합니다.

딸 루치에게 고맙다는 말을 전하고 싶습니다. 딸이 저

를 보고 웃어줄 때마다 인생에서 무엇이 중요한지 깨닫게 됩니다.

모든 것에 대해, 정말 모든 것에 대해 마티아스 빌리히에게 감사를 전하고 싶습니다. 그리고 특히 에르하르트 F. 프라이타크의 명언에 대한 힌트를 주셔서 감사합니다.

이 책에 슈퍼스타로 등장하는 것을 허락해준 제바스티안 피체크에게 특별히 감사의 말을 전합니다. 고마워, 제바스티안! 실제로도 그는 슈퍼스타입니다.

일러두기:
이 소설에 등장하는 거절편지는 실제 있었던 편지입니다! 하지만 어떤 작가가 받은 편지인지(나중에 아주 유명해진 작가라는 것만 말씀드려요) 그리고 어떤 편집자가 보낸 편지인지는 비밀에 부치겠습니다.
쓸데없는 추측이 난무하는 것을 방지하기 위해 말씀드리지만 그런 편지를 받은 불쌍한 사람이 저는 아닙니다.

그리고 마지막으로 가장 중요합니다.
어머니 아버지에게 감사드립니다.
두 분이 안 계셨다면 저도 없었을 것입니다.

당신의 완벽한 1년

1판 1쇄 펴냄   2017년 1월 9일
1판 12쇄 펴냄   2019년 8월 28일

지은이   샤를로테 루카스
옮긴이   서유리
펴낸이   조윤규
편집   민기범
디자인   홍민지

펴낸곳   (주)프롬북스
등록   제313-2007-000021호
주소   (07788) 서울특별시 강서구 마곡중앙로 161-17 보타닉파크타워1 612호
전화   영업부 02-3661-7283 / 기획편집부 02-3661-7284 | 팩스 02-3661-7285
이메일   frombooks7@naver.com

ISBN   978-89-93734-96-6 03850